明月梅花

2023年中国女性小说选

张莉 主编

江苏凤凰文艺出版社

图书在版编目(CIP)数据

明月梅花:2023年中国女性小说选/张莉主编.—南京：江苏凤凰文艺出版社，2024.4
ISBN 978-7-5594-8161-0

Ⅰ.①明… Ⅱ.①张… Ⅲ.①中篇小说-小说集-中国-当代②短篇小说-小说集-中国-当代 Ⅳ.①I247.7

中国国家版本馆 CIP 数据核字(2024)第 008056 号

明月梅花：2023年中国女性小说选

张莉 主编

出 版 人	张在健
策划统筹	孙 茜
责任编辑	李珊珊
特约编辑	王晓彤
责任印制	杨 丹
出版发行	江苏凤凰文艺出版社
	南京市中央路165号，邮编：210009
网 址	http://www.jswenyi.com
印 刷	苏州市越洋印刷有限公司
开 本	880毫米×1230毫米 1/32
印 张	14.5
字 数	322千字
版 次	2024年4月第1版
印 次	2024年4月第1次印刷
书 号	ISBN 978-7-5594-8161-0
定 价	59.80元

江苏凤凰文艺版图书凡印刷、装订错误，可向出版社调换，联系电话 025-83280257

目录 Contents

序言　　什么是文学中的女性视角
　　　　——在 N-TALK 文学之夜的演讲

爱

圣诞玫瑰　邵　丽　　　　　　　　003
豹猫穿过丁香花丛　潘向黎　　　　027
雪中散场　张惠雯　　　　　　　　049
漫不经心的母亲　黄佟佟　　　　　067
吃东西的女人　朱　婧　　　　　　093
吮吸　辽　京　　　　　　　　　　109
雪山　叶昕昀　　　　　　　　　　127

秘密

明月梅花　乔　叶　　　　　　　　157
寒假　马小淘　　　　　　　　　　173
免疫风暴　张怡微　　　　　　　　193
小楼昨夜又东风　三　三　　　　　207
在雨天放一把火　周婉京　　　　　239
河桥孝子　武茳虹　　　　　　　　265
木鸢　曹　译　　　　　　　　　　291

远方

蒲地蓝　徐小斌　　　　　　　　305

生活链　叶　弥　　　　　　　　317

亚丁的羊　糖　匪　　　　　　　334

女妖在水边出没　祝红蕾　　　　353

赛洛西宾25　大头马　　　　　　378

追随　程舒颖　　　　　　　　　433

序言

什么是文学中的女性视角
——在 N-TALK 文学之夜的演讲

张 莉

很高兴参加 N-TALK 文学之夜。关于文学与夜晚的关系，我想到《一千零一夜》里的山鲁佐德，这位女性靠讲故事熬过漫长的夜晚，也逐渐摆脱了厄运，成了跨越时空的有魅力的女性。我也想到童年时代的经历，童年时代有段时间和姥姥一起住在乡下，大概五六岁的样子。我模模糊糊地记得，一位姑姑有阵子晚上常来和姥姥聊天，因为怕吵醒我，她会低声说话。朦胧中我听不清她们说什么，或者我听清了也听不懂，这对我来说是一个巨大的谜。直到现在，我依然能清晰记得北方寒冷冬夜里两个女人的聊天，她们是我日常所见到的女性讲故事人。像这样的讲故事人一定很多，有的女性喜欢讲自己的故事，有的女性喜欢讲别人的故事。正是她们的讲述让黑夜有了迷人的色彩。我们借由文学形成情感共同体。文学连接每一个孤独的个体，不管我们身在何处，借助文学，我们会在某一个时刻共振和共鸣，也会分辨出彼此。

我看见的是"'川流不息'的做饭"

今天我演讲的题目是"什么是文学中的女性视角"。想到讲这个题目，是因为去年听过两位男性朋友跟我讲到他们最近感受到的压力。一位做编剧的朋友说，他做编剧的一部电影，被读者批评为男性凝视，观众建议他去学习如何用女性视角讲故事。他听到后感到非常委屈，他说，我一直是支持男女平等的啊。另一位作家朋友，最近刚修改了一些小说细节，因为女编辑们认为太大男子主义了。最后他听取了编辑的意见。这让我意识到，我们的观众、读者、文学编辑中的女性力量正在提升，她们切实推动了创作者女性视角的生成。

在北师大研究生课堂上，我自己也意识到了年轻女性读者的崛起。有一次，我们一起读鲁迅的《伤逝》，小说写的是一对青年男女，热恋后同居，男主人公意识到了日常生活的困顿，认识到贫穷对爱情的伤害，想和女主人公分手。小说里有句话，叫作厌倦了"'川流不息'的吃饭"。当时在课堂上，有位年长一些的研究生站起来，作为男生，他很同情涓生的际遇，川流不息吃饭的确让人感到厌倦。在他发言的过程中，我注意到课堂气氛逐渐变得紧张，好几个女孩儿的面部反应都非常激烈。他刚坐下，一位女孩子就站起来说，她读到"'川流不息'的吃饭"时，仿佛"看见"了女主人公在"'川流不息'的做饭"，她为这位沉默的女孩子感到窒息。当这位00后女孩子讲完这个观点后，四十多人的教室突然就安静下来，我想，每个人都被她的"看见"触动了。

你看，如果默认男性视角，那么看到的是通常教科书上的理解，男主人公对庸常生活的厌倦，但如果稍微位移一下，代入女性视角，我们将看到小说表象之下的另一种痛苦。这是以往阅读文学作品很少会有的角度。什么是女性视角呢？这就是。在我看来，女性视角是使我们"重新看见",重新看见那些以往我们未曾留意的,发现那些以往我们未曾发现的,重新听见我们以往未曾听见的。

小时候,我喜欢《简·爱》。在当年,它对我来讲首先是爱情故事,"你以为因为我穷、低微、不美、矮小,我就没有灵魂,没有心吗?——你想错了!"这是《简·爱》里非常震动人心的台词。站在简·爱的立场,顺着简·爱的视角,我们看到了简·爱和罗切斯特爱情的美妙。后来,我读到了那本《阁楼上的疯女人》——如果站在罗切斯特的角度,你会觉得这个女人是个疯子;如果站在简·爱的角度,你会觉得这个女人阻碍了她的幸福;可是站在"疯女人"的角度呢,她是被社会压迫的、失声的女人,如果她可以说话,那么罗切斯特很可能是一个冷酷无情的、令人厌恶的男人。"疯女人"和简·爱虽然都是女性,但立场和视角并不一样。你看,在这个解读没有出现之前,我们对《简·爱》的理解是多么单一,而这一批评方法则让我们看到了那些不应该被忽略的,看到了更阔大的世界,也更好地理解了这部作品。

这让我思考,什么是真正的女性视角阅读,不仅要站在简·爱的视角,还应该站在疯女人的视角,而当我们站在疯女人的角度的时候,我们会发现《简·爱》是另外一个故事,是故事之下的另一个故事。今天我们需要什么样的女性视角呢?我想,首先它不应该是单向度的,不应该是男女二元对立思维模式下的女性视角。要跳出固化的圈层意识。我有一本书叫《我看见无数的她》,尝试以女性视角阅读或者观看电影。在那本书里我提到,在同一个女性群体内部,也是有阶层、阶级与立场之分的,不同的女性看到的世界并不完全一样。但无论怎样，面对作品，女性视角是新鲜的打量作品的角度，但是，不是唯一。女性视角不是排他的，也不应该是非此及彼的。

头发长为什么不可以见识也长

早在 2018 年，我对中国的 137 位作家做过"我们时代的性别观调查"。在调查里，我问青年女作家们的问题是，你有女性意识吗，在写作中你会克服吗？同样问题也给男作家，你认为自己有男性意识吗，你会克服自己的男性意识吗？男作家会说，我的写作有男性意识啊，我本来就是男性，我怎么能克服呢？但很多女作家的回答则是，我的作品里可能有女性意识，但我也知道这有一些问题，我会克服。从这样的回答中我们可以发现，男作家对自我意识是肯定的，但女作家们对自己的女性意识有强烈的不安全感。当然，这是五年前的回答了，就在前不久，我还做了一次回访，大部分作家的理解发生了变化。

在当时，我也调查了一些已经成名的女作家。她们都非常直接承认自己是女性写作或者受益于女性意识，比如铁凝老师，比如林白老师。我记得她们的回答是，我的一部分作品受益于我的女性视角，我的女性意识。尤其要提到迟子建老师的回答，她说很多人说女人头发长，见识短，但是，女人头发长为什么不可以见识也长呢？我对她的回答印象深刻，我认为，她以一种形象的方式对那些女性刻板化的印象提出了质疑。所以你看《额尔古纳河右岸》，她写了一位女酋长视角下的世界，沧桑坎坷，同时也深具力量感。

女性是不是天然就拥有女性视角或更敏感的性别意识，或者，难道男作家就天生写不出具有女性视角的作品吗？在2023年FIRST影展的惊喜TALK单元里，我也分析过这个问题。比如，有的作家是女作家，但写的是"霸道总裁爱上我"系列，那不是真正意义上的女性写作。还比如拉姆案，丈夫杀死了拉姆，全社会都在谴责他，但也有人在新闻下回复说，她一定做了让她丈夫生气的事情，不然，她不会被杀。那么，持这种观点的人就不是女性视角，即使生理性别是女性也不是。我的意思是，不是因为是女性就一定天然拥有女性视角，女性视角并非与生俱来，它是一种价值观，也是可以学习的方法论。它是后天不断习得的。我们现在很多人开始拥有女性视角，其实就是在不断学习中获得的。事实上，文学史上很多优秀的男作家其实也会写出深具女性视角的作品，比如《安娜·卡列尼娜》，比如《包法利夫人》。

哪些是真正优秀的女性文学作品呢？比如门罗的小说，她写的常常是家庭女性的生活，细致入微，但又深入深刻；比如阿特伍德的《使女的故事》，她从女性身体和生育出发，但又抵达了人类的生存境遇的思考；还比如费兰特的"那不勒斯四部曲"，她写的是女性情谊、姐妹情谊，但又超越了普通意义上的刻板化的女性关系的书写。在我眼中，这些都是优秀的女性文学作品。

"你写得一点也不像女人写的"

我在前面提到，有些青年作家不愿意承认自己的写作是女性写作，她们担心自己会被标签化，我对此非常理解。比如，如果你对一位女作家说,"你写得一点也不像女人写的",一般情况下它会被当作一种褒奖,夸奖者和被夸奖者都默认。可是,如果对一位男作家说,"你写得一点儿也不像男人写的",会怎样?他会生气的,非常可能。因为大家似乎都心照不宣,这个评价并非夸奖。所以,在这个语境里,我们会明白,什么写作更"高级",什么写作没那么"高级",这就是我们的文学语境。长久以来,我们对好作品的判断已经有了一个潜移默化的认知,但是,这是刻板化的认知。

这些认知需要大家一起改变。这也是我研究女性文学的原因。我希望文学史上的经典文学判断标准不应该只由男作家作品构建,也应该包括女作家作品,我希望平等的理念也能践行在文学评价体系里。当然,情况已经有了改观,世界文学领域里,诺贝尔文学奖得主中女性非常少,但近十年来,女作家开始越来越多,关于她们的作品,评委会在评语中反复提到女性视角、女性意识。这表明,她们的写作和以往男作家不一样,但同样是优秀的。颁奖是在确认一种新的判断文学的标准,不仅仅宏大叙事是重要的,那些来自女性的边缘的叙事同等重要。

在2023年茅盾文学奖获奖作品中,我们看到了乔叶的《宝水》。《宝水》写了中国农村发生的巨变,写了当代中国农村女性身上所发生的精神变革,她们如何使用新媒体手段改变生活,如何与家暴、性侵做斗争,如何让自己从受害者身份跳出来。中国现代以来的文学史上,书写乡村生活的作品何其多,但如此广泛书写农村女性命运的作品却是不多的。作为写作者,在面对深厚的中国乡土书写传统中,乔叶显然受益于她的女性视角。正是对中国农村女性命运和女性精神生活的关注,打开了她长篇小说写作的维度。

2019年，我编纂第一本《中国女性文学作品年选》，我挑选了最有代表性的20部优秀的女性文学作品推荐给大家，到今年已经是第五年了。2019年至今，女性文学作品年选已经走过了五年，也得到了广大读者的喜爱。从2023年开始，我们的女性文学作品年选分为了《明月梅花：2023年中国女性小说选》和《流水今日：2023年中国女性散文选》，两个选本分别都是20位女作家写下的20个故事，是来自女性视角的理解与观看；不同的是，小说年选是虚构和想象的故事，而散文年选则是女作家们所亲身经历的故事。女性文学年选是年度最具代表性的女性故事的集中呈现，不同的女性经验滋养不同的女性故事，截然不同的经历里又有着共同的生命经验和情感。作为主编，阅读这些作品时充满了喜悦和感慨，也非常期待朋友们喜欢这些故事，当然，还期待更多的朋友拿起笔，写下自己的故事。

2021年，我开始主持"持微火者·女性文学好书榜"，这也是中国第一个女性文学好书榜榜单。就在2023年底，我的"女性文学工作室"公众号刚刚发布了"持微火者·2023年度女性文学十大好书"，榜单里既包括中国原创作品，也包括翻译作品。这是深具文学品质的榜单，我们的书评团成员都是我的研究生，95后、00后年轻人，主要推荐优秀女作家作品。之所以做这些工作，其实想法也很朴素，就是希望更多的读者看见女作家及其作品，关注青年一代女性写作者成长，也希望通过这样的方式来确认新的文学评价标准。

回到今天的主题，我们讨论的是文学之用。我很喜欢美国诗

人威廉·斯塔福德的那段诗,是关于文学创作的,他说:

> 于是这世界诞生两次
> 一次是我们所见的样子,
> 第二次它成了深远的传奇,
> 它本来如此。

说得多好!文学的意义在于"重新看见",在于"第二次看见",在于拂去事物的刻板化印象,发现世界的"本来如此"。这是优秀文学作品所带给我们的,也是基于女性视角的阅读与写作所带给我们的。这是文学的无用之用。

2024 年 1 月 21 日

love

爱

圣诞玫瑰

邵 丽

如果你来过鹤江,你一定会爱上这个地方,至少刘念是这么认为的,她不太记得清自己是什么时间来的,忽而想起前几天房东提醒她,预缴的房租要到期了。那么,该有三个月了吧。

虽说这是一个县城,但很像黄庙街——刘念第一次来到这里就有这种感觉,隔着沥青混凝土依然能感知土地的抚慰,似曾相识的心安。显然,不是每个人都像她一样喜欢鹤江,喜欢这座不为人所熟知的小城镇。年轻人大多都离开了,去了更大更繁华的滨州,或是其他什么机会与挑战并存的州市。仿佛这一代的鹤江人生来就是为了逃离。留下来的多是老一辈人,他们贪恋黑土地的滋养,端着凳子依偎太阳的仁慈,一年又一年。偶尔也有年轻的夫妇,带着孩子,短暂地路过葡萄架枯藤攀着的矮墙,哑摸着户头上还差多少能攒够市里的首付,最终走开。

刘念对于小区的人来说是陌生的。不过她丝毫不担心无法融入这里,毫不夸张地说,往田间走上一圈,连稗子都想告诉你它如何度过了一个提心吊胆的春天。黑土地上长起来的,实在没有什么不充满热情。实际上,她很享受这种不被认识的陌生感,这使她得以拥有有生以来最自由的自由——想不做什么就能不做什么,包括说话。为了让这种自由能长期地持续下去,她选择了一条怪诞的、一劳永逸的路径。

偶然路过大爷大妈跟前儿，原本聚集着的人群四下散去。他们走得很慢，步子又不稳。刘念觉得很像是被风吹散的蒲公英。人有时是很单纯的，尤其是上了岁数的人，你让他们看什么，他们就相信什么，决不会怀疑这背后有什么想要隐藏的东西。也许这也是让她留下来的原因之一。

明天就要过大年了。按照这里的习俗，商铺是要到初八才开市的，讨个吉利的兆头。年节催得人格外忙碌。刘念坐在自家花园的台阶上，看成捆成兜的吃食进各家的门，看小区里的灯盏盏亮起。她拢了拢披着的大袄，起身进屋。或许是被外面的气氛感染了，她决定为自己点一份丰盛的晚餐，四菜一汤，是老家成席的规格。按照鹤江的规矩，她又加了一份饺子，搭配着菜，有些不南不北。新年快乐！独自生活的日子里，她习惯了自话自说。也有些时候，会对着台阶上修剪掉的花——说着，给自己夹了满满一碗菜。桌子对面还有一只碗，她每餐饭都会拿出来、洗一遍再放回去。这是一个仪式。

饭菜摆好，她起身去门口的衣柜挂上脱下的大袄。屋里是刚好单穿一件的温度。她轻轻地抚摸挂起来的大袄、柜门，然后是茶几，最后在沙发上坐定，仔细地观览着这间屋子。刚搬进来的时候是个空房，她一点一点地布置起来。房东也乐于承担部分费用，于是装扮得更加精细。她打开沙发正对着的投影仪，找出一部电影下饭。她很久没有去过电影院，不知道眼下最热门的是什么片子。不过不打紧，她更倾向于老式的黑白港片。原本屋子里准备的是有餐桌的，只是她觉得沙发更舒服。餐桌又别有他用，渐渐地功能化分区了。

刚到的时候,她不太能吃得惯鹤江的口味。黄庙街,就是她的老家,吃饭向来是炖煮的咸鲜口儿。后来她在阜州待了几年,自己做饭更是少见油盐。一地风俗一地味儿,鹤江的饭菜打老远就呛香,放到嘴里更像场大型的味蕾风暴,争先恐后地炸开,像极了一场恋爱。

刘念突然放下筷子,菜汁儿滴到了衣服上。人总会重复性地在一些小错上反复,一次又一次,从不会用筷子到不能再用筷子,没人能保证自己绝不会犯这个错。或许当我们足够成年可以判断这其实不算是一种错,却仍然会有想要补救的应激遗留。独处的好处就在于此,你的世界不再有人观看,所以一切情绪会变得失去外在性,收敛、沉潜,没有过分的喜悦或是过分的生气。这件家居服是她最喜欢的,已经穿了很久,柔软的贴身面料会因洗涤变形,领子再也折不出规矩的形状,但穿着就是让人舒坦。

她叹了一口气,吹动了手中的抽纸。擦了,擦不净,衣服上还留着菜水的痕迹。绕过原本的餐桌,进入厨房,用了一点洗洁精,又回到沙发上。桌子上的菜没有凉,可她失去了吃的欲望。她的手覆在那片湿漉漉的棉布上,泪珠划过脸,然后汇聚下巴处,重重地打着手背。电影里的女人独身离开故乡,像这滴泪水一样,既毫无征兆,又无声无息。她抬起手去抹眼泪儿,头微微昂起。记不清是谁说过,骄傲的人,连擦眼泪都是向上的。

在客厅和厨房之间,有一面墙,因着它还有承重的使命,要比其他墙厚一些,足有三十厘米。原本定下的餐桌就摆在这里。刘念坐了下来,桌面上摊开的是抄了一半的心经。屋子不大,桌子平时都是收起来的,看起来是面靠墙的柜子,只有写字时才让它完全展开。她起身再点上三支香,插在柜顶的香炉里,拜上三拜,又坐了回来。这是她每天都要做的事情,与其问她有多么虔诚,不如真实地说出她究竟有多么执着于这荒唐的仪式感,就像那只空碗。今天下午出大太阳,她在花园里忙活。字就被耽搁在一边。这会儿补上,也不算荒废。

香燃得很快,但味道很难散去。檀香落进墨里,缠绕笔尖,一点点被写进经文。等到墨也干透了,刘念把折好的纸放进柜子抽屉里,连同之前的九十张,一齐阖上。她想起和房东约好了,明天要签合同,又拿起手机编了讯息传过去,明天九点见哦……等一切都做完了,也就意味着这一天快要结束了。她躺在床上,翻看着手机。输上一串号码,她想要打过去。她很知道自己想要打过去的,但是没有。她只是盯着手机的屏幕,等它快灭下去,再点亮,然后再灭下去,最终也没能拨出去。屋里的灯熄了,只剩下屏幕的一点光亮,映着她的脸。忽然她把手机盖在床上,身子颤抖,发出像遥远地方猫叫般的呜咽,几不可闻。手机再亮起时,她又恢复如常,除了微红的面颊和被打湿的枕头,好像一切都没有发生变化。她飞快地删除了那串没有拨出的号码,犹豫了好大一会儿,又重新输入,然后灭了手机的光。屋子又被另一种类似外头人家挂在门前的红灯笼的光亮充斥着。

做完这些,她才真的可以睡了。

当小张和师傅从单位赶过来时,小区的单元门已经拉上了警戒线。这不是他第一次出现场,但确实是第一次出这种命案现场。此刻的他,尤为紧张。如果你曾有过年少时的英雄梦想,而它就真实地出现在你眼前,等你实现它;或者说,当你以为自己是天选之人,并满怀憧憬地踏上这趟英雄号列车。而车上的英雄们并无独门绝技,只是邀请你一起清理垃圾,告诉你这才是英雄的日常，那么就不难理解他的心境了。生活的真相平常又残忍。

在进队之前，他是无论如何也想不到队里的工作是如此琐碎、单调、乏味，所能接触到的大多是些鸡鸣狗盗、街坊吵架的事儿。鹤江人说话就像他们的热情，过分地夸张。每次接到报警电话，听着那头像是两伙儿火并，到现场一看，两个老头吵架都还隔着一丈远。乘兴来、败兴去地和同事调侃，还行啊，老爷子安全意识挺足。不过想想也是，一个人均占地六十平的小县城，每天都有大案重案，那还不要了命吗？今早接的这通电话，像一股电流从听筒里传出，刺得他一个激灵。一直到师傅问他什么内容，他才木木地放下电话说，死人了！直到他们坐上警车，赶往新城小区时，小张还是有些不敢相信这种案子真由他们来负责。

虽说他在队里已经看过很多案例卷宗，理论上也熟练掌握了进入现场的注意事项，但就像一条路，坐在车里来回十遍八遍，也不如自己摸索着走上一趟来得让人记忆深刻。很多孩子在外出读过一年大学、自己单独探索城市后，会比对前十八年生活过的故乡在原始的广度上有着更深层次的了解。再走上几年，就能形成一套自己独有的对事物的认知方式。所谓认知观念的构成与自己走一条路，从本质上来说是一样的——小张常常觉得自己这种学生式的哲学思考，是一种不成熟的表现。但他又常常如此，形成路径依赖。

车直接开到了单元门口。小张跟在师傅后面下车，向外围的同事出示证件，跨进被封锁的范围内。叽叽喳喳的谈论声一下子就消下去了，这看起来符合英雄出场的外部环境——小张在心里暗暗调侃自己，借以消除紧张情绪。新城小区，很难说是不熟，就在昨天晚上他还接到了一起"投毒案"的报警电话。两家老人因为抢菜摊上的最后一捆大葱，从骂战升级到动手。被劝散后，回到家越想越气，其中一位就把家里的狗屎丢到了另一家的院子里。这位当然也不甘示弱，进行反击。等小张和同事赶到现场时，两个院子几乎没有能下脚的地方。最后还是小张和同事把院子打扫干净，两家保证不再继续让此事发酵才算了事。诸如此类的事情还有很多，有些时候他会猜测，整个小区的普法教育节目收视率肯定能在全国拔得头筹，不然这些老人哪来这些唬人的报案名头？后来，小张渐渐明白，即使没有案子，他们也会拉着他问东问西。就像即使没有人，他们也会固执地守在墙根，等待着一些并不新的新闻的来袭。他们已经太老了，这个不大不小的街区就是他们的余生，他们守着活着，也被困着。

警戒线围住的是一栋六层高的住宅楼，不算老。案发的现场是一楼的东户，朝向很好。这里的冬天很长，因为纬度高，一般"十一"假期后再过半月，最多二十天，就开始供暖了。冬天长归长，却也不是一直下雪，经常是下上一两天，停个一周，再接着下。给人们时间铲铲雪，在道路上跑跑耍耍。老天体贴，也真怕这漫漫冬日把人给憋坏了。所以路两边总堆着长长的雪，光照上去熠熠闪亮。小孩子是断受不了这种诱惑的，每一场雪都能引出恶战。也会有大晴的时候，太阳终归是太阳，该出现的时候它不总是缺席。比如现在，它就照在东户的花园里。

整个小区只有一个出入口，正对着一条路。这条路把小区分成了两半。外围用的是铁栅栏，打外头走上一圈，里面的一切尽收眼底。每个一楼都有花园，与其说是花园，倒不如说菜园更合适，绝大多数人都种上了菜，或许是源自骨子里对原始农耕生活基因的不可抗力吧。只有这个园子里全是花，小张认得，那是圣诞玫瑰。这种花和很多年前流行的君子兰一样,有一段时间一夜之间便在这个地方卖疯了。其实它和玫瑰没什么关系,是毛茛科草本植物。因为它枝条硬朗挺拔,株型直立,当地人都管它叫铁筷子。花一年两季,开在最寒冷的冬春,所以现在依然能看到满园的常青和枝头比绿叶还多的花朵。园子靠近栅栏的地方堆着残雪,花朵上也零星地盛上一瓣两瓣,太阳一照,化成了水珠,顺着花茎滚落进土壤,瞬间就被吸收了。被雪压得沉下去的叶子,也抖擞着伸展开了。这种花即使是在种满花的庭院中,也不会被人忽视,它实在是有些太昂贵了。毕竟是从国外进口来的,早几年一株就要好几百,如今即使降了价,应该也没沦落到论斤批发的境地。

师傅说了句来吧,小张连忙把手套鞋套一一递了上去。门已经开了,入户的门正对着花园,阳光穿过它,顺势洒进了客厅,铺得满满当当。门内薄薄的一层月影纱,因为开门钻进来的冷气而飘动,影影绰绰地透着亮。屋里温度很高,空气里弥漫着焚过的檀香味儿,像一床刚收回来的太阳晒过的被子,宽大轻软,舒服得让人想要一头扎进去,带着幸福的昏沉。卧室的门已经被打开了,小张和师傅走了进去。死者留着中长发,穿着一身成套的家居服,背对着门的方向躺在床上。床头柜上放着手机、一杯白水和一副框架眼镜。地上除了床头那一边靠墙,其余的三面各摆了两个卡磁炉,以及一双女士拖鞋。小张取下卡磁炉的气罐晃了晃,六只都是空的。他走到窗边,拉开遮光帘。窗户从里面锁住了。他看向床上女孩的脸,眼球突出,唇部、面部留有好看的樱桃红色。床上有呕吐物,是典型的一氧化碳中毒症状。死亡时间,他推断应该在昨天晚上。这两天一直在下雪,昨天下午三点左右才停。而刚刚进来的时候，他看到花园里的花，靠近根部的地方都没有雪。这种花最怕水淹根，所以应该是她在雪停之后清理的。

其实他还可以说出更准确的时间，因为他最后一次见到她，是在昨晚八点钟。当然那不是他第一次见，只是没想过是最后一次。而最后一次见面，距离他能够以如此方式了解她是如此之近，他莫名其妙地觉得有点遗憾。生命中或多或少会出现某种颜色，区别于其他所有色彩。具象成某一个人，对小张而言，她是红色，热烈而通透。他记不清到新城小区出过多少趟警，也记不清第一次遇到她的那天是为什么。只记得那天的阳光很好，就像今天。他透过车窗玻璃看到她穿过小区，一袭红衣，隔绝了周围的嘈杂。等出完警，天色暗了。小张看到她坐在花园的台阶上，手里还有几枝剪下的花。身后若有若无的纱帘，与她的清冷面色相得益彰。即使没有那身颜色，她在这儿也是绝对不会被忽视的存在。她年轻、陌生，还有点外地人才有的那种故作姿态的不在乎。

昨晚的她，与往日是有些不同的。他和同事处理完满院子的狼藉，坐进车里准备回去。她出现了，在一片红灯笼簇拥中出现了，不是那件红衣，而是长及脚踝的大袄包裹着她身体。她丢完垃圾就回去了，楼道里的感应灯没亮。他看着她一步步沉入黑暗里，心里感到一股怜惜，孤独着别人的孤独，直到她打开房门。现在，他很想知道她丢了什么，在她留在世上的最后一天晚上。他径直走出房门，走向那个超大绿色垃圾桶。也许，在这个人心般污浊的所在，藏着一个人一生的秘密呢！

法医要带着尸体回队，师傅决定把后续工作交给他。其实一直以来，小张没觉得自己算是个有天赋的。他把自己半只脚踏入刑警队这件事，认定为机缘巧合，只是恰好他在警方发布的案件下面写了评论，谈了自己的几点看法，实习期就被队里要过来提前适应工作了。他不懂摆在面前的众多线索里哪些是最值得关注的，也不能分辨走访对象口中哪些话是不带任何情感色彩的客观描述。既没有秦明那样过硬的专业知识，也没有方木那样敏感的画像能力，更不用说福尔摩斯那样拥有广博学问、可以见微知著、转速堪比计算机的大脑。他在读书时反复揣摩《福尔摩斯探案集》，每到解密的时候，根据提示退回去一点一点地对照细节复盘，看了不下数十遍，仍旧不能独立地去破那些案子。师傅看得出他的心思，他坐上车，并不着急走。末了，他告诉小张，慢慢查，别有压力。

小张决定先见一见报案人，她现在正在和同事做笔录。单元门口围着的人依旧没有散去，住了这么多年的地方突然死了人，想来他们想要看个究竟。

"警察同志，什么时候能把这个撤掉啊？这大过年的，都等着回家做饭呢。"

他们说的是警戒线，因为死者在一楼，怕楼上的人来回走动破坏了现场，整个单元楼都封起来了。现在已经勘察完毕，尸体也运回队里，警戒线是可以收起来了。只是群众的话未免有些不近人情了，他们如果问死的是谁，或者怎么死的，都不奇怪；怪的是好像大家觉得这个人就是该死的，或者说，早知道会如此。

他一边听着他们说话做笔录，一边在屋里细细扫视。从进门处开始，大门是防盗门，用的密码锁。左手边鞋柜，鞋子很少。进门右手边靠洗手间的墙，是一排柜子，里面衣服也没几件。进到洗手间、厨房，看起来干净简洁，让人觉得她不是住在这里，而是来旅游的。他自己都觉得这个推断很好笑，谁会来这种地方旅游呢？可能人家就只是喜欢这种简约的感觉而已。只剩下客厅了，三人位的沙发，松软得不像话，刚进门时的感觉又一次充盈了他的身体。顺着檀香走到柜子旁，上面放了一只香炉和三支燃尽的供香，墙上挂了一张带观音像的手抄心经。香炉里的灰快装满了，屋子里每件东西都带有淡淡的檀香，包括抽屉里的那沓观音像，和挂在墙上的一样。就这么大的地方，很快就转完了，不过她家中的某些东西引起了小张的注意。

报案人是这家的房东。死者三个月前，从外地来到这里，租下了这间房子。她说没见过雪，来这里住上一段时间，觉得好的话，就会长期租或者买下来。上个星期房租就到期了，房东问她怎么想，是买是租还是退房？她要是不住了，她要带别人来看房。她们约好今天见面，带着租房合同。房东九点到的，敲门没人应，电话也不接。她在门口等了约莫半个小时，还不见任何动静，就把门打开了。一看，人死了，就报警了。

"你一直有这房子的钥匙？"小张突然发问。

"你听我说，警察同志，这门锁上留有我的指纹，我告诉她改密码的方法了。一般我是肯定不会来的，但是你说她要是跑了，或者霸占着不走，我不能换一个房客就换把锁吧！"

"你还有什么要补充的吗？"

"也没啥，我们接触不多，不过真没想到她会把房子装成这样。她看起来比较那个。哎，就是那个，风骚吧！我也说不太好，反正看起来不像是会在这屋里住着的。外头对她评价都不太好。"

接着上门走访，一律是家中的女人在接受调查。她们提起死者，脸上挂满了嫌弃，仿佛什么肮脏不堪的东西，恨不能结束后立刻去刷刷牙洗洗脸，冲去沾染上的污垢。"就是个卖的！""卖什么的？""卖什么，做鸡的！""卖淫是违法行为，你们既然都知道怎么不举报呢？""她还不如卖鸡的，鸡要钱，她就是发骚！""这样吧，如果你们能提供证据，可以随时跟我联系；如果不能，小心她的家属使用起诉你的权利。"女人们听到这话，闭上了嘴，狠狠地剜上自家男人一眼，好像还有什么没说尽的话，因为他们的原因不能继续说下去。正好，他也根本不想听。毫无缘由地，他怒气冲冲跑出单元门，差点被门槛绊了一跤。今天的太阳晃得让人心烦。他不知道自己在为什么生气，因为女人们说得不好听的话？自己凭什么那么笃定她不是呢？因为卖淫女不配体面地死去吗？

他还有一个人要见。

小区门口的一条街上，开着各式各样的店铺，吵吵嚷嚷的，满足小区住户的需求。小张打街上遛了一圈，随后进了一家卖烟酒副食的杂货铺。门脸很小，屋子是狭长的，靠着墙立了两趟长长的货架，加上屋子正中间的一趟，一共三排，堆得满满当当。老板坐在进门的玻璃柜台里看电视，整间屋子只有一个灯泡，非节能的老式钨丝灯泡。太阳照不尽狭长的甬道，屋子的后半截因着这只灯泡，不至于被人忽视。电视机和灯泡刺刺啦啦地遥相呼应，左右耳一起一落的声波，让人觉得不舒服，只有柜台享受得到外头的光亮。

"老板，听说你这儿卖卡磁炉？"

"是的。这里只有我卖。"

"都有啥样的？"

"就一个样，拿给你瞧瞧。"老板从脚底下摸出来一个，递给小张。和照片上一比对，基本确定死者家里的卡磁炉是在这里买的。

"老板，跟你打听个人。最近是不是老有个年轻女孩在你这儿买卡磁炉？"

"有。"

"记得这么清楚？"

"她半个月买一个、半个月买一个，一来就说是坏了。我卖这么多个出去，也没见过一个坏的。我寻思咱都是做街坊生意的，她一个小姑娘也不容易，叫她拿过来我给修修。她竟然问我会不会修理身子？真的，给我挺大一老爷们儿听得脸通红。我也懒得管了，她掏钱我就卖东西给她。"

"那您怎么知道她是一个人呢？"小张问着，脑海里浮现的是橱柜里摆放整齐的两双碗筷。

"咱这地方小，生脸少，像她这么年轻轻的就一个。再加上吧，做事再张扬些，想不注意她都难。小伙儿你别不信，她每天要在这条街上干啥，我闭着眼都能给你说出来。"老板猛抽了一口烟，像充了气一样，一股脑地往外说，"每天早上七点四十五，她来街东头买包子，一荤一素一杯豆浆不加糖，边走边吃到街对面买菜。周一鸡来周二鱼，周三肘子周四是海鲜……然后再去西头买几个水果，最后来我们家买一瓶酸奶一瓶纯奶，就回去了。"

"天天如此吗？""差不多吧，我还纳闷干啥不直接成箱地买。俺这也没啥人，拆开了，最后还不是一箱都卖给她？不过她每月的初一、十五买一个炉子。买炉子呢，就不买奶。小伙儿，她出事了吧？"小张本来想问他怎么知道，低头看见了自己的警服，回道："嗯，她死了。"老板没再接话，仍旧抽着烟。

小张的电话响了，他走出门，掏出手机。是师傅的电话，问他进展如何。"正常吧！"他脱口说出了这三个字，有点吃惊，但仔细想想也没什么不妥。挂了电话，街上仍旧是吵闹，大家都珍惜着难得的晴日。鹤江的年味一如往年的重，小区里那个女人的死，什么都没能改变。

小张回到队里直奔法医室，还带着满满两大包证物。法医掏出手机对师傅说，收你二十。师傅告诉他，这只是他们两人之间的一个小乐趣，这次赌的是他会带几袋儿东西回来。小张当然是不明就里的。法医收起手机，告诉他，这是尊敬的周扒皮师傅为我即将为你这两兜宝贝加班加点，支付的泡面费。他有些不好意思，手中的东西放也不是，不放也不是。法医被逗笑了。师傅直接接过，递到法医手里，说这样才公平。

师傅告诉小张，根据尸检报告的结果显示，死者角膜中度浑浊，瞳孔能透见，推断死亡时间在十二至二十四个小时之间。死因系急性一氧化碳中毒，肠胃中未见苯二氮卓类药剂残留。也就是说，再等一份证物科的鉴定报告，就可以结案了。师傅当然看出了小张有话想说，这孩子有着他自己都未曾察觉的敏感，那是无法通过练习复制的天赋。只是太缺乏实践经验，这次的案件对他而言就是很好的机会。师傅耐心地听他说出自己的困惑，他觉得目前还不能认定这是一起自杀案件。房间里多出的男士拖鞋和洗漱用品，似乎说明还有另一个人的存在；尤其是说到死者的风评那一块，他激动得厉害，就差没有喊出来——他用低沉而坚定的口吻说道："她绝不可能是那样的人！"

师傅看了他一眼,好像小张的态度在他的意料之中。然后他问道:"你认识她?"答案是否定的。"那你怎么知道她不是那样的人?"看他沉默不语,师傅又说:"你觉得咱们局长是什么样的人?"

"严谨、严厉。"小张迟疑了一下,觉得他没见过局长几面,还真不好回答这个问题。但话已经脱口而出,他有点尴尬。

"那你觉得局长在孩子心里是什么样的人?"他明白师傅的意思,每个人作为独立的客观主体,对同样的事物,会产生不同的感受。"你再想想,局长对劫持人质的罪犯和小偷,采取的方针是一样的吗?"师傅看他有些没完全明白,又补充道:"人是多面的,往往人们呈现给你的是他们为了某种可达或不可达的目的,想让你看到的。而作为警察,我们要相信,也只能相信客观证据。"

不到两个小时,法医带着结果出来了,所有证物都显示死者是独居,家中除了自己的指纹,连其他人的毛发都不存在。证据链中唯一没有闭合的一环,也在这份结果出来后,严丝合缝。

法医拍拍小张的肩膀:"张儿,你知道这姑娘哪儿的吗?"

"不知道啊,房东只说了她刚来这儿三个月。"小张老实回答道。

"我知道,我还知道她什么时候生日。"

"这也能解剖出来?"

"当然不是,不过她衣服口袋里有身份证。你太紧张了!"

"紧张?我紧张吗?师傅,你们早就知道她是自杀对吗?"他转身问师傅。

"没有很早。"

"原因呢？"

"因情吧。"

"那您为什么还任由我去调查，不直接结案呢？"

"首先，你提出的问题和线索确实值得去验证；其次，这是你跟的第一个案子，我应该给予充分的支持和信任；当然，必要时我也会纠错；最后，你也得到了相同的、正确的结论。证明你做的调查没有错。"

"师傅，我想知道您是怎么得出的结论？"

"屋里虽然有男士物品但是没有使用过，加上证物科显示屋内只有她一个人的毛发和指纹，其实就否定了另一个人存在的可能；她的右手无名指根部有戴过环状物品的痕迹，尸检时颜色较淡，结合她到鹤江的时间，推测应该是来之前因为感情破裂取下了戒指；最重要的一点，她的手腕处有割腕的痕迹，我们调了她的病例，有过自杀被救的先例。以上，判定她计划性地进行了自杀行为。"

"哦。"他为自己的某些疏忽感到惭愧，"原来是这样，我还浪费了那么多的时间和人力。"小张觉得自己此刻像是站在海边，翻起的海浪一下一下朝他涌来，拍打着他的脚面、小腿、腰部，最后打上他的脸。他的五官无法感知周遭，脚下的沙子被站出了两个坑，细密而紧实地抱住了他，动弹不得。

"浪费？即使是在最严谨的物理实验中，自然损耗也是可以忽略不计的。没有那么多的天才，只有在发展中不断进步完善的人。你所拥有的细致入微的感知能力，已经超越了很多人。况且我只比你早知道不到半天，二十年的经验领先你半天，值得让你这么沮丧吗？我们也会有为了一个案子布控三五个月而一无所获的时候，这也是你眼中的浪费吗？"

惭愧变成了自责，他朝师傅尴尬地笑了笑。

"每一个刚进入这个行业的人都愿意做很多功，不在乎是不是有成就。后来很多人慢慢都变平淡了，没有热情也没有激情，功过无所谓。这才最可怕。"师傅的话有点严厉，甚至有点难听。但他听懂了，这话把他一点一点从脚下的沙窝里拔出来，耳目变得清明。他突然想透了一个更深的问题，也是这几天他比较焦虑的问题——有人一点一点地设计自己的死，也有人一点一点地计划自己的活。有人在死去，有人在成长。这个世界就是如此复杂，也如此可爱。

他深深地向师傅鞠了一躬，没听到一旁的法医在他出去之后与师傅的对话。"这不是你自己挑的人？干吗生这么大的气？""是，我活该。""人家可比你当年聪明得多，也上路得多。想想局长的白头发，你可没少添力。你开始还不是一样？所以啊，慢慢来吧。""嗯，慢慢来。"

"喏，这可能会对你找到答案有帮助。"小张扭头一看，是法医追出来，手里拿着那部放在床头的手机，只有一个未署名的电话号码。他记下那个号码，用自己的手机拨了过去，很快被接起。"喂，是你吗？"是一个女声，带着试探地询问。

"你好，请问您是刘念的家属吗？"——刘念就是那个死去的女人。

"她死了吗？"小张听到这样的问题已经不感到奇怪了。大家都能看到的事情，只有他看不明白。

"是的，她……死了。我是鹤江刑警队的张瞰。"

"好吧，"她稍稍停顿了一下，"我尽快过去。"

"您怎么过来呢？确定好方式和时间后请告诉我。"

"好的，谢谢你张警官。"

挂了电话，小张突然觉得已经松弛下来的心又莫名其妙地紧张起来，刚才接电话的那只手竟然沁出一手心的汗。干吗呢？真不是老警察呢！他一边自嘲，一边下楼开车。转了一圈儿，竟然没找到自己的车。后来一拍脑袋，想起来刚才为了提东西方便，是从楼东侧的货梯上来的。法医说得没错，我太紧张了。他暗暗责怪自己。还没走到车跟前，那个女的电话就打过来了，说她两个小时后可以赶到滨江机场。小张看看时间，赶紧朝机场赶，他赶过去也需要两个小时左右。鹤江不像阜州，它只是一个边缘的、不发达的小县城，没有高铁更没有飞机。从阜州过来，需要先飞到滨州，再转两个多小时的车才能到。在路上，他给刚刚那个号码发了一条短信："您好。请您下了飞机联系我，我会在机场接你。"

在路上，他觉得心里有点乱，虽然他想好好从头到尾捋一下这个案子，但千头万绪纷至沓来，一时也不知道从何处开始。他觉得，是赶紧想见到这个女人的念头扰乱了一切。而见到她，这种乱就会终结，因为，她知道。他什么都没说，她就什么都知道。

刘念从阜州来到这里，对内精心地、规律地生活，对外不加掩饰甚至宣扬做着败坏名声的举动，最终死在家中。那么，动机呢？一个案子最重要的就是动机，人不可能无缘无故地去伪装，即使是下意识的，也是深层次内心需求的驱从。她屋子里即使不是真的有另一个人存在，在内心里也一定为某个人始终保留着这个位置。小张知道，这一切，都需要从阜州来的这个女人给出答案。

突然，他看到一辆白色的奥迪从他车右边超了过来，快超过半个车身的时候，一个胡子拉碴的中年人摇下玻璃点着他说："警察叔叔，你会不会开车啊，一直压着超车道走？"他这才意识到自己的错误，本来想道一声歉，可那辆车一溜烟跑前面去了。他咬了一下指头，静静脑子，专心开起车来。他还没赶到机场，那个女人的电话就打过来了，说她已经落地了。

两个人见了面，他把证件递给她。她迟疑了一下，还是接了过去。她看了会儿证件，又看着小张："有什么需要我配合的？"

"是这样的，我们需要家属确认死亡，还有她生前登记的人体器官捐献，也需要征得家属的同意。刘念的手机里就你一个联系人，所以……"

"所以？你就认为我是她的家属？"她摘下墨镜，看向他。她的眼圈通红，手死死地捏着背包带，极力忍耐即将喷薄而出的情绪。

"除了房东，这个手机上只有一个号码，也从来没有拨出过……我猜想，她唯一想让来的只有你。"

"她倒是会给我找麻烦！"从机场回去还要一段时间，她上车就闭上了眼，或许是因为悲痛，总之她没再说一句话。她的脸瘦长，身子也瘦长，体型和刘念相近。两人站在一起，说是亲姐妹也不为过。

刘念的尸体就躺在那儿，穿着自己的衣服。队医整理过她的遗容，擦去面上的脏物，被一氧化碳成功争夺的血红蛋白堆积在皮肤表面，在白炽灯光下显出好看的桃红。小张也被灯光晃得恍惚，像是又看到花园里的玫瑰，处处开放。女人走近看了她一眼，问小张要来文件，找到需要签字的地方，快速写下同意，然后头也不回地离开法医室。小张没想过她会是这种反应，追出门去，发现她蹲在地上哭。她把头埋在胳膊里，两只胳膊紧紧地抱住自己，身上的过膝长袄随着她的脊背在地面上起伏。法医室的门夹住了她一半的背包。她就这样大哭，没有人会来阻止。如同医院比教堂聆听过更多虔诚的祷告，这间屋子也比婚礼见证过更多真挚的眼泪。

等她哭累了，小张递上纸巾。她背过身去，抹完泪露出释然的样子。她问小张："你是新来的吧？"

"我？"小张苦笑了一下，低头看了看自己的衣着，"因为我看起来不够专业吗？"

"不，你很敬业。不过，很多人在工作一到两年后，就会渐渐忘记当初立志的满腔热情，尤其是像我们教师和警察，"说到警察的时候，她故意把这两个字咬得很重，"拿着付出与收入不相匹配的工资，需要极高的自我奉献精神的工作。很容易看出来。"

这已经是今天第二次听到这句话了，他尝试理解。

女人又问道："你还有别的想问的，对吗？"小张点点头："如果你不介意的话。"她也点点头。

他们找到一家咖啡馆，是她提议的。这是一栋两层的建筑，与刑警队隔三个街区。房屋中间被打通了，进门之后会觉得内部挑高远高于外面看到的。屋子的正中间，空中交汇着两条木质的悬空楼梯，踩上去会有低沉的咚咚响声。从二楼向下看，有一个乐队在演奏，轻音乐从快要睡着的大胡子手中传出，听得服务生也打着哈欠。他们找了一个包间坐下。女人问他想喝点什么。其实小张很少来这种地方，确切地说就是没有进来过。他表示自己都可以。她一共点了三杯，两杯卡布奇诺，一杯冰美式。"这一杯是给刘念的，她喜欢这种地方的情调。"她自顾自地说着，然后抬头看着他，"张警官，有什么问题你问吧。"

"你们关系应该很好吧？"

"说实话，我们在好的关系里算不上好的，在不好的关系里又算不上不好。"她一边搅动咖啡，一边字斟句酌，"我们很少见面甚至很少聊天，但有了事情会第一时间向对方吐槽，哪怕没有回应也不会尴尬。我们也互相了解，准确地知道对方所需要的是什么样的安慰。"

她上课一般的陈述，让小张很不适应，但也有某种熨帖："那么根据你的了解，你觉得她是自杀的吗？"

"当然，你一打电话来我就知道了。"

"你们有联系过吗？"

"准确地说，从她决心要做这件事的时候，我们就再也没联系过了。"

小张并不能完全信服所谓的了解，他继续提问："我有几处疑惑，您能不能帮我解答？"

"尽量吧，有时我也并不完全懂她。"

"她为什么抄那么多心经呢？"

"她信佛，每月初一十五她都只吃素，奶制品都不碰。"

"她为什么种了满院子的圣诞玫瑰？"

"大概是这个名字吸引了她吧，听起来很有情调，像这家咖啡馆。"她这样的回答，让小张有点失望。

"她为什么来到这儿之后一定要搞坏自己的名声呢？"小张又

把走访时邻居的话向她复述一遍。

"这倒像她会做的事。"她眯起眼睛，好像在回忆某个场景，"一件好事十天半个月都走不出房间的门，可是一件坏事一天就能传遍整个小区。"

"这就是我最想知道的问题。为什么？她这样做的动机是什么？"

"你还真是个新警察，"她不合时宜地笑了，随后又严肃起来，"我觉得她这样做，会最大限度地抑制警方调查她死因的冲动，节省你们的资源。"

小张脸一红，端起了咖啡。

她也低着头搅弄面前的咖啡，这已经是她放的第三包糖了。糖分早已经饱和，杯底沉着厚厚的一层未化掉的颗粒。继而，她端起那杯点给刘念的，抿了一小口，然后她抬头看着他的眼睛说："我给你讲讲她寄给我的信吧，大概就在三个月前，我收到了她的信。上面写着：'你知道吗？心理有病的人，若把感情当作良药，只会变得越发严重。我只有死路一条。如果让你接我，你知道我会去哪里吧？我们说过的。'"

"你就真的没有再找过她吗？"

"我看完信，立马给她打电话、发微信，找遍了一切我知道的她的联系方式。可是现在所有社交平台都依托于绑定的手机号，她注销了，是空号。我看了信封上的地址，是从阜州的机场寄来的，走的邮政。那时我就明白，不必找了，她计划好了一切。如果我还有什么能帮她做的，就是不去打扰她，成全她想要被遗忘的体面。"

"她跟你说过会来鹤江？"

"鹤江是其中之一吧！我们都很喜欢雪，可能是阜州很少下雪的缘故。那时候商量过，如果有机会，定居在鹤江，买一个带院子的房子，种满园子的花。所以我一看到鹤江的电话，就知道该来接她了。"她坐在对面，目光越过小张飘得好远，好像还能看到同刘念一起在咖啡店里的画面……

"那她信里说的感情是？"

"张警官，她犯罪或者违法了吗？"

小张被问得莫名其妙："没有。"

"那为什么一定要追究这些呢？我愿意同你坐一起去说一说她，是为感谢你尊重她的意愿让我前来，也能够把这个压着我的秘密卸下。她费尽心思掩藏的东西、想要保护的人，就不要再问了吧！"

听着她郑重的告诫，小张开始反思自己究竟为什么一定要知道？开始是因为有疑点，顺着刘念给的线索听完这封信就可以了，再问就与案情无关了。"抱歉！我要先走了。"她坐在对面，好像又陷入了某种回忆。对于小张的离开，她视而不见。

小张开车回到队里，师傅在等他："聊完了？"

"聊完了。"

"你想知道的弄清楚了吗？"

"清楚了。"

"嗯。去写结案吧。"

他抱着文件朝外走了两步又回头："师傅，您说为什么总会有自杀的人呢？"

"大概在我们所受的教育中，愿意舍生取义的英雄太多，努力活着的平凡人太少。平凡似乎是不值得被歌颂的，唯有死亡才能彰显分量之重吧！"

不待师傅说完，小张连忙接话道："可大多数的普通人，光是活着就需要莫大的勇气了——您觉得刘念可惜吗？"

"可惜？可惜什么？"

"她这么聪明、冷静又周密。要是来当刑警多好啊。"

"也未必，不畏死但不知活，她没有意识到自己所做的事情并非是一场完美的献祭，而是权衡生存收益与成本后的一次选择。本质来说，她是非常利己的人。她做不了这一行。"

"哦。"他好像觉得自己的两条腿又被埋进沙里，但他又是那么心甘情愿。他被某种激动覆盖着。警察和教师，真的有某种相似吗？就像生和死，在义理上是如此相通。

很多天后，他正在讯问一个案件当事人。手机突然振动，他拿起来，是刘念的朋友发来的信息："张警官，你好。"小张礼貌地回了一句："您好。"这才突然想起刘念这个案件已经快被他遗忘了。他这几天路过那个小区就没注意花园里的玫瑰是不是还在开放。"其实我想跟你说，她寄过来的信里还有一封信，是给那个人的。"小张的手机刚收到信息，那边又传了一条过来，手机的振动一声接着一声："不过我没有告诉他。"

"您介意告诉我原因吗？"他试探地问道。

"我是要告诉你的，张警官。我知道她把信放进来的意思，就是希望我可以帮忙转交。信上写的，大概就是一些无关痛痒的叮嘱。她人已经死了，能够挽回的可能性肯定是没有了。你说，这关心里是真心更多些，还是希望他永远不要忘记更多些？"

"的确，这是一个问题。"小张想起了师傅说的话。

"如果我去告诉他，可他感到厌烦，或是恐惧，那么她想要以自杀来使这份破碎的爱情再次圆满的希望就会落空。她自我所筑起的、祭坛般的坟墓也就不再庄严神圣。既然她把选择的权利交给了我,而我,不能在失去她之后被告知她的死亡之于他毫无干系。那么这封信,永远不可能交到他的手中。"

"嗯。谢谢您告诉我这些。"

小张的手机之后再没有响起。他的讯问继续进行。离下班还有两个多小时,他想,如果有足够的时间,他会绕道那个小区,看看花园的玫瑰还开着没有。后来他又否定了这个决定,因为春天已经接近尾声了。而圣诞玫瑰,只会开放在寒冷的冬季和早春。

(《北京文学》2023年第4期)

邵丽 当代女作家,现任中国作家协会主席团委员,河南省文联党组书记、主席,省作协主席。创作小说、诗歌、散文四百余万字。作品发表于《人民文学》《收获》《当代》《十月》《作家》等全国大型文学刊物,多次被《小说月报》《小说选刊》《新华文摘》等选载。著有长篇小说《我的生活质量》《我的生存质量》《黄河故事》《金枝》等。作品曾入选《收获》《十月》《扬子江文学评论》等年度排行榜榜首,先后获《人民文学》《十月》《当代》《北京文学》《小说月报》《小说选刊》等年度中短篇小说奖。短篇小说《明惠的圣诞》获第四届鲁迅文学奖,长篇小说《我的生活质量》入围第七届茅盾文学奖。多部作品被译介到国外。

豹猫穿过丁香花丛

潘向黎

等渐渐急促的呼吸透露出山的高度,她们已经爬到了山顶。这座山处于莫干山中心地带,这里果然是成熟的景区,到处都是平展的道路和规整的指示牌。就在前方,道路陡然向左侧斜切过去,旁边有一块巨大的指示牌,但是她们都没有顾得上细看,因为她们发现道路到这里消失了,而两段颜色暗沉、线条略带凌乱的石阶充当了新的路标,引领着三个女人的目光,一路向上,最后撞在了一座教堂的石壁上。

这座教堂和其他地方的教堂很不一样,其他各处的教堂或多或少总是在周遭环境中标新立异或者异军突起,而这一座,就像是从这座山的泥土里长出来的一棵大树。它完全是用山石砌成的,石头保持了原有的起伏和质感,看上去格外朴拙苍劲,整个轮廓似乎有力量在向外奔涌。教堂外表的颜色是灰黑色的,而且年久斑驳,灰的地方有明有暗,黑的地方深不可测。一座石头砌的、灰黑色的教堂,就那么高高地立在山顶,带着神秘的力量和不屑于解释的超然,似乎刚刚从时光的海洋深处浮出来,浑身挂满了往昔的海藻。

三个人中间最年轻的贝语新说:"这个,有一百年了吧?风格很特别!"卫婉之说:"像城堡。"冉一秋说:"对,中世纪风格的城堡。"

走进去，眼前一亮，意外的，里面是一个宽敞的大厅，除了两排柱子，并没有一排排桌椅，几乎是空旷的，感觉可以容纳三四百人的样子。这里面的装饰风格也与众不同，没有多余的摆设，到处是几何形状，穹顶是三角形的，穹顶和花窗上的彩色玻璃形状也和一般教堂不同，既没有花卉，也没有宗教意味的装饰图案，都是简单利落的长方形和正方形，玻璃主要是白色的，点缀了彩色玻璃，是红、黄、蓝、绿四色，颜色也显得直截了当。三个人都好奇是哪个国家的人建的，贝语新在手机上查了一下，是一个美国人，叫海依士，1923年建造。"真的一百年了！"她小声惊呼。

教堂的光线总是与别处不同。这里的玻璃穹顶和四面的落地窗让大量天光自然倾泻进来，同时彩色玻璃又让光线变得柔和而带着一些不易察觉的色彩变幻，让人可以安心地完全投入光线之中，而不会觉得被冲刷得疼痛。仰起头，闭着眼睛，仍会感到光线像一件从天而降的丝绒大氅，把人从头到脚，连同此刻的疲惫、过去的伤痛都轻盈而绵密地包裹起来，使人心满意足得想要叹息。

卫婉之仰头看着穹顶和天空，看了很久，然后闭上了眼睛。她的身材几十年没有变化，纤瘦而挺拔，穿了一身黑色的无领小西装和长裤，只有颈间系了一条白色的小丝巾。果然是多年的专业演员，形体和气质都不一样，她站在那里，看上去就像在拍摄电影：女主人公独自上场，即将回忆几十年前的家族故事，恩怨沉浮，还有凄美的爱情。冉一秋示意贝语新看卫婉之，贝语新脱口而出："卫姐姐好美啊！"确实是。冉一秋去卫婉之的拍摄现场探过班，所以很容易就发现此时卫婉之的状态与她真的"拍电影"相去甚远：工作状态的她脚下是有根的，站在哪里都像定海神针，而此刻她是松弛而走神的，大量的光线之中，她的重量似乎被抽走了，整个人轻盈而透明，分明端端正正地站在那里，又似乎根本不在这里——在这里的不是一羽仙鹤，而是仙鹤的影子。

冉一秋说："确实好看。不过还是应该带一丝烟火气，涂一点口红。"

卫婉之对她笑了一下，从包里拿出一管润唇膏，随手往嘴唇上抹了两下。虽然只是给双唇增加了光泽，整张脸看上去马上生动了许多，甚至有了一丝温婉的明媚。

贝语新说："这里适合拍婚纱照。石头墙、花窗都很衬婚纱。颜色，质感，都反差强烈。新娘新郎只要有一点点表情暗示，拍出来都会很有故事性。"

冉一秋说："那不如直接拍电影呢。"

卫婉之说："小贝可以演新娘。"

贝语新说："我想当导演。"

这时她们发现教堂一侧的空地上有漂亮的铁艺桌椅，原来那是咖啡馆的露天座位，贝语新欢呼："正想喝杯咖啡呢！太好了！我请两位姐姐！"说起来，在电视台当了十年主持人的贝语新今年三十五岁，作家冉一秋比她足足大了十五岁，卫婉之又比冉一秋大十五岁，也就是比贝语新大三十岁，按照惯常的做法，贝语新对她们应该都叫老师的。不过贝语新是何等人，怎么肯流俗，她说她留学新加坡的时候，看见那里的人对行业里资历深的女性，不管年龄，都叫姐姐，姓陈的就是陈姐姐，姓李的就是李姐姐，她觉得这样很好。加上她总是说"两位姐姐都是无龄美女"，然后就一直叫卫姐姐、冉姐姐。两个年长的女人当然知道她没说出来的心思：这样可以模糊掉年龄和辈分。其实卫婉之和冉一秋都不太在意年龄，但面对贝语新一番好意，也无谓计较这些小事，对贝语新的这种叫法也就无可无不可地接受了。

三个人就坐下来喝了一杯咖啡，味道自然不能和上海咖啡馆里出品的相比，但是山中层层叠叠的绿，教堂、树荫和天光的笼罩，还有新鲜的空气，清爽的风，都是让人不在乎喝什么的。她们静静地享受着，不知道过了多久，才起身离开。走了几步，冉一秋回头，立即惊呼："你们看！"

教堂侧面的拱门这时候成了一个取景器，门里一片橘红色的光，异常醒目，而且景深变了，门里咖啡馆的陈设和咖啡馆的人，都如在印象派的画中。此时的教堂，像黑色丝绒垫子上的巨大琥珀，既耀眼又柔和，既透明又深邃，似有千言万语，却欲说还休。

"电影镜头。太美了！我要当导演。"贝语新说。

"看到这片光了以后，再转过头来，才发现天已经黑了。"冉一秋说。

卫婉之悠悠地说："就因为天黑了，门里的光才那么好看。就像人生一样。"

某个内心暗室的按钮似乎被触碰了，接下来的山路行进中，三个人都各怀心事不再说话。路灯的光线中，仍然可以看到道路两侧不时出现的野花，一簇，一片，主要是白色的，像是小雏菊。一只特别精神的猫哗啦一声冲进白色花丛，不见了，然后又在高处出现。贝语新喜欢猫，她说那是一只豹猫。

她们住在芦花荡饭店，就在剑池的上方，房间在一幢民国时期建的老别墅里面。楼里没有餐厅，所以路过主楼的时候，她们就进去吃了晚饭。三个人都是控制饮食的，简单吃了一点，也就打发了。回到住处，贝语新忙着给自己来一杯挂耳咖啡，冉一秋在喝自己带来的冻顶乌龙，卫婉之突然说了一句："今晚来点酒。"这就是卫婉之，她看上去那么温婉安静，但偶尔会说出让人惊奇的话。事实上，很难说清楚卫婉之是什么样的人。六十五岁女性的生活，在寻常人眼中似乎只有含饴弄孙和跳广场舞两个选项了，但是卫婉之就是卫婉之，她对这些世俗的概念丝毫没有反馈，她依然在拍电影、演电视剧、演话剧，她依然苗条雅致，整个人保持了一种有事业的人才有的弹性和轻捷。相比之下，比她小十几岁的冉一秋倒是有点发胖。说起冉一秋，读者们对她的印象是：笑容灿烂、穿着时髦、口齿伶俐的女作家，而在朋友们当中，冉一秋是以懒著称的人。这样将近两个小时的步行，对她来说已经是体力的极限了，她把茶端到床头，正躺在床上如释重负地休息，听到卫婉之的这句话，马上就说："我箱子里有。语新，拿一下。"贝语新走到沙发前，她和冉一秋两个人的箱子都打开平摊在地上，而卫婉之的箱子关得好好的，四轮着地，站在靠近阳台的角落。在冉一秋的箱子里，贝语新很容易就找到了一瓶酒，不是修长流畅的葡萄酒，更不是"适合女性"的奶油甜酒，是体态敦实的洋酒瓶，芝华士18年。

五十岁和六十岁的女性，行李箱里面放着远比外人想象的要丰富和强烈得多的东西，正如她们的内心。自从三十五岁的贝语新和这两个比自己年长的同性来往，她已经习惯了这种惊讶。

酒真是个好东西。喝在嘴里似一阵有柔软芒刺的风掠过，带

031

来充满愉悦感的丰盛刺激，接着那些柔软芒刺一收，丝丝顺滑地从喉咙里滑下去，香醇一路潺潺而下，舒坦到胃，到五脏六腑。渐渐地，血液流速加快了，全身所有骨骼肌肉润滑了，周身看不见的绳索松开了，整个人松懈了，唯独情绪的水位涨起来。

"我最近有个烦心事，想请教两位姐姐。"贝语新说。

"是关于男人的吗？"冉一秋啜一口酒，一副准备拿绯闻当下酒菜的样子。

"我也说不好，和男人……有点关系吧，但在我心里，主要和工作有关，也和我在单位的人际关系有关。"贝语新说。

冉一秋说："你不会搞办公室恋爱吧？对方还是有家庭的那种？"说起来这个贝语新也不通俗，一米七零的身高，五官浓烈肌肤雪白而行动飒爽，是个略带英气的美人。但她丝毫不倚仗美貌，一不娇气，二不自恋，三不造作。自从和一位京剧明星的异地恋结束以后，最近几年她一直空窗，而且丝毫不见寂寞幽怨，工作时专业能力非常能打，能屈能伸能吃苦，逢年过节同事需要代班时也有求必应，因此这几年事业风生水起，江湖上也有了"贝女侠"的绰号。空下来她要么泡泡咖啡馆看看书，要么就是和卫婉之、冉一秋约了一起吃饭、喝酒、打理头发。如果三个人时间都允许，就一起来一趟旅行。

贝语新赶紧撇清："冉姐姐小看人，我至于吗？单身男人我都没空受理，何况有家庭的，多麻烦！我哪有时间啊。我现在真的觉得，忙事业多带劲啊，有耕耘就有收获，每天的太阳都是新的，每天的咖啡都是香的。何况我现在正是事业最关键的阶段，我才不想为一个男人断送呢。"

卫婉之微微一笑："是什么事？说吧。"她的声音始终轻柔，喝了酒也是这样。

贝语新遇到的，果然不是感情纠葛。只是有个人让她动了猜疑、犯了难。那是一个名气很大的文科教授，这个人已经七十多岁了——比贝语新的父亲还大，十年前退休了，又被另一个大学高薪聘请去继续任教。"他叫——哦，他的名字，我就不说了。"冉一秋见缝插针地表扬她："好，有进步。"冉一秋一直告诫贝语新，不要在当面聊天和微信里随便说出某一个人的名字，尤其是当对方是公众人物的时候。卫婉之的目光有意无意地投向阳台外面，似乎想在夜色中寻找远山淡淡的影子。贝语新感到自己需要加快故事的节奏，才能抓住面前两个见多识广的听众，于是她说："这位教授，他出席一个读书会，我去主持，就这样认识了。第一印象是，这个人确实很会讲，也很知道听众需要什么，很会掌控全场的节奏，也很会自然地……流露？或者说展示吧，展示自己的学问和阅历。那天他当场夸了我两次，一次说我声音好听，一次说我读的书不少、作为主持人不容易，我还挺高兴的。然后我们和主办方一起吃了一顿饭，吃饭的时候，我还挺开心的，还有那么一点点被学术大咖认可的感觉。但是他和在公众面前就不太一样了。"

"对你色眯眯了？"

"也没有。他要我坐在他旁边，然后吃饭的时候，他一直给我布菜，弄得像他请我吃饭似的。喝了一点酒之后，他就开始讲笑话，其实是段子，都是带一点点荤，也不至于太黄的那种，满桌子就我和化妆师两个女性，我们都有点尴尬。然后也就过去了。那天我们加了微信，后来他差不多隔两三天就给我发一首诗，他自己写的，我不知道为什么要一直给我发。"

冉一秋惊呼:"老年版徐志摩啊。"

卫婉之的表情连一丝涟漪都不起,只问:"自由诗还是旧体诗?写得好吗?"

"旧体诗。写得好不好我不懂,但是用了好多冷僻的字,好多字我不认识,也没空查。我觉得有点奇怪,他经常这样给我私信发他的新作,是出于什么心理?我们不是老朋友,不是师生,他为什么觉得我会对他的新作会有兴趣?我觉得这是一种打扰。"

"你别理他,就好了。"冉一秋说。

"那不是不礼貌吗?其实我一直还挺尊敬他,或者说,想保持这种尊敬。所以我就每三四首里面选一首给他回一个表情,一个大拇指或者一个抱拳,也算回答了。可是就这么冷淡,他还是照样新作源源不断地发过来啊。我真的不知道,他想做什么?"

"你也是年轻的老江湖了,打发这么个疑似爱慕者不是问题吧。何况如果他当面骚扰,估计他打也打不过你。"冉一秋说完,连卫婉之都笑了。

"你接着说。"卫婉之说。

"最近我们台里要做一档节目,有关传统文化的阅读推广的,台长点名说要请他来当一期嘉宾,然后我的同事去和他联系,没想到他就在电话里说,不要跟我说什么台长,那是你的领导,不是我的;你们台我只和贝语新有交情,如果小贝来请我,看她面子我就去。结果——我有个同事,是编导,平时和大家关系不错,都叫他李大头,这个李大头就从楼上飞奔下来找我,说我如果出面搞定了这个有学问也有流量但是实在会发嗲的老先生,他就对我千恩万谢外加请我吃一顿大餐。这下子我被顶在杠头上了。不去请吧，对李大头不够意思，作为电视台一员好像也不够敬业，这毕竟是工作；去请吧，又好像有点自己往坑里跳的感觉，说不清哪里有点不对劲。所以这几天心里老有个事在晃荡。"

卫婉之说："这位教授，他倒很直接。"

冉一秋冷笑了一声："什么老教授，老脸皮厚。"

"卫姐姐，冉姐姐，你们说，假如他看我面子来做节目了，是不是从此我就要对他知恩图报？以后他的每首新作都要在微信里吹捧几句？"

冉一秋说："隔空聊天那怎么够？总要见见面，单独吃个饭，喝个咖啡，你笑靥如花奉承他两句，他摸摸你小手搂搂你小腰之类的吧。"

"妈呀，你这么一说，我鸡皮疙瘩都起来了。他长得……嗯，出于教养我从来不议论别人的长相，可是这个年纪了，他不知道自己作为男人都过了赏味期限了吗？实在是……违和呀。我为了工作，再付出，也不能牺牲到这个地步吧。"贝语新说。

卫婉之从沙发上探过身来，轻轻打了冉一秋的手背一下，"你呀，真是作家的一张嘴，太损了。"

冉一秋一笑："你怎么不说她？她说赏味期限，都把男人当罐头食品了。"她没有等来卫婉之对贝语新的反应，话头一转，问卫婉之："刚才在教堂，你想起了什么？没见过你那么出神的样子。"

"我想起了四十年前的一件事。"卫婉之说。

"教堂里的邂逅吗？和帅哥吗？"贝语新问，似乎唯恐她不再说下去。谁能当面听卫婉之披露自己的感情生活？说起来卫婉之已经演了三四十年,是演艺界罕见的到这个年纪还能一直在接戏的女演员。她一直保持着专业水准和口碑,所以有一种"我就是我"的气度。唯一令人捉摸不透的是她的私生活,除了年轻的时候有过两段恋爱,她的生活里很多年一直没有男人的身影,这怎么可能?空谷幽兰,分明一直暗香浮动,别有一番动人心处。可是谁敢问呢?

"邂逅?不能算邂逅吧。认识也不在教堂,在课堂。那时候刚恢复高考,所以我是插了两年的队,二十岁进大学的,遇到他的时候,我二十一,二年级,他是我的任课老师。他课上得真好,我像从一片沙漠中刚走出来遇到了一个瀑布一样,需要的东西远远超出向往的程度,结果是手忙脚乱,一边来不及地记笔记,一边要拼命理解他随口说出来的各种理论各种典故,一边还要努力听懂他随口说的英语单词和人名,真是又紧张又幸福。我后来才知道,那是真正的启蒙啊。"

她说到这里,举了一下手里的杯子,和冉一秋、贝语新碰了一下:"为启蒙干杯。"

"班上的好多女同学都仰望他,好几个经常在下课以后围着他问问题,渐渐地还和他一起在食堂里吃午饭,说说笑笑。我从来没有加入其中,也觉得他根本没有注意到我。"她看了两位听众一眼,否定了她们眼神里透露的东西,"不,我不是矜持,当时我可能因为在一群漂亮女孩子中间觉得自己很一般,所以没那么自信。也可能不太认同那些同学的态度,因为我把他当成很了不起的老师,而她们似乎是把他当成可以互相嘻嘻哈哈的男人。"

"他帅吗?人舒服吗?"贝语新问。

"我不知道,也不太记得了,在我的印象里,他应该不属于帅的,但是对当时的我们来说,真的好像对异性不怎么注重外表,只注重精神。"

"他多大?结婚了吧。"冉一秋说。

"大概三十岁,结婚了,有个三四岁的孩子。所以,当时我更不可能往师生以外的地方去想。"

"后来呢?"

"我们学校的图书馆是教堂改建的,我很喜欢在那里看书,有时候一楼没有座位了,我会上二楼,二楼有点像包厢,位置不多,平时人少,经常积灰。有一次,我就在图书馆二楼遇见了他。我们打了招呼,这时我才确认他认识我。后来不知道什么时候开始,我经常会在那里遇见他,至少每个星期三都会见到。图书馆里没法聊天,所以我们经常是微笑着互相点点头。直到有一天,下着特别大的雨,那天我穿了一件白色的连衣裙,我怕淋湿了衣服贴在身上,会显出身体的线条,让人看见难为情,就坚持在二楼继续看书,等雨停。那个老师也在,那天他穿了一件白衬衫,平时他穿什么衣服我都记不住,不知道为什么记得那天他的白衬衫特别白,白得有点发光,给他整个人罩上了一层光晕。雨一直下,后来,图书馆的二楼只有我们两个人。"

"白袷玉郎啊。"冉一秋说。

"什么意思?白甲?白色铠甲吗?"贝语新问。

"不是,'怅卧新春白袷衣'的'白袷'啊。算了,不重要,别打岔。"

"对对。"贝语新转过脸来看卫婉之,"后来呢?"

"我们坐在一起,中间隔着一个空位。因为没有别人了,我们就随便聊起了这座教堂和学校的历史,但是两个人都心不在焉,好像在扮演聊天的师生,其实只是拙劣的演员。他一直看着我,那种目光有温度,有穿透力,好像能在我的皮肤上烫出一串烙印,我也模模糊糊地看了他一眼,但是不敢对视。我觉得喉咙有点发干,想走,又觉得突兀,会对他不礼貌,不走,又不知道该说什么。"

冉一秋说:"二十一岁的女孩子,那个年代的,又单纯又好学,多么干净,就是蒙昧,傻,你那叫战又不战降又不降,就那样木头木脑地面对着一个男人,嗯,我都有点同情你这个老师了。"

卫婉之浅浅地笑了:"你居然这样想?可也没有人宣战啊。说起来,我还真没想过他的感受。"她喝了一口酒,接着说:"我们就那么坐着。那天雨下得特别大。"她的目光投向了阳台外面,那场四十年前的雨似乎还在那里下着,给她的语调带来了某种湿润。

房间里出现了一阵子寂静。然后听见了外面昆虫的声音,好像是金蛉子的鸣叫,也许还有迷路的小飞虫振翅的声音。

贝语新瞪大眼睛看着卫婉之,想说什么,又赶紧低头喝了一大口酒,把到了嘴边的话也咽了下去。

"后来我就仰头看图书馆的那个穹顶,天是灰的,因为下雨,光线朦胧,朦胧的光线从上方泻下来,我觉得很舒服,就有点忘却了刚才的紧张。这时候,身边的那个人说话了:'我羡慕一个人。'他的第一句话,就让我很奇怪。我奇怪地把脸转向他,用表情表示了疑问。然后他说,'那个将来要娶你的人。其实我一直不理解书里和电影里的教堂婚礼,因为觉得没有人配得上教堂的神圣。世俗的人结婚无非是为了现实利益和繁衍后代，为什么要到这么神圣的地方来打扰这里的清净呢？可是你不一样。每次在这里看到你，我都觉得你是配得上的。你的洁净配得上教堂的洁净，你的美好配得上教堂的美好，你的透明配得上从教堂穹顶泻下来的光线的透明，你如果穿上雪白雪白的婚纱，那就是真正的白玫瑰，就是光明天使。将来会有一个人，能在教堂里迎娶那样的你，所以我羡慕他，简直有点恨他。'我听了这番话，一时间惊呆了，心里也不知道是什么滋味，但是感觉发生了非同小可的事情，而我完全不知道怎么应对，脑子都是乱的，所以我只能沉默。"

冉一秋叹了一口气。没有人问她为什么叹气，似乎她们都懂得她为什么叹气，或者她们都知道，连冉一秋自己也不知道为什么要叹气。

"后来呢？"

"雨停了，我就走了。他也没有再说什么。这件事总让人觉得不真实，很像在雨声中我自己做的一个梦。但是那以后我去图书馆就不敢再去二楼了，后来这位老师的课上完了，我们就再也没有见过面。过了好几年，我才听说那个老师后来到底还是和他那个纺织厂工人妻子离了婚，娶了一个当年的学生，大家都在猜测他们的感情是什么时候开始的。我知道那个女孩子，她是我们这一届里最漂亮的一个，后来想起来，她是有点像张曼玉。"

"你当年这个老师，这么……博爱啊。"贝语新绕过了"花心""油腻""不要脸"这几个第一批涌上来的词，选了一个客气的，"卫姐姐，你肯定觉得震碎三观了吧？"

冉一秋又叹了一口气："震碎三观不至于，但是总归觉得不舒畅。"

"我不知道自己当时的感觉……我说不好，有一点是肯定的——我是震惊的。来龙去脉我也不想知道，因为一个我佩服的老师不见了，一个体面的男人也不见了。"

"唉，所有欣赏都难逃失望。不过师德也是道德层面的事情，只能用来自律，不能用来要求别人。感情的事，说不清，因为人性太复杂。"冉一秋叹了一口气。

贝语新说："面对无敌青春，有点动心，其实也挺符合人性的，但作为老师，是只能心动不能行动的，至少在对方在校期间是这样吧。"

冉一秋看向卫婉之："——这人不太靠谱，幸亏你当时没选择他。"

卫婉之淡淡一笑，说："哪有什么选择？我其实整个人是蒙的，根本来不及想清楚。他那么直接地赞美我，而且像在舞台上念台词一样，我当时很不好意思，不过还是开心的，内心也觉得有点荣幸。以我当时的辨别力，他的学问，他的才华，他的阅历，他身上是有光环的。"

贝语新突然灵光一闪，说："对，这种光环是专业优势带来的！滑雪教练、潜水教练身上也会有。"

"难道说，你当时还可能陷进去吗？"冉一秋问卫婉之。

"不会，不可能。因为他有家庭。这是我的铁则，我们那个年代的铁则。"卫婉之说，她的嗓音轻柔里有些许追忆的调子，但脸上的表情在淡然之下，又似乎有一层薄薄的嘲讽的笑意。

三个女人又喝了一会儿酒，冉一秋的手机响了，是她女儿打来的，说她在外地，不知道为什么房东说楼下的邻居投诉她深夜发出巨响，想让冉一秋帮忙去她租的房子一趟，和物业一起开门让对方看看，证明她的无辜。冉一秋说："我也在外地。你可以自己回上海了再去办，也可以找你爸爸。"冉一秋离婚多年，女儿大学毕业后就自己租房子住了，曾经的一家三口现在住在三个地方。冉一秋毫不避讳这些事，因为她觉得这十多年她过得越来越自由，心里越来越透彻——既清楚自己要什么，也清楚别人怎么看，同时对别人的看法既不对抗也不妥协，当然更不解释，因为不需要。冉一秋的人生信条是：成年人的生活，不要依赖；成年人的选择，不要解释。"这个信条其实有一个粗俗版本，就是：你的生活，关我屁事？我的生活，关你屁事？"她还这样补充，卫婉之和贝语新都听到过，卫婉之几次都假装没听见，贝语新每次都哈哈大笑，还竖起一个大拇指，表示强烈赞成。

冉一秋挂了电话，把手机往床上一扔，说："我想起一个故事。"

"也因为教堂吗？"

"因为颜色。卫姐姐刚才说到白连衣裙和白衬衫，白色成了记忆中很重要的一个点，我觉得那是女孩子对纯洁特别重视导致的选择性记忆。我遇到过一个男人，他从来不穿白衬衫，基本上都是暗色系，然后也没什么设计没什么质感，整个人没什么看点的那种，当时连我自己也早就不穿白衣服白裙子了。那时我四十岁，离婚几年了，那时候的打扮一下子找不到属于自己的风格，加上还在当记者，所以衣服都是最方便省力的中性风格。"

冉一秋又喝了两口，"本来我是文化记者，但是那天不知道为什么，可能说是为了时效，临时让我代替一个跑教育线的记者去采访一个名校的教授。我就去了。他大概有六十岁了？反正那个学校说是六十五岁退休,而他还没有退。他给我的第一印象很正常,温和,谈吐还算有趣,也比较客气。后来,那篇专访出来了,他说一起吃个饭,我就去了,本来想请他的,结果他抢着把单付了,然后我就回请了一次,本来以为回请了就不会再来往,没想到他谈到我的小说,看得很仔细,评价也挺有道理。那时候我刚出了一本小说集一本长篇,所以对这样的学术界高人的意见很在意,后来每发表一篇,都会把杂志快递给他,听听他的读后感,他有时候简单地说挺好的,有时候会提一点很具体的意见,我心里挺感激他的。我们几乎不见面,就是通邮件和短信。我们的聊天从来没有用'你''我'这样的开头,都是'这篇小说'或者'这个主题'开头的,所以有点像同行的讨论,也有点像老师在专业上指导学生,这样持续了大概半年,也许一年,记不清了。"

"后来呢?"

"有一次我获了奖,他打电话来祝贺,说我应该请他吃饭,我正高兴,就答应了。后来想起来,我总是奇怪自己为什么不多想想就答应了。可能是谈作品谈文学久了,人会忘记一些现实的事情吧。那次吃饭,我点的菜,他自作主张要了一瓶酒,是五粮液,我有点惊讶,因为那个酒在饭店里卖得很贵,客人一般不会擅自点的,但是我想他对我的写作也有点功劳,好不容易我得奖了,应该大方点。因为有点心疼,我就陪他喝了几杯,我不知道他的酒量,只知道五六杯下去,他的话就多了起来,而且表情变得活泼起来。我觉得这是酒后的正常反应,暗暗觉得有点心烦,但是作为请客的人,又是半个徒弟的身份,也不好拔腿就走。突然他说:'第一次看见你,你记得吗?那天你穿了一件淡粉色的衣服，涂了玫瑰红的口红，好看极了。'我说您记错了，我没有淡粉色的衣服，更绝对没有玫瑰红的口红，我只有曼秀雷敦无色润唇膏。然后他说：'记错了？那就是我梦里看见的。'这句话一出来，我就觉得整个谈话彻底不对了。我还想让谈话恢复正常，我就说：'哈哈你抬举我了，我这么粗糙的一个人。'然后他说：'你一出现，我就想起一种水果：荔枝。外面是一层有点硬、有点粗糙的壳，只要剥掉那层壳，里面是那么水灵，那么性感，特别诱人。'我听了一下子呆住了，说真的，我的汗毛一下子竖了起来，一阵反胃，我不知道自己做错了什么，为什么居然要面对这么奇怪的事情。凭什么？他可以对我说这样的话？毫无道理，毫无逻辑。"

卫婉之迟疑地说："也许他是欣赏你，表达得不太恰当。"

冉一秋笑了一笑，说："就是套路，你不知道他玩得多熟练。我吓了一跳，整个人都不好了。这种突如其来的所谓赞美或者撩拨，完全是从天而降的羞辱。"

贝语新问："你当场就走了？"

"没有，我还是保持礼貌，吃完了那顿饭，按照原来的想法买了单，才告别的。我记得我最后还说：'某某某先生，再见。'那以后，我再也没有见过这个人。不会见了。他发来微信，我都不回，隔一段时间删掉一次。其实我也没有特别生气，只是觉得败兴，觉得自己有点可笑，一把年纪了，还会被专业光环骗了，自取其辱，我以为是专业上交流的关系，甚至是文人雅士之间来往的感觉，谁知道从一开始人家就是纯套路。"

卫婉之悠悠地说："他有家庭的吧。"

冉一秋说："应该吧。不过我不是因为这个，以我原来的感觉,我们的来往是和私生活无关的,因此彼此都不用关心有没有家庭。虽然我没想到他会把我当女人看,但是无论如何都要尊重我吧?那种套路,从一开始就全是虚的,而且没有一点尊重。人和人,没有一点真心,何必呢。他不把自己当人,我还把自己当人呢。"

"你们报社有人知道吗?"

"我没说。但是后来,那个教育线的记者有一次在电梯里遇到我,问我现在和那个教授还来往吗?我说没有。她说,那就好。原来当初是她受不了这个人的纠缠,所以坚决拒绝再去采访。领导不知道真相,以为教授个性太强要求太高,和记者沟通不顺利,就换个人去了。哦不,我想想,也可能不是这样,也可能当初领导是知道真相的,但是觉得我不像个女人,应该能幸免,所以就派我去了。"

贝语新惊叹地说:"看你现在这样讲究的打扮,想象不出来你曾经是那么中性化的。"

冉一秋说:"那种人玩套路,已经到了本能反应的地步。不过,说来也奇怪,从那件事以后,我好像打破了一个心理禁忌,知道别人怎么对待你和你怎么打扮没关系,这一下子穿衣打扮上面就放开了,喜欢什么就穿什么,开始化妆了,也戴一点首饰了。看这个手表,是我上一本书的版税买的,这条项链,就是我上上一本书的版税买的。我后来明白了,其他人的评价真的无所谓,最需要在意、最需要取悦的人是自己,这么一想,人就松弛了。谁知道我这样一松弛,异性缘反而变好了。我上一个男朋友,特别帅,比我小五岁,要不是后来他迫于父母压力想结婚而我不想,说不定到现在还在一起呢。"

"冉姐姐,你想得好清楚啊。"

"是啊,我觉得自己不适合婚姻,不想再迁就任何人,而那个男朋友是普通人,他是要结婚生子、夫唱妇随的,既然如此,那就算了。成年人最怕勉强。分手后的戒断反应?还好吧。我对自己是什么货色看得很透,知道自己是个不随和不贤淑的货色,所以是我自己的选择,求仁得仁,没有什么好说的。"

卫婉之说:"很多人恐怕很难理解。"

冉一秋耸耸肩,笑着说:"比起传说中理想的婚姻,我更想得到理想的事业和理想的体重。"

贝语新笑了起来:"我也是!我也是!来,干杯。"

卫婉之也笑了,举起了酒杯,三个人碰了一下杯子。夜深了,酒杯轻轻碰在一起的声音格外清亮。

贝语新说:"我有个发现!如果拍电影,这三个故事里的男人,可以设置成同一个人哦。我捋一下时间线啊,卫姐姐读大学的时候,他三十岁;冉姐姐认识他的时候,他六十出头;现在我遇到了,他七十几了,从年龄上看,完全有可能。"

卫婉之神色一凝,眼皮向下一抹,表情显出了几分锐利:"不会吧?"

贝语新立即觉得自己冒失了,赶紧说:"不会那么巧,我想到哪儿去了。再说,一个年轻的时候把白衬衫穿得那么好看的人,老了也不会这么油腻。"

卫婉之的语气恢复了清淡:"就不必考证了吧。"

贝语新看向冉一秋,冉一秋喝了一口酒,轻松地说:"前几天我去了一个艺术家朋友的工作室。墙上挂了一张摄影作品,是风景和天空,天上的云有移动的痕迹,那个朋友就对我解释说,这是多次曝光的结果,他在同一个位置按了很多次快门,拍了同一朵云,这朵云在不同位置的样子,被他叠加到一起了,所以作品中的云是我们现实中看不到的样子。他当时用手在照片上平移比画,这里、这里、这里,都是同一朵云。我现在突然想,那真的是同一朵云吗?如果每一个瞬间都是这朵云,那么其实下一个瞬间它就变了;如果要全部的瞬间叠加起来才是这朵云,那么又可以说每一个瞬间都不是这一朵云。所以,是不是同一朵云,确实可以有不同看法。"

卫婉之笑了:"作家开始谈哲学了。"

冉一秋说:"是不是同一朵云都说不清楚,何况人呢?一个人二十岁、四十岁、六十岁,他是同一个人吗?可以说是,也可以说根本不是。何况我们这些三脚架——观察者的角度和立场也在变化,所以,有些事情根本没有办法说清楚。只要我们自己心理上不拧螺丝,让自己松弛,其实也都不重要。"

贝语新说:"我们自己不拧螺丝,金句啊,姐姐。"

冉一秋说:"夸我没有用,你想好了吗?到底要不要出面请那个老教授啊?"

"我刚才已经在微信里请了,他答应出镜做节目了。"

卫婉之有点惊讶:"那你……准备怎么应对?"

冉一秋说:"那种饭绝对影响健康。你真准备为了工作牺牲色相啊?"

"哦,对!我同事还在等我回信呢,我得给我同事打电话了。——喂,李大头,那个事我搞定了。没事,也不麻烦,只不过我答应他当天拍好了以后,请他吃饭,我是为了你两肋插刀,所以你不能让我单独应付这顿饭,对,那天你也来,再带着摄影师、化妆师都一起来,对,大家热热闹闹吃个饭。我来请。什么,你埋单?那太好了!哦对了,他肯定以为是和我单独吃饭,为了让他做节目的时候情绪好,我们得保持这个错觉,你可别说漏了。"

冉一秋惊讶地问:"你什么时候问他的?"

"就刚才啊,咱们一边喝酒我一边在微信里邀请的。他要我拍完了节目就请他吃饭,我答应了,可我没说要单独请他啊,我现在拉上几个人,不就好了吗?多方共赢,相当完美!"

卫婉之听着,半赞半嗔、有点啼笑皆非地说了一句:"现在的小朋友,真是太有办法了。"

这天晚上,因为解决了难题放下了心事,贝语新面膜做了一半,就睡着了。冉一秋也睡着了,只有卫婉之在有雕花石栏杆的阳台上坐着,独自慢慢地喝着杯子里剩下的半杯酒。喝到最后,她对着夜空举了一下杯子,说了一声"Cheers"然后一饮而尽。真得谢谢冉一秋,出门带上这瓶酒。卫婉之决定下一次把人家送她的一条爱马仕丝巾送给冉一秋,那条丝巾浓郁华贵,但是卫婉之从来只戴黑白两色的丝巾,最多是黑白千鸟格的,所以那条丝巾一直没有用,送给冉一秋倒是合适。

卫婉之不知道,这时候冉一秋正在做一个梦,梦见在白天走过的山路旁边,有一大片白色的花,一只特别精神的豹猫,动作矫健地一头撞进花丛中,然后从好几米以外的地方冒了出来,重复了一次,又一次,每次它都回头看着冉一秋,似乎要告诉她什么。冉一秋走过去仔细看了看花,说:"我看清楚了,这不是雏菊,是丁香花,谁说白色的就是雏菊,这是白丁香花。"豹猫摇了摇头,再次撞进花丛,然后再从另一头冲出来,再次回头看着冉一秋。冉一秋突然明白了："是什么花不重要。"这一回，冉一秋清清楚楚地看到，豹猫笑了，而且它笑出了声音，是冉一秋从来没有听见过的笑声，那声音，像一串风铃在风中自在摇动。

2023年5月3日初稿

5月9日改定

(《钟山》2023年第4期)

潘向黎　小说家，文学博士。现居上海。获鲁迅文学奖短篇小说奖等文学奖项。短篇小说六次入选中国小说学会排行榜。出版长篇小说《穿心莲》，小说集《白水青菜》《上海爱情浮世绘》等，随笔集《茶可道》《古典的春水：潘向黎古诗词十二讲》等，共三十余种。

雪中散场

张惠雯

一

姐姐是县城里有名的女孩儿。妈妈说，姐姐自从小学三年级开始，年年都会出现在我们县大礼堂的舞台上，在所有重要的庆祝活动中表演节目。但那时我还没有出生，或者太小，没有记忆。我对姐姐演出的记忆是从她的中学时代开始的。因为姐姐参与演出，我们家每年都有好几次得到免费的演出票，往往是妈妈带我去看。对坐在下面的我俩来说，最重要的不是看演出，而是等待——等待姐姐参与的那个节目到来，等待姐姐出场。每一次，当盛装打扮的她出现在舞台上，妈妈就又紧张又激动地握住我的手，还不停指给我看姐姐在哪儿，好像我自己看不到似的。一开始，姐姐在其他姑娘中间翩翩起舞（她是舞蹈队的），后来，她因为唱歌出众成了领唱甚至独唱者。她在台上穿着公主裙，熠熠生辉，我们在台下心情激动，目光紧紧追随着她。

姐姐不仅能歌善舞，她还是个有魅力的姑娘。我觉得用"漂亮"来形容她确实不够贴切，只能用"有魅力"来形容她。她当然也算漂亮，但并非县城里脸蛋最漂亮的那几个姑娘之一。况且，她有两个好朋友，单论长相，都比她漂亮，但意外发生了：她俩的男朋友在认识了姐姐以后，都掉过头来追求姐姐了。这两次"意外"不是同时发生的，但时间相隔也不远。先是那个长相古典、嘴角有个美人痣的非常温婉的女友，她的男友给姐姐写了很多信，还去姐姐读书的学校（那时她在外地读中专）找她。姐姐当然拒绝了他，因为她觉得朋友比男人重要得多。但那个男孩儿后来还是和姐姐的女友分手了。得知男人变心的女友伤心欲绝，从此和我姐姐绝交，仿佛这都是她的错。姐姐的另一个女友也是县里著名的漂亮女孩儿，她娇小玲珑，像布娃娃般精致乖巧。和她相比，姐姐的五官可没那么精致，皮肤也没那么白皙，眉太粗了点儿，脸也太宽了点儿。但这一次又不知为什么，那个女孩儿谈了一年多的男朋友在见到姐姐几次后突然和"布娃娃"分手了。随后，那个人花了很长时间追求我姐姐，这次，我姐姐更没法接受，因为"布娃娃"是她最好的女友。但心已经碎了的"布娃娃"没法再接受我姐姐，她们也断交了。直到四十岁以后，她俩又在某个城市遇见了，缅怀过去的友情，不计前嫌地哭着抱成一团，那个曾导致她们关系破裂的男人早就被遗忘了……这都是后话了。我是说，因为这样的事，姐姐成了别人眼中的"危险女人"，有的人甚至背后议论姐姐专门抢朋友的男朋友。作为她的亲人，我们知道她不仅没有和两个抛弃了女友的男人来往，相反，她还躲着他们。

除了这样的"意外"，她还有不少别的追求者，有的人给她写血情书，有的人天天在学校外或我家附近徘徊，还有一个男孩子，也是县里有名的文艺生，经常和姐姐同台演出，他因为遭到姐姐的拒绝竟跑到一座桥上去跳河，所幸被人救了上来……所以，我姐姐那时候想必魅力非凡。究竟是什么"组合"成了她的魅力？她的漂亮、她的才华、她的固执清高、她那股男孩子般的豪气和傲气？这些，我怕是永远不会明白。

我不了解那些男人，尽管有些人我也曾见过。我了解的是那个姐姐带回家的正式男友。那时她已经中专毕业了，在一个小学当音乐老师。而我刚过了八岁的生日，就在同一所小学上学。有一天，我在她房间里翻看她订的《上影画报》，她突然把房门关上，神秘兮兮地拿出来一张照片给我看，那是一张男人的黑白照片。

"你觉得这个人怎么样？"她问我。

"这是谁？是电影明星吗？"我问她。

她笑起来，显得喜不自禁。

"你觉得像电影明星？"她问我。

"有点儿像啊。"我说。

"像哪一个？"她追问。

我又认真地看了会儿照片，迟疑地说："像三浦友和。"

那时候，我刚看过《血疑》，脑子里都是光夫和幸子。在我眼里，好看的男人就像三浦友和，好看的女人就像山口百惠。

"啊！"姐姐轻呼了一声，"咱俩的眼光一样！我也觉得有点儿像三浦友和呢。"

"那他到底是谁啊？"

姐姐没有马上回答，和我一起盯着照片看，笑眯眯的，过一会儿才说："要是他是姐姐的男朋友，你觉得好不好？"

姐姐的话让我愣住了。我仍有点儿不大相信。我看着姐姐，她的脸微微发红。

051

姐姐用商量的口气说:"你来帮姐姐参谋参谋,你觉得……这个人看起来行不行?你说姐姐要不要继续和他见面,要不要……把他领回家给爸爸妈妈看?"

……

我后来听人家说恋爱中的人是盲目的,我想对啊,恋爱中的姐姐竟然来寻求我这个小孩儿的意见,还说需要我的"参谋",她似乎想要听到每个亲近的人对她喜欢的那个人的肯定和赞美。我当然持绝对肯定的态度。我想,这一次,我姐姐真的有男朋友了!也就是说,我就要有个大哥哥了。我一直羡慕有哥哥的人。

暑假里的一天,我午睡起来,正在客厅里吃桃子,姐姐突然出现在门口,低声唤我:"妞妞,你过来一下。"

"干什么?"我没好气地问,人还迷迷糊糊,嘴里嚼着桃子。

"你吃完擦干净嘴,到我屋里来见个人。"

她可能有点儿嫌弃我那副吃相了,走过来帮我整理整理衣服。

姐姐的卧室是客厅左边的厢房,我吃完就走出客厅,晃到门廊下。我听见她的房间里有音乐声传来,音乐声中,有人在说话。我掀开竹帘走进去的时候,看见姐姐坐在她的床边,一个年轻男人坐在她那张小书桌前的椅子上。书桌上的双卡录音机里卡带旋转,放着一首我没听过的歌。我看着这个人像在哪里见过,又想不起。突然,我想起来,他是姐姐给我看的照片上的人。

我在门边站住了,不知道该不该往前走。

姐姐笑着站起来把我拉过去,就像妈妈平常喜欢做的那样,让我半倚半坐在她腿上,对那人说:"这是我小妹,我跟你说过。特别可爱吧?"

"真可爱。"那个男的说,"还扎着小麻花辫儿。"

姐姐笑了。她打量着我,突然批评起我来了:"你看看你,怎么脸上睡的都是红印子?"

"头滑到凉席上了……"我嘟哝道。

"就是不讲样儿,天天跟个小傻孩儿一样。"姐姐怪我,捏了一下我的脸,同时朝他看了一眼。

那个人笑了,说:"人家还是小孩儿嘛,哪里像你,什么都要讲样儿。"

姐姐继续责怪我:"整天吃东西,吃得胖嘟嘟。"

"一点儿也不胖,再说,脸圆圆的才可爱。"那个人说。

姐姐这才满意地笑了,对他说:"我妹妹给我参谋过了,说你不丑,可以带你来见见家里人,所以才把你带来。"

那个人忍住笑,转向我说:"那我得谢谢小妹。你喜欢什么?我送给你当礼物。"

我从来没有听过有人要送给我礼物,愣在那里,什么也想不出。

"让她好好想想。"姐姐替我解围。

我这时突然想到,妈妈不允许我向人要东西,于是小声说:"妈妈说不能要别人的东西。"

那个人说:"还挺听话的。可我不是别人。"

姐姐在一旁"扑哧"笑出来。

那个人又问我:"你喜欢看电影吗?"

"喜欢。"我说。

"那下次我们带小妹一起去看电影吧。"他兴高采烈地对姐姐说。

姐姐马上答应了。

姐姐告诉他，他要像对待自己的妹妹一样对我好，说只有讨好我才能讨好她。那个人说，他没有弟弟妹妹，但他最喜欢和小孩儿玩儿。为了展示他陪小孩儿玩儿的能力和耐心，他当场教我叠了两种不同的纸飞机。那天下午，我待在姐姐的房间里，和他们在一起。他俩在聊天，我不记得都聊了什么，但记得他们互相看着，动不动就有个人笑起来。我坐在姐姐床上，翻看电影画报。墙角那架落地扇吹拂着小屋里闷热的空气，吹得画报里的画页总是翻卷起来。有时候，我抬头看看那个人，突然一阵心花怒放。我想，这个人就会是我的哥哥了，以后我们家里多了一个人。

几天后，他们带我去看一场晚七点开演的电影。那是我们一起看的第一场电影。去之前，姐姐认真地给我打扮一番，把我的两个麻花辫儿拆开，扎成了一个高高的马尾。她说妈妈给我扎的麻花辫儿太土气。妈妈很不以为然，但也不反对她对我进行外形"改造"。姐姐把我的衣服翻找一遍，最后拉出一条连衣裙。那条连衣裙是白色的，但有个蓝色大翻领，是当时流行的"海军领"。然后，她把我领到镜子前面让我看看自己，她说："你看，这样是不是洋气多了？"

我过去也常和姐姐一起看电影。我熟悉电影院，知道从哪里进场，怎样找座位的排号，还知道哪一道小门通向外面的公共厕所。但是，那天晚上，我看电影的经历是全新的。我坐在他俩中间，闻得见他俩身上热乎乎的气息，一股是我熟悉的气息，一股是陌生的、但我正慢慢喜欢慢慢熟悉的气息。在光线闪跳的电影院里，这两股气息交融在一起，包围着我，仿佛在我周围形成了一个透明的、甜蜜而安逸的"保护圈"。每当有人来兜售五香瓜子、炒花生、冰棍儿和糖果，那个人就要给我买。后来，姐姐制止他，说如果我吃了太多零食，吃得肚子发胀，妈妈会责怪她的。

那是一场不怎么好看的电影，演一个发生在工厂里的故事。但我的心思也没有用在看电影上，我沉浸于自己的新体验，那个人的存在、生活的变化让我觉得兴奋。散场时，人流往出口的两道小门挤去，怕我被碰撞，那个人一下把我抱起来。后来，我们来到灯火通明的街上，他把我放下。然后，他和姐姐一人拉着我的一只手，一起走在街上。夏天的夜晚，总让人觉得时间依然很早，电影院大门的前面还排着等看下一场的人群，街上晚风如游丝，风中满是晃动游走的人。我发觉和姐姐凉凉的、娇柔的小手相比，我更喜欢那只又大又温暖的手。

二

我当时并不知道，关于看电影"致谢"的事，其实是姐姐和那个人策划好的。他们知道妈妈不乐意他俩晚上单独出去看电影，但如果带上我，妈妈就会允许。一方面，妈妈想让他们带我出去玩儿；另一方面，有我在场，妈妈料定他俩不会做出什么出格的事。

后来，我读到一些旧时代的外国小说，写已经得到父母认可的情侣为了见面，未婚夫每天须去未婚妻家里拜访，他要非常礼貌、克制，两个人会面时要当着家中其他人亲人的面……今天，也许没人能想象那样的恋爱方式了。但我知道它是存在的，就在三十年前还存在着。当他们热恋时,那个人每天或至少每两天都会来我们家"拜访",他俩相处的大多数时间都是在我们家度过的。当时,恋爱中的男女想要出门,需要给父母非常充分的理由,得到特别许可。此外,如果男方总想把女孩儿带出去,会给家长留下那个男人不老实可靠甚至图谋不轨的坏印象。

每次他来到,会先去和我爸妈打招呼,陪着聊会儿天。然后,我爸妈会找适当的机会终止这样的聊天,通常的方式是打开电视、把注意力转移到电视上去。这时候,两个恋爱中的人知道已获得"退场"许可,他们随后就转去姐姐的房间里。在那个房间里,他们能听到客厅里电视机发出的声音,还有爸爸妈妈的说话声、咳嗽声。再过一会儿,我就会被他们"召唤"到那个小房间里去。如果他们错过了"时间点儿",妈妈则会"打发"我去姐姐的房间里找他们玩儿,她会假装烦心地大声说:"别在这儿闹腾了,找你姐姐去……"妈妈心里像是装了个计时器。

为了让我在小屋里有事可做,那个人常给我带来一些连环画书和儿童杂志。有时候,他俩轮流给我读书、教我认字。这种时候,他们总是提高音量,好让爸爸妈妈听到,知道他们在做正经事。而我为了使这两个人欢喜,也努力配合。有一天,那个人给我带来蜡笔和涂鸦本,说要教我画画。我很惊讶他会画画,姐姐骄傲地说他还给她画过一幅肖像呢,但挂在他自己家里了。他让我坐在他旁边,看他怎么简单地通过几个步骤画出一只小青蛙、一个七星瓢虫、一朵花……我画起来手笨,线条都是歪歪扭扭的。他说,不用怕,小孩子的画就是这样才好,他自己画得像,但死板了,没有灵气。他夸我比他画得更好,姐姐在一边直发笑,说他要让我高兴也不用说假话啊。他坚持说他没有说假话。

还从来没有人夸我画得好！我不禁热情高涨，开始飞快地乱涂乱画起来。每次画完一张，我就跑去爸爸妈妈那里"邀功"。爸爸妈妈费解地看一会儿，疑惑我画的究竟是什么，在我解释一番以后，他们最多敷衍地摸摸我的头表示还不错。我想，他们不懂，只有那个人才懂我画的什么。

在那个小房间里，我们最常做的事是一起听歌。我们听齐秦、童安格、王杰和赵传，我们还听张国荣、陈百强、陈慧娴的港曲……只要音像店里进了新的热门歌曲磁带，那个人就一定会把它买回来。让我们惊讶的是，他会唱粤语歌，他说他是跟着磁带一个字一个字学的，慢慢就有感觉了。姐姐没有这个"感觉"，她喜欢《人生何处不相逢》，却总也记不住那些粤语发音。于是，他教姐姐唱，最后还用拼音在歌词的每个字上面标注出和粤语发音相似的音。

有时候，我们在房间里听着歌，那个人也很随意地低声跟着磁带哼唱起来。

姐姐朝我笑，低声问我："好听吗？"

我使劲儿点头。

"你俩在说什么悄悄话？"他笑着问。

姐姐只是神秘兮兮地瞥视着他，不说话。

他又转向我："小妹乖……"

"说你唱歌好听。"我说。

"你姐姐唱歌才好听。"他说，看了她一眼。

我看看姐姐，她的眼角眉梢都在笑。

我记得那两个人的神情——那是相爱着的人的神情。

磁带外封的正面印着歌星的照片，反面印着歌词。我喜欢读那些歌词。因为读歌词，我也学会了查字典。那时候听过的许多歌，都仿佛深印在脑海里。我记得有一首童安格的歌是这样开始的：

我曾经爱过一个孤灯下的背影
也曾经错过一场缠绵的丝雨……

很多年里，我每次看到昏黄的街灯，尤其是细雨纷飞中的街灯，这歌的旋律就立即在我脑海中响起来。

这样过了一段时间，当我的存在使妈妈对他俩在某种程度上放松警惕以后，我们的活动范围开始从我家的客厅、姐姐的房间向外扩展。那个人照例在晚饭后来，和爸爸妈妈寒暄一会儿，我们就一起去外面散步。我家当时住在城南，走十多分钟就到了郊区。往城外走，空气越来越清新，植物的气味越来越浓重。城郊有一大片树林，还有农户的桃园和菜地。我们沿着小路走进林中。他俩会找个地方坐下来，在某棵树下，或者在那个干涸了的池塘边缘的草地上。池塘里长满了高高的芦苇。他们由我随意玩耍，只要不跑出他们的视线。

我哼着歌，在树下搜集叶子，看虫子，寻找树干上的蝉蜕，或者用树枝在地上画画、写字。向晚的天空被分成两个截然不同的部分：一半是毫无杂质的青玉色天宇，仿佛纯净的水域，悬浮着淡淡的蛾眉般的弯月，而另一半绚烂奇幻，晚霞以一种无法描述的颜色燃烧着，像一团团、一簇簇、一缕缕的火焰。慢慢地，那火焰柔和下来，或粉或紫的颜色漫流成天上的河流。有时候，我看天空看得出神，或是沉浸于我自己的游戏太久，等我突然醒转过来，意识到暮色已深，周围一片寂静，我会倏地感到一阵恐惧，害怕他们俩把我忘在这里、走掉了。有一次，我转过头，果然看不到他俩的影子了。我赶紧往他们刚才坐着的地方奔过去。跑近时，我看到他俩头碰头躺在草地上。我站在原地不动，这时，那两个紧靠在一起的头、两只紧握在一起的手猛然分开了，他俩很快地坐起来。我看到姐姐的脸涨红着，不知道为什么，我感到羞愧。我说我以为他俩走了，吓坏了。姐姐责怪我瞎想。那个人说，我们怎么可能丢下你不管呢？你跑得远一点儿我们都会担心。我不好意思了，知道自己不该胡思乱想，更不该这样急匆匆地出现。很长时间里，我们都没有说话。最后，我们三个都在草地上躺下来，仰面看着头顶的天幕，直到那幕上的色彩都暗淡、消失了，直到夜幕仿佛一层纱覆盖下来，林中的虫鸣突然嘹亮，树影变得阴郁莫测。姐姐说，走吧，天黑了，要回家了。回去的路上，我磨磨蹭蹭，走得很慢。风吹过田野，吹过人迹寥寥的城郊公路，天空中的星星渐渐明亮而稠密。我一点儿也不想回家，我知道一旦回家，我就要回到妈妈爸爸身边，而那个人很快就会离开。

十月以后，天冷了，晚饭后天已经黑透，我们无法再去户外散步。于是，我们的活动地盘又回到了电影院。跟着他们，我一场场地看电影。那时候，大人都不在乎小孩子看的什么电影。所以我看了很多外国电影，都是爱情电影，《魂断蓝桥》《翠堤春晓》《罗马假日》……这些电影里的男人女人都那么美，但结局总不那么好，玛拉惨死在车轮下，卡拉要告别施特劳斯、乘船沿多瑙河而去的，公主和派克演的那个英俊的记者注定只能有一天……有时候，我听见姐姐微微地吸着鼻子，我转头看她，看见她的眼睛闪着泪光,泪珠顺着她的眼角倏地滑下来。然后,那个人递给她一块手帕。我似乎这时才体会出电影里的悲伤意味,也跟着难过起来。姐姐看到我难过,哭笑不得地推我一把说:"你难过啥呢?你这小妮子懂啥呀?"他这时候也是一副又惊讶又忍不住想发笑的样子。我的难过被他们嘲笑以后,我就更难过了。但我又觉得就这样难过或是干脆哭起来十分舒服,那种舒服难以形容,就像我更小的时候因为不想走路就干脆瘫坐到地上、直到爸爸把我抱起来一样……

二十多年后,我在一个老电影回顾展上重看了《魂断蓝桥》。我惊讶地发现,电影里的世界和县城的生活差异是那么大:完全不同的时空,不同的生活方式,不同肤色和面孔……可为什么那里的人们能忘情地沉浸其中?仿佛这是他们熟知甚至活在其中的世界,仿佛这些人的爱欲、痛苦都回应着他们的爱欲和痛苦?或许就在这光影交织、虚实相生中,人终于让梦和生活融为一体。再看时,过去毫无印象的一幕打动了我:乐队在演奏最后一支舞曲,奏完一小节,就熄灭一部分蜡烛。蜡烛被依次熄灭,而舞池的人还在跳舞,但光越来越暗,黑白电影里的人们渐渐没入昏暗,直到最后一支蜡烛被吹灭……舞池逐渐和我记忆中的影院重合了,在那里,灯也一盏盏熄灭,直到影院沉入最终的空寂和黑暗。

寒冬到来,街两边的树落光了叶子,天空、街道甚至街上的人都变成了灰蒙蒙的。电影院里没有暖气,但那么多人挤坐在一起,都呼出热乎乎的气体,倒比外面暖和得多。只有水泥地面冰凉刺骨。看电影的时候我最怕冻脚,他俩的办法是让我脱掉棉靴,把脚伸到他俩的座位上,他们轮流用大衣或棉袄捂住我的脚取暖。在黑白或彩色的影像中，在幢幢的人影中，在暗中的低语里，坐在姐姐和那个人中间，我迷蒙而快乐地度过了那个冬天。因为他俩的爱情，因为电影，冬天也显得不怎么真实了，不像往年的冬天那么寒冷坚硬。

三

小时候，人总会以为日子都是一样的，会一直那样过下去，很松弛，很漫长。你以为人也会是这样，爸爸妈妈会永远是中年人，姐姐会永远那么年轻。直到有一天，有什么东西突然打破了你对生活的镜像般的信仰，那几乎就是童年的终点。

第二年的暑假到来时，我和上一个暑假一样，仍然每天盼望着那个人到我家来，而他也依然来得很勤，但我却隐隐地感觉到，有什么东西和上一个暑假里不一样了。我说不清楚，好像他和姐姐之间过于熟悉了，有时候那种熟悉让我想起爸爸妈妈。偶尔，他们也拌嘴，姐姐会变得冷淡、给他脸色看，而这是去年暑假几乎没有发生过的事。当他们吵了几句、突然注意到我的存在时，就全然地沉默下来。这样的时候我更害怕。我说不上有预感，但我会想到，也许姐姐会把他气得永远不来了，而如果他再也不来了，我的生活又变成了什么？……

爸爸妈妈对那个人的态度也不一样了。他们似乎不那么在乎他了，至少，妈妈不会对他盯得那么紧、暗中计算他和姐姐单独待在一起的时间，更不再随时委派我到那里去。如果他们不召唤我，我只能自己找理由去那里和他们待一会儿。我的借口通常是询问暑假作业本上不会的题。我感到他们不像去年那样需要我了。有时候,仿佛赌气似的,即使他们叫我,我也拒绝马上过去。我一个人继续待在空荡荡的客厅里,躺在沙发那儿盯着头顶转动的吊扇。扇叶发出单调的晃动声,爸爸妈妈卧室里传来午睡中的鼾声,姐姐房间里传出低沉的音乐声——我把它和去年暑假听到的声音混在了一起。我觉得什么东西变了,什么东西流走了……

有一天,姐姐问我一个古怪的问题。她说如果她离家了,我会不会老哭。我问她为什么要离家。姐姐说,人长大了都要离开家啊。我说,你离家去哪里?要是哥哥来找你找不到你呢……姐姐说她都离开了他还来家里干什么?我看了姐姐一会儿,"哇"的一声哭了。姐姐好像被我吓住了,急忙劝我说:"你哭什么哭?我就是问问,我又没有走,我不会走的。"可我越想越气,越想越害怕,最后我对她说:"我去告诉妈妈!你想要离开家,你要偷跑。"姐姐抱住我说:"你这个傻家伙,我是说着玩儿的,好了好了,不哭了。"

她的话就像一大块阴云,不定在什么时候飘过来,把我笼罩在孩子不清不楚的忧虑和恐惧中。从那以后,我更腻着他俩,唯恐一不小心,姐姐跑了,那个人再也不会来了。当他们都不说话的时候,我就使劲儿在他俩面前蹦蹦跳跳。我觉得他俩隐藏着一个秘密的计划,而在那个年纪,我不可能知道这计划意味着什么。

他俩现在经常说需要去外面办点儿事儿,我想要跟去的时候,姐姐会阻止我,说外面那么冷,而且他俩有正事儿要谈。妈妈似乎突然站到了姐姐一边,极力把我留在家里。有时我免不了哭闹,那个人这时会心软,说小妹想去就让她一起去吧,不碍事的。姐姐不心软，她说我就是用哭闹达到目的，不用理我，我过一会儿就好。姐姐变得不那么可爱了，她的心情时好时坏，不像过去那样爱和我说悄悄话。有时她做出一副心事重重的样子，让我不要打扰她，有时又显得匆忙急躁。她有点儿像妈妈了。

又一个冬天到来，他俩没有提起看电影的事。有一天，我忍不住问那个人，为什么不去电影院了。他好像很惊讶我还惦记着去年的电影。他说，就是啊，他也很久没有看电影了，要去看的，只是这段时间都在忙别的事情。我问他都在忙什么。他说就是一些大人不得不办的事情。我说，这些事情什么时候才能办完。他看看我，笑了，说快了，快办完了。我想要他明天就带我去看电影。姐姐觉得我的要求有点儿过分，说大人哪有那么多时间天天看电影。我说去年就去了为什么今年不能去。姐姐有点儿恼火，说那为什么你今年比去年大一岁，怎么不和去年一般大呢？我一时回答不上来。姐姐继续数落我，说我都这么大了，还像个小孩儿一样天天缠磨大人……我快哭了。那个人答应我说一定还会带我去看电影。

但他们再也没有带我去看电影。临近寒假的一天，他们办完了他所说的"大人的事"。那天上午，一群男男女女，开着几辆小汽车，把化着浓妆、盘着发髻、穿着红缎子礼服的姐姐拉到了一辆车上。当那辆车开走时，姐姐从车窗里看着我们，突然哭了。那一刻，我觉得发生的事并不像妈妈告诉我的那么简单，她说姐姐就是要举办一个仪式，就像去参加一场演出，演完了就回来。

一阵热闹之后，家里只剩下了爸爸妈妈和我，只有我们仨的家里突然显得那么安静，那么空。那天夜里，我等到九点半，姐姐还没有回家，那个人也没有来。我问妈妈，姐姐怎么这么晚还没有回来。妈妈的眼圈红了，她对我说，姐姐今后不能回家住了，她嫁给那个人了，要住到那个人家里去。我问妈妈，她不是说办完仪式姐姐就会回来吗？妈妈说，是姐姐要她这样对我说，怕我伤心，怕我闹着不让她走……妈妈的话让我迷惑，难道她现在告诉我我就不伤心吗？我不仅伤心，还感到自己被欺骗了。有时大人的想法真让人不明白。可我还是选择对妈妈的话将信将疑，我想，也许姐姐并不想住在那个人的家呢，她一直都是住在这里的，也许她夜里又会想家、想我们了，所以她会回来的。第二天夜里，我还是照样等着，第三天夜里也还抱着希望……直到某一天，我意识到妈妈说得没错，姐姐不会再回来和我们一起住了。

妈妈安慰我说，姐姐虽然不住在这个家里了，但她今后还会经常回来看我们，会和哥哥一起回来。妈妈还说，我再长大一些，不和妈妈睡了，就可以搬到姐姐的房间里去住，那个房间会变成我的……这话却让我哭得更厉害了。我不想住那个房间，因为那就是姐姐的房间，是姐姐、我和那个人一起度过很多快乐时光的房间。现在，他们却把它抛弃了，把我也抛弃了。

好几天以后，姐姐和那个人回来了。姐姐和那个人看起来和以前不一样了，仿佛老气了些。那个人像长辈那样摸摸我的头，还送给我一个半人高的玩具狗做礼物。我连外面的塑料包装纸都没有打开，就把它扔在沙发旁边的地上。他俩在客厅里和爸爸妈妈面对面地坐着说话，说的话都严肃而客气，然后留下来吃午饭。吃饭的时候，那个人百般讨好我，我却不想和他说话。

吃过午饭，他说，小妹，晚上我们带你去看电影。我说，我不想看。他说，你不是一直想看电影吗？我说，现在不想看了。

然后,我就跑进我和爸爸妈妈的卧室,不想再看见他俩。但他俩跟进来,姐姐假装伤心地流泪(可她刚才明明小心地掩饰着对新生活的兴奋),他在一边厚着脸皮地说等我放寒假了就去他们新房那边住几天,要是我愿意,可以一直住在那儿……"不要,不去。"我气得直喊。妈妈走进来把他俩叫出去。我听见妈妈小声地对他们说,说我只是不习惯,再过段时间就会好的……"不会好的。"我在心里呐喊。我痛恨他们所有人合伙欺骗了我,痛恨自己说不出这样的委屈:我原以为自己会多一个哥哥,而其实他把我唯一的姐姐也带走了。

我的生活完全变了。吃完晚饭,我就跑去找别的小朋友,在别人家做作业,因为过去吸引我想留在家的两个人已经不在了,而看到那个如今没有人住的房间只会让我心里空落。寒假里的一天,爸爸妈妈带我去一个亲戚家做客。从亲戚家吃过晚饭出来,我们仨一起走路回家,我走在中间,他俩在两边,一人牵着我的一只手。快走到老十字街的时候,天空开始飘下细碎的雪粒。我们走得快了些,雪也越下越大,细碎的雪粒变成了雪花。妈妈把她的头巾取下来裹住我的头。又往前一点儿,就是我去年冬天常来的人民影院。我们经过那里时,刚好电影散场,一群群的年轻男女从影院里出来,脸上还带着做梦般的迷茫神情。在雪中,那些面孔像一片片美丽的、湿重的花瓣。电影院楼顶上挂着正上映的电影的巨幅海报,海报上最显著的地方是一张外国女人的侧脸,在那轮廓立体而又柔美的侧面后,是一个男人模糊的正面,他正凝视着那张侧面。这个我熟悉的地方现在看起来也有些陌生了。一片片湿雪从天空中斜落下来,散场的人们急匆匆地走在街头,有的人小跑起来。我使劲儿瞅着那些身影,想看看里面有没有姐姐和那个人。我想到去年我也在这些散场走出来的人群当中,拉着我的手的是姐姐和那个人。打在我脸上的雪花潮湿、冰冷,那些风雪中奔走的身影都模糊了,而爸爸妈妈还一个劲儿催促着我、紧拽着我往前走……我悄悄地哭了,第一次感到生命里刻骨的失去和孤独。

(《当代》2023年第4期)

张惠雯　1978年生,祖籍河南。毕业于新加坡国立大学,现居美国波士顿。小说广泛刊发于《收获》等文学期刊,并获得多个文学奖项。已出版小说集《两次相遇》《在南方》《飞鸟和池鱼》《蓝色时代》《在北方》等。

漫不经心的母亲

黄佟佟

一

唐草觉得自己倒霉极了。

她七十岁的父亲再婚了,母亲才刚死了半年。

是,母亲走的时候,是说过要父亲再找一个伴儿,可是这也太快了吧。

自从唐校长找了新老伴儿,唐草和她弟弟唐虎就不大肯回家了。

后来,新老伴儿说不想家里有别人的照片,于是,唐校长就把唐草母亲的照片收起来了。

唐草有次回家拿东西,发现墙上、桌子上的照片全都没了,就舍生忘死地和父亲吵了一架,话说得很重;走出家门,夜雾弥漫,失魂落魄,一气埋头猛走了半小时,等走到有灯光处,发现还在二中的院子里,这不是鬼打墙吗?她抱着灯柱呜呜哭,哭得心口像裂开了个大洞,扑哧哧漏风,周身锐痛。那一瞬间,她知道自己不但失去了母亲,也失去了父亲。

其实,论跟父母的关系,唐草反而跟父亲更亲一些。父亲下了班会陪他们两姐弟玩，做作业，带他们上街买书，和他们聊天，问最近过得怎么样；母亲就没有这样的耐心，小时候就跟她不熟，只知道母亲老病着，歪在床上，三天两头地上医院。唐草小学前有大半时间都寄养在姑姑家，等唐草上学了，妈妈越发忙起来，学校的事，上课的事，洒扫洗切，最常说的话是"别烦我，带着你弟弟外面玩去"；退休之后老早就发了话，"我是不给你们带孩子的，你们有你们的人生，我们有我们的人生"。

弟弟唐虎还好，他天生元气足，什么事都不在乎。十来岁开始谈恋爱，后来自己下海做生意，赚了钱不说，一口气生了两个娃，分别跟两个不同的女性。偏偏两任前丈母娘都把孩子抢过去带，不用唐家出一点儿力，节假日带回来哄得父母乐开花。不像唐草，总是一个人，总是不顺，谈个恋爱就千回百转，一个男人耗了三五年，两三个男人谈下来，把整个青春耗得个七零八落。唐草又不爱说，什么事都在心里头闷着。人家都翻篇好几年了，她还在想那天他为什么要用那种语气和她说再见。这些女儿家的心事，别人家都是母亲细加盘问，她这个娘倒好，你不说她不问，有等于没有，真是差了点儿意思。

如果可以选妈妈，小时候唐草最愿意选楼下刘爱芳的妈妈，因为爱芳的妈妈总是抱着爱芳亲了又亲，抱了又抱，给她穿漂亮的新裙子，梳整齐可爱的双鬏；实在不行，也可以选对面楼洞里李浩哲的妈妈。浩哲妈妈总是穿着得体的美丽的洋装，笑嘻嘻地看着李浩哲上学，他书包里永远装着最新款的彩笔，而且永远是四十八色全套的……可唐草妈妈呢，她什么也给不了唐草，亲和抱这些事在记忆里就没有过，唐草的裙子都是不知从哪里淘来的旧东西，头发干脆给剪得短短的，说早上没时间给扎；一只书包背了九年，从小学到中学；水彩笔只买过一套六色的，钢笔是全班同学都有了她才有了一支，还经常漏水，漏得满手都是蓝，成了班里的一个笑话。

在唐草的生活里，这位母亲就像一只飘来飘去的影子。你说她在吧，她似乎也真在，但需要她的时候吧，她又真不在。你跟她说的任何事，几乎都没有回音。后来唐草就不跟她说了。她要的钢笔、她要的新衣服、她缺的手工课的铁丝，在提出的那一瞬间就知道是无望的。这些事情进入不了妈妈的脑子，就算入了，兑现也在半年以后了。春天劳作课上的铁丝，你半年之后给我一段，有用吗？简直比不给还让人生气。

姑姑老在背后笑妈妈的不能干，常常说得亏爸爸能忍得住，家务全是对付了事，桌子上一层尘，做菜更是难吃得要死，要不然是煳了，要不然就是放多了盐，仿佛没饿着他们姐弟她就完成了自己的任务。她是不大管他们姐弟俩的，所以唐草天天带着弟弟在二中的家属区里疯跑。傍晚时此起彼落的都是妈妈叫孩子回家吃饭的声音，她家永远没有，回家晚了，就吃冷掉的饭菜，然后洗碗，作为晚归惩罚。

别人的妈妈是跟在孩子后面的尾巴，甩都甩不掉，是恐龙，老在后面喷火，虽然有时候也挺招人烦，可那至少是热的啊！唐草的妈妈却像一头羸弱的大象，她远远地活在北纬 23.5° 以南，偶尔抽空看一下她北纬 28.12° 的孩子一眼，确保他们还在，就垂下眼睛忙她自己的。

有时，她连家长会都不想去开，每次都推给唐草爸爸。你有没有时间，我实在是忙。唐草在班上虽然不是数一数二的成绩，但绝对是有奖状领的人，何至于连去都不想去呢？这是唐草最伤心的地方。后来她看心理学的书上说,有些女人妻性比较强,母性比较差,而且这样的女性潜意识里对女儿有敌意……她也就释然了。

她长得像父亲,几乎是一个模子,但那样一张脸长在父亲脸上,就有一种自在、幽默,长在她的脸上就只剩滑稽。眼睛倒是像母亲,但配在宽鼻子和大方脸上,格外不搭调;不像唐虎,完美地继承了父母的优点,父亲的气质、母亲的美貌,丰神俊朗,格调洒脱,到四十岁还是阳光男孩这个款,害得姑姑总要叹口气。唐虎,你这脸要是给你姐姐就好了。也只有姑姑敢说这话,妈妈是绝对不能说她的。不知道为什么,唐草跟妈妈一辈子就是不对付,妈妈一见唐草就冷飕飕的,唐草一见妈妈就气呼呼的。无论如何就是别扭,人一辈子就只有缘分不能强求。

唐草梦想中那种热热乎乎的母亲这辈子是不可能有了,母亲对待所有事都有一种不太在意的淡然。有一次,有人跑到母亲那里告状说看到父亲跟一个女老师走得很近,要母亲管管父亲。母亲听了也是淡淡地说"这是管不住的"——有时唐草气得发疯,怎么千碰万碰,就让她碰上这么一个漫不经心的母亲了。

可就是这样一个漫不经心的、几乎从来不管儿女的妈妈,一辈子命却好。两个孩子从小学到高中没让她费过神,顺顺利利地考上了大学。后来,一个开公司赚大钱,一个在出版社做着总让人高看一眼的文学编辑。甚至她也不怎么管父亲,父亲几十年换洗的夏天裤子只有三条,有一条裤脚还是脱线的,也不见母亲给他补,还是父亲自己拿针线补的。唐草妈妈有一次说漏嘴,叹了口气说:"草,你运气没妈好……"气得唐草有半年没回家,见过不会说话的,没见过她妈妈这么不会说话的,连运气都要跟女儿比上一比。

母亲就是淡漠,对谁都淡,因为父亲是校长,总有同事闹离婚跑到校长家来哭诉各种冤情奸情。她这位校长夫人只是听着,最后总归是那几句:"心放宽些,不就是那些事嘛,都会过去的,抬抬手就放过了。你不要在意,人心太窄,人就活不下去。"就算是唐草唐虎长大后,恋爱了,结婚了,离婚了,又再婚了,这个做母亲的也从来都是听到消息就"哦"一声,也不着急,还是那几句:"也可以,这也没什么,抬抬手就放过了,你不要为难自己。"

婚后八个月就离婚那次,唐草哭得肝肠寸断。妈妈只是在一边看着她,"有什么好哭的,天下男人多的是,这个没了找下一个。"

"但是,我就是只要他。"

"怎么就只能要他,都会过去的。一个人心太窄,人就活不下去。"

唐草睁着眼反问她:"妈,心要放多大,才能活得下去呢?"

妈妈愣了愣,脸上浮现一种茫然的表情,她欲言又止,不知怎么回答唐草,就转身回了屋。

这世上有这样的妈妈吗?在女儿最苦的时候,她居然撒手而去。咦,你就不能抱抱我?你就不能跟着我一起痛骂那个负心郎吗?真是恨啊。

可是恨归恨,这样的妈妈,也还是妈妈,被人拿掉了照片,唐草还是会为了她拼命。

二

和父亲吵完了这一架，唐草还真觉得有点儿伤筋动骨，每天坐在办公室也有点儿游魂似的感觉。

出版社这地方，人人都有一摊事，没有谁来关心别人的情绪。那天又游魂到六点，唐草抬眼一看，才发现办公室全空了。她出门走到保安亭，保安和她打招呼："唐姐，现在才下班啊，国庆假期去哪儿玩啊？"

唐草才想起明天是国庆节，难怪办公室走得水静鹅飞，愣了三秒，她才回道："噢，回老家。"

回老家，是同事们国庆假期的例牌活动。老社长喜欢招小地方来的应届大学生，觉得好用，所以一到国庆假期，同事们几乎全扑腾回了老家。可唐草回什么老家呢？她是本地人，父亲上溯三代都是长沙人，哪有什么老家要回？可是这个当儿，竟然也想不出什么话来搪塞保安。别人国庆假期都有节目，只有她唐草，无夫无子，孤身一人，有家归不得。姑姑和娘都死了，爹也归别人了，弟弟二人世界去了，只能回老家（湖南话"回老家"还有"死"的意思），哈哈哈。

同保安挥了挥手，唐草溜溜达达走在回宿舍的路上，突然冷不丁地想起，她是有老家的，她的老家就是潘家湾啊！妈妈的家不就是她的老家吗？妈妈小时候带她回过几次，一次是外婆去世，一次是大舅去世。唐草只记得外婆的家在一个高坡上，黑瓦白墙，坡下种满金丝楠竹，推门就看到清清的涟水河，门口有一棵巨大的柚子树，柚子树下悬吊着油光锃亮的秋千。秋千她玩过，荡出去的时候人像飘到了河上，又刺激又好玩。她笑得咯咯的，完全忘记了自己是回家参加葬礼的。

唐草对于潘家湾的印象就是热闹，记得送外婆上山的那天是人山人海，出殡的时候人群里突然响起高亢的唢呐声。请的是十里八乡出了名的疤面师傅，一下子人群就静了下来，声音高处冲破云霄，低处又似于水面轻跃，起伏之间，突然在方圆十里之内制造出一个宁静的世界。唢呐声统领了一切的情绪，平复一切悲伤，把人带向无限远处。于是，葬礼突然就显得庄重和安静下来，人群里有了一种和光同尘的安详与哀静。

"每个人都是要走的。"回来的路上，唐草的妈妈捏着唐草的手说，"关键是活着的每一天都好好的。"唐草哪里听得懂，也不敢问。说这话时，妈妈的脸上也看不出有什么表情，不像她的亲戚这一路趴在地上哭天抢地。唐草听见有人在后面指指点点说，她们怎么也不哭——她背后一凛，知道是指她和她妈妈。她们俩是那群人里完全没有哭也没有号的人。唐草不哭情有可原，她根本就不太认识她的外婆，而妈妈为什么不哭呢？唐草不知道，只知道妈妈一直就是这样淡漠的人。

与其在出版社的宿舍区里干尸一样挺七天，真不如去潘家湾看看，对，就这么办！唐草回到宿舍，就开始研究回老家的路线。上网一搜，一番研究才发现潘家湾真是一个离长沙好远的地方，先要坐好几个小时火车，然后还要坐一两个小时大巴，再要坐一种摇摇晃晃的小中巴才能到达。

太费时了，要是平时，唐草就算了；但这一回，正好杀时间啊，去一天，回一天，已经过去两天了。中间再看心情，在附近找个景点再逛个一两天，国庆假期就差不多过完了，反正一个人，散散心也好。

晚上收拾收拾，第二天一早出门。国庆节早晨的长沙静悄悄的，完全不堵。果然闲人出门，反而什么车都不会误，赶上了最近的一班车，下午两点就已经下了火车。唐草又晃到县城客运站，一栋20世纪90年代风格的三层楼，贴满了沾着尘泥的白色瓷砖、红色的标语，看得出时日久远，全体都褪了色，周围一群人在讲着某种她听得懂很熟悉但不大会讲的方言。这方言存在于唐草的父亲与母亲之间，他们在一起总讲这种话，但是他们从来不要求唐草和唐虎讲。

在客运站找了一辆去白沙镇的大巴，晃晃悠悠，下午四五点就到了镇上。这个镇是普通湘中地区都可以见到的那种古镇。方圆不过十几里地，只有一条热闹的街，房子有的新，有的旧，有的还是吊脚楼，有的已经用瓷砖砌了花，招牌都是白底红字，爱时髦的，还会烫金，显得热闹豪华。镇不大，但什么都有，米粉店、鞋店、剃头铺、棉花店、铁铺、医院、学校……唐草一早就订好了镇上一家民宿，为什么不去亲戚家？因为唐草完全不认得，母亲有三兄妹，她是最小的，大舅小舅都去得早，老家只剩下一堆根本认不出脸的表哥表姐侄子侄女，无谓叨扰——能不沾惹尽量不沾惹，在精简人事这一方面，她倒一直还蛮像母亲的。

行李放好，随便在民宿旁的小米粉摊吃了一碗米粉当晚餐。唐草一路问一路信步来到镇尾的观音阁。她见过父亲和母亲有一张站在观音阁上的照片，两个年轻人并肩而立，看向河道，上面是六个字——"共创美好生活"。父亲说他们没有拍过结婚照，这张就算是结婚照了。唐草立意要来旧地重游，满头大汗爬上山又登上木头阁顶，眼前果然景色大好。站在窗边，看得到大河在远处悠然荡了一个弯。金色的夕阳西下,深蓝河水如镀了层金色波光。那一湾河水的最高处,平林漠漠,就是母亲的老家潘家湾。

唐草趴在窗边,一看半晌,看着天空慢慢从高处的暗紫变成浅紫再幻化成一层层淡红深红,再慢慢沉没地平线,直至最后暮色四合,整个天空变成一片湛蓝。

天黑之际,天空中奇异地出现了一颗星星,一闪一闪的。啊,妈妈,妈妈!唐草不知道怎么的,竟然叫出声来,妈妈,妈妈。

啊,妈妈,我到你住的地方来了。这是你看过的风景,我也看到了。

妈妈,你在那边可还好吗?

妈妈,你到底也是怕我一个人害怕吗?我不怕。

……

妈妈死后唐草没怎么哭,倒是此时,就着夜色,唐草哭了个痛快。

三

一夜无话。一大早起来,坐上小巴,凭着手机地图和仅剩的一点儿印象,再走走问问,唐草终于来到了潘家湾村口。

潘家湾比起白沙镇来,当然更像农村。村口有一条弯弯的老街直通码头,老街两边是高矮不一的民居,一半是白水泥的两层楼房,一半是半塌的黄泥砖房,新的特别新,旧的特别旧,有一种奇异的冲突感。有年头的黄泥砖墙中间倔强地生长着各种攀藤植物。有些院子里蒿草长到有一人多高，筋骨壮实，密实无间，风吹过，哗啦啦地响，有种原野感，显得整个村子格外静寂。唐草一路走来，如入荒城，完全看不到什么人，只有几只鸡在地上走来走去。一只雄壮的大公鸡昂首挺胸地在空空的路上踱步，仿佛它才是村主任。

唐草一路看鸡，一路觉得好笑。小时候，妈妈带她回乡下，她也是跟着鸡走，这习惯倒是一直没改。二十几年过去了，潘家湾比她记忆里要寂静了许多。这寂静一半是因为没有人，一半是因为草木实在太过繁盛。古码头倒是还在，只是没了渡船和人，一大丛一大丛的绿树出现在河对面的荒山上。河里的水草如万条丝绦，随着水波起伏游转，静如宋画。"唐代、宋代的人看到的河也是这样吧？"唐草想，还是乡村好，可以无缝穿越到唐宋。

唐草正感叹间，一条大黄狗从斜刺里冲了出来，汪汪汪，冲她龇牙咧嘴。唐草吓得后退了好几步，突然记得小时候妈妈和她讲过，狗冲出来了，千万不要跑，反而要定住，和它僵持一会儿，它就走了。她定定地看着大黄狗，正计划如何和它周旋之际，屋子里走出来一个七八岁的女孩。她一头乱乱的短发，圆脸大眼塌鼻子，还有若干雀斑，厉声喝道，小黄小黄，不要叫！

唐草感激地冲那蓝衣女孩笑笑，那女孩警觉地看着她，面无表情，大叫，小黄，跟我来！一人一狗，就一溜烟往村口跑去了。唐草心想，这女孩一副不好惹的样子，怎么看着倒是眼熟，细想了一下，是自己。唐草小时候有张照片就很像这女孩，你看，人就是自恋，什么丑人一觉得跟自己有点儿像就立即不讨厌了。

唐草笑了笑自己，沿着坡就往上走。她记得外婆家的房子就在这坡上的竹林之后,心情陡然有几分激动。她拿出手机,准备好好拍几张照片留作纪念。待走到坪上,眼前的情景,把她吓得目瞪口呆,呀,回忆塌了。

黑瓦零乱一地,白墙面只剩下短短的一截,露出里面斑驳的黄泥砖;心心念念的那棵巨大的柚子树也几近枯死,遮天蔽日的枝叶只剩一根树桩和伸向天空的苍老的枯枝。秋千当然更不见踪影,只看得到横枝上那深深的绑绳印记,呀,这怎么回事?唐草心乱如麻,早知就不回来了;如果不回来,老屋就在她的回忆里静静地、完好地存在着,黑瓦白墙,一坡婆娑金丝楠竹,坡下清清的涟水河,门口有一棵巨大的柚子树,柚子树下悬吊着油光锃亮的秋千,荡出去的时候人像飘到了河上,心就飞在风里。这是她童年最重要的场景,就这么毁了,而且被她自己亲自跑了几百里毁的,毁得这么坚决和彻底。

这下全没了。

唐草颓然,扶着枯死的柚子树,想起妈妈临终前几天,说想吃柚子,害得她和唐虎满世界地转,但买回来的柚子全不合妈妈的心意。当时以为是病人闹别扭,唐草现在知道妈妈可能就是想吃家里的这棵柚子树上的柚子。可是,那时他们姐弟哪里想得起来,想起来又能怎么样呢?这棵柚子树也早就死了,树犹如此,人何以堪。

唐草在嶙峋枯手般的柚子树下发了半天呆。阳光直射下来,似乎有了重量,有了要把时间凝住的势头。唐草突然好想变成一只虫子,就僵在这时间的琥珀里,不用想,不用哭,也不用痛苦了……又或者有一颗大柚子从天而降,人就穿越到从前。回到从前哪一段呢?她是去见小时候带她回老家的妈妈,还是见她从来没有见过的小时候的妈妈？唐草居然被这个问题给问住了……一时之间，头竟然有点儿晕了，有那么一瞬间，唐草以为穿越即将发生了，两眼发黑，人直往下掉。她猛地扶住眼前的横枝，眼睛定了定焦，身上已然出了一身虚汗。她只好顺势坐在地上的一堆砖头上，掏出随身带的水杯，仰头一喝，妈的，居然没水了，昨晚忘记加了，口渴得不行。日头好猛，这里没个遮阴处，唐草心想怕是中了暑，这才叫穿越不成，暴尸荒野。关键是人家还不知道这具女尸到底是谁。这就是一个人出来旅行的坏处，你不能出事，一出事，就成了悬案。

唐草勉力站了起来，决定回到坡下那户人家讨点儿水喝。"那小女孩肯定会帮我的。"唐草想。她的逻辑是小女孩跟她小时候有点儿像，这逻辑如果被唐虎知道肯定要笑她的，他总说姐姐你脑子不灵光。是啊，唐草是没唐虎那么灵光，如果不是，为什么她中年还这么穷，还要一个人住在出版社分的破宿舍里？如果不是，为什么她总是遇人不淑？如果不是，为什么母亲一看到唐虎就眼睛放光，仿佛她只有唐虎这一个儿子？谁说父母不势利，两姐弟，他们还是喜欢那个成功的、有钱的、好看的。

就连名字，也偏心，一个是草，一个是虎。唐草叹了口气，有些事，真的不能细想，一细想，你就过不去了。

四

唐草慢慢挪下坡，爬上来的时候不觉得陡，爬下去的时候竟然好几次脚下打滑，好不容易回到那个蓝衣女孩的屋前。又是静悄悄的。那条凶巴巴的黄狗也不见踪影。这下好了，你不想要狗的时候，它跑出来吓你；现在你想要它出来吓你，它不见了。

这间青瓦房，倒更像唐草回忆中的外婆的家。黑瓦白墙，门口也有一棵柚子树，只是不如外婆家那一棵大，坪里扫得干干净净。唐草心急，就一路朝门走一路用方言喊了一嗓子，有人吗？讨口水喝。快到门口时，唐草才发现一个弯腰驼背的老妇人从房子里阴凉处走了出来，头发花白，皮肤黝黑，只有一双凹进去的眼睛光四射，身上的短袖蓝花衣衫飘荡在身上，不合身也不合年纪，但因为她的精瘦，一切似乎也合理了。她半是讨好半是警觉地看着摇摇晃晃的唐草，唐草也顾不得许多，赶紧说道，阿姨，我快中暑了，想讨口水喝。

老妇人慌忙把她往里让，从一个白瓷大茶壶里倒了一碗凉水递给唐草。唐草咕咚咕咚喝下去，再加上屋内沁凉，只觉得浑身舒泰。老妇人寻了一张老竹凳给她，说妹子，你坐一坐，我泡茶给你喝。

唐草趁老妇人忙活时，闭上眼睛缓了一会儿，睁眼一看原来进的是厨房。进门就是一只大灶，四壁熏得乌黑，屋里一张方桌、四张凳、一只缸，茶泡在方桌上。老妇人在碗柜处窸摸东西，大概是在给她找"饮食"。外婆也是一样，她一去，就慌里慌张地帮她找"饮食"。所谓"饮食"，是潘家湾的土话，就是零食。唐草后来想应该是来自古语，只不过后来变成了零食的代称。她赶紧说，阿姨不用找了，我好多了。

老妇人从碗柜里拿出两只玻璃瓶子，看形状，一只泡的是藠头，一只泡的是黄姜。她用筷子各样挑出一点儿放在碟子里。筷子有些年头了，是黑的，还泛着一层白。她指着其中一碟黄姜对唐草说："中暑吃一点儿姜，自己家做的。"

唐草不敢拿这筷子，只得轻手轻脚用手拈了一块，才嚼几口，又咸又辣，就觉得脑门一阵发热。"呀，劲道真足，阿姨，你家姜真好……咦，刚才那个小姑娘呢？"

"噢，你说张美心，我孙女啊，跟她同学玩去了。"

唐草笑道："怎么村里现在这么少人，我小时候来这里挺多人啊。"

老妇人笑道："你小时候来这里住过啊？我怎么看不出你是哪家的亲戚……现在村里头哪还有人，都出去打工了，只剩下我们几个老家伙了，带着几个小孩。"

"但是，村里起了好多新房子……"

"噢，祖屋塌了，有些人会重新起一栋。好多人就干脆不要了，直接去城里买房子了。张美心的爸爸妈妈也在县城买了一套，一百多平方米，有什么用？他们出去打工，张美心还是得回来跟我住。"

"噢，您老人家姓张？"

"我不姓张，我老倌姓张。这里的人都叫我张奶奶，我娘家姓潘。"

唐草大喜道："呀，我妈也姓潘，你们可是亲戚？您可认识那坡上的潘家？他家怎么塌了？"

"他家啊，后人有的在长沙，有的在县城，屋子一空几十年，没人住，就塌了。还说要我帮忙看屋，这看什么看啊，塌都塌了。"老妇人意味深长地看了唐草一眼："你是潘家的后人啊？"

唐草尴尬地笑了笑："张奶奶，潘家以前有个女儿叫金凤，您老人家认得不？"

老妇人说："当然认识呀，金凤姐比我大三岁，年轻时长得可标致。"

唐草一高兴就说："我就是潘金凤的女儿啊。"

老妇人一惊，眼睛一眯，上下打量一番："哟，一点儿不像她啊，几女儿啊？"

唐草有点儿尴尬，笑着说："大女儿啊。"

老妇人就说："金凤大女儿死了，二女儿送人啦，你应该是三女儿吧……你姓什么？"

"我姓唐啊。"

"噢，她到底还是嫁给了那个比她小八岁的小唐。"

唐草蒙了，在她的世界里，她就是唯一的女儿，她有一个长得无比帅气、调皮捣蛋、结了三次婚的弟弟。她从小在长沙一所重点中学的宿舍区长大，她的爸爸唐校长是远近闻名的好男人，她的妈妈潘老师是一个心不在焉的妈妈。一家四口，无风无浪过了四十年，哪里来的大女儿和二女儿？

"你妈妈嫁给你爸爸之前生过两个女儿。她嫁过一个科学家，还砍过人，这些事你都不知道？"老妇人做惊诧状。

唐草摇摇头。

老妇人笑了笑，笑容里夹杂着若干微妙的嘲讽："也是，你们搬到了长沙，没有人会跟你说你妈妈的事……你妈妈呢？"

"我妈妈去年去世了。"

老妇人的脸上变幻出哀恸的表情，某种同龄人去世后的兔死狐悲。"唉，都死了。我老伴儿也死了，我认识的人都死了，我们的事都没有人记得了，你知道吗？你妈妈当年，可是我们潘家湾最出名的女孩啊。"

于是，接下来的一整个下午，唐草就听了一个叫潘金凤的女人的故事。

五

"说起来，我们也算是亲戚，你真要叫我一声阿姨。我父亲和你外公是不出五服的堂兄弟。你妈妈小时候长得漂亮哩，那时候学校里的人谁不说她是潘家湾飞出的一只金凤凰。"

唐草爽快地接话道："好，那我就叫您姨。"

"小时候，我最羡慕你妈妈，她什么都有，爸妈待她好，她又会读书，还有好多男生喜欢，包括我哥。她是我们学校里第一个考上师范的女同学。那年头，能考上师范的都是了不得的孩子，不用交学费，还有钱发，等于抱上了金饭碗，不是农民了。我就是以你妈妈为榜样，考上师范，后来嫁给同班同学，我的公公还曾经是你妈妈的领导，所以你家的事，还真是我最清楚。"

"哇，那可太好了。除了我爸爸，我也从来没有跟人聊过我妈妈呢！我一直不知道她是什么样的人，她跟我不怎么亲。"唐草说。

"你妈妈是什么样的人？你妈妈是美人，一堆人里面只看到她，又白，又美，又飘。她又属马，眼睛有点儿近视，有时看人会微微眯一下眼睛。我哥他们说，她一看人的时候就像有一束光打出来，打在心上，好像烫上了一道黑印子，擦也擦不掉。你说她灵不灵？"

唐草无法想象母亲曾是这样一个风华的少女，她也不愿意想，于是直接打断老妇人的描述："您说她嫁过一个科学家是什么意思？"

"她读师范的时候,潘家湾来了一个地质队,里面有个老刘是地质队的副队长,借住在潘家。人来人往,不知怎么的两个人就好上了。刘副队长就打了电报回研究所要求延长假期,赶着那个春节的当口和金凤订了婚……夏天的时候,刘副队长又请了一次假赶回来和金凤结了婚,他走了三个月以后,金凤的肚子就有点儿显形了。师范学校还没有过这样的先例,没毕业就有了孩子的。几个班的学生下去公社搞劳动,全是女孩子,只有她还带着一个保姆,大队还要另外辟一间屋给她和她的孩子、保姆住。'搞什么名堂……'大队书记说。"

"咦,那个时候肯让学生结婚吗?"唐草问。

"那个时候的人都单纯,人家又是科学家……而且研究所的事好办,一说发函过来,白沙镇的民政所就慌了。"

"一般女的不是都跟着男方调动吗?"

"唉,你妈不愿意去啊!他们是地质队啊,一天到晚四处走,跟着他去也是在所里等着。孩子还没人带,还不如在这里,教着书,父母就在身边,四面八方的人都熟。况且北方人只吃面食,金凤姐是一个要吃米饭的南方人,她思来想去就不去了。"

唐草笑了,妈妈倒真是一个这样的人,她是一定要自己舒服才行的。

"那老刘来回跑?"

"那时候,哪里能来回跑,一年只能探亲15天,其余的350天就是金凤一个人。但老刘是个好人,他一个月36块钱的工资,寄了20块钱回来。那时,20块钱了不得了,一张油票8分钱,一斤米9分钱,20块钱可以买200斤米。金凤一个人用着两份工资,把我们羡慕得呀!我记得有一次,她买了一件粉绿色格子的的确良料子，穿着好漂亮啊，走在坡上，把坡上都衬得亮堂堂。我开她玩笑，金凤姐，你比黄花姑娘还漂亮，哪个晓得你小孩都能满地跑了哩。"

她们正聊得起劲，蓝衣女孩一阵风似的带着一条狗回来了，叫了一声奶奶，直愣愣地往里屋冲。张奶奶叫住她，说美心赶紧叫姨。乡下的规矩唐草不熟也是懂的，赶紧从包里拿了两百块钱出来，放在她手里说："小妹妹，这是阿姨给你买糖吃的。"

蓝衣女孩木口木面，不肯接，往里屋冲去。唐草追赶不及，只好把钱交到张奶奶手里。

"这孩子就是这样没礼貌……也不怪她，她妈妈在她三个月大时就扔下她打工去了，都是我带大的。"张奶奶接过钱去，小心翼翼把钱折好，收进口袋，感叹道，"你和你妈妈一样，大方！那时，她有什么衣服呀，好吃的，都会给我一份。她过的是神仙日子哩，农村哪个女孩能够像她一样生活，不用做一点儿家务？星期一去学校上课，星期五回潘家湾，你大姐就放这边，你外婆帮着带。虽然家是农村的，你妈妈可一点儿委屈没受过。你记得不？你家门口有一棵大柚子树，柚子树下系着一挂秋千……"张奶奶一边说一边进里屋，又一阵踅摸开锁拿东西。不多时，又拿出几个碟子，里面是芝麻球、小花片之类的脆食。唐草知道，这一回给她的是贵宾的待遇了。

"记得记得，我还玩过。您别拿东西了，我吃不了。您倒是多跟我说说故事，我爱听。"

"那秋千啊，你玩过，我玩过，你妈妈玩过。你大姐最爱玩，她一荡出去，就咯咯地笑，每次把我们逗得好好笑。你大姐是个好漂亮的孩子啊，眼睛大大，粉白雪嫩，又爱笑。"

唐草突然想起母亲推着她玩秋千时，若有所思的样子，大概是看着眼前的丑女儿，想起那个漂亮的女儿，心里不好受吧。"那我大姐现在在哪儿呢？"

"不在了。"张奶奶叹了口气，"老刘和你妈妈离婚之后把你大姐带去甘肃，听说发急病去世了。"

"天哪，我妈妈为什么不留住女儿，她一手带大的。"

"唉，离婚时老刘一定要带走，你妈有错嘛！"

"我妈妈有什么错？"

"你妈妈，唉，你妈妈那错还不是小错。"

"我妈妈不就是又喜欢上我爸爸，这算啥错？这事我知道，我妈妈比我爸爸大八岁，但我爸爸就是喜欢上她了；我妈妈也喜欢上我爸爸了，他们是同一个学校的老师。"唐草得意地说。

是啊，这件事爸爸和她说过的。爸爸是下放到白沙镇的长沙人，听说爷爷是一个什么大学问家。那时，每个学校天天晚上要学习，天天晚上要开夜会。妈妈不愿意听那些陈谷子烂布筋的话，每次都缩到最后面，和几个年轻老师坐在一起烤火。天气冷，大家都穿得多，互相靠着，有时听得睡着了，就靠在旁边的同事身上睡了过去。有一次，妈妈醒过来，发现自己靠在爸爸的肩膀上，她一时没有运清神愣愣地看了那张脸半天，看到最后，两个人都看痴了，旁边的人喊都喊不应。后来有人推了爸爸一把，"哎，唐钟生，你的鞋子着火了"。爸爸一看，果然，布鞋的白边踏到了炭火上，黑了一片。这事遂成了白沙镇中学那年冬天的一个笑话，叫唐钟生烤火烤黑了鞋。

"你爸爸跟你妈妈那件事闹得很大哩！你爸爸是下放的，一直没有娶亲，谁愿意嫁坏分子呢！连农村姑娘都不愿意嫁。所以，后来听说你妈妈和你爸爸好上的消息，大家都不敢相信，怎么可能放着好好的处长堂客不当，去和一个坏分子搞破鞋呢？不但大家不相信，我公公，当时在镇中学当书记，我们都叫他张书记，张书记也不相信。后来谣言越传越盛，有一晚我公公被人叫着去捉奸。他是在私塾上过学的人，隔老远就喊，哎，小唐，你开门……结果踢开门的时候里面没有太难看，你妈妈和你爸爸坐在床边一起看书，你妈妈的衣服好好地在身上，只是鞋子没系，你爸爸手里的书拿倒了。我公公也没为难他们，替他们爱着面子，对跟来的十几个义愤填膺的同事说，你看，金凤同钟生在看书谈工作，没事嘛，同事之间就是要搞业务……"

唐草听了扑哧一笑，倒真没想到妈妈和爸爸当年的恋情这么轰轰烈烈。至于妈妈会爱上爸爸，那简直太正常不过了，因为爸爸虽然长得不是好看那一型，但是他别有一种男人的风度，永远笑嘻嘻，讲话又幽默，到老了鞋子也总是刷得锃亮，对女孩也总是温存小意。要不然，陈阿姨怎么会那么快就肯嫁过来呢？

六

正谈笑间，张美心从里屋跳出来："奶奶，我要吃饮食。"

张奶奶就从桌上摆着的两三只碟子里拿了一只芝麻球给她。七八岁的小女孩如婴儿一般赖在奶奶怀里，百般折腾吃完这个芝麻球，又迅速地拿了一个闪电般地跳开了。张奶奶又气又笑："这孩子，客人还没吃哩。"

"张奶奶，我不吃芝麻球，你都给她吃嘛。"唐草一边说一边起身拿起那碟芝麻球就往里屋送去。里屋大而空，一张床，挂着帐子，一张旧书桌，一只漆色斑驳的至少有四十年历史的棕色壁柜，玻璃后是彩色油漆绘的牡丹和菊花，墙上糊的报纸是1988年的，连贴的港台明星的年历画也是1988年的。这个家，不知道什么原因，似乎就停滞在1988年。床边还有一张门，关得紧紧的，唐草知道张美心就躲在门后面，于是大声说道："美心，我把芝麻球放在桌子上了，你赶紧来拿。"

唐草退回来，发现张奶奶在刷锅、淘米准备做夜饭。

"姨，您千万不要劳动，我在旅店订了伙食的，回去不吃也要交钱的。"

一番谦让劝说之后，蒸好饭，张奶奶总算是肯坐下来。

"张奶奶，您跟我说说我妈妈二女儿的事嘛，我妈妈怎么还有个二女儿呢？"

"你妈妈这个二女儿是跟一个耕读老师怀的。"退休教师张奶奶一字一句地说，精光四射的眼睛又回来了，足见当年潘金凤老师的所作所为对于普通人的刺激有多么强烈，那是他们一生难得一见的奇场面。

"什么叫耕读老师？什么时候又冒出个耕读老师？"唐草也目瞪口呆，本来妈妈之前嫁过一任老公就奇了，怎么又多出一个耕读老师？

"因为教育局知道了啊，你妈妈很快就被调到一个很偏远的小学去教书。你爸爸也被调到另外一个公社的小学。两个人分开有一百多里路，说不是处理，但大家都知道这就是处理。那时不像现在，一百多里等于就是不可能见面，不能见面也就不可能犯错误了。但谁能想到，要犯错误的人到哪里都会犯错误。半年之后，你妈妈居然又怀孕了，一审之下，原来是同校一个耕读老师的孩子,这叫什么事呢?耕读老师不是真正的老师啊,他没编制的啊,就是多上了几天学的农民啊。我公公是联校的书记,为这事急火攻心跑上跑下。这怎么行,老刘是为国家做贡献的人,我们连他的家属也没管好,让人家怎么安心工作嘛?有愧啊,他拿这话对我婆婆说的时候,我婆婆很不齿,孩子又不是你的,你有啥愧?"

张奶奶像模像样地学起来,逗得唐草哈哈大笑,这人情世态,谁能说得清。

"后来,老刘回来了。当然,派出所也把耕读老师抓起来了,这是大罪,谁也保不了他。可是受审的时候,耕读老师义正词严地说,当然不是我主动,我怎么敢?我是一个农民,她是国家干部,她天天找我陪着她做这做那,牛放到田里能不吃草吗?我公公张书记就把这话跟老刘说了。当时,你猜老刘讲了什么?"

"什么?"

"牛放到田里能不吃草吗?牛放到田里能不吃草吗?牛放到田里能不吃草吗?……老刘把这句话翻来覆去念了好几遍,沉默了好久,就点点头说,那就算了。老刘是好人哩,他也没骂金凤,他说谁叫自己一年只能探亲 15 天,其余的 350 天就是金凤一个人呢?那就算了。他说算了,别人就不好追究了。孩子六个月了,不能打,打了会死的。老刘说生下来,生下来也是条命,那就送人。其实天大的丑事只要肯遮,也就过去了。你外婆给老刘跪了下来,说金凤这一辈子做牛做马也要报答你,可是你妈妈动都没动。"

"我妈妈的性格是挺硬的。"

"孩子生下来,抱孩子的人就到了。老刘问,金凤,要不要看一眼？你妈妈好狠心哩，就说两个字，不看！老刘还是守到出了月子才走，走的时候说，我回去就打报告，你跟我去甘肃。你妈妈好厉害哩，说我吃不惯面。你外婆打了你妈妈一个耳光，说没见过你这样不知好赖的女人。你男人待你多好！结果你猜你妈妈怎么说，娘，我不喜欢他。你外婆说，你不喜欢他，当初你们是自由恋爱，他大你那么多，我们都不同意，是你自己一定要嫁。人是你选的，现在人家都当处长了，别人想嫁还嫁不上。金凤姐说，他当什么长我也不喜欢他，我那时年纪小，不知道结婚是什么。老刘只好一个人走了。他走后的第二天，金凤就拿着刀子去砍那个耕读老师了。当然，最后没有砍到，她就砍了自己手腕一刀，血哗哗地流了一地一身。又是月子，真的是要死人哩！将养了差不多一年，后来她身体一直不好，这么闹怎么可能身体好嘛！"

唐草想起妈妈说话从来不带高声，气若游丝，以前觉得是冷，现在想来大概是真的身体弱。

"然后，她病休后回校的时候，才进校门，就发现你爸爸已经在了。他对她说，调过来有半年了，是他主动要求的。那还有什么好说的呢？人家老刘是读书人，所里的领导也发话了，叫什么潘金凤啊，明明是潘金莲啊！潘金莲有什么好留恋的，赶紧离，我们所里不要这样的家属。后来，老刘就又回来一趟，把女儿接走了。走的时候，还放下一份离婚协议书。"

唐草暗想，原来我妈妈是这样和我爸爸结婚的啊！那张观音阁上的照片应该是那时候照的吧！难怪照片上的两个人都没笑。
"她怀第三个的时候，老刘来了一封信，说女儿生急病死了。你妈妈在柚子树下摸着秋千哭了一夜，哭得好惨呢，我都听见了。"

唐草一算时间，心想妈妈当时怀的就是我啊。她惨笑道："可惜我长得一点儿不像我姐，难怪我妈妈那么失望呢！"张奶奶定睛认真看了看她，点点头："确实不像，你大姐像你妈妈。"

啊，这样一切就讲得通了，妈妈的冷漠，妈妈瞅着她经常发愣，妈妈和爸爸躲在屋子里刻意不让她听到的嘀咕声，一切都讲得通了。可是长得不像大姐，不能怪我啊；生得不如大姐聪明可爱，也不能怪我啊。妈妈啊妈妈，我没有怪过你啊，为啥你临走时跟我道歉啊？你说我小时候你没有把我照顾好，要我不要记恨。你不说这话还好，你说了这话让我怎么活呀？妈妈呀妈妈，你就是这么一个自私的妈妈，你什么都净想着你自己。你这样走了，让我这辈子怎么安生？

七

听完潘金凤的故事，天也黑了。

谁能想到出生入死的潘金凤和唐草的漫不经心的母亲是同一个人呢？

母亲在唐草的记忆里，就是一头缓慢而瘦弱的大象，她站在她自己的故事里，偶尔看他们姐弟一眼，就垂下眼睛忙她自己的。她的家务做得马马虎虎，做菜做得马马虎虎，带孩子更是马马虎虎。她有发不完的呆，看不完的电视剧，和父亲躲在房里嘀嘀咕咕聊不完的话……远远的，淡淡的，对一切都漫不经心，对一切都提不起精神，好像没有什么大事能激发起她的热情。

金丝楠竹在蓝色的夜幕下静静地摇晃，一会儿东，一会儿西，齐刷刷的，像人群。蓝衣女孩张美心到底从屋里走了出来，端着空碟子，静静地看着唐草。这时唐草才发现，她的眼睛真亮，但亮里却有一丝唐草熟悉的东西。唐草突然想起有一年她回家早了一点儿，发现家里来了一个客人，是一个脸色蜡黄的妇人。那妇人看到她的时候，眼睛亮亮的，后面还有一种说不清道不明的东西。现在唐草明白了，那是没有娘的孩子心底里的愤愤，她们不知道为什么如此，她们觉得世界欠她们一个娘。可是，娘又有什么办法呢？记得当时母亲慌张地把妇人拉进卧室，和她在房间里聊了很久，最后送了她出门，临走时还塞了一个很厚的包给她，应该是钱吧！她记得母亲进门时抹了抹泪，又慌忙对她解释说："是个老同事的女儿。"

母亲为什么不告诉唐草，大概是知道唐草不会懂吧！她这个在言情小说里混了半世的女儿，怎么能明白这些十里八乡的往事呢？这一世，她们是一对从来也没有说过透亮话的母女，打她一生下来，两个人就相互失望。唐草一开始就不是她想要的女儿，而她更不是唐草想要的母亲，可是怎么办呢？这不是唐草想的，也不是母亲想的，人生就是阴差阳错，是好是坏，全凭运气。

那些十里八乡的事，母亲都一个人担了，而且担了下来。时间像河水，日夜不停，人就像河里的水草，只要你没有死，你就要随波起舞。到后来在长沙，谁不说潘老师福气好，一儿一女一枝花，一生无风无浪，是最幸福的女人。

"不要躲在屋里看那么多言情小说，多去见见人。"离婚之后，唐草记得母亲常常跟她说这句话，她就气哼哼地回复："不要你管！"现在想来，同样是四十岁的人，她的人生是一片空白，母亲却在四十岁之前，把此生要折腾的事折腾完了。剩下的三十多年，母亲把日子过得静悄悄，像那些浸在河里最深处的悠长水草，活得一丝声响也没有。

八

"不要管别人怎么看，有好的人，你就跟他一起过；没有好的人，就好好过自己的。"这是母亲留给唐草的遗言。是啊，人活着，心就不能太窄，太窄就活不下去。从潘家湾回来，唐草就和她的父亲老唐和好了。她知道只有和好了，她才是金凤的女儿。

（《广州文艺》2023年第3期）

黄佟佟　　作家，资深媒体人，长期任职时尚杂志编辑，主编，人物采访记者，专栏撰稿人，曾获2016年《南方都市报》年度记者，第11届南都新闻报道奖，《南都周刊》年度新闻报道大奖，作品散见于《广州文艺》《上海文学》《花城》《小说月报》，至今已出版个人著作14部。

吃东西的女人

朱 婧

  他是在她恢复单身后与她联络密切起来，起初的方式，也不过是邀她一起吃饭。他们生活的城市之间相距一千多公里，各自有稳定的职业和生活，并没有动摇的意图。他的职位让他可以自由安排出差地，他增加了去到她所在城市的频次，公司的协议酒店，他也单单儿挑选离她的住处很近的那间，步行不过五六分钟距离。一起吃饭，变得不那么难以实现。

  他们疏于联系差不多有十年的时间，这十年，他过着绝不单调的独居生活，她沉身细密投入的婚姻。当她穿过丧服获得一个未亡人的身份之后，他重新出现，以并不冒犯的方式。他每年都会去一个风景优美的城市度假数次，往往趁着出差顺道安排，那里距她所在的城市不过两百多公里。他只是在地图上，将目的地坐标轻巧移变，顺遂新生的心意。他总是周五抵达，这是理想的时间，白日安排好工作事务，从晚间开始，他可以度过一个完整周末再回去日常。

  周五是理想的时间，她的孩子在放学后会被爷爷奶奶接走，让她可以从一整周繁忙的育儿与工作日常中脱身。周五下班回家的路上，松弛感就已经降临，她会选择靠边的座位，倚着车厢的隔断，穿黑色长袜的脚从皮鞋中悄悄脱解出来。固定路线是地铁行驶到城市的中心站，下车去商场地下超市，买好牛奶和外卖回家。她不厌倦重复，甚至由此心安。她身上黑灰色棉麻西装，已穿了五个春夏，衣柜内其他西装也都是同一品牌，款型相近，只颜色材质稍微不同。脚上的通勤皮鞋，她选的是少见于女鞋的孟克鞋款，皮质柔软，舒适利行，她会一次买入五六双替换。如果生活可以汇总成关键词，在她这里，就异常清晰和简单，追求秩序和安全。站在每周五买晚饭的蒸菜柜台前，她可以明确指向固定几个菜式，没有选择的踟蹰和犹豫。只是这样的她，无法像揭开衬纸取出一件新衬衫，打开鞋盒拿出一双新鞋一般，再次拆开包装，取出一个一模一样的崭新丈夫，让生活平安继续。

他第一次约她吃饭是初春四月，恰逢难得的温暖天气，着衬衫风衣足矣。他领她去的餐厅，在一间经由花园小径可以散步通往的独栋小楼，分外安静，推开门直走进包间不见人影，服务生却很快到位，一道道预定好的菜式呈上，内容毫无稀奇地丰裕，把参鲍翅这类食材配比做足以配得上餐标。她并没有说出这是丈夫每每年节聚餐会选择的餐厅，这里的花园小道、建筑和菜式口味，她并不陌生。她警惕眼前的对象既不适合轻易倾诉，更不适合伤春悲秋。

他们原没有那么陌生，甚至相当熟悉。再久前一些，在时光的更远处，他们一起吃过的饭，比她和她的丈夫更早一些。他是父亲的忘年交，是家宴的邀请对象，一同在席的很年轻的他，见过她的父亲对她不避人的严厉教养。少女时代的她，如果漫不经心地插入成年人的对话，会被父亲厉声喝住。取菜的筷子越过餐盘对着自己那一半的区域，会被父亲的筷子打过来；喝汤发出声响会引发父亲的语带嘲讽或者喷声。再次一起吃饭，早年的印象同今日的形象很容易重叠,她在出演父亲教养后的理想模范。食物必在餐盘切分成小块食用,有骨头和刺的食物先剔除干净再食用,每次咀嚼食物必遮住嘴巴,嘴里的食物不过满,保证能随时从容吞咽下去回应对话,汤羹待冷却后少量勺取,不过半,不滴漏。

  这天晚上,他替她处理了龙虾,切分了肉类,看似顺理成章,对她而言却是会引起诧异和困惑的过分温柔之举。许多年时间的疏隔让话题只停在眼前,他的聊天内容多在自我陈述,生活过的城市、做过的工作、结交过的人、见过的风景和生过的病。她会想起,先前和丈夫一起外食,一种乐趣就是不动声色默默听邻桌明显是相亲男女的对话。一餐饭下来,她和丈夫也差不多对邻桌男女从父母长辈到街坊邻居,从童年趣事到手机歌单了如指掌。记忆让过往生命内容重现,自我描述也是一种创造,记忆的强光和暗影是美好的化妆术,并不存在刻意的谎言,不过是连自己都心悦诚服的造物。他同她说起二十年前,他们一起生活过的小城,说起与她的家一条河道相隔的他的姑母家,那时候他常因为探看姑母,顺便去她家走走看看;他讲起姑母良善又强势的个性与脑中风后的凄凉晚景,说他给姑母的那么多红包被整齐藏在衣箱深处甚至直到去世也没有机会去花掉;他讲小城的四季和吃食,无论走出多远,再回乡他总热衷那些食物,精细刀工切出的豆腐花朵一般地绽放在高汤里,炖煮烂熟的鹅肉浸润在油亮有味的卤汁中,碧绿清爽的野菜水饺,只有暮春时节姑母现挖现包现煮味道最好。他说起夏天他去她家时,井水里总冰着西瓜,新煮的玉米和菱角清香。他好像完全忘记了当初离开小城时他是多么迫切多么义无反顾。他看她好几样食物推说不吃,劝她再三未果，笑问："你知道我吃过最难以想象的东西是什么吗？"她说："你不要说。"他不甘，依旧笑问。她表情无动于衷似未听见，他到底没能说出答案。饭后的对话依然枯涩，她好像在听，礼貌的应答总是有的，却总像心不在焉。细小脆薄的新月在天上，树影在灯光里婆娑，野猫在短墙上走道又消失在某处屋檐，几乎是良辰美景，他们之间却始终热度未满。他体胖怯热，脱去外套搭在手上，只着了单衫，一阵风过，钻入纽扣间的缝隙冰凉沁体，她帮他穿上外套。至多半小时他送她回去，在小区门口，她和他挥手道别，他却向前伸出了手准备与她相握，有几秒的错差和停顿，各自收回手分开。

  这是丈夫离世后的第四年，旁人对她生活的想象比她的生活本身丰富得多。她每每遇到堪称荒诞的事情，很容易理解成一种身份导致的后果，而非因个人魅力。包括他的再出现，她只能理解成是若干意外中的一种，如果说其中有什么不同，那就是他安排在周五的吃饭对她的生活倒成了一种弥补。独自吃饭对她来说确实是一个问题，认真去想，好像谈不上存在适合她这个年纪的女性独自吃饭的空间。丈夫离世后，她几乎没能再发现新的餐厅，年节她还是在固定的餐厅预定家宴。婚姻生活里丈夫常带她去的餐厅，与其说不合适独自吃饭，不如说她还没有学会在那里独自吃饭的方式。如果独自吃饭只有在商场的地下层快餐店和街边面条馄饨铺才合适，周末的餐食她未必想做这种安排，她宁愿拎着外卖餐盒回去。偶尔的独自吃饭都像历险。某次下班后她步行到工作地点附近，一间她从前经常和丈夫去吃饭的餐厅。初发现这间餐厅，是她和丈夫大四那年，她在一本 DM 杂志上看到广告，短小又简单的一条，宣传一间家庭式的料理店开幕，地址正在他们读书的大学城，一个小区内的一楼铺位。他们寻过去吃饭，发现店主和他们一样年轻，而长得很像一位单名"葵"的女演员的服务员，是店主的女朋友。店主讲刚刚修习回国，开了这间店，反复问他们口味如何。那里餐食异常好吃，环境安静亲切。他们自此就经常过去，甚至工作结婚住到离此处很远的地方，还会特意过去吃饭。他们亲见到店主增加了雇工，他的女朋友成了妻子，不太出现在店内，见到店主添了女儿，见到店主开了第二间分店，不再每日守在店内。店主后来开到了第五间分店，每一间都是小小的紧凑设计，一样好吃一样受欢迎。她走到那间最初的店铺，外面已经有排队候座的人，她告知服务员自己可以坐在吧台，问是否不用等位，于是很快被迎进餐厅落座。飞快点餐，食物一一奉上，淋着爽口酱汁的烤鸡肉串，煎烤到正合度的秋刀鱼，卧着梅子和海苔碎的茶泡饭。在她右侧三个身位以外，是一个年轻男性，他俩各自占住了吧台的两边专注吃饭。店铺的墙壁上依然挂着店主喜欢球员的队服，旁边还有若干挂钩，方便顾客挂外套。很多次，她和丈夫冬天进来，先挂好丈夫的外套，再挂好自己的，两件衫并排，小小的空间坐下来挤挤挨挨，点好寿喜锅，手捧上热茶，冰冷的胃有了温暖的期待。

谈不上多愉快的第一次吃饭后，他保持了每月一次过来这个城市和她吃饭的频率。第二次吃饭，他安排在入住酒店的中餐厅，他白天的工作是去与主城一江相隔的工业区，帮助合作方完成对某个造船企业的收购，返城时堵车在过江隧道，将吃饭安排在酒店是为便利。中规中矩乏善可陈的老牌五星酒店，整个中餐厅大厅几乎没有客人，餐食也一般令人难有印象。席间，他和她讲完这一天的工作内容，再讲些新闻时事，她会听，会短时间与他眼神接触再移开视线，落在另一处无关紧要的地方；她会点头应声表示关心，但不追问，更不开启新的话题，很难说对他的生活更或者他个人有探求的欲望。

饭后他邀她上楼说话，她迟疑了片刻同他进去电梯。两人疏疏地站在只有两人的电梯，楼层逐渐上升，走出电梯，厚重地毯吞没了脚步声响，与其说渐生幻想不如说各怀心思。进入房间坐下，他照例问她喝水与否忙碌一番，泡好热茶给她，态度是打算坦坦荡荡直截了当，又总谈到别处，她心里知道他想说未说又觉得一定要说的是什么。

再前一次，他和她的会面，也是在这样时节，梅雨季的湿闷六月，在那个远山淡影环抱丰美湖水的城市。那时她在人生的转折点上，在为婚礼准备，预定的结婚日期在那一年的年底。他的度假与她和丈夫的旅行安排时间地点重合，一晚丈夫安排了和一起玩一款足球游戏组队比赛的朋友会面，她没有参加，而他邀她一起游湖，她自然赴约。走了一些路后，他做出了骑车环湖这项完全不合时宜的安排，并且要载着她，最后演变成了一种疲惫和难言的不满。她坐在车后座上看到他的白色衬衫后背已经完全湿透，发梢末端都坠着亮晶晶的汗珠。她同他说，不要再骑车了，换成打车各自回去。焦郁心情和湿闷天气已让人无法有夜晚观湖的情致，他却坚持要骑完这段湖边道路。她不忍，跳下车来，跑步陪着骑车的他，又深觉这行为的荒诞。时间一点点晚去，近十点的时候，她决定返回酒店，便留了他独自在湖边骑车，自己乘的士离开了。待她洗澡完毕，整理妥当，才收到他的一条短消息，抱怨她不管他，留他深夜独自骑车。他若按一般年纪结婚生子，她做他孩子的朋友大了十岁，而他做她的朋友大了十岁，这种抱怨让她哑声。第二天，她独在湖边骑车，却恰巧遇上他，他心情看起来不坏，甚至还邀请了路人给他俩拍照，后来用电子邮件发送给她。丈夫当晚在他们入住的酒店餐厅安排了正式的宴请，邀请了当地的亲故朋友，将她介绍给众人，也收获了盛意祝福。菜肴美味可口，喝得微醺，她陪丈夫走到室外吹风，潺潺水声和着虫鸣，地灯闪射在款曲的花园廊道的布景里，显出远世的宁馨。

这祥和的记忆，不过一两个月即被打破。临近婚期母亲向她坦白父亲再一次陷入的投资危机，并且说出一个不算太大的周转所需金额。她只能用重复单调的语句安慰母亲，并知道母亲期待的帮助她根本不能向自己的未来丈夫道出。刚刚毕业的她谈不上有什么有效的社会关系，她转向他去求助，他几乎毫无心理压力地断然拒绝，甚至并未尝试考虑一下。问题后来解决得比想象容易，父亲比预期更快脱困，婚礼在那个冬天如期举行，亲朋好友聚到眼前，在一场华丽的盛宴中为他们的未来诚挚祝愿。

他终于还是同她移到那个话题，问候她的父母，问他父亲的生意。话题转到多年以前的那次危机，她告诉他后来很快解决了。他说起自己当时钱全在投资市场无法调动，她也点头表示理解。她告诉他那个问题处理得顺利，是因为别人的帮助，而帮助的方式是利用了一个当时她完全不知道的金融工具。"别人帮我做一个信用贷款，承担了一年的利息，解决了问题，我爸后来居然在这个行业站稳了脚。"她抬头看了他一眼，带了一点笑，说起她之前全不知道有这个金融工具。他说我知道，但是不划算。她就不再说什么了。她没有说出的那部分是，那个帮她的人是她很年轻时的追求者，看着平庸，他父亲却有些权势。他给她的不仅仅是个人贷款的一笔应急金钱，还有问他父亲要来的几个定点机构的订单，作为她的父亲在新行业发展的起点。对方要求了什么回报呢，其实也并没有，她在对方看来已无足轻重。他们商量落定这件事情约着吃饭，选择的是一间老牌酒店的午间自助，在一楼落地窗的开放明亮的空间，餐厅布置的陈旧，食物的平庸额外清晰，如已被抛掷的缠绵爱恋。她拿着餐盘象征性地走了一圈，取了一些方便食用的食物，吃的动作比吃的内容重要，要好像一直是在吃饭，也要显出自如。他不挑剔也不造作，满满当当取了一盘各式肉类，一盘主食，又去取了一杯果汁，姿态和表情都如此放松，像这是从办公室来到单位食堂的一餐。他语速飞快语气笃定地同她讲起种种安排，他只是想让他提供的帮助显得轻而易举，证明他的良善和能力，想教她多少懂得懊恼和悔恨。

　　父亲事业发展平稳，她的婚姻生活也流畅从容，她确实拥有过被祝福的生活。这祝福履行了十年，直到那一天突然降临。丈夫去世后，她要面临的一个问题是吃东西，如何吃下去，以及吃什么。一开始的两日，仅仅喝水足矣。在客厅匆忙设置的灵堂，丈夫尚未衰老的父母亲接待前来吊唁的人。其他房间，亲戚朋友以不同关系自觉类聚，团在一起说话。上次在这间屋子里，同时聚起同一群人，还是在她和丈夫的婚礼。未亡人最常待的位置，是和丈夫的卧室，母亲陪着她，拿水给她喝。红枣煮的水灌在吸管杯里，是怕她大口喝水会吐出来，此前已经发生过。红枣水没有放糖，一点自然的淡香，对于完全没有进食的人来讲，食物的滋味纤毫尽现。潮水一般卷涌而来的伤恸，紧紧压住她的胸腔，带来反复的昏厥。躯体撑不住，耳朵尚且可以听见，知觉和大脑依然工作，她听闻丈夫的某个懂医的亲戚，大声唤人给她灌藿香正气水。

　　丈夫去世后前三天,她的食物是水、米汤、红枣水、藿香正气水。丈夫被安葬后回来的那天,人群散去,只余丈夫的几位近亲留守,她的父亲也回去了,母亲留了下来。傍晚,她陪孩子在楼下玩过滑梯上楼,母亲邀她一起散步。暮春好天气的傍晚,墨蓝天空绯粉色流云游走,她俩从小区边门出去,走到生活区一条安静的小马路,道边樟树对生叶片呈现柔嫩新绿,小区墙边蔷薇科植物枝叶舒展,结实的花苞预报着将要到来的盛景。走过小学,走过学校等候区地面的白色数字,走过熟悉的超市、洗衣房、菜场、宠物店,转入另一条小马路,母亲领她到一家凉皮店,同她坐下来,点了一份素凉皮。亮橙色塑料圆碟套上塑料袋,绿色黄瓜淡黄面筋灰白凉皮淋上酱汁,细碎红辣椒圈青绿香菜夹杂其中。母亲替她取好一次性筷子,摩擦去除毛刺,再递给她。她一口口吃下去,软的、冷的、滋味强烈的食物,唤醒味觉的本能反应。凉皮的滋味她毫不陌生,怀女儿四十多天后,她进入孕吐期,几乎无法进食,丈夫每天下班后也是从这间店给她打包凉皮回去。

　　丈夫葬礼后的一周,她的食物是每天傍晚出门散步时,母亲带她去吃的凉皮。那一周密集地伴随各种事务性的工作,出现在派出所、银行和公证处的她和丈夫的父母,一一完成生人的责任,继而她带着孩子回返国外工作,直到遗忘的潮汐覆盖旧事。她带着孩子回到国内生活,已是一年以后,沉默成难以引人注目的一种,试图汇入庸常平静的日常河流。他早从共同认识的人那里知道她的消息,并没有急着去求证。直到一个他觉得必要而合适的时机,像展开他生命中若干游刃有余的事件中的一桩,他开始和她一起吃饭。

　　她已很久没有独自吃饭的经验。与丈夫相识于大学，世纪初的校园恋爱有一个明确的公开方式就是一同去食堂吃饭。但她与丈夫是在大学扩张后占地巨大的新校区读书，恰好被分在相隔甚远的两个生活区，步行需要二十分钟以上，丈夫每日傍晚搭乘电动助力车过来探她，坐在这个或另一个陌生人的车后座上，拎着热腾腾的一袋爆米花。两人总是沿着她宿舍楼前的操场走上好几个来回，说些没有什么特别但又连绵不绝的话。多数她在说，他在听，天光暗下，他的眼神在暮色中亦有光亮，好像只有在丈夫面前，她开始可以自由说话，说不经反复思考斟酌字句的话、说有情绪的话、说没头没脑的话，也说出机锋、暗号和密码，不害羞地袒露天性和向往、袒露软弱和恐惧。他回返后，她把爆米花拎回宿舍和舍友分享，她们常常抱怨她拿回来的爆米花已经软塌。丈夫过来时搭车，回去多数是步行，戴着耳机听 CD 机里播放的音乐。他身型高瘦，冬日总穿一件厚实的棕绿棉衣，外料细密硬挺，人造毛领蓬松柔软。寒冷天气，他会把衣领竖起来保暖，衣领下方的两道皮扣扣紧，她每每看他离开，身影渐远，汇入暮色。周末是一起吃饭的日子，他们并不知道这是他们未来多年一起吃饭共同生活的序曲，校内餐厅菜单上的鱼香肉丝、水煮肉片、酸菜鱼是经久不衰的菜式。丈夫爱吃肉食，那么她爱吃的，就是鱼香肉丝的笋丝，水煮肉片的莴笋和豆芽，酸菜鱼的酸菜，如此配合默契。一起乘车去城里的周末，他喜爱带她去商场吃流行的简餐，那间他第一次带她去的餐厅，存活得比他们能共处的时间更久，只不过从原来市中心绝佳位置搬离到了一个过气商场，丈夫最爱吃的起司鸡丁蛋包饭还在餐单上的推荐位，留下快乐印记的美食很难说是昂贵的。

　　与丈夫吃饭的最大福利是放松吧。她可以吃自己想吃的，不吃不想吃的，可以多吃，可以少吃，可以一边吃饭一边聊天，可以挑挑拣拣。那些吃饭方式，同父母一起不可以，同丈夫的父母一起一样不可以，从本质上说，他们对她的期待并无二致。他们结婚后外食变少，因丈夫的母亲对一切餐厅的食材调料和烹饪方式都充满忧惧，做饭成为她承担的必要日常。按照教做饭的APP里的菜谱，做出一道道合乎要求的菜式对她来说并不是艰难的任务，尽管也很难说有多少乐趣。丈夫坐在餐桌前，没有一般男性评点菜式的傲慢，他用食量来诚实投票，也不太抵抗地逐渐向她的饮食习惯靠拢，包括吃不太有挑战性的食材，偏于清淡的口味。

　　丈夫离开后，她并非没有尝试过自己去正式的餐厅吃饭，尤其在周围人的评价中获得不错口碑的餐厅，她也想好好吃一些美味食物。她打电话去订餐的时候，却从来不敢说是一位，她总说，两位。然后呢，总要点远超过她食量的食物，临走的时候要求打包，假装丈夫临时有事没能过来。一个人去吃饭，总归太醒目。

　　他突然手搭上她的肩头，把她轻轻地但又坚定地揽进自己的臂弯时，好像并没有十分冒犯，毕竟，她是单身，他也是，毕竟，他们都不再年轻。雨知趣地停下了，树木仍浸在湿润的空气里，这片区域因珠江冲积形成沙洲而得名，曾经的殖民经历为它留下了外观别致的异国风格的建筑群。他邀她晚饭后来这里散步，灯光将树影投诸建筑外墙，巨大的榕树和香樟环绕，白日喧嚣的人群隐遁，一只毛色杂乱的猫在幽暗中身影模糊，漫行到道边花台，又很快消失。路边转角的风更增凉意，他看似自然地揽住她。他们两人都穿着西装，他是下班直接从公司过来见她的，公文包尚且拎在手中。此时这一对，行在路上，看起来与其说是有情人，不如说像是合伙人。这次周末的见面吃饭与平日不同，她来到他的城市，是出差的缘故。在他的臂弯，她身体僵住，不能够反驳，也无法回应，更觉得透彻身心的寒冷。对方的身体语言也每时每刻都在道出一种拘谨，他们对彼此的身体极其陌生，更难说有进一步探索的愿望。

她从来不曾是他幻想的对象，只是随着时间的移转，她对于他来说作为一个合适的交往对象恰如其分地浮出水面。他同她说起，他看见的过往，她家中宽大书桌案边，总有厚厚一叠宣纸，上面是她日复一日不见精进但也认认真真临帖的痕迹。日日写就的还有日记，写完一本本堆放在书橱指定的一格，她的父亲常常将这些教养她留下的明证，轻松拿去给访客看，他也是曾被展示的对象。她自己喜欢不喜欢，愿意不愿意，好像是不大有人留意的。他看到她身体里住着一个小人，从她少女时期成长起来，多年后再见面，那个小人还完好地住在她身体里，那个小人教导她如何去说话、走路，如何管理好自己的表情、身体以及种种举止。他以为她没有变过，也因此难能可贵。

南宋年间的仙人朱橘，在《历世真仙体道通鉴》有过名录。他青年时期也曾追求功名，借居京城荒僻古刹。倦怠时，常于寺中荒园的古井旁枯坐，有时风过，吹开井底落叶，露出水面，浮现自家面孔，井中影子伴随他的苦读岁月。三年半后，科举失意，朱橘返归故里，此寺此井，常现梦中。五年后，或为追寻，他重返京城，来到古寺，复归井旁。园中荒草更盛，井中落叶厚积。朱橘拨开落叶，水面显露，映出的面孔已与五年前不同，所谓今日之我已非昔日之我。突然间，水面幽然浮现另一张脸，与他相像又不全然相同，他仔细去看，那正是他五年前的模样。朱橘惊讶回顾，发现有一陌生男子在他身畔，也伸首探看井底。朱橘心中了然，眼前之人是五年前的自己。

男子对朱橘道白：

"我所思所想的只是与你共处一处而已，哪怕仅有须臾的时光。自从你离开京城之后，我一直留在此地。什么也不做，甚至一动也不动，一心等待着你。我知道你一定会回来的，因为你把自己灵魂中最重要的部分留在了这口井中。多亏于此，我才能够延命至今。但是我们既已相遇，无论如何我都想和你在一起，和你一同生活。我想知道，与我离别后你过着怎样的生活。因为我一直停留在过去，只知道你过去的事情。"

他手臂落下，转而牵住她的手搭上自己的臂弯，他端平胳膊，为了方便她挽住自己，他动作煞有其事也显紧张，她很难想象以他的年纪和经历不习惯亲密的身体接触，也无法知道是否只是他面对自己时不能。但她知道他还是在试探，想试探出一种寻常可能，再次接续彼此的人生，并非为了情欲或生存。当晚，在远胜他们可能的人类寿命的古木环抱，丰盛的蕨类植物深沉呼吸中，他对绝无艳光的她再次道出心意。他相信还有东西活在她身上，是对他人来说无关紧要，但对于他至关重要之物。她只是沉默无法回应，那沉默没有欲擒故纵的伎俩，不过是像岩石一般无声无色的表达。

在她离开回到她的城市后，他打电话去说那未曾说尽的话。他问她，"你还是介意那件事情么，你要理解我，我一直是一个人的,是因为我害怕介入别人的因果。我当时是那样想的。"他说,"'一切有为法,如梦幻泡影。'是从时间维度上说的,在时点上肯定不对。辛稼轩有'青山遮不住,毕竟东流去',大体也是此意。"过往若存在憾恨,他归结到另一种因果,从而巧妙逃避任何人事的责任,坦然地去责备命运。

  时间向前再久一点,在湖边的骑行的年份再向前五年,她同丈夫刚刚相识的时候。在疾行的火车上,在她将要抵达目的地的前一站,丈夫突然出现在车厢,带着她喜欢的动画导演的影片碟片合集送给她。那位年长导演能够获得的寿命比丈夫更长,每年总是在预告退休又总是在推出新片。那段时间,因为升学和私人事务,她常在居住城市和另一城市之间两地火车往返,有一次,在车厢里,她遇到了正在出差的他,彼此非常惊异。她和他的邻座调换了座位,同他坐在一起,谈了一些轻松的话,她当时看起来总有很多可能,会走向哪里,同什么人一起,都还未知,生命那么轻盈,惆怅也似朝露。他不知是否因为旅途疲惫,聊天中却渐渐睡着,硕大的头颅靠在椅背上,逐渐下滑靠近她。她挺起肩头以支撑他,好像自己已经足够成熟。他那时头发尚且茂盛蓬松,也有洁净不侵扰人的气息。她是先下火车的那个人,他的旅程还要继续向前,她大力挥手同他道别,谈不上离愁别绪。下了火车,她站在站台,目送火车再次开启,目送他离开,讲起来是教养所成的周到,隔着车窗,隔开了所有私人的声息,他的面孔变成默剧里的影像,他在张口同她说什么,她听不见,他觉出一些不好意思。那停靠的一分钟,因为必须彼此凝视的剧本,或多或少有些难耐,她却忠于职守,在站台的阳光和风声里,保持一个完美的站姿和弧度刚刚好的笑容。

朱橘的故事后来如此：男子与朱橘畅谈过往，快意同游，过了一段极其美妙的时光。但很快，朱橘心生厌倦，男子固守的趣味，朱橘在这五年间早已舍弃，男子对人世的认知，也比五年之后的朱橘浅薄无知许多，男子却毫无知觉喋喋不休。朱橘想要断离，男子挽留阻拦，朱橘无法脱身，于是假意和解，再次引男子到井边，趁其不备，推他入井。

列在道旁的水杉岁月已久，劲直高大，深秋的落雨天气，匆匆跑入食堂的人，杂乱脚印带来湿滑脏污的地面，或留几片红褐色的羽状树叶。她跟随父亲去吃饭，她看到他进来，看到他付饭票时发现不够，脸上狼狈和困惑，他不知道何时丢落在了哪儿，四下寻找。她拿一张自己的饭票递给她，告诉他她捡到了，他犹豫了几秒接了过去。他们曾经在生命很早的时间遇见，在父亲单位光线昏暗的食堂，在人群穿梭来往中，他们在这一个或另一个早晨中午或黄昏，在各自的桌前，吃完一顿饭，又一顿饭，各自离开，从未对彼此命运做出猜想。

曾经的大学，和年轻时候的丈夫，一次次在日暮里告别并无伤感，因为知道下一个白天总会相见。结婚后，每日早晨在门前告别，傍晚开门迎接丈夫，是平凡不过的日常。他们还太过年轻，不知道害怕离别。对她来说，划无声也是无形的界，隔开犹如在昨日的风景，是能够日日生存下去的方式。"杀死过去的自我之后，我变成了只活在现在的人。我已经没有了过去。"朱橘如此说。那些他寄望的内容，已经随着她的记忆封印，彻底隔绝在了生命的另一边，无法成就创造未来的甜蜜憧憬。

一个新的周五，她自己走进一间餐厅，告诉前来迎接的服务生是一人用餐，被安排进了一个阔大的包间。她听到他们在包间外的走道说话，字句清晰传入她的耳中，"她是一个人的。""去撤掉多余的餐具。""给她奉毛巾和热茶。"端上来的波士顿龙虾，服务生得她应许后取下去，再次呈上来，连臂钳顶端的肉都被剔取呈现。这些他为她做过的工作，专业的人可以做得更好。

她很久没有那么耐心、那么仔细地吃那么丰盛的一顿饭。她看到食物进入她的身体，像进入透明的容器。她想到他问过她的问题，"你知道我吃过最难以想象的食物是什么吗？"她当时把眼前提问的他，想象成一个透明的人，人的一生，曾经吃过的食物，在透明的人形中显现，鸡、猪、羊、鱼，和逐渐增加的复杂选项，他身体里的内容物一定比她丰富很多，复杂很多。相形之下，她显得贫乏而单薄，好像从来如此。

她吃完饭，她离开餐厅，她这天穿的男女同款的灰褐色直身风衣，宽阔的裤子，依然是孟克鞋。这些衣衫周到服务于她的身体，毫无拘束，却又妥帖包容。她觉得自己行走在这衣衫里，边走边渐渐变高变大，从这衣衫里，走出了一个他。她有了他的体态，他行路的姿态，高大阔步，孤星一人，但自由自在。

（文中朱橘引文部分出自涩泽龙彦《镜与真》）

（《人民文学》2023 年第 9 期）

朱婧　　文学博士，南京师范大学文学院副教授，出版有小说集《譬若檐滴》等，获江苏省第七届紫金山文学奖，第十一届金陵文学奖。

吮　吸

辽京

一

飞机开始滑行的时候，莉莉已经睡了一觉醒来，没感受到航班延迟的焦躁。机场细雨蒙蒙，视野中掠过一大片湿绿的草地，然后渐渐倾斜，莉莉想起一把茶壶上的彩画，倒茶的时候，壶身上印的那片田野跟着转动。那是她妈妈家的旧茶壶，从姥姥手里继承下来的，家具都被舅舅拿走了，她妈妈最后什么都没要，只拿走这套茶具。茶杯已经摔碎了一只，还剩三只，壶身上印着一个农夫耕田的图案，旁边站着一个红衣女子，手里拎的竹篮子上盖着布。她妈妈说上面画的是牛郎和织女，或许是别的典故——就说是牛郎织女也行。

把飞机起飞和倒茶的动作联系起来，她自己都觉得莫名其妙。这是经济舱的第一排，空间比后面略微宽敞，专门留给带婴儿的旅客，挂在前面的吊床放下来，刚好睡得下一个七个月的孩子，或许再大几个月也睡得下？婴儿长得多快，她只从育儿书上得知，没有实际经验，苗苗是她的第一个孩子，估计也是最后一个。这几个月可是受够了。

苗苗已经睡了两个多小时，估计快醒来了。平常，苗苗一睡着，莉莉的时间就开始倒数，怎么都不够用，心里想着她可别醒过来，这一分钟别醒，下一分钟也别醒，让自己多享受一会儿成年人的独处。这独处也是颤巍巍的，随时会被一个翻身或者一声哭叫打破，因此她心里并不安定，把时间都用来计算时间。

今天，苗苗睡得比平常更久——通常她一觉不会超过两个小时，现在已经快三个小时，还是一动不动。莉莉带了一本书，放在座位底下的妈咪包里，不想去拿。每次她一读书苗苗就哭起来，简直像个魔咒，几个月没读完一本小说，前面的情节都快忘光了。她决定下次从头开始看，因此更不想翻开了。

吊篮里，苗苗身上裹着轻柔的纱布小被，浅淡的粉色，柔和得像一团雏鸟的绒毛。关于婴儿的一切，莉莉想，都那么可爱又可怜，令人不得不放轻了脚步、压低了声音，在这具小小的身体面前自惭形秽，又赞叹，又嫉妒，一边恭喜妈妈，一边暗自庆幸，这个黄皮憔悴的女人幸好不是我。莉莉从舷窗的玻璃上看见自己的模糊影子，看不见皮肤上的颗粒起伏，看不到黑眼圈和鱼尾纹，影子还是大学时的样子，本人却不像年轻的莉莉。她变得更安静、更温柔、更有耐性，将自己装进一个理想母亲的外壳里，处处挤压碰撞，直到完全贴合，归顺于没有尽头的做母亲的生涯，不再横生枝节。有很多次，她看着苗苗睡着的脸，觉得自己特别爱她，只要她别一醒过来就开始尖叫。苗苗的哭声非常真切，近乎凄厉，好像有一只魔鬼被禁锢在身体中，那魔鬼就是她的饥饿本能。她总是饿，甚至边吃边哭，好像来到世间是受了天大的委屈。莉莉拍哄着她，摇动着她，把乳头塞进她的嘴里，她依然不满足，愤恨地吸吮，时不时地扭头再哭几声。

她带苗苗去看医生，医生也说不出所以然。她觉得或许该看医生的是自己，她一听见女儿的哭声就心跳加速、手脚冰凉，育儿书上说人类的幼崽用这种方式获取母亲的关注，她想这不是获取，这是掠夺，是狂风掀走了房子的屋顶。她不得不穿着敞胸露怀的难看衣服，绝望地想要满足苗苗，让她安静下来。苗苗毫不领情。

只要别醒过来，莉莉想，她就能保持这份母爱。爱是用来撒娇，用来抚摸，用来亲吻，唯独不是用来解决问题的。在苗苗之前，她对爱的理解就是这样，两情相悦，你来我往，一面索求，一面付出。她没想过母爱居然毫无回报，甚至恩将仇报。哪怕一个微笑也好。

苗苗四个月的时候，第一次真正地露出笑容。她对着空气笑出声来，好像为自己前几个月的无理取闹感到好笑。当时莉莉正在整理床边的收纳架，把上面的奶瓶按照容量和功能重新归类，排列整齐，然后一阵咯咯咯的笑声破空而来。

从那天起，莉莉开始感受到母女之间平和宁静的一面。她扭过头来，冲着妈妈一笑，或者把手背放进嘴里，啃得口水流到手腕上，口水味和奶味混合出一股淡淡的酸，浸透棉质的婴儿服，闻起来像一块变质的糖果。苗苗笑，莉莉也跟着笑，享受片刻温存。她把女儿放进婴儿车，把婴儿车推到厨房门口，让苗苗看着她做晚饭。婴儿车上挂着一串彩色的塑料环，她好奇地伸手去抓。和平的时间是有限的，很宝贵，说不定下一秒又哭起来，莉莉必须抓紧这些间隙做家务事。

莉莉有一个根深蒂固的概念，近乎执念，是被她妈妈从小灌输的：做事一定要做到最好。念书的时候，她是好学生；工作之后,她是好员工,甚至因为干得太好了,没办法升到领导的位子上,大家都觉得她留在原地最合适。现在,她要做个好妈妈,这可不是说说就行的,而是一项漫长的任务,没有老师来教,却天天都在考试,而她总难及格。苗苗的身高体重长得很慢,比不上同月龄的邻居家孩子。妈妈们之间,总免不了比较。

"你这是怎么回事?"李远皱着眉头,弯腰看着婴儿。话是问莉莉的,她正在卫生间洗衣服,苗苗又开始哭了。必须是妈妈抱,换谁都不行。莉莉擦干手,走过来,把苗苗轻轻地捞起来,贴在自己的胸口。李远说:"你太惯着她了,所以她特别爱哭。"他倒是也有一番道理,就是帮不上忙。莉莉说:"她一哭,我就心跳加速。"

"是吗?"李远笑着说,"让我听听。"他把头凑过来。没有孩子的时候,他经常这样,莉莉转身躲开了,同时苗苗安静下来,凭着本能,在解开扣子的地方,找到乳房,开始吸吮。

"她是不是吃不饱?这么瘦。"李远说。

莉莉坐在一张专门用来哺乳的椅子上,手边缺一杯水,李远帮她倒了来,然后站在一边,背靠着墙壁。莉莉下意识地挪动身体,想遮掩身体,又无从遮掩,苗苗还在吃嘛。按道理夫妻之间没什么可避讳的,但她就是不想让李远看见,让他评论,他的评论不带褒贬,只是开个玩笑,"像一头奶牛"。她不怎么喜欢这些玩笑,虽然自己也被逗笑了。她觉得自己太敏感了,而变得敏感只是诸多变化之一,还有其他的,比如她不再喜欢照镜子,拿起想看的书却没办法集中精力,渴望一段空闲时间,但又不知道拿这闲暇去做什么,只好继续等待,等着苗苗醒来,哭声像一把剑插进耳朵。

世人告诉她，做母亲理应感到喜悦，笼统的、普遍的、出乎天然人性的喜悦，她没有，觉得自己一定是哪里不对劲。李远说她可能太累了，他懂得体恤，但是旁人的理解总是浮皮潦草的，不能正中靶心。苗苗满月的时候他送了一条白金手链，莉莉只戴了半个小时，就摘下来放进抽屉。等她再次在抽屉里发现那个首饰盒的时候，想了很久才想起来这东西是哪里来的，那时候她跟李远已经分手几年了。

当她拿出那条亮晶晶的白金手链，想起李远，终于打心里承认他是一个好人，可是现在，莉莉需要的远不止于此，甚至多得连她自己也弄不清楚。结婚之前他们一直相处得很顺利——只能说顺利，莉莉的妈妈不相信好事多磨，不相信情路多艰，莉莉和李远，一样的老大不小，一样优秀，一样的脾气温和，多么般配，相识不久就结婚了。莉莉拿着那条手链回忆他，打心底里叹着气，根本没有什么造物弄人，只是自己折腾自己。李远是个好人，好得全无棱角，只剩下一个模糊的柔和的轮廓。面对莉莉，他说她像只坏脾气的母猫，或者一头胖乎乎的安分守己的奶牛，他带着一种逗弄似的神气前来爱抚莉莉。起初莉莉并不排斥，渐渐地，她开始逃避他。爱抚都是真心的，但是，莉莉觉得他望向自己的眼神、对她说话的语气，就像对待一只珍爱的宠物，不像是人与人之间的所谓距离，简直是隔着物种的另一种爱。他喜欢看她哺乳。

苗苗的腿动了一下，从纱布被子里露出来，莉莉帮她拉拉被子，把腿盖好。还是没醒。婴儿漫长的睡眠，是送给妈妈的一份礼物，这礼物她一时不知道该怎么用，就继续望着窗外。李远在广东出差几个月，要她带着女儿去看他，在电话里恳求，说他很想苗苗，莉莉就买了机票。

生小孩之前，莉莉在一家英语培训机构当老师。李远是来练口语的学生。有一次下课之后，他问她要不要一起去看电影，不想看的话，吃饭也行，或者喝杯咖啡也行，总之听莉莉的，只要是两个人即可。莉莉被他的怯懦逗笑了，他们坐在电影院里，中间放着一桶爆米花，伸进去拿的时候经常碰到另一只手，莉莉的心思并没放在电影上。散场之后，他们吃了饭，又喝了咖啡，到头来还没觉得厌倦，一个挺好的开始。温柔的开始，和平的结束，中间有一段平顺的生活，离婚的时候连自己都觉得诧异，居然轻易地、毫无痛苦地分开了。其实两个人连争吵都没有几次。

莉莉的妈妈没办法理解这种离婚。"什么问题都没有，"她说，"你们什么问题都没有。失眠就白天多运动运动，实在不行，吃一片药也可以，睡着了不就没事了？"

然而问题的根源并不在于睡眠。她回想起来，最初的分裂是跟苗苗的哭声有关。她喜欢安静，李远也是，所以苗苗一哭，李远就躲到一边，让莉莉独自面对苗苗。她心情烦躁、筋疲力尽，而李远望着她无能为力。"她不认我呀，"他说。莉莉把婴儿的头放在自己的肩膀上，轻轻拍打着后背："看来认识母亲是天生的，有意思。"他抱着双手说。莉莉觉得自己正在被观赏，被隔着笼子观赏，生育这件事把她和现实世界隔开了。

飞机穿越云层，到达稳定的高度，空姐挑开一道深蓝色的布帘，朝着机尾的方向走去。过一会儿就要发饮料了。莉莉突然有了一种模糊的幻想，或许她会一直睡下去，一直睡，到飞机落地也不醒来。永远不醒来。那样的话，整整三个小时，甚至整整一生，不知道该怎么挥霍。她起身去了卫生间，在里面洗了脸，涂了一遍润肤霜，然后回到座位上，给自己涂上口红。没带镜子，口红的外包装是镜面金属，她就用来照着看颜色如何，然后把包里的那本书拿出来，早就忘记上次读到哪里，翻了翻，每一页都很陌生，只好从第一页开始。

她的座位靠窗，坐在旁边的是一个年轻的男人。起初她没注意到他，一直到空姐发饮料的时候，他帮忙递了一杯橙汁过来。莉莉说声谢谢，把橙汁放在桌板上，书也在旁边，只喝了一半，就不小心碰翻了，洒在书页上。她手忙脚乱地擦抹，旁边的人递过一张纸巾，她又说："谢谢。"书没办法再看了，对方跟她聊起天来。

他在广东的大学读研究生，中文专业，在一家报社实习。暑假快结束了，提前回去准备开学。莉莉离开学校已经七年了，她过去上班的培训机构没有寒暑假，现在她不上班了，苗苗的成长节奏就是她的时间标尺。听见他说"暑假""实习"这些词语，带着一股自以为成熟的学生气，莉莉不自觉地微笑。结婚之前，这样热心搭话的男人她见过不少，有同事、有学生，其实她并不算有多美，桃花运这种事，似乎只要年轻就足够了，接得住几句玩笑，听得懂或深或浅的甜言蜜语。在李远之前，她谈过好几段恋爱。遇见李远之前，莉莉完全没想过自己会嫁给这样一个木讷的人。或许就是因为木讷，她才觉得这就是婚姻的样子。

莉莉有个大学同学，博士毕业后就在他的学校当讲师，她提了名字，对方果然认识，上过那位老师开的英美文学选修课。聊着聊着，两个人就互通了姓名，板板正正地报出全名，像两个新入学的同桌。他叫赵季明，莉莉答应他，把这个名字告诉她的同学，考试的时候多照顾一下。赵季明提到她刚才看的那本书，莉莉才意识到他关注自己很久了，不自觉地抿了抿嘴唇，口红的颜色还在。

他看过那本小说，给她讲了故事情节，不顾她的警告，一再剧透。莉莉没办法，只好听他讲完，原来那里面的男主和女主没能在一起。赵季明说，其实这本书并不是个爱情故事，爱情只是其中的一条线索，作者的手法……莉莉笑着打断他，说我可不要听你背课本，我只想知道他们俩最后好了没有。没有，真可惜，那这本书不用再看了。

空姐送餐过来，莉莉把她不爱吃的香肠给了赵季明，换来他的一盒酸奶。此时，外人不了解的话，一定会以为这两个人是情侣，加上吊篮里的婴儿，无疑是夫妻了。反正几个小时的旅途，做个伴有何不可，下了飞机就各奔东西。莉莉觉得自己进入了一个很有文学意味的境地，密闭的安全的空间，碰见有趣的人，亲密一会儿也无妨。

赵季明说她长得像一个女演员，经常演侠女的一位香港老牌影星，莉莉被逗笑了，一笑就更像了。他的胳膊靠着她的，搭在扶手上，一下一下地触碰。她装作不知道，伸手把散着的头发盘起来，一次没盘好，又盘一次，丝毫不觉得这是卖弄风情。赵季明把手伸到她头顶试了试空调吹出来的冷风，说："你要毛毯吗？"

"帮我要一条吧。真有点冷。"

赵季明按下呼叫按钮，一会儿空姐过来，告诉他毛毯已经发完了，很抱歉。等她走了，赵季明把他身上的一件拉链外套脱下来，让莉莉先盖着，莉莉说："太不好意思了。"

"没事。"他说，看看手表，"再过一个多小时就要降落了。"

苗苗还在熟睡，莉莉大胆起来。赵季明的衣服上沾着一些白色的细毛,她拈起来几根,他解释说是他女朋友家里的猫,提到女朋友,像吃米饭忽然咬着一粒沙似的,打了个磕巴,说:"我们快分手了。她想要出国,我不想。"

"为什么不想?一起出去念书多好。"

"我没那么多钱。"

"其实也用不了很多钱,可以打工。"

"我可以打工,她不会啊。"赵季明说,"她家里很有钱,我'陪'不起。"

他的语气里有种真实的落寞。莉莉说:"这有什么大不了的?你一定要陪她去,你们都这么年轻。"说完这些话,她的眼睛又转开了,好像触及了一些遥远的事。吊篮里,苗苗蹬几下腿,翻个身,继续沉睡。本来她也有这样的机会,跟大学的男朋友一起去留学,算了,不要再提。

莉莉不觉得冷了,就把外套还给他,他接过去,没说话,随手塞在身后。外面的天色渐渐暗淡,飞机下方一层厚厚的黑云,镶着灿烂滚热的金边。她想,我可真傻,怎么忽然有了艳遇的心情?她扭头看向窗外,认命地等待苗苗醒来,甚至盘算着要不要干脆把她摇醒。一只手伸了过来,手指碰到她的大腿。她依旧看着那块厚厚的云层,中间突然出现一道透明的裂隙,近得好像一步就能跨过去。赵季明的手像一条滑溜溜的鱼,从海草丛中缓缓地游上来了。

二

半个月前,苗苗感冒发烧。邻居家的妈妈告诉莉莉,有一种国外产的儿童感冒药,温和无害,可以给孩子吃,症状立刻减轻。她记下药名,找代购下单买来,一次半片,吃了两次,果然见效,唯一的问题是吃完就睡,含有催眠的成分。

她把这件事告诉李远,李远听了非常生气,让她不要胡乱给孩子吃药,肯定有副作用。莉莉说:"不吃药,她难受,夜里睡不好,不停地哭闹,我累死了。"李远说:"我看你就是不用心。"聊天不愉快,她挂了电话。上网去查了这种药的成分和评价,很多妈妈推荐,其中有个人说,有时候我实在太忙,顾不上孩子的时候,就给她喂两粒,能睡一整夜。

这条发言下面,很多人指责她不负责任,甚至威胁要扒出她的真实资料,要报警。

"只有无良保姆才会干这种事,"有人如此评论,"你可是亲妈。"

昨天晚上,等苗苗睡了,她开始收拾行李,要带的东西在脑子里列出清单,把那盒吃剩的感冒药也翻了出来,以防万一——万一感冒生病,进口药可不是随处都能买到。网上,那个被人指责的妈妈替自己辩解:"偶尔一次,也不是天天吃,人总有顾不过来的时候。"

还有你想偷懒的时候,莉莉想,一边在心里暗暗地鄙视,好一个不负责任还振振有词的母亲。

起初没什么特别的感觉,隔着一条厚牛仔裤,他轻轻地按压,用一种试探的力道。手指拍打,富有节奏,顺着牛仔布的斜纹向上移动。有条毛毯就好了,她想,毛毯可以做个遮挡。身上骤然起了鸡皮疙瘩。他经常这样吗?从前得手过吗?

莉莉跟李远很久没在一起了,不单单是因为有了孩子。李远睡在书房,书房将来要改成儿童房,给苗苗用,到时候李远就会搬回她的卧室——一想到这个前景,莉莉的嘴里就泛出一股铅笔头的苦味,很想把这味道随着口水吐干净。小时候她喜欢啃铅笔头,妈妈告诉她,铅进入血液,会使小孩变傻。她一边担心变傻的问题,一边因为焦虑而啃得更凶了。

赵季明的手在她身上探索,像猎人走进了一片陌生的森林。莉莉下意识地把左手的食指放进两排牙齿的中间,指甲剪得秃秃的,毫无撕咬的快感。一年级的时候,莉莉的妈妈发现女儿还在啃手指,这个爱吃手的阶段并没有像育儿书上说的那样很快过去,指甲被咬得参差不齐,指尖的皮肤也坑坑洼洼,时常渗血。为此,她妈妈不再相信那些一板一眼的育儿书,决定回归传统的理性:打。

被打了几次之后,莉莉学聪明了。她开始在妈妈面前控制自己,压抑习惯的动作和内心渴望,假装改掉了让家长丢脸的坏习惯。她装得很完美,手指上再也没有被撕得一层层的皮肤,指甲不再短得缩进肉里。她开始啃各种尺子、橡皮和铅笔,她妈妈偶尔一次去教室接她下学,透过后门的窗户看见她在啃一截短短的绘图铅笔。那是一堂美术课,老师正在示范如何涂抹建筑物的阴影。

幸运的是,这次莉莉没有挨打。她妈妈从哪儿又听说某个观点,或者读了一篇教育专家的文章,觉得还是不打孩子更好,只告诉女儿吃铅笔头会变傻,傻了我们可不养你。和妈妈在一起的那些年,莉莉觉得她的态度不停摇摆变化,在做母亲的路上,好像一个刚学会骑自行车的小孩,稳不住车把,忽左忽右,忽而苛求严厉,忽而又温柔宽容。这些反复无常构造出一片迷宫,莉莉费力地在其中寻找道路,想要到达那个最终的目的地——她妈妈的内心,却压根儿没能走近。

对于这场在母女之间持续多年的迷宫游戏,莉莉的爸爸始终是个旁观者。现在,李远也要成为旁观者了,是怀着好奇,在马戏剧场里前排落座的观众,而莉莉不得不在本能和责任的鞭打之下准确地钻过火圈,像一头年轻强壮的母狮子。

那些手指,她闭上眼睛,感受那些手指隔着衣料,在她的皮肤上弹奏。一串勾连的音符,她几乎要随着哼唱起来,神经紧绷的同时品出一丝隐约的愉快。李远总说她胖,这是事实,他用一种开玩笑的语气,管她叫"我家的肥奶牛"。听起来像是昵称。就是昵称,她不应该多想,但是从前的她很苗条、轻盈、矫捷,走路的速度比一般人快。他们约会的时候,李远不得不迈大步子跟上她,"你是我见过走路最快的女生"。

她告诉他这是从小养成的习惯,因为她妈妈早上总起得太晚,动作又慢,导致莉莉吃完早饭去上学的时候,不得不快点走,又不敢跑起来,因为怕生病——吃铅笔头会变傻之后的又一条忠告:吃饱了跑步会得阑尾炎。她妈妈的教条总是没头没脑的,围绕着各种生活琐事,"倒茶的时候,茶杯七分满。酒要九分"。诸如此类,细碎不成系统,而莉莉的好奇心并不在茶水上,她想知道那把老茶壶上画的是什么故事,她妈妈草草地说:"不知道,大概是牛郎织女吧。"

"牛郎织女是什么故事?"

"故事太长了,我懒得讲。等你长大就知道了。"早晚会知道嘛,何必现在多费口舌?

现在,她想从那些零零碎碎不成片段的回忆里打捞出一些有用的指示，来帮助她处理眼前的形势，却一无所获。只有习俗、偏见、陈词滥调，一些妈妈的妈妈告诉她的东西，她原样不动地说给女儿听。莉莉眼前飘过一些灰色浓稠的雾气，是飞机正在穿越一团乌云，转眼又明亮起来。

他不再弹奏了，停下来，手掌缓缓贴上莉莉的身体。她穿着一件前面开扣的翻领衬衫，为了喂奶方便，又不至于像平常的喂奶服那么丑陋。如果没有睡在吊篮里的婴儿，她看起来就像个出差途中的职业女性，衬衫的胸部被撑得鼓胀起来，从侧面能看见里面的哺乳内衣，这一点她自己还没注意到。自从哺乳以来，不知怎的，她对这些事情的敏感度降低了，身体变成了随时可以亮出来使用的工具。赵季明的手掌温热，她没有反抗。妈妈会怎么说呢？

等你长大就懂了，常用的标准答案。她想，我现在算长大了吧，我早就知道牛郎织女，甚至更多，更多你都不知道的事情。比如现在，她懂得一动不动，不接受，也不拒绝，让他探索，让自己思考。再不会有人说她的问题全是胡思乱想，她镇定地坐着，眼睛也不看他，像一尊漠然的神像。

她浅浅地呼吸，胸口起伏如一道柔缓的波浪。他顺势向上攀越，莉莉闭上眼睛，随即又睁开。不能沉下去，她想，必须回到现实。苗苗怎么还不醒？

今天早上，苗苗一直在哭，似乎本能地预感到了环境即将变化，而妈妈一直忙着收拾行李，没空哄孩子。箱子敞开在地上，从一个趴在床上的婴儿视角来看，除了一些凌乱堆放的衣服，里面还装着一些没见过的新玩具，是莉莉准备给她在酒店里解闷的。苗苗看中了一个手摇铃，紫色和红色相间的手柄，上面顶着一个云朵的造型。她想要那个摇铃,却够不着,尝试几次之后,她哼哼起来,双手撑在床沿上,身体向前探去。

莉莉在房间里走来走去,到处都是她掏出来的东西,衣服、玩具、各种零碎物品。第一次带孩子旅行,东西怎么带都嫌不够用,总担心缺这缺那。李远工作的地方并不偏僻,不至于买不到东西,她仍然不放心,又走进书房去找一些婴儿绘本,苗苗喜欢把彩页撕下来玩。刚拉开书柜的玻璃门,就听见苗苗突然大哭起来。

她跌进了箱子里,头撞在箱子的金属锁扣上,眼泪迸出来,嘴巴张得大大的。女儿摔痛了,莉莉看着她,厌烦突如其来。

也许是第一千次了,莉莉弯腰把孩子抱起来,手指摸索着,找到脑后摔痛的部位,轻轻地揉搓,一边摇晃,一边听苗苗表达着对世界的愤怒。在床和衣柜之间,她来回踱步。婴儿的哭声听起来越来越轻,越来越遥远,仿佛被放进了一只竹篮,随波荡漾着,漂走了。

过一会儿,苗苗渐渐平静下来,莉莉把她放进婴儿车。然后,她从妈咪包里取出那盒感冒药。淡蓝色的包装盒上印着英文,她翻过来看背面的字,又拿出说明书来看,上面画着药物的化学分子结构。她盯着那个图示看了很久,好像从中看出了某种严肃的意义,科学的、冷冰冰的、有效的意义,与婴儿的任性、柔软和敏感形成鲜明的对比。儿童用药,这不算什么过分的行为。

只是想安静一下而已。

她走进厨房,把包装盒丢进垃圾桶,又取下挂在墙上的塑料案板,这是专门给苗苗切水果用的,每天仔细清洗消毒。药是纯白色的,她琢磨着用什么工具才能精准切分,按照苗苗的体重,应该一次吃半片。必须精准称量。

她从冰箱里取出一袋冰冻的母乳,放在一盆热水里化开,然后倒进奶瓶,把药片挤成粉末,撒了进去。等着母乳化开的那一会儿工夫,她还重新整理了箱子,把新买的手摇铃拿出来,塞给苗苗玩,让她晃着听声音。小脸重新露出笑容。

费了一点劲,才把奶瓶塞到苗苗的嘴里。这并不是平常喂奶的时间,她还不饿,吃得很不专心,手里始终紧紧握着那件新鲜的玩具。好在只有半瓶,抗拒了几次之后,苗苗喝完了,重新回到婴儿车里,靠背调成平躺的姿势。莉莉去洗了个澡,准备换好衣服就出发去机场,当她从浴室里走出来的时候,发现摇铃已经掉在地板上,苗苗的头歪向一边,呼吸平稳而绵长。

三

天空乌云不散,傍晚显得特别漫长。莉莉有点分不清时间了,也看不清身边的这个人和这只手。在电影院里,李远和她同时把手伸进爆米花桶里,彼此都像碰着异物似的一躲,爆米花甜得过头。赵季明停止了动作,仿佛在等待她的回应,莉莉的沉默使他大胆起来,开始试着从衬衫的下方伸进去。一个穿制服的男空乘走了过去,从他的角度来看,不过是亲密男女之间随常的狎昵。他的手很温暖,让她联想起一块炉子里燃过的炭,正贴在自己的肚子上。不是发烧,而是被克制的情欲的热度。她开始觉得热,也许应该把头顶的冷风开得大一些。

胸口很不舒服,微微地痛,好像有两只气球在里面渐渐膨胀起来，吹满了还在不停灌气，乳房表面有丝丝的疼，血管也跟着膨胀起来。她估算时间，发现早过了平常的喂奶间隔，莉莉的奶水特别丰沛。

苗苗仍旧一动不动。一个真实而恐怖的念头出现了，像突然从雾气中显形的幽暗冰山，轮船要撞上去了。分量超出太多了。她顾不得那只手，猛地探身向前，把苗苗从吊篮里抱出来，赵季明一下子就缩了回去，好像什么事都没发生过。

她用一种抱歉的语气说："我女儿该饿了。"好像是自己破坏了别人的好事。她开始叫苗苗的名字，使劲摇晃她，动作幅度很大。

过了几分钟，苗苗的腿踢动起来，发出哭声，平常她也是一睡醒就哭，而睡梦中总是微笑着，好像不愿意回归现实似的。衬衫扣子被赵季明解到第三颗，她自己解下了第四颗，露出胸部，喂起奶来。

早上的一通忙乱过后，她忘了往随身的妈咪包里塞一条宽大的围巾，空姐也没有多余的盖毯给她，让她可以遮一遮羞——纵然这没什么可羞的，天然至极，合理至极，至少比刚才发生的事情更合乎道德。苗苗睡了四个小时，要饿坏了。

赵季明一声不吭。莉莉看着苗苗的脸，嘴和下巴的动作，婴儿的眼睛盯着裸露出来的广阔皮肤，目光还是黏黏的，有些呆滞，还没有完全摆脱药物的作用。莉莉的胳膊托住了苗苗的头，让她的脚搭在扶手上，闯进了赵季明的座位空间。

过了一会儿，他用一只手抓住苗苗的两只脚腕，抬起又放下，塞回莉莉那一边，好让婴儿不再随意地踢来踢去。苗苗执拗地要把腿伸直，不肯蜷缩起来，穿白袜子的两只小脚摸索着又探了过去。赵季明说:"你女儿总是踢我。"语气中压抑着一股抱怨,听起来非常熟悉。李远说:"这孩子怎么老是哭?"莉莉惊讶地看向他,她天真地以为,经过刚才的摸索,他们可以算是这架飞机上的朋友了。在那几分钟里,她放弃了尊严和自我,打算把这段经验当作旅途中的意外,没有写在旅行攻略里的风景,不怎么美,也不怎么丑,只是没经历过。太久没经历过了。

赵季明的神情完全变了,仿佛突然戴上了一个严肃而文明的面具,将他脸上那些好奇的、温柔的、快活的、满不在乎的线条都遮住了,一下子显得非常僵硬,看起来年纪都大了几岁。他调直了座椅靠背,姿势不再放松,手肘架在扶手上占据空间,防止苗苗再伸脚过来。显然,他不喜欢婴儿。再一次,他看着莉莉,眼中满是嫌恶。

"你可真豪放啊,大姐。"他冷冷地说。这句话像一粒石子落进池塘,击碎了风景的倒影。莉莉觉得她全身的血液和乳汁都凉下来,每一滴都在凝结。苗苗奋力地吸吮着,一次又一次,直至饱满的乳房软塌下来,这是很久以后的事了。此时的莉莉一动不动,垂着头,侧脸毫无表情,体内的春水结成了冰晶。李远说,你看起来像一头肥奶牛。她抱着苗苗,头一次觉得自己不仅是爱她,更是需要她,为感冒药的事感到深深的后悔。她又解开一粒扣子,将大半个胸腹都暴露出来,接着,她用一只手抱稳了孩子,另一只手把衬衫的肩部向下一拉,褪到腰上,腹部的一块赘肉松软地堆在裤腰上。现在,她实实在在地半裸了。

她没有看向赵季明,目光始终追随着窗外的一片云,轻薄的云,一撕就破。漫长的黄昏,终于到了最辉煌的时刻,天空充满了暗金色的光,像一只巨大的灯泡,夕阳就是寿命将尽的灯芯,马上就要熄掉了。她就沐浴在最后的光亮里，毫无保留和戒心，将自己奉献给无限，而无限就浓缩在婴儿的眼睛里。她抱着她，合二为一，又一分为二，确立起一个陌生而全新的自我。赵季明消失，一切都消失了，周围正在褪色，显现出最原始的质地。她闭上眼，辨认着，感受着整个世界越来越清晰的节律，以及苗苗不间断的用力吮吸。我是幸运的，莉莉想着，一个幸运的坏妈妈。早上，她往苗苗的奶瓶里放了三粒碾碎的药片，正常剂量的六倍，这是她平凡生活中的第一次脱轨，也是最后一次。从这一刻起，她变成了世上最温柔、最有耐心的母亲。

（收录于短篇小说集《有人跳舞》，中信出版集团，2023年8月）

辽京　　小说作者，出版小说集《新婚之夜》《有人跳舞》，长篇小说《晚婚》。

雪　山

叶昕昀

罗茜忘了在哪看过，说自然界除了灵长类动物，其他动物的性交都只是为了繁殖，毫无快感可言。她将这个讲给宋宇听，试图分散他开车走错路的焦躁情绪时，发现导航再次将他们带入一条死路。这次他们不得不在狭窄的泥土路上掉头，折返回307省道。这时候山那边的暴雨也追着他们赶到了。

刚才他们根据导航岔入小路之前，注意到一间用红色油漆在墙壁歪歪扭扭写着"加水 泡面 休息"的瓦屋。看房子的年头，应该是未通高速前就已存在了，大约是当地人的民居，因为所处位置便利，可以为自驾去神湖的游客提供一些临时服务，来获得一些农牧之外的收入。

几年前高速建好后，很少有车辆再选择耗时一倍且路况不好的省道，除非遇上像今天这样山体塌方高速被封路的情况。省道不再作为唯一路线后，原先分散在道路两旁的村落基本都搬离了。他们一路开过来，两侧都是陡峭的山体和森林，在地势稍缓的地带，分散着一些稀疏的村庄，但基本都无人居住。当然，在路上偶尔也能撞见一些留守的村民，赶着牛羊从山上下来。穿越公路的时候，他们一般不给路上的车辆让路，车辆需要主动避开牛羊，如果不小心撞死了那些家畜，等待司机的就是不得不付的赔偿金，它们远超牲畜本身的市价。

那间瓦屋就在公路边上，背后是地势稍低的山坡，有两间紧挨着的但只剩一半墙体和屋顶的砖房，房屋周围是一片玉米地，玉米已经结了苞，长势很好，显然是有人在照料。瓦屋正对着公路的方向，有一扇紧闭的长方形窗户，应该是屋主专门扩大，以作为向外兜售货物的窗口。

他们返回省道时再次路过这间瓦屋，这时雨势已经很大了，雨刷器几乎没办法扫出一片清晰的视域。她提议在小屋边的空地停下，他们可以进去屋里问一问路，当地人对路况肯定要熟悉得多，当然，也可以顺便把雨躲过去。他想了想，接受了她的提议。

他们原本可以沿着省道一直行驶，但宋宇坚持要走捷径。他说之前跟朋友一起来过，那时还没通高速，他们走了一条从省道边分叉的小路，用时更少，而且风景更好。他内心就是有这种固执的冒险精神，有时这让他们的相处充满了惊喜，有时，比如这个时候，让他们的行程充满了麻烦。他凭着很多年前模糊的记忆找寻那条岔路，借助不够精准的导航，结果连续两次将他们带到死路，要么前方是连接着山体的悬崖，要么前方干脆就是一片原始森林。

瓦屋的门在背后，他们打着伞从车门走到小屋的短短距离，暴雨就几乎将他们打湿了大半。门没有上锁，虚掩着，门口趴着一条看上去已经非常虚弱的老黄狗，它衰退的听力和嗅觉在暴雨的干扰下几乎失灵，直到他们走到它面前，它才意识到陌生人的靠近，直起身来低声地吠叫。罗茜尝试着向它伸了伸手，它没有抗拒的动作，叫声也渐渐温和，于是罗茜上前摸了摸它的脑袋，它就朝她摇起了尾巴。宋宇敲门，没有人应，从门缝往里看，似乎是没有人在。雨水顺着风飘落到他们的背上,他莽撞地推门进去,罗茜只好跟着他的脚步。

小屋是旧式的土基房,屋内是木质的承重框架,二层用劈开的厚松木板搭建而成。他们进门后轻轻把门掩上,防止雨水从外面溅进来。进门的右手边是通往二楼的松木梯子,主人有可能在二楼,他们加大音量咳嗽了几声,但上面并没有动静。楼梯旁靠着一双宽大的军绿色雨靴,梯子侧面钉着钉子,挂着破洞的毛线帽和一件男式帆布外套,另一颗钉子上挂着镰刀和锯子。门边有一根从上方坠下的细细的红色塑料线,尾端绑着一个小小的死结,是那种老式的电灯拉线。罗茜试着往下一拉,昏暗的房间成为一片漆黑,再一拉,电流顺着沿墙边往上而后被固定在头顶松木板上的电线传达至那只灰黑的灯泡,灯泡闪了闪,然后重新亮起来。

屋子中央是一个陷入地下十一二寸的锅形火塘,火塘里烧的是松木和有烟的硬煤块。火塘边缘是三个尺寸不一但环环相接的圆形铁圈,大约是用来调节火炉的大小。铁圈上现在放着两个搪瓷杯,其中一个装着玉米粥,没有完全磨碎的干玉米粒被挤到了杯子的边缘。另一个杯子里有半杯茶水,杯壁内侧附着经年累月的茶垢,常被主人喝水的杯沿一侧有土黄色的干裂污垢。热量透过铁片加热着搪瓷杯里的茶水,茶叶被翻滚的沸水从杯底搅动至表面,然后再次跟着滚水沉入底部。在炉子的上方,有一个由二楼垂下的粗铁丝挂着的铁壶,开水在壶里咕噜噜翻滚,滚出茶壶的沸水落在铁圈上,迅速汽化,留下一片短暂的印记,接着又被下一次翻滚出的沸水覆盖。

火塘周围有几个歪歪扭扭的木凳,看样子是主人自己打造的样式。他们的正前方就是那扇紧闭的长方形窗户,一张刷着黄漆、带有桌芯的旧木桌放置在窗前,桌子上有一叠发黄的旧报纸和一支黑色签字笔。木桌两侧的墙边放置着货架,货架上堆着积满灰尘的零食泡面和一些日常生活用品,挂在货架上的二维码是崭新的,下面有一张手写的标签:扫码付款。

他们相互看了一眼,最后决定围着炉子坐下来。如果现在再冒雨回到车上,大概全身都要湿透,而且这样大的雨势也没办法继续赶路。他们可以坐在这里等主人回来,向他问一问路,或者等雨小一些再走。主人,看样子是位独居的男性,或许是有要紧事出去了一趟,但被暴雨拦住了回路。又或许是看暴雨要来了,着急去将他养在对面山坡上的鸡鸭或者牛羊赶进牲畜棚,以免它们淋雨生病,没办法等到卖个好价钱的时节。而此时房屋的主人可能正躲在那间用砖瓦边角料堆砌而成的牲畜棚里,坐在柔软但却臭味阵阵的稻草上,跟他的牲畜们一起等雨停。

总之,他们在一个暴雨天走错了路,然后在公路边一个陌生但温暖的小屋里坐了下来,而此时火塘边温暖的炉火让他们渐渐感受到一种从脚底涌上来的暖意和困倦。

"你知道为什么吗?"当罗茜感觉不停翻滚的沸水将她带入一种沉重的睡意之中时,她听见宋宇说话。

"什么?"她问。

"动物没有快感。"他说。

但宋宇显然没有期待她回答,没等她说话,他就接上自己的问题:"猫科动物,像老虎、猫,雄性的生殖器上都挂满了倒刺。"

他说完侧头看她。她点点头,说:"那蛮痛苦。"

他突然笑了起来。这种笑让她感到极其的不适,她想,如果换作沈浩的话，他绝不会在这样的时刻露出如此轻佻的表情。

和宋宇认识之后，这种比较总是自然地发生在罗茜脑海里，大部分时候沈浩都不会像此刻这样占据比较的上风，而正是这种失衡加剧了她对沈浩的愧疚，对他们平静舒适婚姻关系的愧疚。但这种愧疚总能被她与宋宇在一起时所燃烧的激情所熄灭，她渐渐习惯这种愧疚短暂消失的感觉，到后来连愧疚本身也习惯了，仿佛一旦失去这种愧疚，她与沈浩的婚姻也无法再维持一样。

宋宇觉察出了罗茜脸上的不快，但有心让她继续难堪。

"你知道倒刺的作用是什么吗？"他问。

同样没等罗茜回话，宋宇就接着往下说："倒刺可以将其他雄性留下来的精液刮干净，确保留在雌性身体里的东西全是它自己的。"

他的言外之意和报复心理再明显不过，但罗茜此时并不想跟他吵架，在别人的屋子里。

她于是起身，在屋内打量起来。

罗茜非常讨厌宋宇闹脾气时候的小肚鸡肠，总是充满各种恶意的挑衅。她以为在他们今天早上准备出发的时候，他昨晚积蓄的不满已经消化得差不多了，没想到他一直憋到现在。

昨天晚上九点左右，他们抵达古城客栈，预备第二天一早出发去神湖。晚上洗完澡，他想要做爱，但她不想。他假装大度地说不勉强，但整晚都开着电视看体育频道，没再主动跟她说一句话。她当然能够理解他的不满，因为沈浩的外婆前段时间突然住院，她每天在医院、单位、家之间来返，和宋宇很长时间没有见面。但她昨晚确实没有兴趣，也不想在这种事情上迁就他，毕竟在他们的这段关系里，她对他的迁就已经够多了。

宋宇却在揣测罗茜不想跟他做爱的原因，然后揶揄她对他的"不忠"。他们总是为这个争吵，有时她会非常郑重地向他陈述一个事实："沈浩才是我的丈夫。"这句话出现的时候，宋宇挑衅的气焰会立马沉下去，然后显现出一种被伤害后的沮丧感和爱的被剥夺感，身上每一个表情和动作都仿佛在说：没有人爱我。罗茜总是感到不忍，又过去抱他："但是我爱你，你知道的。"他的情绪会渐渐缓和，但却不再跟她说话。然后他们就彼此隔一段距离静坐着，一直到她该回家的时刻。他们都不是彼此的唯一，但却都试图完全占有对方。

不过罗茜不得不承认，这次和宋宇来神湖，她确实产生过比以往更强烈的疑虑和动摇。沈浩外婆出院的那天晚上，她在卧室换床单，沈浩在客厅处理工作。她靠着卧室门，告诉沈浩，下周要去外地培训，一直到周日才返程。

说谎的时候，罗茜的语速要比平时快一些，为此她一直紧盯着磨毛床单上的郁金香花纹，以提醒自己保持正常语速。这一点沈浩或许很早就注意到了，但他从来没有戳穿过。

培训不是谎话，但周三就能结束，剩下的两天等于自由活动。培训所在的度假村距离古城不远，她的计划是到时跟同事打招呼说要提前回来，然后绕道去古城与宋宇汇合，这样他们就有整整四天时间。沈浩没有多问，只说部门这周通过了下个月的国庆营销活动，他之后几乎要天天泡在公司盯流程。说完以后，他继续对着电脑回复微信未读的工作信息。夜里两三点的时候，她听到沈浩起夜，回来的时候从背后轻轻抱住她的肩膀，一会儿鼾声就起来了。那一刻她完全清醒过来，然后立即陷入巨大的愧疚之中。坐在度假村大礼堂培训的三天里，那种愧疚每日都在加剧，有好几个瞬间甚至剧烈到她想马上取消和宋宇的约定，立刻赶回沈浩的身边去，跪在他的腿边，告诉他自己有多爱他，诉说自己有多愚蠢。但几天后她和宋宇踏上通往神湖的旅途时，那种愧疚却轻而易举地消失了。

当罗茜注意到货架上落灰的避孕套时，宋宇再次发出了那种笑声。这次罗茜的怒火有些无法抑制了，她转过头去："你今天是不是有什么毛病？"

宋宇看了她一眼，然后摸了摸自己的额头："没有，体温正常。"

她告诉自己要忍一忍，放缓语气，但话说出来的时候还是带着可以感受到的愤怒："都是成年人了，别扭至于闹到现在？"

宋宇耸耸肩："我可什么都没有说。"

罗茜被他故意找茬但却假装是她在无理取闹的态度所彻底激怒。

"回去吧，"她说，"根本就不该来。"

根本就不该来，罗茜想，当今天早上她不安的感觉出现的时候，她就该遵从自己的内心，避免事情的发生。人们总是这样，在事情导向不理想的状态时，悔恨会迫使他们不断地追溯那些早已出现的端倪，他们认为那是生活早已给出的预示。

早上罗茜在客栈醒来的时候，宋宇不在房间，但电视机开着，播放着当地的早间新闻。"昨夜23时许，307省道大落水村段往神湖景区方向山谷弯道发生重大车祸，一辆黑色越野车冲出护栏坠入山谷，目前警方正在展开搜救工作。""最新路况插播，昨夜夜间暴雨造成市区至神湖方向高速公路塌方，现已封路，请广大市民和各位游客及时安排行程。"

那时罗茜躺在床上，觉察到了一种不安的信息，这种感觉在几个月前她做的那场切除甲状腺的手术中也出现过。那时在手术台上，罗茜进入了一个漫长的梦，梦里自己走在一片灰蒙蒙的雾里，什么都看不清楚，只能感觉自己每向前一步，身上就如同机器零件一般掉落一块东西，直到她的整个身体变成一堆零散的碎片。而在今天早上，那种恍惚而不安的感觉再次出现，罗茜想，是否要考虑说服宋宇，取消今天去神湖的行程。

大约八点左右，宋宇从外面回来。他把外套脱掉的时候，屋外的冷气和浓重的烟味被一并抖落下来。他凑过身来抱了抱她，搂住她后背的手轻轻拍了拍：“准备出发吧。”她那时以为昨晚的事情已经过去了，然后她抬起头来，看见他刚剃完胡须还有些发红的下巴，突然感到自己比以往任何时候都要爱他。

就是那种偶然间抵达巅峰的爱意让她决定放弃说服宋宇取消神湖之行。她爱他，了解他想要什么就要立刻得到的脾气，所以昨夜的拒绝使他愤怒，所以他要不顾高速封路执意走省道去神湖。而现在她更没办法用那种完全没由来的感觉去剥夺他期待已久，而马上就要够到的快乐。

此刻宋宇很满意罗茜被激怒的样子，于是收起刚才咄咄逼人的态度，换上一种悠然自得的表情，伸出手去拉她的手臂。

"别生气，"他凑近她说，"有话好好讲，生气伤身体。"

她推开他："别碰我。"

"别生气了，"他再次去拉她的手臂，"是我错了好不好？"

这就是他一贯处理争执的方式，希望以暂时示弱的撒娇粗暴地平息他所引起的怒火，而她必须跟随。她后来明白自己起初被他所吸引的那些特质统统不过是他用以快速获取好感的手段，不能说那是假象，但只在他身上占很小的部分。不过她还是爱上了他，不仅仅是他身上有着她曾看到过的才华，更重要的是，她内心的一个缺口被填满了：她有过剩的爱需要释放，而他正好需要。

　　罗茜和宋宇两年前认识，因为一次广告商的招投标。罗茜负责单位的综合事务，项目招投标也包括在内。工作内容不复杂但很磨人，需要不停地协调沟通各部门各环节各类人，密切关注其中每一个呈现或者还未呈现的细节，存在的必要就是尽可能让所有人都感到舒适。罗茜应当感谢这份工作，因为它极大地满足了她性格中几乎病态的平衡欲。她仿佛是一个站在天平中心的人，随时准备拨动砝码以保持天平的平衡，绝不会容许每一次行动出现明显的偏向，因此她的工作完全值得信任。但这不是说她是绝对的公平主义者，相反，她非常懂得对于哪类人该使用哪类交涉办法，因此就算两方实际得到的有所偏差，但却能够使双方在心理上认为自己得到了公正对待。

　　宋宇在市里有一间小的广告公司，靠着他父亲的关系，中了很多政府类的标，那次也不例外。招投标结束后，宋宇做东，在经开区新开业的傣味餐厅请大家吃饭。

　　餐厅建筑是几座连廊的傣式竹楼，外临一片四亩左右的人工湖，湖里种满了荷花。他们的包厢临窗，探过头去就能闻到湖里新鲜而湿润的泥土气息。饭局一开始，罗茜就在注意宋宇的举动。他习惯吃一口饭再说话，再吃一口，再继续说话，发现这种频率之后，罗茜感到一丝滑稽的意味。她也注意到后来的混乱完全是由他起的头，大概在他们单位财务部的一把手开始诉苦说今年预算缩减太大时,宋宇突然站起来,为一把手的杯子倒满酒,说着那些向不同人重复了无数次的"我非常能理解"之类的话语,把酒送入了一把手的口中,自此开启了饭局上混乱的敬酒环节。宋宇看上去很擅于应付这种酒桌交际场合,自如地按照落座位置一个不落地敬酒,找话题聊几句,然后在合适的时机结束,继续进行下一个。回到座位中场休息的时候,他的身子已经有些晃晃悠悠。他吃了几口早已凉透了的酸笋鸡,然后倒掉杯子里的白酒,换成红的。罗茜看见他站了起来,朝她走过来。

罗茜,他记得她的名字,承蒙关照,他说。她起身客套地同他握手,客气了。他放开手,把酒杯端起来,但随即停在半空,说,你平时看电影吗?她想他也许是找话题搭讪,虽然突兀,但她并不反感。当然,她说。他顺势在她面前的空位置上坐下来,把酒杯放到桌边。那正好,他说,我有个问题请教你,你答了,这杯酒我替你干了。她自然说好。他说,我看过一部电影,只记得情节,但名字想不起来了。她说,你讲讲,或许我看过。他的表情正经起来,电影讲的是一个男人年轻时候捐献精子,二十几年后他的精子孕育出几百来个孩子,这些孩子想知道自己的亲生父亲是谁,于是踏上了寻找男人的征途。她想了想,好像看过。他笑了起来,再仔细想想。她说,答不上来,我喝酒吧。他说,我告诉你。她看着他,他眯起眼睛。名字叫作《小蝌蚪找妈妈》,他说。她一下子笑了出来。

那个笑话她一直记了很久,尽管她很快就发现笑话的对应性其实并不那么准确。后来他们在一起的时候,有一天晚上她留在他那里过夜,半夜被冻醒,看见他裹走了整床羽绒被,双手抱着肩膀蜷在角落睡觉,她看着他随呼吸上下起伏的身体,突然想起那部电影的名字,是一部名字很俗气的喜剧电影,《星爸客》。那个时候罗茜已经发现,他并不如同最初吸引她所展现的那样幽默与圆融,相反,他的身上总是时隐时现一种可感知的脆弱。他几乎是沈浩的反面,情绪化,不稳定,但她总能从他身上捕捉到自己热爱的那种悲剧感,从而在某种程度上唤起她内心的保护欲。正因如此,她对待宋宇总是需要用另一种方式,那种沈浩觉得矫情而不必要的方式,比如无时无刻炽烈而直接的爱的表达,甚至还要比她实际的感受更过度一些,他需要她用自己充沛得过分的爱去滋养他,以满足他身上那匮乏得可怜的安全感。

但罗茜并不对宋宇身上展现出的反差感到惊奇,因为她曾了解宋宇身上的另一面,真要说起来,他们其实算得上初中同学。他们曾在市里的同一所初中就读,那时罗茜总是在教学楼连廊的艺术展区看见署名为宋宇的画作。那些画在局部总是呈现出一些混乱的线条,但整体上却呈现出一种奇异的秩序感,和展区其他技巧扎实但却中规中矩的素描完全不同,因此显得瞩目。后来罗茜经过连廊的时候,开始有意地寻找宋宇的画,她喜欢在他混乱的线条之中看到故事的影子,她甚至在这个陌生的男孩身上产生了某种希冀,希望他真的能够成为那种离她很遥远的艺术家。不过这些往事,包括那种希冀,罗茜从来没有跟宋宇讲过,因为他目前的生活已经离那种希冀太远了。他有些才能,但却不足以支撑那种希冀,于是最后只能把有限的才能转移到用以谋生的世俗生活中去,罗茜想,这种结局对于任何一个曾对艺术怀有梦想的人来说都是残忍的。

后来宋宇自己提起过,说他的父亲其实并不认同自己学艺术。宋宇的父亲是最早一批承包政府工程而发家的商人,他希望自己唯一的儿子朝着权力，至少也是金钱的方向开拓未来，他认为那才是有价值的。当时为了得到一个儿子，宋宇的母亲连续生了三个女孩，直到三十五岁才生下宋宇，他是父亲的渴望，让父亲不惜承受当时生育政策下的巨大罚款，也要得到的一个儿子。父亲因为生意常年在外，偶尔回家，第一件事就是视察自己的儿子是否朝着他所希冀的方向成长，然而每次都大失所望。宋宇不确定这是不是父亲失望之后转而在外面建立小家庭的原因，但他曾经确实很努力地想要成为父亲希望的那种儿子，但最后却发现自己身上展现出的全是父亲所希冀的反面。

父亲在外面有别的女人，后来还有了孩子，但宋宇尚不清楚那孩子到底是男是女——这很重要，那意味着将来巨大的财产分割。母亲为此闹过几次，但都无疾而终，结局就是消极的默许。或许是她的丈夫为此许诺不会撼动她作为妻子的地位，又或是向她保证绝不亏待他们唯一的儿子，作为一个没有能力逃脱男性庇护的女性，大概这是她所能接受的最好结局。

在宋宇的陈述里，总是充满对于母亲极其矛盾的感情。毫无疑问他敬爱她可怜她，但同时也憎恶她。他总是提起小时候母亲如何为了保护他而扇了一个只是跟他嬉闹的小朋友一巴掌，那之后几乎没有人肯跟他交朋友，她母亲悍妇式的行为居然让年幼的他与父亲的出轨行为产生了共情。他的整个童年和少年都过得压抑，直到后来他转入贵族式的寄宿中学，或许是远离了母亲严苛的管教，他压抑的情形发生了转变，不过却朝着另一个极端。宋宇总是喜欢向罗茜炫耀自己中学时期惊人的受欢迎程度，眉飞色舞地告诉她自己从厕所走回教室的间隙就能接到十几封情书。她发现他们在一起的时候，他总是热衷于向她讲述过去的事情，她能感觉到现在似乎不能使他满意。后来她意识到,他并不是一个能活在此刻的人,因而总是对过往抱有极大的热情,因为它们不会再有所改变,能让他在其中随意攫取而重新成为他所需要的那种记忆。

罗茜有一次无意中撞见过宋宇的母亲,午休和同事逛商场的时候。此前宋宇给她看过他母亲的视频号,向她抱怨不知为什么传统保守的母亲突然变成了这样,似乎在一夜之间迸发出一种获取关注的极大渴望。你希望她不要干扰你的生活,罗茜说,那同样,你也不该干涉她的生活。但宋宇显然对她的建议不以为意。她后来怀着猎奇的心态又去看过几次,记下了那张隔了层层美颜滤镜却仍看得出衰老的女性脸庞,但不久以后她再想起去看的时候,那些视频已经被全部删除了。

宋宇的母亲脱下美颜后,罗茜还是一眼就认了出来。他母亲正跟化妆品品牌柜姐大声争执,不少人在围观。争执的内容大概是品牌的折扣少给了她,柜姐向她耐心解释,但显然面前的客人根本无法说服,她的脸上始终挂着一种时刻准备战斗的神情,争吵则让她焕发出巨大的生命能量。罗茜没来得及等到最后战斗结局的分晓,就着急和同事走了。回单位的路上,她脑子里一直想象着他母亲脸上失败或获胜所呈现的两种神情。她猜想这也许是宋宇和他妻子离婚的原因之一,尽管是一个充满偏见的结论,但罗茜认为一些母亲总是对她们唯一的儿子充满占有欲和战斗欲。当然,宋宇的离婚显然还有别的原因。

尽管很多时候宋宇都在罗茜面前表现出对母亲的极度厌恶,但一年前他母亲在浴室滑倒昏迷,之后再没有醒过来,还是对他造成了几乎可以说是迄今为止生命里最大的打击。近三个月的时间，宋宇对罗茜避而不见，直到他把自己处理好，再假装无事发生一样出现在她面前，那之后他对于她的索取就更加无度了。

他们总是在周六下午见面，那个时候沈浩在公司加班。他们有时去酒店，但更多是在宋宇临河的公寓。坐在卧室窗边的时候，罗茜总能听到外面小孩子嬉闹的声音，要么踢足球，或者打羽毛球，时不时羽毛球总是挂在窗外那棵蓝花楹上。他的公寓在二楼，开了春，那棵蓝花楹的枝干上便聚满丁香紫的花瓣，那时候羽毛球挂上去，被孩子们再摇下来，花瓣就大朵大朵地落下去，那时她会突然意识到，她好像总是在等，尽管他的时间比她要自由得多。

他对她是感激的，无论是等待这一点还是其他类似的容忍。这种感激渗透到性爱里，令他表现出一种近乎讨好的迎合。每次开端他总是显得小心翼翼，仿佛带着某种恐惧，然后迅速转换为无止境的索取。而她做事总是意兴阑珊，做爱的时候也是一样。她有一种特性，任何事情的高潮都已经在她提前的想象中发生了，而实际的发生过程不过是让现实完整的动作。无论是做爱也好，其他也好，对她而言，最迷人的部分永远在于事情将要发生的那一刻。于是在过程中她总是假装着配合他，或者说是安慰他。但在他们近乎搏斗的相互索取中，每次结束，她还是会产生那种置身旷野的巨大虚空感。

这就是他们大部分时候的相处模式。他们各取所需，他从她身上索要所需的爱与抚慰，她则从他身上获取她要的快乐。她把这个称之为爱情。

有一度罗茜觉得自己几乎爱他爱到不能自已，做了很多即使现在想起来也觉得疯狂的事情。比如，她专门开车三小时去临市的村庄，花重金找同事说过很灵验的神婆，希望神婆能施展法力，保佑她的爱情永恒。那位神婆的长相与穿着和村庄里其他老年女性没有什么区别，这让她感到安心，因为她相信，那些故意穿着怪异以此证明自己具有通灵能力的人往往只是在故弄玄虚。不过当那位神婆坐在厚厚的稻草垫子上开始附身的时候，她就完全变成了另一个人，之前虚弱的声音变得清澈有力，无望的眼神聚焦得犀利锋锐，甚至那张褶皱的脸庞也开始容光焕发。神婆用手指轻蘸面前瓷碗里不知用什么浸泡的灰绿色的水，点在罗茜的额头上，接着是她的喉咙，然后是心脏，最后落在她的肚脐。一切结束之后，神婆的眼睛突然失了神，然后重新成为那位平凡的甚至不知道刚才发生了什么的老太婆。罗茜从没有怀疑过那些法力给予她爱情的保佑，不过如果要说她是相信那些法力的力量，倒不如说她是相信"相信"本身的力量。

比如，她还曾试图向沈浩宣称自己找到了爱情。

那是几个月前一个下雨的夜晚，蝉鸣声笼罩着她和沈浩不久前刚搬进的复式公寓，然后逐渐被雨声吞没。她跪在地毯上擦拭茶几，沈浩半躺在沙发上看《速度与激情》，雨滴随调转的风向倾斜着击打在阳台上那面巨大的落地窗上。她向来对这种被她称之为肌肉电影的类型不感兴趣，但沈浩能够将那个系列翻来覆去地看。

她喜欢那些漫长且无聊的电影，最好带着某种神示意味，向她展现命运的不可抗拒，因为她相信那个。有时沈浩会陪她一起看，看完以后她会问他怎么样，他总是说还可以。她继续问他哪里还可以，他就会说，对不起，我几乎快睡着了，这种电影总是让我想起小时候背语文课本的感觉。为了照顾她的情绪，他又补充说，我继续陪你看，只是你别再问我电影怎么样。她只好笑，说，那我们换个电影，看你喜欢的跑车和美女。他们就并排挤在沙发里，她在外侧，头枕着他的手臂，通常她看到一半就会睡着，因为已经看过太多遍了，但每次范·迪塞尔开着莱肯飞跃阿联酋的摩天大楼时，他还是会激动地抽一下手臂，等她惊醒的时候，他的激动又被重新按回到他那副永远四平八稳的五官之中。和他的长相一致，他就是那样一个永远稳定而可靠的伴侣，是那种能够真正进入到生活里的人。

那天晚上是他们很久以来少有的能够如此舒适和惬意地待在一起的时间，自从沈浩升职以后，他几乎每天都在加班，睡前的几句短暂闲聊也都是他的工作内容，渠道，双节，百日冲刺，代理商，每个词在她的脑海里都是冰冷而无实指的。那天晚上久违的温馨场面让她想起他们刚在一起时那些无话不谈的日子，不过通常是她在说而他负责听。他是一个非常可靠的倾听者，尽管大部分时候他并不能理解她到底在说些什么，或者在担忧些什么，但他仍会耐心听她讲述，用那种永远带着鼓励的眼神。就是这样的眼神，让她在四年前主动向他提出结婚的时候，内心就笃定他不会拒绝。

也是这样的眼神，让她那天晚上突然生出一种冲动，想要跟沈浩分享她沉浸于炙热爱情中巨大喜悦的冲动。她坐在地毯上望着他，望着他只是躺在那里就能持续给予她的可靠与安全，然后几乎是不假思索地脱口，说她找到了爱情。她用那种漫不经心的，雀跃而天真的语气，好像说出的仅仅只是她买到了一件合适衣服这样的事情，而沈浩应当替她感到开心。因为他没办法给予她的东西，她在别人身上找到了。她设想着沈浩假装木讷以维持自尊的神情，甚至她还想跟他讨论一下什么是真正的爱情，也许他还要拿出力气来同她争辩。但沈浩过了很久才抬起头，问她，你刚才说什么。

她想沈浩肯定是听到了，这是他可靠背后的众多狡猾之一。在她大胆宣称自己找到爱情之前，他肯定早就察觉到了，因此才会在性方面越来越冷淡，尽管他们之间从来都缺乏那方面的激情。从一开始她在他身上感受到的就是舒适和可靠，而不是冲动和欲望，她认为前者才是婚姻应当具备的特质。当然，她也会问他一些诸如"我们之间是否缺少一些什么"的问题，以试图掩盖那些早已心知肚明的事情，而他总是回答，我觉得我们之间很好。然后她会问得直接一点，我是说我们之间好像不是那么充满激情，比如性。他就会难得地同她开玩笑，那下次我们试试在车里？她就笑起来，然后心安理得地回到给予她舒适和可靠的婚姻中去。

那天晚上沈浩抬起头来毫无准备的神情让她失去了再次说出那句话的底气。她遮掩道，没什么，是问你周一要穿西装吗？他躺下去，继续看绚丽的跑车飞跃公路，说，不穿。她于是点点头，走到卫生间去，用凉水洗了一把脸。

对，凉水洗了一把脸，此刻她的感觉就是这样。当她沉浸在和宋宇持续而炙热的爱情中时，像现在这样时不时发生的争执有时会让她像是突然打了一个哆嗦，然后她会想，他身上那些让她痴迷的脆弱与偏执是否真的如她想象那样给予了她快乐。曾有一段时间她确实感到有些厌倦，宋宇总是在不知餍足地索取，仿佛没有人爱他，他就要像缺水的植物一样日渐干枯下去。她尝试着和他分开，回到她平静的婚姻中去，但他总是在她下定决心要离开的时候，适时地出现在她面前，用那双她永远不知道他在想什么的眼睛看着她，就像此刻一样，看着她，然后摇着她的手臂，说："别生气了，你知道的，我没办法离开你。"这句话如同一句咒语，每一次都能让她重新产生在爱中的巨大使命感，从而让她再次回到她和他的爱情中来。争吵，和好，再争吵，再和好，这是一个无尽的循环，但每一次的争吵结束后，她仍然会相信自己遇到了真正的爱情，仍旧会虔诚地向上天祈祷，祈祷他们的爱情永远这样持续下去。

他们重新和好。尽管屋外暴雨仍旧未停，但此时屋内炉火的热量已经让他们感到身上有些微微地发烫。他们站在屋子中央，同时看向门边通往二楼的松木梯子。

"你猜楼上会有什么？"宋宇说。

这是他们之间的游戏，或者说，是宋宇的游戏。他总是热衷于在生活展现的留白处填充自己的想象，街上神情落寞的行人，门把上扎着红绳的废弃房屋，湖底偶然呈现的建筑黑影，都曾被他填充过想象。他尤其喜欢那些凶杀的桥段，当他们去一间老旧的电影院，宋宇会指着他们头顶用粗壮的柱子支撑起的乌黑穹顶，告诉罗茜这里非常适合杀人并且藏匿尸体。又或者他们途经拉满铁丝网的空地，宋宇会说，如果借用一定的力，那张铁丝网会成为最好的酷刑机器。而现在，这间瓦屋神秘的二层，成了宋宇又一个填充想象的地方。

"或许会有泡酒。"罗茜说。她想起老家木屋的二楼，那里储存着爷爷泡的几十种不同种类的药酒，有几个瓶子里甚至泡着蛇。

宋宇认为楼上如果有泡酒，那泡的一定是不同寻常的东西。

"比如人体器官，"宋宇说，"眼球，心脏，或者是胰腺。"

"又和凶杀有关？"罗茜打趣他。

"凶杀可以是故事的一种，"宋宇说，"但把这位屋主设定为黑店里的变态杀人犯，未免有些老套了。"

"那你讲一个不老套的？"罗茜说。

"可以想象屋主其实是一个热心肠的好人。"宋宇说。

"他或许喜欢戴毛线帽子，喜欢喝苦涩劲大的茶。他的牙齿黄黄的，缺了几颗，或许还留着茂密的大胡茬。他从小在这里长大，对每一片森林每一座山谷都像对他那间屋子一样熟悉。在这条经常出事故的公路上，他和他的老黄狗伙伴总是能带领警察找到那些失事的车辆，还有遇难者坠落在了山谷的哪一处。但是……"宋宇挑动着眉毛，开始为这个故事兴奋起来。

"他有一个癖好，喜欢收集那些遇难者尸体掉落的器官，给它们标号，泡进白酒里，作为他救人功勋的记录。他总是趁着警察到来之前，率先找到坠入山谷的车辆和尸体，以有足够的时间从他们身上取下他喜欢的东西。一片头皮，一根手指，或者是一截露出身体的盲肠，如果尸体损毁得更严重一些的话，他甚至还能得到一个胆囊，或者一颗心脏。"

"不错，听上去蛮有意思。"罗茜说。

但宋宇皱起了眉头，他认为此时屋主不在这间屋子，还缺乏一个可说通的故事。

"想想今天早上播报的公路事故新闻，"罗茜提醒这位讲故事的人，"或许你可以把它们联系起来。"

宋宇领悟似的拍了拍手："我知道了。"

145

"就在昨天夜里,屋主得知有一辆黑色越野车冲下了山谷,距离他的小屋并不远,为此他几乎激动得一夜未眠,但因为整夜都是暴雨,他不得不等到清晨再行动。而清晨到来的时候,他得知警察马上就要赶到,为此他有些着急,知道马上有暴雨,但却忘记换上雨靴,甚至连门都没来得及完全锁上。不知道他的战果如何,也许得到了他非常喜欢的部分,然后带着它们回到对面山坡,回到那座用砖瓦边角料堆砌而成的牲畜棚里。那里面应该还有一张桌子,是他用来专门处理那些东西的地方。他将它们清理好,准备带回小屋,装入那个等待着灌入新东西的玻璃罐子。而这个时候暴雨来到了,他不得不坐在柔软但却臭味阵阵的稻草上,跟他的牲畜们一起等雨停。"

"不错,"罗茜说,"一篇很好的爱伦·坡式的小说。"

温暖的炉火映照着他们发红的脸庞,松木和煤块扩大的焦灼部分记录了这个虚构故事的发生,当宋宇将这个故事推向结尾的时候,罗茜听到了屋外暴雨的渐渐平息。

"等你的广告公司做不下去了,"罗茜说,"没准你能转行做个侦探或者凶杀小说家。"

"巧了,我也正有此意,"宋宇说,"到时候我可以让你做我的经纪人。"

"我先提前谢谢你了,"罗茜说,"不过现在,先暂时忘记那些幻想,我们得继续赶路了。"

宋宇耸耸肩,伸出手臂活动了一下身子,然后走到二楼的松木梯子旁。他说他想上去看看,没准上面真有个人体器官泡酒展览。

"现在赶路最重要。"罗茜再次提醒他。她走到货架旁,扫架子上的二维码，买了几桶泡面和一些零食，当作在屋中休息的酬谢。

车子重新启动，在暴雨后湿润的路面上谨慎地前行。

"那些泡酒里也许还装着睾丸和阴茎，"宋宇说，"我刚才居然没想起来。"

他还在刚才编就的故事里沉迷。

"怎么整天就想着这些东西？"罗茜说。

"别忘了，"宋宇说，"今天是你首先跟我说这些的。"

"我只是提到动物的性交。"罗茜说。

"没有生殖器怎么性交？"宋宇反击。

她永远没办法在这种狡辩中取得胜利。

"这么一来，就有一个很有趣的设想，"胜利者接续着自己的故事，"那些泡酒罐子里的东西记录了死亡的瞬间，那么……"他已经完全兴奋了起来。

"我们可以得知这个眼球患过白内障，那副大肠有结石，而另外那颗心脏可能只是在死前喝了二两酒。你想想看……"宋宇看了一眼罗茜，"如果把生殖器泡在酒里的话，我们就能知道这个生殖器在死前可能勃起过，那个生殖器得过尖锐湿疣，而另外一个仅仅就是尺寸太小，所以他的老婆出了轨。"

宋宇完全陷在自己虚构的故事里了，罗茜刚才感到的有趣现在让她开始厌烦，她本来不想再接宋宇的话，但她想了想，还是说："我不认为尺寸跟出轨有什么必然联系。"

宋宇笑了起来："是吗，那好吧，你就当我是在说自己。"然后他又抬了抬手，补充："没有指涉别人。"他特意把"别人"两个字的发音过程放缓。

"适可而止。"罗茜说。

宋宇耸了耸肩:"看过那部电影吧,"然后看了她一眼,说,"《感官世界》。"

她不知道他又想说什么,问:"怎么了?"

"你可以把我那玩意儿割下来,就像电影里那样,"他说,"在我们到达顶点的时候。"

罗茜没有说话。

"我很乐意它被装进泡酒里,"宋宇顿了顿,然后说,"别人会通过那东西知道直到最后一刻我他妈的还在和另一根阴茎做斗争。"

那一刻罗茜算是明白了,自始至终,他都没有把昨晚的事情给忘掉。

"专心开车,"罗茜说,"不要再走错了。"

"如果人类那玩意儿也有倒刺,"宋宇说,"就他妈的可以让你痛苦到只能接受一根鸡巴。"

"宋宇。"她提高音量叫他的名字。

"到此为止。"她说。她感到车子在明显地加速。

她伸过手去握住他的胳膊,把语气放缓:"冷静一点好吗?"

"我们来玩游戏吧。"她说,"晴天,雨天。"

这是他们之间的约定,每当争吵即将爆发的时候,用这个简单的二选一游戏来缓和他们的情绪。

他沉默了一会,说:"晴天。"然后轮到他问:"太阳,月亮。"

"月亮,"她回答,然后说,"大象,猴子。"

这时候车速已经重新平稳了。

"大象,"他答。在提出问题的时候他空了一下,然后说,

"和沈浩做了，没和沈浩做。"

她侧头看他，意识到自己选择用游戏来解决争执的方式实在是荒诞至极。

"做了，没做。"他重复。

"别这样，"她说，"好吗？"

"做了，没做。"宋宇说。

她想了想，告诉他："做了。"

他笑出声来，到有些干咳的时候才停下来，然后对她说："继续。"

她沉默了一会，说："白色，蓝色。"

"蓝色，"然后他说，"沈浩，宋宇。"

她诧异有的时候他变本加厉的无理取闹到了非常小孩子的地步。

"换一个问题。"她尽量保持平缓的语气。

"沈浩，宋宇。"他重复。

她沉默，他则在等待。

然后他听见她开口："王瑶，罗茜。"

他有些惊讶，停顿了几秒，说："我先问的。"

"王瑶，罗茜。"她重复。

王瑶是宋宇的妻子，他们三年前离婚。宋宇母亲去世的时候，王瑶专门回来陪他，罗茜那时知道其实他们一直都没有断过联系。他们离婚的主要原因，据宋宇所说，是他出差提前回家然后撞见他妻子的出轨，和另外一个女人。这件事对他造成了巨大的冲击，我宁愿她是跟一个男人，他说，至少是两根鸡巴之间的决斗。

149

和自己一样，罗茜知道宋宇没办法在这种选择中做出决定，所以她希望他们能互相退让一步，没必要非走到不可挽回的结局。同样，他也明白，当他们一起执拗起来的时候，谁也没办法说服对方。

"我数一二三，"她听见他说话，"我们一起回答。"

她看了看他，点点头。

"一、二、三。"他说。

"沈浩。"她听见自己的声音先发了出来，然后听到了他的。

"罗茜。"他说。

毋庸置疑，这两个答案都让他们彼此吃了一惊。她没有选择他，而他选择了她。他们都明白这只不过是一个游戏，但车厢里还是保持了起码两分钟的沉默。

按照宋宇的脾气，罗茜想，他应该会接着说，逗你玩的，你居然信了，真是纯真。

但他没有说话，一直没有。然后罗茜明白，他说的是真的。

她竟感到有些恐惧。

在自己和宋宇的这段关系里，罗茜曾设想过很多次自己战胜了别的人，然后完全占有他的情形。也许正是这种设想，让她一直不吝啬对他的付出，让她从始至终毫不掩饰地表达她的爱意，并试图将它推到永恒这样的极致，甚至于连她自己也相信了。

而恐惧产生的这一刻，她意识到，她并非真的想要完全占有他，她从来沉迷的只是那种即将占有的感觉。和他一样，他们都不是能够活在此刻的人，他活在他的过去，而她则活在那些一切预备发生但却从未发生的将来。

"宋宇，沈浩。"他再次问她。没得到想要的答案之前，他不会罢休。

她试图岔开话题:"路口快到了没有。"

"马上了。"他说。车子向前行驶,群山之上的乌云透出了光亮,天要放晴了。

"选一个。"他说。

"你知道的,我爱你,"她几乎把语气放到最缓,"这就够了不是么?"

"选一个。"他说。

她知道他今天非得要到一个答案不可。

"沈浩。"她说。

她本可以说出另外一个答案,以结束这场无休止的追问,以保留这段她曾经祈祷永恒的爱情。并且,另外一个答案并非不是她的真实所想,在他们最开心和默契的那段日子里,她也想过离开沈浩,但没多久她就意识到那种想法的荒谬。就如同今天这样的场景绝不会在她和沈浩之间发生,他们只会舒缓地交谈着路上令人惊叹的景色,偶尔她也会背上几句自己喜欢的诗,告诉他自己曾经想做一个诗人,但后来发现更适合做他的妻子。沈浩总是会避开这些对他而言过分外露和诗意的情话,但会在那些更为实际的方面回应她,比如永远等她睡着以后再睡,因为他打呼会让她失眠。并且,他绝不会揪着那个破生殖器对她进行无休无止的逼问。

"什么?"宋宇在试图给她机会确认。

"沈浩。"这次她没有犹豫。也许只是单纯基于对沈浩轻而易举就消散的愧疚而产生的更大愧疚,让她有了在这个答案上想补偿的心理,也许只是想对宋宇的无理取闹进行一些报复。但她显然感知到了更深处的某些东西，比如今天早上当她感觉自己比以往任何时候都要爱他的时候，她就应该意识到，当她对他的爱产生一个前所未有的巅峰时，实质上这种爱正在消失。

"婊子。"宋宇说。他握着方向盘的手开始剧烈抖动。

"只是一个游戏，"罗茜说，"你冷静一些。"

"婊子。"他说。

"你把车靠边，"她说，"我们停下来好好说。"

他开始加速，窗外的密集的树木在她眼前疾驰而过。

"你知道，我不是那个意思，"她拉他的胳膊，"你停下车，停下来听我说好吗？"

"没有人爱我。"他说，然后哭了出来。

"我爱你，我是爱你的，"她几乎是重复地哀求了，"你知道的，我爱你，停下好吗？停下来。"

车子侧翻着冲向弯道护栏的一刻，罗茜感到了剧烈的失重。她感到自己正在坠入一片灰蒙蒙的浓雾之中，有一个瞬间她似乎看见另外一个自己跌出了身体，她们一起飘浮在雾气里。她几乎觉得自己快要死了。在那个瞬间，她突然想起了自己祈祷的永恒，想起了宋宇编就的故事。永恒，她想，它竟然要在那个虚构的故事中发生了。他们停止跳动的心脏将被一起装进那个虚构的酒瓶，放置在虚构的瓦屋的二楼，永远地被浸泡在液体之中，永不变质。一场虚构的永恒在此刻发生了。

车子被卡在几棵巨树和崖壁之间，没有完全冲下山谷，不久以后一辆同样走捷径去神湖的外地车经过这里，报了警和120，他们在昏迷之中被救了下来。

在医院的那段时间，沈浩片刻不离地守在罗茜身边，闭口不提她的车祸和另外一个男人,仿佛沉默可以消灭那些记忆。他喂她爱吃的牛肉羹,她吃着吃着就哭出来,他用手给她擦眼泪,擦完以后再用纸巾擦手,然后说,好好吃饭。

最后他们还是分开了。

是罗茜先崩溃的,她不知道那个时刻她到底对谁更加愧疚。在她塑造的完美的平衡体系里,她的爱和愧疚全都失衡了。

几年后,罗茜自己驾车去了一次雪山湖区,徒步五小时穿越了海拔3700多米的冷杉林,终于完成了从前未来得及到达的神湖之行。那是雪山脚下一汪极小极普通的高原冰湖。她跟随徒步团的向导,合手放在胸前,绕着神湖走了三圈,然后离开了那里。

回程时队伍在补给区休息。林中一片地势平缓的草甸,三间相邻但错落的木屋。屋外是一条从雪山顶流下的溪流,刺骨的清澈。向导在她旁边坐下来,她害怕他会同她搭话,那些不知所云的问题。所幸他没有。

他们坐在溪边低矮的木桩上仰头遥望雪山,即使在没出太阳的时候,山顶经年的白雪还是依旧闪着一种耀眼而奇异的光芒。她记得森林与高原的静谧,那些长满青苔的枯木,还有湿润的冷杉散发出的凛冽气味。

三个月后,罗茜和那位徒步向导结了婚。他们像当时一起遥望雪山那样相处,生活中没有很多对话,但默契地朝着同一个方向。他有一支徒步队,一间旅行社,活得像一只不停迁徙的鸟,而他说她像广阔而温暖的亚热带。他们喜欢在或短或长的假期出行,驾驶他那辆有些年头的三菱帕杰罗,去城市的近郊,或者几百公里外的雪山和牧场，高原还有湖泊。她会在那个时候告诉他一些自己的过去，比如她曾经来过这里，还有那些还未曾到达的地方，包括那次没有完成的神湖之行。她会提到那场惊险的车祸，但宋宇的角色被置换成了沈浩，以略去那些她不想提及的细节。她同他说，就是因为一个虚构的故事，一个该死的生殖器，引起了一场激烈的争吵，让她几乎丧命，并且永远地摧毁了她的爱情。她接着就说起了自己濒死的经历。

像笼罩在雪山的薄雾里，她这样说。

（收录于短篇小说集《最小的海》，新星出版社，2023年9月）

叶昕昀　1992年生，云南曲靖人。本科毕业后进入国企从事行政工作，三年后辞职。2018年开始小说创作，2021年取得北京师范大学文学创作与批评方向硕士学位后继续攻读博士学位。小说及评论发表于《收获》《作家》《安徽文学》《文艺报》等。短篇小说《孔雀》获2021年收获文学榜短篇小说榜第四名。2023年10月，出版首部小说集《最小的海》。2023年11月，获武汉文学季暨英雄城市文学盛典"年度青年作家"。

Secret

秘密

明月梅花

乔　叶

一

　　已经是三十多年前的事了。不过，每每想起，明月就免不了要惊异。竟然过去那么久了，竟然。可一想起来，总觉得是刚刚发生，如同在昨天。

　　那时候，一年里头有好几个大假。除了暑假和寒假，还有麦假和秋假。麦假自然是为了收麦子，秋假自然是为了收玉米。两个假期都不长，也就是七八十来天。无论城乡都会放，因在城里上班的人，有相当一部分在乡下还都有老人，那就得回去搭把手。即便没有了老人，有兄弟姐妹在乡下的，这算是至亲，也得回去搭把手。仔细琢磨，这两个假放得还挺体贴的，有一股浓浓的人情味儿。

　　但是，小明月很不喜欢这两个假。一个缘由是得干活儿，本来就是为了干活儿才放的假么。另一个缘由是因为表姐梅花，梅花这时候必定会来杨庄。

　　梅花是二姨的女儿。妈妈姊妹三个，其中三姨读书最好，大学毕业后工作分到了省城，也就在省城成了家，轻易不来。二姨嫁到了二十里外的小城边儿上,虽然不是城里,可到底是近郊,就繁华得多。家里开着个小卖部,手里有一份细水长流的活钱儿。且还有几分地,二姨很会种菜卖菜,就又多了些进项,日子过得很滋润。

二姨,三姨……姐,那咱大姨呢?听家里人说着二姨三姨,明月突然就困惑了,问明霞。

咱妈是老大。没有大姨。

那咱妈就等于是大姨吧。

胡说。咱妈就是咱妈。

那就没有大姨?

没有大姨。

直接就二姨三姨了?

嗯。

明月还是觉得应该有个大姨,一副不甘心的样子。左顾右盼间,就看到了奶奶这里。奶奶翻眼瞅了瞅明月,搭腔道:梅花就叫你妈大姨。你妈是她的大姨。

那梅花……就没有二姨了?明月似乎开始清楚。

自己的妈是别人的姨。要按着数儿去数,就都少一个姨。奶奶撇撇嘴:这钻牛角尖儿的本事,也不知道从哪儿学的。

二姨头两胎都是儿子,一直期盼能有个女儿。等到终于有了梅花,喜得跟什么似的。梅花是冬天生的。二姨说梦见了梅花盛开,可香呢。

有多香?明月问。

反正是可香可香。

比小磨油还香?

可不是？比小磨油还香。

比炒鸡蛋还香？

可不是？比炒鸡蛋还香。

就都笑起来。

二姨和村里人都相熟，每次来送梅花，一进村就开始跟人打招呼。村里人也都和二姨寒暄。

又送你家闺女来帮忙啦？

嗯，蚂蚱还有三两力气的，多少能干点儿。

怪舍得。不心疼？

就是叫她忆苦思甜哩。二姨说：不叫她沾沾地气，她能知道粮食是从哪儿来哩？四岁那年春天，在来杨庄的路上，妞指着麦地跟我说，妈妈，这不是青青大草原？你说这能中？

这话众人也不知道听了多少遍，却依然每次听了都会笑。笑是村里人的礼貌。

二姨把梅花留下就走了。菜地离不了人。小卖部离不了人。

啥是忆苦思甜？明月问明霞。

就是，得过一过不好的日子，才知道啥是好日子。

那咱们这是不好的日子？

明霞就不说话了。奶奶也不说话。

二

对梅花，明月从来不叫姐姐。只大了一岁，她觉得梅花不太像个姐姐。可梅花却叫她妹妹，也很乖地叫着明霞姐姐，叫明德哥哥，叫明辉弟弟，冲着妈妈喊大姨，冲着爸爸喊大姨夫——当

159

然，奶奶也还是得叫奶奶，总之是，该叫的人一个不落，很周到。

真灵透。

多懂礼数。

长得又俊。

个头儿也高。高高挑挑门前站，不言不语也好看。

嗯，这闺女齐全着呢。

……

都这么夸说着梅花。

明霞在县城上高中，平时要到星期日才能回来住一天，拿些换洗衣裳。课业虽是繁重，逢到麦假秋假却也是会放的。她就总带着梅花，很少带明月，偶尔带一回也要横眉竖眼地挑剔一番，大吆小喝地责骂一番。明月也不跟她亲，对她是能躲着就躲着，避猫鼠一般。人家连个热乎的笑脸都不给，咱硬贴个什么劲儿呢。没意思。

逢年过节，安排给谁做新衣服是家里的一件重要事项。作为长女，自然就先紧着明霞，明月只能跟在后头捡穿。明霞对自己的衣服很疼惜，收拾得利利落落，一个油点点儿也没有，一个补丁块儿也没有。她穿小的，穿旧的，才会给明月。有格外喜欢的，即便小了旧了，两三年都不沾身了，也白放着，不给明月。

馋紧了，明月就要。要也是白要。可她也还是会去要。花的是家里公中的钱，她穿旧的小的又不过分，甚至还是受委屈的，为啥不给她呢？

可明霞就是不给。

你都不穿了呀。

那也不给你穿。

我穿完给你洗净还不中?

你能洗净?

明月有些气短。她还真是洗不净。

就是洗净也不给你穿。

为啥?

因为是我的衣裳。我想给你穿时再给你穿。

小学生到底还是说不过高中生。明月气恨恨地作罢,嘀咕一句:你就是给我穿我还不要呢。

后来明月来了例假。那时不叫例假,叫"月经"。"月经",每月都要经历,太过于直白,且有苦意,就不如例假好听。例假,多么婉转含蓄,还隐含着些度假的浪漫,好像真有人会因此给你个假似的,虽然从没有人给过假。

妈妈和奶奶对这事既警惕又淡漠。她们管例假叫"那个"。

明月来"那个"了。妈妈说。

叫明霞去管她。奶奶说。

其实不待奶奶吩咐,明霞就已经管起来。到底大上了六岁,她处置这事已很是有了经验。她一边管着,一边嫌弃着。一边嫌弃着,也一边管着。训斥明月不会收拾,穿裙子就弄到裙子上,穿裤子就弄到裤子上,晚上睡觉就弄到床铺上。邋遢死了。她耐着性子一遍遍地教着明月,教她怎么记日子,怎么叠卫生纸:对角折叠两次后,中间重合的部分正好用来垫着裆。要多叠一些备着,要换的时候立马就能有。卫生纸容易跑,还容易渗漏,明霞很大方地把自己的月经带也给明月拿去用。月经带有点儿类似于如今的丁字裤,裆部宽一些,是皮革的,且前后都有皮筋,能把卫生纸稳稳地卡进去。

只用了一次，明月就还给了明霞，她觉得闷得难受。

但明霞带着梅花时就总是笑盈盈的。给梅花铺刚洗过的干净床单，去地里时，把家里的草帽比来比去，挑最新的那顶给梅花。给梅花换上自己的长裤，怕麦茬划了她的腿。还怕镰刀伤了梅花的手，给她找了一副线手套。

奶奶还叮嘱明月照看好梅花。

她是姐呀，不该照看着我？

人家是亲戚，得咱照看。

妹妹你跟着我，我照看着你。梅花笑得很甜。

看着梅花被前呼后拥地带到地里干活儿，明月心里很是有些不屑。这被大家伙儿捧着的派头，就是个娇滴滴的小亲戚，能干什么活儿呢。虽是打着帮忙的名头儿，其实是有些添乱的。

不过她没让这不屑显出来。要说梅花对她和明辉还真是挺好。不仅仅是弟弟长妹妹短的叫得亲热，还常常有实惠拿出来：总用自己的零花钱给她和明辉买零食。但凡看见，大人们都要拦住，梅花就自己去小卖部买回来分给他们。还有，她每次来都会给明月带些衣裳，有些衣裳还很新。

这么新的衣裳，你咋不穿了？

我衣裳可多，穿不完。有的也不喜欢，不想穿。

等梅花走了，明月就穿着衣裳故意到明霞跟前晃呀晃。

她不想穿了才给你穿，你就那么没骨气？明霞拿眼睛白她。

那也比你强。你不想穿的也不给我穿呀。

明霞气得干噎。这是明月难得的胜利时刻。这胜利也很短暂，且明霞总会逮着个什么机会很快报复回来，受气就是明月的家常便饭。每当这时候明月就暗暗祈祷着明霞能考上大学，考得越远越好。都说大学生一年才能回一次家的，她就不用在明霞手底下熬日子了，多好。

可明霞没考上大学，也没去复读。明月考上了镇上的初中。明霞整天窝在家里，对明月挑剔得更狠了，骂起来越发恶声歹气。三五不时地，她会去趟城里散散心，去一趟，脸色就会好一些。有时还会路过二姨家，带回来一些时鲜的菜。

三

立秋下了几场雨，玉米得了水，噌噌噌地往上拔节，每天都能蹿高一点，转眼间就比明月还要高了，长在路两边，碧玉丛林一般。好看是好看的，一个人走在这样的路上却也免不了有些莫名害怕。三里地呢。好在同村还有几个女生，能结上伴走路上下学。那时节的乡间，自行车还是个奢侈之物，不是家家都能有的。有的家里即便是有，也轮不到她们这些孩子们骑。

有一天，明月正在埋头写作业，同桌用胳膊肘撞撞明月：你姐来了。

转头一看，果然是明霞。她正趴着窗户往里瞧。

明月低头继续写作业，直到下课。这是下午最后一节课。

明霞一直等着她。

你来干啥？

路过，捎你走呗。

这是从来没有过的事。明月有些诧异，却也有些得意。可是自行车后座上卡着俩麻袋呢——肯定是二姨家的菜。她坐哪儿？

明霞拍拍横梁：这还不够你坐？

当然够坐。只是像是坐在了明霞怀里，有些不好意思。明月犹豫了一下，还是坐了上去。

明霞骑车骑得很稳。鼻息吹着明月的头顶，很温柔，却也有些痒痒。明月不时地摇着头，怪不自在的。

玉米田散发出的味道青气十足，很好闻。有不少玉米结出了鼓鼓的穗子，大大小小的，最性急的连红缨子都有了。明月默默地盘算着，没几天就是国庆节，国庆节后又得放秋假收玉米，梅花肯定又要来。真不想让她来呀。唉。

梅花……明霞突然说。

明月吓了一跳。简直怀疑明霞派了个什么精灵小鬼钻进了自己的肚子里，捉住了自己瞬间起的那个小念头。

怀着心虚，明月默默地等着明霞往下说。可是明霞却不说了，只是蹬着车，车轮刷一下，刷一下，往前匀匀地转着。

其实很想问。可是明月忍着。明霞从来没有这么沉不住气过，总是火急火燎的，尤其是跟她说话的时候。今天很是不同寻常。

车拐了一个弯，村子已经是遥遥在望。

梅花她咋啦？明月终于忍不住了。

明霞不说话。

她咋啦呀？

明月往后上方扭着头，想要去看明霞，却只看到了明霞的下巴。然后，有什么滴在了她的脸上，凉凉的。一滴，两滴。三四五六滴。

姐。明月喊。

梅花死了。明霞说。

死了？

嗯，死了。

死了？明月不自觉地又重复了一遍，明霞没有再回答。泪水滴在明月的头皮上，小雨一般。

死，这件事，朦朦胧胧的，明月也有了一些意识。村子两三百户人家，千把口人，一年半载的，就会有人死去，那家会办丧事，又叫白事。有老人死了，子孙戴孝，哭，白花花的一片，连明彻夜地热闹。村里人都去，吊孝的吊孝，帮忙的帮忙。她也跟着妈妈和奶奶去过。

谁谁谁老了。村里人都这么说。

有一次，一个男人得了重病死了，村里人也这么说。在明月的记忆里，那个男人还不到三十岁，还很年轻。

他还不老呢。她说。

死了就叫老了，不管多大岁数。妈妈说。

虽是听得懵懵懂懂，明月却也好像是有了些感觉：老和死很有关系，同时也是两码事。老了不是死了，死了却一定是老了。

对于死，她知道的也只是这些了。

咱们再也见不到梅花啦。

一边说着，明霞腾出一只手擦泪，另一只手牢牢地握着车把。

明月的眼泪也吧嗒吧嗒地掉下来。说实话，她心里也没觉得怎么悲伤。但她模模糊糊地知道，这时候是该哭的。

不久就是秋假，二姨来了。进门第一件事，就是抱着明月大哭了一场。这也是她做的唯一一件事。说是帮忙来了，就这样子，还能帮什么呢。

二姨哭，明月也跟着哭。所有人都跟着哭着。哭着哭着，别人都不哭了，二姨还哭着。她抱明月抱得很紧，胳膊像两根粗绳子，双手在明月背后打了个死结。妈妈上来掰，没有掰开。明霞上来掰，也掰不开。最后还是奶奶掰开了。奶奶的手枯树枝一般，根根青筋分明。

四

自打那以后，二姨来杨庄就来得很勤快。总有些由头。秋黄瓜下来啦，西葫芦下来啦，头茬的菠菜，最后一茬的丝瓜，还有小白菜，蒜苗，芫荽……只要她菜地里有的，她都给送。有的还是杨庄不怎么种的俏皮菜，什么蒜薹啦，芹菜啦。

尝尝鲜。她说。

起初看见明月，她还是会哭。渐渐的，就不怎么哭了。她总会给明月带一些衣裳，那些衣裳，一看就是梅花的。

明月就穿着。二姨就死死地盯着明月，眼珠不错地看。

起初明月很是有些扬眉吐气。从没有人这么关注她，这么宠着她，这让她挺受用。心里有点儿甜丝丝的。只是想起梅花，这甜丝丝里又泛上来些苦。

然后，慢慢地，她就不自在起来。二姨的眼神让她别扭。那双眼睛像是两个幽幽的深洞，黑黢黢的，空荡荡的。她不自觉地躲着二姨的眼神，怕自己一不小心掉进去。

你梅花姐可待见你呢。二姨说。

哦。明月只能这么应一声。她不知道该说什么。

二姨一走，奶奶就把衣服从明月身上扒下来。

为啥不叫我穿？

奶奶不搭理明月，只管去把那些衣服藏起来。明月就去找。家里没什么藏东西的地方，无非就是那几个箱子柜子，且还没有上锁，很容易找着。明月三翻两翻就找着了，找着了，依然穿。

眼里就没见过东西？没成色！奶奶骂。

二姨给了我，就是我的衣裳，为啥不能穿？明月理直气壮。

如此几次三番，奶奶也便作罢了。

奶奶的意思是说，那衣裳是梅花穿过的，不吉利。后来，明霞说。

明月颇有些恍然大悟。主要还是因为梅花死了。她要是还活着，就没什么不吉利。这可不能让她服气。死人用过的就不吉利么？村里那些死去的人，他们住过的房子，他的家人们不都好好儿地住着？他们打过的伞，用过的锄头，他们的家人们不都好好地用着？

衣裳是贴身儿的，不一样。明霞说。

这是封建迷信！明月用这句话下了论断。

那时候，村里的冬夜挺闲。吃罢晚饭，家里人就围着炉子烤火，烤红薯，泡脚，扯着云话。偶尔会说起梅花。听着听着，明月听出了个大概。原来梅花是被车撞的，就撞了那一下，原以为就是骨折了。一直在医院住着哩，医生都说不碍事的。后来突然就说肚子疼，就又到大医院做了一遍检查，才说五脏六腑都往外冒着血哩。说不中就不中了。

恁看看，这人，命多轻。奶奶说。

恁好的一个小闺女，说没有就没有了。奶奶又说。

明月默默地听着。

再也见不到梅花了。比她只大一岁的梅花老了——死了。明月越来越认定了这个。

她真有些怕死了。

如今想想,梅花这个名字起得就不好。梅花梅花,说没有就没有了,说化就化了。妈妈说。

你们当初还都说这名字好呢。实在忍不住了,明月插了话。

大人们一起去瞪明月。明月以为还会挨一顿骂的,她都已经准备好了挨骂的。可却没有人骂她。居然等空了。她有些纳罕。

五

冬天里,二姨的菜地也闲下来,她更经常地来了。都是星期天来,星期天明月一整天都在家。

她跟明月说说话,跟妈妈说说话。一般不哭,偶尔会哭,偶尔也会笑。看起来好像越来越正常了。

来了从不空手。她家开着小卖部呢。虽然也属于村里的小卖部,可是二姨的村子到底离城里近,小卖部的东西也比杨庄村小卖部的东西样数要多些,款式要新些。大风车棒棒糖,五香瓜子,怪味花生,蜜三刀,动物饼干,高粱饴,火腿肠,江米条……二姨每次总要挑几样带过来。

奶奶也不让她空手回,总要给她装一些东西带回去。刚蒸出锅的馒头和花卷,自家酸菜缸里的酸菜,村里做豆腐的人家刚磨出来的豆腐,种红薯多的人家下了很好的粉条,奶奶都想法子弄些来给二姨。

你看看，这是干啥哩。拿来的比拿走的还多哩。

哪能光要你的哩。都不容易，有来有去才是常理。奶奶说。

说这话时，都笑着。

不欠她的。人情不是恁好欠的。有一次，二姨走后，奶奶盯着二姨的背影说。

明月不经意间发现，奶奶也会盯着她看，那眼神跟过去很不一样。也说不出哪里不一样，反正就是很不一样。

还有一次，放学回家，刚进院子，她听见奶奶在吵妈妈。

叫她少来！

她是我亲妹子呀。妈妈的声音里有哭腔。

转眼间就到了年。年后就开始有人上门给明霞提亲，明霞开始还不愿意相亲，可一家女百家求，提亲的人越来越多，也就只好开始相亲。

一个星期天，二姨又来了，进门就朝奶奶跪下了。

二姨哭着。妈妈也哭着。奶奶去拉二姨起来，老泪纵横。

明月和明辉在旁边呆看着，也不知所措地哭起来。明霞从外面进来，看见这阵势，就也哭起来。

你带着他们俩出去！奶奶擦了一把泪，呵斥明霞。

明霞连忙上来拢明月和明辉，一手拢一个，往外走。一边走，一边擦着眼泪。快出大门的时候，她蓦地停了下来，看了看明月和明辉，替他们俩也擦了擦眼泪。又停顿了一小会儿，才出了大门。

姐，她们咋了？明辉问。

不咋。

明霞带着他们去了村里的小卖部，问他们俩想吃啥？

169

想吃啥就买啥？明辉问。

嗯，想吃啥就买啥。

明辉开始兴致勃勃地要这要那。明霞果然兑现了诺言，任他要。明辉要了一堆泡泡糖，还要了米花球和果丹皮。明月什么都没要。不知道为什么，她看着明辉傻呵呵的样子，想着家里哭成一团的几个人，就什么都不想要了。

那天之后，二姨很久都没再来过杨庄。逢年过节走亲戚，都是明霞去二姨家。

到了第三个年头，明霞嫁了人。嫁的就是二姨的村子。是二姨说的媒。

也是那一年，明月考上了师范学校。村里的大喇叭哇啦哇啦地通报了喜讯，家里为此还请了一场电影。都知道明月一毕业就会是公办老师，是公家人了。

六

如今明月已经五十岁了。父母和奶奶都已经去世多年。随着工作调动，她离老家也越来越远，难得回去一趟。每次回去都要去看看姐姐。而每次去看姐姐，也都要去看看二姨。

二姨中了风，口齿很不利落。每次见到明月，虽说不了什么话，却依然会哭。

明月早已经知道，每次看到自己，二姨想起的都是梅花。

只要有空，明月也都会在姐姐家住一两个晚上，姐妹俩腻在一起说闲话。

明儿去看看二姨吧。

中。

二姨……唉。这一次，姐姐欲言又止。

咋啦？

你不知道吧？当年二姨想把你要走，去给她当闺女呢。

怎么会？明月猛地坐起来。

这还能有假。明霞笑了：你回想回想，那时二姨往咱家跑了多少趟？

明月这才突然明白，十二岁那年夏天发生的这件事，某种意义上是一件有关于自己一生走向的大事。而在当时的自己看来，却是无事。也只能是无事。

那咋没要走？

咱奶舍不得你。

这可没看出来。

咱奶她，明霞顿了顿：把我给了二姨。

怎么会？明月更惊讶了。明明姐姐出嫁前一直住在杨庄，怎么就叫"给了二姨"呢。

你听我慢慢儿说。黑暗里，明霞很平静地、像是说着其他任何最普通的事那样，一句递一句地说：给是给了，还要看怎么给。

咱奶对二姨说，我知道你苦。也知道你疼明月。可她还小，你要她干啥？闺女总归是个外人，总归是得出门，总归是门亲戚。我应承你，叫你有这一门亲戚。可也不是非得明月吧？叫我说，你就要明霞。她到底大了，比明月懂事，能解你忧愁。不像明月，那还是个生砖坯子，你且得好好调教呢，何苦费那气。如今登门给明霞说亲的天天踩门儿，眼看就留不住了，立马就能成家。你说，这是多现成的一门亲戚呀。

明月默默地笑。想起奶奶的样子，妈妈的样子。不知怎么的，又很想哭。

咱奶把你给二姨，你不难受？

难受啥。明霞也在黑暗里笑了一声，说，你看，你都不知道这事。所以，她也没有真给呀。她只是给了二姨一个说法。不过，话说回来，有没有这个说法，对二姨还挺要紧的。

咱奶说，给大的是假给，给小的是真给。自家的孩子，又不是揭不开锅，不能真给。

咱奶还说，日子苦是苦些，不离爹娘本家，就是好日子。

（《北京文学》2023年第10期）

乔叶　北京作协副主席。著有小说《宝水》《最慢的是活着》《认罪书》《藏珠记》及散文集《走神》等多部。获茅盾文学奖、鲁迅文学奖、人民文学奖、2022中国好书、北京文艺奖等多个奖项，多部作品被译介到俄罗斯、西班牙、意大利等国家。

寒　假

马小淘

午休时间，我同办公室的同事在看《女管家的心事》，她嘴里不时发出啧啧的声响，以示自己阅读的投入。事实上，嘴里发出叽叽喳喳的小动静是她可能自己不曾注意到的坏习惯，我已经适应了。她读的书让我想起十几年前，我大学的最后一个寒假。

那时候我大四，寒假结束也不用返校上课，按照学校要求是自己找地方实习，我刚考完研，也不打算正经实习，所以那个假期在家待三四个月完全没问题。但那个假期我家的人员配置是非常态的，一些常住人口缺席，又多了些临时人员，以至于管理起来稍显混乱。我爸爸好不容易得到了一个去欧洲交流的机会，要离家四个月。我舅妈的父母在那一年相继离世，她认为自己得了抑郁症随时处于崩溃的边缘，舅舅又正好刚刚退休，他决定带舅妈去海南度假，所以不得不把跟着他们生活的我姥姥送到我家住一段时间。我姥姥那时刚刚扭伤了脚，不适合跟着他俩一起出行，但我觉得她的脚没事他们也未必愿意带她去，谁知道她是不是我舅妈得抑郁症的原因之一呢！加上回来过寒假的我，家里变成了常住人口我妈、我妹妹，流动人口我、我姥姥。

当我下了火车踏进家门的时候，发现家里还多了一条狗。它冲我哼哼唧唧地叫唤，透着尽忠职守和尚能饭否相混合的暮气。

我妹妹温柔地安抚了它,告诉它我也算自己人。

"哪儿整这么条老狗?叫得我都起了同情心。"

"我同学举家移民留下的。"妹妹轻描淡写地说。

"男同学?"

她白了我一眼,点了点头。

"所以你是喜欢那个男的,觉得替他在国内养这条老狗你俩就能保持密切联系了吗?"

"你思想太肮脏了。"

我们说话的时候,狗一脸不高兴地打量着我。妹妹说完,它跟着妹妹走了。不知道是狗眼睛斜还是长短腿,我觉得它走路不直。

而后,我妈、我姥姥并不热烈地欢迎了我。我妈急着上班,正糊弄着简单的早饭,这上有老下有小还加上条狗的日子,够她焦头烂额的。我姥姥从来就不是个热情人,她很像电视剧里脾气古怪的知识分子,虽然她其实没什么知识,并且正暂时坐在轮椅上。我妈事先在电话里提醒了我,虽然并不十分必要,但我姥姥坚持要买一个轮椅。所有亲人都必须顺着一个七十多的老人,除了八十多和九十多的,但当时家里没有那么大岁数的。

早饭刚刚吃完,门铃响了,一位红光满面的大姐来上班了。真是热闹极了,一个已经装了四个女性的家,竟然还是另一位女性的职场。当时的房间分配非常不科学,但似乎也没有什么更好的解决办法。搬进这个三居的家时我已经上了大一,所以我没有自己的房间,我寒暑假回来就睡在书房的沙发床上,或者往好听点说,我的房间就是书房。余下自然是我爸妈一间,我妹一间。我姥姥临时搬来,我妈想征用我妹的房间,让她搬到书房,我妹表示了强硬的拒绝,最后只好让我姥姥住进了书房。而我,确实没什么合适的地方安置,就只得被塞在我爸空出的位置,和我妈一起睡在他们的卧室。并且,由于我妈白天还要上班,我妹高二号称要全身心投入学习,我也表示了假期会经常出门,她只好雇了一个白班保姆,也就是刚刚那位大姐。大姐负责做一顿午饭,简单料理点家务,听我姥姥的指挥就好。在我看来,如果不是义务劳动,如果把这当成一份工作,能获取相应报酬,活儿还是挺轻松的,只做一顿饭,照顾一个假装半自理其实可以自理的老人,虽然约定午休一小时,但其实我姥姥午睡两小时,保姆也可以休息两小时。

据说这位大姐在我家已经干了两个礼拜,我妈认为她除了能吃没什么别的毛病。我妈和我描述她的能吃程度时举的例子是,两天喝光冰箱里一联酸奶。

"那要取决于一联是多少个。现在有的酸奶一联就四个,两天也不多。"我不是想为大姐辩护,我只是爱好和我妈抬杠。

"一联八个那种。并且我和你姥、你妹都没动。"我妈仿佛在讲述什么英雄事迹,脸上全是感佩的神色。

平心而论大姐做菜也算可口,至少勉强超越了大学食堂的普遍水平。我们心里都清楚,这里不是"唐顿庄园",我们也没花什么大价钱,找来的不过是一个市场平均水平搭把手的保姆,并不是专业的厨师或者管家,所以没人提出什么精益求精的要求。甚至每当她坐在客厅沙发看午间剧场的言情剧时,我都默默躲在我妈卧室不敢造次。我总感到一种微妙的尴尬,作为雇主的女儿,一个晚辈,我为自己经常待在家感到抱歉。放假前,我以为我肯定每天都约高中同学出去玩,可真一回来,又觉得北方的冬天太冷了,男朋友在外地,普通朋友懒得见了,还是屋里暖和舒服。

  这位大姐从不午睡,所以我姥姥午睡的时候,她就在客厅看电视。我姥姥睡醒了,起来看电视,她也多半陪着一起看。我妹像关禁闭一样守着自己的房间,除了吃饭上厕所基本不出来,狗多数时候也在她屋里,好像她已经提前进入了和一条老狗相依为命的晚年。青春期少女嘛,在家人面前总是劲劲儿的。很多时候我能听到她房间里键盘噼啪作响,那是在十几年前,并没有什么网课或者网络作业,电脑对于高中生的主要用途就是娱乐。我猜想她是在和狗的前主人聊天,当然仅仅是猜想,没有任何依据。

  一般来说傍晚我妹会出门遛狗,作为她一天中唯一的户外活动。我妈说这件事她少有地做到了持之以恒。我想起我们小时候,也就是我挺小我妹更小的时候,我俩很想家里能养个宠物。但是那时房子比较小,爸妈觉得宠物终究活不过人,我们会在短暂的幸福后面对必然的离别,就没有同意。这条老狗也算是一种补偿吧,让我妹在法律上即将成年的时候,终于第一次有了一只宠物,还是带着男同学嘱托的宠物。

  有一天我妹把我叫进她的房间,小声问我喝没喝她的红牛。我朝她翻了一个白眼。她说阳台上她的红牛少了几罐。

  "话说你都放假了还喝那东西干吗?放假了就没必要熬夜了,白天学习就够了。"

  我妹比较迷信功能饮料,总觉得那是助力她熬夜学习的好东西。

  "我没喝,但是我昨天去阳台拿东西,目测少了好几罐。"我妹压低声线,表情神秘,显然她已经有了怀疑对象。她是个对数量非常敏感的人,或者说她对自己东西的动向有着非常深切、神秘的洞察。小时候我趁她不在家吃了她桌面零食筐里的一块话梅糖,她回来只看了一眼那个筐就发现了。

"你觉得会是姥姥还是那位大姐?"基于对我妹这方面天赋的认可,我也迅速进入情境,跟着压低嗓子说话。

"大姐。"我们姐妹俩异口同声警惕地回答,仿佛对接一个事关重大的暗号。

"你看她两眼炯炯有神,从来不午休,原来是喝了红牛。"我妹若有所思地追加着自己的判断。

"这个精气神备不住是人家自带的,不喝也这么炯炯有神。毕竟你喝了也没那么精神过,看着还是挺委顿的。"

"滚。"

随后我们两人故作平静地加大了对大姐的观察力度,坦白说她干活确实挺利落的,吸尘、擦地、收拾碗碟,都比较得心应手。你看着她好像看了不少电视,但细观察该干的活儿也没落下。但一旦有人细致入微地观察你,你的特点总会轻易暴露。大姐确实太爱吃东西了,冰箱里的酸奶、水果、冰激凌,她干活的间隙会随时向体内补充。午饭后给我姥姥吃维生素,她也会顺手给自己同等待遇。并且人家做这些的时候从没偷偷摸摸,人家是自然而然地吃。我妈的朋友送来一箱车厘子,那在当时属于北方冬天罕见、昂贵的水果。大姐洗的时候直接洗了两盘,一大盘端给我姥、我妹、我分享,一小盘留给自己。我们三个眼神交流分明感到了一丝不合理,但又无法准确描述。好像独享一小份显得更高端一些,而分享稍大份的我们,对比下来不太高级。甚至有一天我看到她拎着一袋狗粮端详,我很想冲过去告诉她,大姐这个是狗吃的,虽然加了钙,但并不适合人类。

我十分小人地把大姐的贪吃汇报给了我妈,声情并茂地讲了一些细节,我妹也少有地声援了我,证明我所言非虚。我妈用一只手搓了自己整张脸来表示她的心烦。

"你俩现在怎么变得抠抠搜搜的?"

"你不是也说过她喝了很多酸奶吗?"我不服地嘟囔。

"我那是提醒你,她比较能吃。我都告诉你了,你还天天盯着人家干吗?"随后,我妈长篇大论地讲述了现在保姆有多么难找,她是面试了几个简历看着不错,真人看着糟心的人之后才敲定了这位大姐。她说现在简直不是雇主在挑保姆,是保姆在选主顾。而且把一个陌生人引到家里来,原就是需要适应的。这个保姆身强体壮,看着也合眼缘,能吃已经不是什么大毛病了。

"你们要是有什么珍贵的零食就自己收好,其他的随她吃吧。而且人家也不是偷吃,人家坦坦荡荡的。你们俩都这么大的人了,什么责任都不想承担。要是你们俩行,我还用请人照顾你姥姥吗?自己不干,还管人家吃多吃少。另外,人家是辛苦操劳凭本事吃饭的劳动者,要尽量对她好。"这是我妈当天的结束语,我和我妹事后一想,我们也并不讨厌大姐。甚至她朴实的食欲,有一种挺讨人喜欢的生命力。有时候举报者未必怀有极大的恶意,只是一种掌握了情报的激动怂恿着我们不吐不快。

然而,几天后,当我们逐渐习惯了大姐的好胃口,大姐却在一起流血事件后主动辞职了。

那天我妹经批准和同学去看电影了,傍晚我从外边回来她还没回家,而她的狗总是蹲坐在门口汪汪地叫。我原本对它并不洪亮的叫声已经免疫了,但是我姥姥表现得略有抓狂。

"那谁,那谁,你能不能让你的狗别叫了?"她心烦意乱地指着我。

我发现她最近常常以"那谁"来指代我,也不知道她是分不清我和我妹,还是只是想不起我是谁。

"姥啊,这不是我的狗。"

"那你能不能想想办法让它别叫?"

随着我姥姥语毕,狗目不转睛地盯着我,仿佛也在问我,能不能想想办法让它别叫了。我只好给我妹发了条短消息。

我妹从电影院打来压低声音的电话,说狗大概是想便便,是遛狗的时间了。

狗仿佛听见了电话,竟然叼起了狗绳朝我走来。当然,不能说径直朝我走来,我依然认为它走得不直。

我从没有任何养狗的经验,对带着一只想要便便的狗出门感到恐惧。

"要不我去遛狗吧。我在农村老家,家里一直有狗。"大姐仿佛看透了我的心思,主动请缨。

那个瞬间,我感觉大姐、狗都冰雪聪明,至少是比我聪明,只有把我叫"那谁"的姥姥似乎略逊一筹。

我觉得这是极好的主意,几乎就要答应了。转而想起狗对我妹来说的重要意义。据说,它的前主人,也就是我妹的男同学原是打算带它一起去国外生活的,可是它年事已高又体积略大,不能进入机舱,只能托运。经过多方评估,他们觉得它受不住有氧舱里巨大的噪声和黑暗,不适宜长途飞行。十几个小时的航程,万一再有个延误,不敢担这个风险,它才被忍痛留在了国内。虽然结果是狗被留下了,但前主人痛彻心扉的心路历程我已经听了不止一遍,说是他思来想去,最终不舍地把它留给了我妹。

为保万无一失，其实是担心得罪我妹，我不敢就这么把这条可以引申为情感信物的狗交给大姐，我和大姐一起去遛狗了。毕竟我姥姥不是完全离不开人，遛狗的工夫，她还是应付得来的。并且，她也提出了一起去，被我拒绝了。一条狗三个人遛，其中一个还坐着轮椅，未免有点过于隆重了。

大姐果然非常麻利地处理了狗的便便，在北方深冬的傍晚意气风发地拽着那条往好了说算是老当益壮的狗。

然而说时迟那时快，狗被一辆自行车撞了个趔趄，骑车的小男孩也随着车栽倒在了花坛边。由于用手撑地，小男孩的手都破皮了，隔着脏土露出血迹。大姐一把将狗紧紧抱在怀里，我被这突然的场面震慑了，一时间脑子转得飞快，却不知道自己到底在想什么。狗拴了狗绳，大姐也牵着，是北方的天黑得太早了，小男孩看到狗时一着急失去了平衡。从道理上讲，好像是怨那孩子的，可他看起来只有十来岁，手又摔破了皮。他又惶恐又气急败坏地站起来，似乎也不知道说点什么好。

"你走吧。"我对小男孩说。

"他手摔破了，咱们不用赔钱吗？"大姐望着男孩推车离去的背影小声嘀咕。

我已经冷静了下来，自认为很有条理地把我们牵了狗绳之类的事讲了一遍。大姐依然将信将疑，好像那男孩的手是被我们咬破的一样。狗在大姐怀中龇着牙发出低声的呜咽，大姐说她感觉狗在抖。

狗没有吃晚饭，面对填满了的食盆，毫无兴致地转身离去。我妹回来之后，它紧紧依偎在她脚边，那张委屈巴巴欲言又止的狗脸，看起来非常像受害者，非常有故事。我主动交代了我和大姐一起遛狗发生的意外事故，我妹勃然大怒对我激烈咆哮。我妈出来一边和稀泥一边各打五十大板,一边说我做事不认真,一边说我妹自己不遛就不要怨别人。我姥姥忽然在客厅嚷嚷她想上厕所,我们吵得正来劲,竟异口同声对她喊:"自己去!"那一晚至少在她其实可以走路这件事上,我们早已默契地达成了共识。

第二天大姐来上班时心事重重,而我妹依然怒气冲冲。狗的事故给两人造成了方向相反的心理创伤:大姐总担心撞了狗的男孩手落下什么病根来找我们算账,在她朴素的逻辑里,人比狗金贵;我妹还是迁怒于狗是在大姐手里被撞的,虽然我反复解释了大姐遛狗完全是出于好心,而忽然蹿出个骑车的男孩纯属意外。

我妹拉着个长脸带着狗去了宠物医院,虽然我们前晚已经反复检查了狗的身体,没有出血,没有擦伤,基本上可以认定为安然无恙。但狗的精神状态确实不太好,处在一种经历了重大事件的恍惚中。我妹为保万全还是坚持带狗去医院。

花了几百块拍了片,做了检查之后,狗的状态更差了。虽然医生向我妹保证,它除了固有的老年病,并没有骨折、外伤,狗却依然是一副受了惊吓的哀婉模样,甚至它走起路来更加摇摇晃晃,真是没有倾国倾城的貌,却有着多愁多病的身。也许它受了我姥姥的启发,想体会一下装瘸的乐趣。不知道它会不会意识到,没有人会给它买轮椅。

大姐在两天后向我妈提出了辞职。她的焦虑非常明显,食欲几乎下降了五分之四,以至于我们家的冰箱显得格外满满登登。她说她依然对受伤的男孩充满担忧,不想给自己找麻烦,不想再出现在我们小区了,要求尽快结账走人。我妈对她的心焦表示理解,只得被动地再次进入了面试保姆的环节。

新保姆来之前,我短暂在家服务了两天。一瘸一拐的我姥姥和狗，鼻子不是鼻子脸不是脸的我妹，客观地说，在这个家干活倒真没有我一开始想象的那么容易。虽然活儿不多，但是人员配置糟心啊。那时候点外卖也没现在这么容易，我和我妹都不会做饭，所以那两天的午饭其实是我姥姥做的。

然后新保姆来了，她三十岁出头，黑黑瘦瘦，结果第一顿午饭，就给了我们一个下马威。她做的菜非常咸，看起来清清爽爽，并不是加了过多的酱油之类调味，就是单纯的咸。接下去的几天，我们反复提醒她，要把菜做得淡一点，可是无论怎么提醒，无论她怎么答应，都还是淡不下来。我想起之前在报纸上看过，吃盐太多皮肤会变黑，这位保姆的肤色似乎是对报纸的佐证。

狗的前主人对我妹说过，千万不要给狗吃人的饭，因为人的饭太咸，狗的肾代谢不了。我如果是个坏人的话，简直想把这位保姆炮制的佳肴给狗试试，那大概是足以一击致命的盐，可能会直接摧毁暮年狗的老肾，瞬间让它翻了白眼。

可能是年轻的关系，这位保姆挺爱聊天。我谈没谈恋爱，男朋友是哪里人，为什么我们家一个男的没有，我妹成绩怎么样……我不得不准备一些意思含糊又不失分寸的话，应付我们的闲聊。虽然有时候复盘，觉得她问得有点多，但她聊天的时候挺真诚，也没让我感到不适。不适的始终只有一个问题——咸。我当时就认定，如果我中年就不幸患上高血压，可能就有这位保姆的助力，那时候我们肯定已经在茫茫人海，我也拿不出具体证据找她维权。

她上门一周之后，我姥姥养成了午后散步的好习惯。

每每午饭，我姥姥吃几口就饱了，说吃太撑让保姆陪她出去遛弯，我说我陪她去，她断然拒绝，说我没劲，不足以在她需要时给予有力的搀扶。她说她的脚在逐渐康复，要尝试着走出家门，我认为还是她的虚荣让她在出门时删除掉了轮椅这个配件。

几天后的中午，我姥姥又提议出门散步。结果半小时后，在楼下的兰州拉面店，我们偶遇了。她和保姆一人一碗，还点了拍黄瓜和海带丝。我也是咸得受不了才出来自行解决的，没想到我姥姥的遛弯场所也是这里。我姥姥先是波澜不惊地看了我一眼，试图装作素昧平生，见我依然热情而执着地注视着她，才假装刚才没认出来，挤出一丝尴尬的笑。我、我姥姥、保姆相顾无言地拼桌吃了面，我只点了一碗面，她们也并没有邀请我吃黄瓜和海带丝。席间，保姆似乎有几次试图开口，但碍于我和我姥姥表情都过于严肃，她最终压制了自己的活泼。对饭菜最不在意的是我妹，她虽然也觉得有点咸，但是反正咸淡适中她也不吃几口。少女都不吃饭，少女都是喝露水长大的。

没几天，这位保姆就被我妈辞退了。我猜测可能是我姥姥连续自费吃饭私房钱下得太快了，不得不和我妈打了小报告。这位保姆终于"盐多必失"地离开了我们。

然后，寒假的高潮来了。第三位保姆极具视觉冲击力。她又高又胖，穿一件藏蓝色的羽绒服，初看起来非常威武雄壮，脱掉羽绒服，里边是一件既正式又廉价的淡蓝色蕾丝裙，蕾丝裙里下半身是一条黑毛裤，像一个放大版的花样滑冰运动员。这套装束脚下不配一双冰鞋，着实有些可惜了。我相信如果看护对象是个老头，如果面试她的是老头的子女，她八成是得不到这份工作的，她太容易让人想到那种处心积虑想嫁给独居老头的角色了。当然，要求保姆朴实无华也着实是充满刻板印象的老眼光。

她让我想起一个高中同学，我现在已经记不得她名字了——

那个寒假我是记得的,现在已经忘记了。每周体育课的跑步热身,那女同学都会走出队列和体育老师说她不方便。体育老师是个四十多岁的大叔,每次都心领神会不耐烦地叫她到操场边休息。每一周这个戏码都会重复,一个每个月四次不方便的壮硕女同学想必给体育老师留下了深刻的印象。高中毕业就没有了来往,我却对她嬉皮笑脸请假的样子记忆犹新。她曾经特别得意地说,他能脱我裤子看看我撒谎了没有吗?我当时曾经非常恶毒地想,你没撒谎,你就永远不方便吧。

中介说这位大姐经验丰富,是抢手的熟练工,她将近五十,和我妈年龄相仿,有个刚上大学的女儿,老公也在这边打工。几天下来,她也没说过几句话,性格好像比较内向,和张扬的外表形成极大反差。细看几眼,她长得就有点阴郁。

我妹认为她粉底的色号太白了,并且过于爱补妆,对她十分不屑。

"没人规定保姆不能化妆,你别那么苛刻。你看她一天都不闲着,少说多做。"我觉得我妹过于挑剔了。

"但她确实太像一个女装大佬了!一个又高又壮的男的穿得花里胡哨金丝金鳞的感觉。多冷的天啊,每天穿着舞台装干活。还有,她好像确实一直在干活,但你看到什么突出的成果了吗?是地板更干净了,还是午饭更丰盛了?都没有。她每天准备两三个小时的午饭,你以为是煲汤还是什么花样呢,其实就是简单的炒菜。菜是咱妈买好的,她其实就是洗了炒炒,她能折腾一上午,好像跟菜叶子挨个谈心似的!她就是效率低下,毫无意义地空转。你看原来那个大姐,瞧着总在看电视吃东西,但人家其实该干的活都干了。我觉得现在这个就是笨,化妆也化不好,活儿也干不明白,天天白忙活,表情还特绝望。你不觉得她是一个需要冗长助跑才能加速三米的笨蛋吗?"

我妹对新保姆个人风格和劳动能力全盘否定,但我觉得抛开穿衣风格,她至少试图呈现内敛和勤勉。她不爱说话,可以说是非常寡言。甚至我主动和她说话,她都讳莫如深,我记得因为同是大学生,我随口问了问她女儿在哪个学校。她非常为难地瞄了我一眼,又很快缩回目光,半天微笑着说了一句"下次我再告诉你"。

基于这种莫名其妙的神秘感,我甚至犹豫了一秒该称呼她阿姨还是老师,当然我最终还是勇敢地选择了叫阿姨。

然后是似乎渐入佳境的一个月,阿姨逐渐适应了我家的工作,从不迟到早退,来了就扎进厨房耗时漫长地准备午餐,必须承认如我妹所言,她的效率不太行,但据我观察这一切和偷懒无关,她真就是干活有点慢。同时,我们有幸欣赏了她诸多蕾丝、亮片、尼龙、化纤为主要材质的仿佛花滑考斯腾的紧身连衣裙,我简直有些上瘾,隐隐期待她脱掉藏蓝羽绒服后的激动人心花红柳绿的时刻。

阿姨早前有些吞吞吐吐地征询我妈的意见,是否可以留我家的地址收一些快递。因为她一周五天在我家上班,出租房里没有人,收网购物品实在有些不便。我妈非常爽快地答应了,并且感慨她接受新鲜事物的本事。那是十多年前,网购和快递并不普及,我大学同学里用淘宝软件的也没几个。并且那时手机不能上网,电脑也不便宜,我揣测阿姨的出租屋里也许没有电脑,她是下班后风尘仆仆赶到网吧去完成她的网购的。

然后,她就在我家签收了不少质感诡异、款式华丽的连衣裙。我揣测她的大部分收入都已经变成了裙子，所谓网购物品其实都是连衣裙。坦白说，我甚至是在她身上开始理解恋物癖、理解对美的执着的。她拆快递的神色通常是麻木不仁的，但我知道她内心一定充满了喜悦，不然她不会持续地买，她只是习惯掩饰自己的真实情感，不想被看透。有一天我忍不住说了一句，这件桃粉色不错。她却迅速收起了裙子，剪碎了快递包装袋，低头去洗手间了。好像我说了什么攻击性的话，让她落荒而逃。

她越是这么君子不党，我便越对她充满好奇。不论她表现得多么不动声色，我都能通过她闪闪发亮的着装感知她内心的狂野。她未被生活消磨的古怪热情让我钦敬。那时我正在读三岛由纪夫，"你的野心一定很大，有野心的人总是带着悲伤的样子。"这个句子可以送给她。

还有，她几乎不怎么吃东西。和我们一起吃午饭的时候，也吃得非常少。像传说中的女明星一块饼干咀嚼三分钟一样，她细嚼慢咽几乎到了故作姿态的程度。饭桌上她病娇的身影，既精致矜贵像豌豆上的公主，又厚重庞大如公主和豌豆之间那几十个床垫。我妹说她下班之后肯定会暴饮暴食，不然不会有那么壮观的体魄。我觉得她身上有一种严阵以待的破碎感，又凄凉又要强，又不服输，又找不对方向。

有一天我姥姥上完厕所，马桶却持续不断地流水。我关了水闸，等着物业来修。已经到了阿姨的下班时间，她却坚持要等物业修好了马桶再走。

"这个挺简单的，物业来了就会弄好。您可以按时下班。"我并不觉得这是个需要延迟下班的大事件。

"不不不，我不放心，我一定要看着他们修好才能离开。"阿姨忧心忡忡盯着马桶，如同纪录片里责任感爆棚的英雄。

我姥姥也劝她不必太过担心，然而她不听劝地站在洗手间门口，愁苦地端详着马桶，仿佛为它的不懂事痛心疾首。

经过此事，我被她的责任感大为感动，我妹却越发不以为然。"全是没用的，不该冲上去的时候非冲上去，有她啥事啊？修也不会修，还坚持围观，一个庞然大物，没事激情澎湃的，看着就烦。还有你，你看到她低俗、浮夸、像煞有介事的衣服就高兴，你就是审丑！"她似乎对新阿姨有一种本能的反感，因为忍不住要表述这种反感，话都变多了。

并不是所有反感都会演变成冲突，至少我觉得我妹没有这个意愿。可能是阿姨也挺敏感，她似乎感知到了什么，率先对我妹表现出了不友善。我记得我妹让她找个什么东西，她眼皮都没抬一下，说了一句"对不起，我在洗菜，帮不了你"。而后我不止一次听到了"对不起，帮不了你"。

"我妈花钱，买的是你的服务。雇佣关系，你有什么资格觉得自己在帮我？你不是在工作吗？不应该心态平和一些吗？"我妹忍了几次之后突然发作。

"你这样说不公平！"阿姨慢条斯理，同时眼含热泪。

我忽然发现，她戴了美瞳。非常黑非常大的美瞳显得她黑眼球硕大无比，黑洞洞塞在眼眶里，几乎遮挡了全部眼白。我不敢与她对视，担心会被吸进她浓黑的美瞳里。

"我不是下人！"她带着哭腔又补白了一句，转身进了厨房。愤怒让她的鼻孔一张一翕忽大忽小，那一瞬间的情感强度让我简直担心她要血栓。如果她不转身离开，我也会去劝的，毕竟她血栓肯定算工伤。

我妹也被眼泪和哭腔震慑到了,一时语塞。

"什么不公平?我让她拿个东西,她天天跟我对不起,我就说了句我妈给你钱,你应该心态平和。她是来服务的,不是义工。她说我不公平!和谁公平?我怎么她了?还上纲上线,下人都出来了,好像我剥削她了一样!我就是提醒她,我们家是她的职场,她应该好好工作。她怎么倒好像把我当她同事了,我说一句她顶一句,跑来和我竞争!不是我有分别心,但我确实也算是雇主啊!又笨,又不懂装懂,教她用洗衣机,她明明没学会,还假装点头。我看她洗衣服的时候乱按了好多次,才凑合洗上了。还有,我一看她的装扮就烦,天天打扮得像个喧宾夺主的伴娘,配上她惊悚的表情,你注意到她的表情了吗?总是失落,很怨恨,好像什么期待被辜负了,什么愿望落空了,有一种非常阴郁的不安分。"晚上我妹气急败坏和我吐槽,大概是白天没发挥好,有几分不甘心。

"不要以恶意揣测别人吧。"可能是知道自己待不长久,心思不在这里,我无法像我妹一样投入巨大的情绪,反而比较平静。

"这可是家里!家里的陌生人,没点防人之心可不行。"我妹瞪大了眼睛,怒气在眼眸中跳动。

经此一役,两人初步摸清了彼此的实力,谁也没有再主动挑衅,却都努力散发着不愉快的情绪。她们像两团没有奋力燃烧,但也不肯轻易熄灭的火,默默地在沉默中对峙,我能感觉到她们的意念扭打在一起。毫不夸张地说,我第一次体会到了压力带来的耳鸣,比复习考研还令人窒息。想想也有点好笑,我妹竟然跟保姆搞出了爱恨情仇。

同时,阿姨开始在许多无关紧要的细节上显出某种幽幽的需要仔细体会的固执和霸道。当我们家的秩序与她的预设有出入时,她会想方设法把我们往她那儿扳。比如我妈买茄子她从来不做,问就说忘了;比如三番五次提醒我妈买一个新砂锅,你问她旧砂锅哪儿不好,她缄默不言;比如她会在下班后忽然给我妈发一条短信说第二天有事不来了,从不会展开说什么事,就是有事;比如只要我妹不在家,她就一定要收拾我妹的书桌,不管我妹怎么要求她别乱碰,她还是非要把书摞成一摞……说起来好像也不能算带着恶意,但她庞大的自我好像多少有些越界。

我姥姥有时候喜欢开着电视听收音机,也经常开着电视、收音机,然而她看报纸。你也不知道她的注意力到底在哪头,或者她仅仅是想显示自己一心二用的能力。每每此时阿姨都会劝诫她省点电。和我妹比起来,我姥姥算得上姜还是老的辣。她并不正面硬刚,她非暴力不合作,对一切置若罔闻。有一天阿姨又一次规劝未遂,收音机里的女主持恰巧发出尴尬的大笑,又悲凉又热闹。我姥姥仿佛较劲,伴随着收音机看了一下午电视。几个小时过去,电视屏幕上的北极熊依然饥肠辘辘,捕食行动前途渺茫。阿姨补过妆的脸色比北极熊还难看,老太太的消极对抗让她脸上浮出一层既卑微又不服的晦暗。

"她真是过于有主见了。"这是我姥姥对她比较中肯的评价。

"她觉得她有资格立规矩。我不知道她为什么对家政工作误会这么深,这是服务业,不该出改革家!"我妹愤愤不平。

人们排遣压力的方式千差万别。我就是看小说、打游戏。我姥姥是睡觉、看电视。而阿姨选择了和领导谈心。原本她是五点半下班,按照约定,不需要和我妈交接,她可以准时按点走。但是慢慢地,她养成了一定要和我妈述职的习惯。每天她都要等我妈回来才下班,有时甚至六点半了,她也依然要等。虽然她等待的那一小时是不会干活的，但她昂首挺胸端庄镇定戳在沙发上，像一艘乘风破浪的巨轮，让周边都弥漫着既深沉又狂躁的气场。有一天我说她其实可以下班了，她露出一种隐隐轻蔑的神色，似乎在用表情传达"你也配"。

自从她开始反感我妹，对我的态度也急转直下。毕竟如果一定要分伙儿的话，血缘还是不能忽视的。

我妈一进门，她就露出既卑躬屈膝又绵里藏针的狡猾表情。仿佛为杜绝我们姐妹恶人先告状，她会事无巨细和我妈汇报全天的工作，诸如炒了三个菜，擦了两次地，擦了书柜，清理了洗衣机。我能看出我妈不想听，但她似乎看不出来。她显现出一种我不看、我不听、反正我很伟大的斗志。

我感觉到了一种办公室斗争的氛围，好像我妹是个德不配位的中层，阿姨是个受尽屈辱又十分想获得提拔的下属，我妈是那个掌握话语权的老板，而我和我姥姥是办公室里最没品最没立场最没存在感的墙头草。

后来我们家上了社会新闻——一个和阿姨有情感纠葛的男人不知怎么找到了我家，狗咬了男人，男人一气之下踢了狗，阿姨大怒捅了男人一刀，男人带伤逃跑，她穿着高跟靴子追出去时滚下了楼梯，扭伤了手臂。邻居听到人和狗的各种惨叫报了警……

这一切发生时，是个寒冷的、平凡的、毫无预兆的星期二。很遗憾，那天我恰巧约了同学逛街，没能亲眼看见那惨烈又滑稽的画面。我想如果拍成电影的话，可以配上交响乐，一定非常带感。

我妈在单位，我妹已经开学，我姥姥直到警察来了才睡醒，你简直不敢相信一个老年人有如此优越的睡眠质量。

狗苟延残喘地幸存了下来。它又装了几天瘸，又被带去拍了X光，我担心过度辐射对它老迈的身体也是一种创伤。这狗跟秦香莲似的，苦情是真苦情，倒霉是真倒霉，但命硬也是真命硬，最后还是能赢。早知道它这么皮实，阿姨还真没必要火冒三丈替它出头。

我妹为自己看人的能力扬扬自得："你看她一天天霜叶红于二月花的，一脸与生活作对的瞎振作，时刻准备着歇斯底里。明明风平浪静，她却总想力挽狂澜。这回厉害了，直接干进警察局了，太超纲了！她倒真不是什么都不行，她格斗确实挺厉害的！可惜了，没见证她滚楼梯的高光时刻。"

非常长的一段时间，我姥姥觉得是我和我妹把保姆推下了楼。她反复小声排演应对警察的台词："我真的一直在睡觉，我真的什么都没看见。"她的脸上挣扎着既想包庇保护我们，又不解我怎么会痛下杀手的疑虑。她说那个保姆看起来的确不太正经，但我们也没有真凭实据，怎么就动手了呢！

"动什么手啊姥姥，我们什么坏事也没干！再说人家怎么不正经了？人家就不能爱美吗？"我哭笑不得，佩服我姥姥的想象力。

"我一眼就看出她不清白，你看她眉毛长得乱七八糟！"我姥姥笃定地给出判断。

"人家眉毛是画的。"

"不管她眉毛怎么样，你们不该那么对她！"

"我们怎么对她了？所有人都没什么大事，因为穿了羽绒服，连那个不自量力的男的都没受大伤。"

"哪个男的？"

"算了，反正你就记得所有人都没事，狗也没事。"

我姥姥将信将疑，继续以审视的目光打量我。

后续的事情我妈不让我们打听，和我对付我姥姥的词差不多，我妈也说基本上所有人都没事。

我很好奇那个被捅伤的男人到底是谁，是传说中也在这城市打工的老公，还是另外的什么神秘男子？我想起，她常常在午休的一小时出门，默默离去，又悄悄回来，但几乎从不超时。没有人知道她去干什么了，毕竟那是她的休息时间，人家自行规划利用，也轮不到别人操心。

家里也没有再找保姆，倒不是心有余悸，而是高潮与疯狂过后，终归是平淡和日常。北方春天彻底来的时候，我爸回国了，我姥姥回了舅舅家，我也回了学校，一切好像回到了原点。但我感觉我已经不是原来的我了，七十多天，遭遇了三个保姆、一条狗，还差点就目击了社会新闻。我没考上研究生，那是我学生时代最后一个寒假，它的信息量那么大，是我进入社会前来得及时的预防针，我感觉我毕生都不会忘记它。至少现在十几年过去了，我有时候还会偷偷回想它的混乱无序、喧闹沸腾。在街上看到花枝招展一脸疲惫的中年妇女，我还是会想到那个阿姨。

至少这个寒假教给我一个终身受益的道理——人和人挺难彼此理解的，谁和谁都需要互相忍受。

我蛮喜欢那个嘴里总出声的同事的，我把她当成看电视时候听的收音机，就觉得挺有意思的。

（《芙蓉》2023年第4期）

马小淘　　硕士毕业于中国传媒大学。曾获在场主义散文奖新锐奖、西湖·中国新锐文学奖、储吉旺文学奖、郁达夫小说奖、百花文学奖等。十七岁出版随笔集《蓝色发带》。已出版长篇小说《飞走的是树，留下的是鸟》《慢慢爱》《琥珀爱》，小说集《章某某》《火星女孩的地球经历》《有意思的事多了》，儿童文学《被猫带走的夏天》，散文集《成长的烦恼》《冷眼》等多部作品。

免疫风暴

张怡微

导语：那本被不再流通的人民币硬币滥竽充数的集币册，有一些是父亲活过的痕迹，真实的痕迹，还有一些则需要辨识。辨识虚荣、谎言，也辨识人的软弱、逞强。

一

参加峰会那一天，刘彤心下茫然。这是她第一次参加医药行业的活动。经过主持人抑扬顿挫的介绍，她听到了一系列陌生的名字，包含希刻劳、希爱力、拓咨、维泽、艾乐明等所谓的"王牌产品"，背后隐藏了不少受苦的人。

刘彤受邀参与的病患分享项目，是一项有关脱发的药品，方才通过美国 FDA 批准，即将在中国投放临床。刘彤比其他患者更早一些得知这个消息，因为她已经患有匍行性斑秃两年。主治医师曾在 IgE 过敏测试报告的背面，写下了这款药品的名字，作为第二阶段激进治疗的方案选项。医师说："我不太了解你的经济能力，但如果你愿意负担每月 2600 元的自费药，可以尝试自行购买。3 个月保守治疗之后若没有效，你可以再来找我。"离开医院后，刘彤查阅了医师新发表的论文，觉得她说的并不是假话。上哪里去买药呢？她在小红书发了药名，很快就有病友与她联络，问她使用效果如何。她说："我还没有吃过。"那人回复说："这个药在美国刚上市的时候一盒要7000块钱，现在已经降价到1300。可惜一断药就会复发。你有渠道买药吗？"

她至今都没有吃过。

她只是在邮箱里收到了一封奇怪的邀请函，这令她想到恐怖的"鱿鱼游戏"，象征着某种人生绝境，只有亲历者和监视者心知肚明。很难说是哪些措辞在冥冥中击中了她，甚至都不是斑秃或者脱发，而是类似"免疫风暴""新冠"与基础病这样的词。这令她想到自己以外的人、老人、病人，也让她想到钱与命、药与渠道之间的命运故事。在患病之前，她对这些事情唯一的了解来自电影《我不是药神》。如果一项药物可以同时治疗许多种类的疾病，那是不是意味着，它背后的症结是难以企及的黑洞，只能无限逼近，却永远受限于抵达。

"杨医生问我有没有家族遗传，于是我回家问了我母亲。她哭着对我说，她没有脱发的经历。她和我父亲离婚时，我父亲还不到35岁，所以她也没有经历到我父亲开始脱发的中年……我母亲建议我去问我继母。可我对母亲说，我继母可能也没有经历到，我父亲去世前他们就分居多年，她只在分割遗产时出现……反正我父亲过世时头发还很茂盛，他腋毛和腿毛都掉光了但头发还在。"

刘彤在台上娓娓道来，酒店宴会厅的镁光灯实在有些刺眼，但还是能看到台下有人笑了。第一排的听众亮堂堂的，他们整齐地坐着旁观他人的痛苦，这令刘彤感到自己是一名演员，或者是一匹赛马，再或者是一只试验老鼠。主持人问刘彤对这款药有什么建议，刘彤回答："希望能更明确地注明副作用，以及对备孕或老人的潜在伤害吧。"主持人立刻缓颊道："我们这款药品在临床上几乎没有太大的副作用，虽然在动物实验中我们也曾发现过静脉血栓的概率，我们都已注明。孕妇和老人当然要谨慎对待的。这可能也是我们举办这次会议的重要诉求，就是了解到病患真正的顾虑和想法。孕妇和老人会在意斑秃吗？"

"你要去问他们。也许我老了，我可以告诉你我是否还在意斑秃。"刘彤微笑着回答。

很多听众赞美刘彤乐观。作为女性病患，并不焦虑失去头发。其实这是假象，如果一个人有更巍峨的焦虑，失去头发又算什么呢？很多男人也没有头发，甚至让人想不起来他生前有多少头发。茶歇时刘彤零零星星听到，近来许多药都被炒出了高价，这家药企在美国的股价也从 100 多涨到了 300 多。疫情前，这款药一年都卖不出多少，如今已经卖空。脱发这部分在从前属于药物的超适应证，如今则被解锁了更多的功能，这是免疫学的复杂之处。她还听到，许多小说里写的"一夜白头"，并不是一夜间黑头发变白了，而只是一夜之间黑头发掉光了。这令免疫风暴变得像一个恐怖情人，他看得穿你，且不吝惜点破你的那点残忍，也正是因为他无赖，才令人因不甘而沉迷。

"你父亲的事，我很遗憾。"有位男士突然对刘彤挑起话题，"冒昧问一下，他是因病过世吗？"

"嗯。阳性后糖尿病并发症。"刘彤回答。她不太擅长与陌生人搭话。

"糖尿病也是我们未来应当关注的部分。虽然我目前只负责公司的皮肤科和内分泌条线,不过很感谢你的意见。我叫尹悦。很高兴认识你。"刘彤加了他微信,且把他分组在"不可见"。

"糖尿病人无法植发。所以我相信你说的是真的。你父亲没有这方面的遗传。"他又自恋地画蛇添足道。

"没人可以确定。或者我还要花时间去确定一下遗传的可能性。"刘彤淡淡地回应道。

"这是免疫风暴的一环,很不起眼的一环。你知道的,许多人只是看起来很平静。但她心里的结才是关键。只有她本人知道到底是什么事。也只有她自己真的想解决,药物才能真正起效。"

刘彤在回家的出租车上,把尹悦设置为"仅聊天"。

二

父亲离开以后,刘彤有充足的时间整理他的遗物,但她心里也没有底,从父亲往生那一刻,到距离她联系继母通知这件事,可以有多少拖延的空间。父亲在白肺80%的时候,给了她一张入院前写好的纸条,上面写着入户密码和银行卡密码。他没有留下更多的话,只是轻轻地握着她的手,留给她足够宽裕的时间将一切都充分准备好,再去寻找继母料理后事。

压根没有什么复杂的后事需要料理。

没有灵堂、没有追思会。父亲被寄放在医院那天,刘彤去到他家,第一次没有人给她开门。只是去了,也不知该做什么,只能先收垃圾。烟头、烟灰缸、没有喝完的少许白酒,充满茶渍的茶杯。她越做事情越多,最后甚至用清洁剂,仔仔细细刷了一遍马桶和洗手台。在无法承接情绪的时候，刘彤习惯用家务搪塞一切。然而做完清洁，她突然发现，自己其实洗刷了父亲留在人间的诸多痕迹，就好像杀过人之后要掩饰现场一样。这种感受激起了刘彤心底的苦涩与心酸。窗外天也尽黑了。

她哭了一小会儿，尽管在她心中没有那么强烈的愿望要挽留父亲在人间。她只是觉得无力、难过，替他不值。再晚一些时，刘彤犹豫了一下要不要用父亲的手机代发讣告，类似于"父已往生"之类，最后还是没有发。

父亲家里有遗落的大量药物、针剂，都是他备着的续命补剂。五斗橱第一格抽屉里，还有他吃剩下两粒的一板布洛芬。那是刘彤夹在老鼠药里寄给父亲的，那时情况紧急，盛传快递偷药，她只得想出这样的办法。父亲连老鼠药的盒子都没有丢，就和没有吃完的退烧药并排放在一起。他没问她为什么会有老鼠药。静默时他们也没有更多的联系。她委托认识的中学同学开车给父亲寄了两次菜——她是医院的麻醉师，有当时稀见的通行证——父亲回了一句"谢谢"，这就作罢了。以至于后来，刘彤所在楼栋因为无法下楼丢垃圾而老鼠肆虐，她没有跟任何人提起。她每天开关门都极其迅疾，以免有不速之客成为室友。其实亲眼在楼梯间看到老鼠的那一刻，刘彤就觉得不好。俗话说看到的是一只，其实已经肆虐。这是一场命运的风暴，只是不知会在哪一个点位开始起风。

父亲吃了刘彤的退烧药，但病情并没有控制好。尽管他一直将自己照顾得很好，冰箱和门锁都是新换的，茶壶茶杯也价格不菲。可以说，父亲直到生命最后一刻，其实都还认真准备着来日方长，并不像传统中国长辈那样提倡节约和受苦。他甚至没有多熬一天多领到那一个月的工资。他不在乎，其实刘彤也不在乎。不知从何时起，她的世界就像关掉了主灯的房间一样，只剩下零星灰暗的格栅灯余晖。刘彤用父亲的死亡证明开了丧假。事实上年前公司也没有太多复杂的事情要忙。无非是做表格，做展望，做年终总结。她没什么可展望，也没有任何有意义的事情可总结，最讨厌做表格。领导和同事给她发来慰问金，她也退回了。事实上没有人能真正安慰到她，他们也只是唏嘘，庆幸还好不是自己，还好不是自己的家人。

查看银行卡余额后，刘彤给继母发了信息。关于这件事，母亲是坚决反对的。母亲说，"他们不在一起那么久，她一心一意就在等他先走，好来处理遗产，你父亲是气不过的，所以才都交给你，你又何必老老实实去和她分？"刘彤把余额截图发给了继母，顺便也发了后事预算，包括墓地（单穴双穴，未来十年的管理费，回老家祠堂做法事的费用等）及扫墓交通预算等。半小时后，继母回应说，"房子呢？"

刘彤回："你来，我们谈谈。"

继母问："你在他那里吗？那我现在过来。"

刘彤于是等她，她猜想她是要来检阅父亲遗留之物，不知道她惦记着啥，烟灰缸、保健品、老鼠药还是……充满茶渍的茶杯。

他们有15年没见了。15年前，刘彤还没有成年的时候，她就似"刻板印象"的继母一样，做难吃的饭、说难听的话，但又擅长于捅一刀再给你泡杯热茶暖暖身子的伎俩。很奇怪她为什么愿意嫁给父亲这种人。更奇怪的是，父亲爱她胜过于爱母亲和刘彤。继母也曾当着父亲的面，送刘彤一盒她托人开到的阿昔洛韦

（这并不难开，药房也就是十几块一盒），因为刘彤复发带状疱疹，拿着医药费单找父亲报销。继母说："你这根本不需要挂水，我去给你找点药，以后不必去医院看了。病毒这种东西，你越治疗，它反抗越凶猛。"她曾当过老家医院的护士长，那时为了嫁到上海，放弃了本职，只在郊县养老院做护理工作。那是继母送她唯一的礼物——一盒抗病毒药物——期许她以后不要再来要钱。其实她说的并没有大错。抗疱疹病毒药物虽然听起来很厉害，其实不吃，自限性疾病也会在一定周期内好转，而后在免疫系统脆弱时再度爆发。包括阿昔洛韦、伐昔洛韦、奥司他韦都是一样。

她看起来过得还不错，是身体打亮着主灯的神采。刘彤心想，她真不悲伤。

"我很久没看到他，你也知道的吧。他退休前，一出海就是8个月，我们本来相处不多。他退休后，我们就不好了，但我3个月肯定会来看他一次。今年情况不一样，来不了，不是我不想来。我打电话给他，他就骂我。后来我也就不来了。你也听说了吧。他两年前就换了锁，你看出来了是吗？我不知道你有没有密码，反正我是没有的。在这里我是不受欢迎的客人。至少他是这样认为的。你不要以为我是来抢东西，我只是来拿走我自己的东西。"她说。

"你也可以拿一些他的东西做纪念。衣服或者照片？如果你需要的话。"

"你头七没烧完吗？"她疑惑地问。

刘彤很不爽，也问："那你觉得我买双穴好，还是单穴好？"

她冷冷地回应："你说呢？"

"我是不会跟你去扫墓的。我们的婚姻早就死亡了。"她又补充道,"你不要怪我心狠,你爸也不好相处。你自己心里明白,也不用为难我。我们还是来商量一下房子的问题好吗?"

"秦阿姨,我爸爸40岁到50多的时候,秃吗?是雄秃还是斑秃?颞部有头发吗?枕骨呢?"刘彤终于问出了她最想问的问题。

三

因为分享会的成功,刘彤又收到了医药公司销售的信件,那位药代说了一些客气话,并且承诺可以以原价为她提供便利,还附上了三期临床试验的部分内容。三期研究纳入654例患者,共观察200周,最早在第8周就可观察到疗效。她也可能有机会成为那654分之一,只是不知道会不会是第8周就有转机的幸运儿。

尹悦约刘彤吃饭,他说可以提供内分泌科的相关帮助。

刘彤问:"那桥本氏甲状腺炎你有药吗?"

尹悦说:"你等我去了解一下。不过桥本和斑秃之间的关系也是存在的。你要注意抗炎,早点睡觉。"

刘彤说:"这两个月,我共做了4次龈下刮治,为了抗炎,把牙周炎都认真注意了。"

尹悦说:"那是对的。抗炎是抑制免疫风暴的第一步。"

刘彤于是又将他的微信挪回至分组可见,意味着他们也许在将来会有一顿饭的友谊。

这段新鲜日子,在一切看似恢复常态时,略显出别样的生机。唯有亲历过的人,才知道一切并不那么简单,总有一些失去是那么确凿、那么沉痛,但没人愿意提及,仿佛提及是一件扫兴的事。一时间不知从何处说起，倏忽又突然觉得并没有话可说。

秦阿姨决定起诉，刘彤很顺利就找到了律师。律师说，案子并不复杂。难点仅仅在于父亲曾写过两张遗嘱，一张在秦阿姨处，一张在刘彤处，两张遗嘱就房产分配的部分并不一致。但两张遗嘱都没有经过公证，也没有在第三方处留存。这很有意思，像极了父亲身上某种说不清楚的缺陷。他总是在迟疑，总是在两头骗；他像个小媳妇一样，夹在两个不好相处的女人中间，为自己挣一点虚构的主权。好在，秦阿姨并没有那么极端，她要求拿回遗嘱之一上承诺的属于她的房产，她也没有怀疑刘彤手中的遗嘱是假的，她愿意等一个公正的判决，听听法官怎么看这样一个两头会做人的死者。她对刘彤说的最难听的话也不过是，"你身体不好，其实你父亲也不确定他是不是会活得比你长"。

刘彤并不算太生气，在这些情绪方面，她已是个皮实的中年人。她只想着那个时候父亲对自己那么自信，应该健康状况良好。她再次问继母："那我爸说那话的时候，他的发量是什么情况？"

继母没有回答。她是太阳能，且通体亮着主灯，ego 大得太阳系都装不下。她看不到灰暗的人探索基因编码的热忱，看不到促炎因子招募免疫细胞的神奇，也看不到免疫细胞和细胞因子过度侦测反应后，对自身造成的伤害。

这并不是坏事。

在强大的 ego 笼罩下，秦阿姨拿走留作纪念的父亲遗物，不过是茅台、戴森吸尘器、一些没开封的营养剂补剂和 2 箱电视购物推广过的"纪念币"。刘彤把父亲的相册和集币册摊在床上看她会不会要，她随手翻了一页相片，就合上了，又翻了一页集币本，是满是一分钱的那一页，看起来一文不值。秦阿姨于是对刘彤说，"这给你吧"，便合上拉杆箱，突然又想起了什么，去冰箱看了看，从冷冻室拿走了 2 条冻鳗鱼。她自以为精挑细选，给刘彤留下了一堆足够她怀念父亲的垃圾。

其实不然。

相册中的每一页照片，刘彤都认真查看过父亲的样貌。最宝贵的，是"珍河号"远洋货轮首航波士顿时的一张，显示那时父亲的头发是完整的，他和船友的合照显得疲惫不堪，但头发还在。这也意味着，父亲直到刘彤现在的年纪时，并没有脱发的苦恼。"珍河号"非常庞大，据说长 275 米，宽 32.5 米，能运载 3800 个集装箱（这是刘彤在手机上查到的）。那时父亲在厨房间做事，举办庆祝宴会时，他杀了上百条鱼，有些鱼还怀孕了，这是父亲某次吹牛的时候说起的。照片的背后，父亲注记道："波士顿中学生乐队欢迎我们。"从中国到波士顿航行需要 20 多天的时间，开辟了美国新英格兰地区的进出口贸易，这是父亲职业生涯中最光辉的一刻，杀鱼备菜到浑身瘫软在地，就这么直接在厨房间睡着了。那一觉睡出了他在酒桌上一生的谈资。他在达官贵人碰杯的背后，第一次看到美国中学生乐队、第一次参观波士顿大学、第一次被人推入不知道什么水中受了洗、第一次去赌场狂欢赢了钱。这些话，是父亲的酒话，继母一个字都不信，所以她不需要纪念谎言。刘彤相信一些，很少的一些，她觉得有意义。至少，她相信父亲真的在"珍河号"上工作过，就好像相信父亲临终前心里有过她。

刘彤认为秦阿姨拿走的所谓"纪念币"，都是电视上卖的智商税，但她没有提醒她。她比秦阿姨多爱一点父亲，当然也就知道父亲买它不过是为贫瘠的人生加一点虚荣的痕迹。他觉得真实的集币册太薄了，他一生所跑过的航线，走过的不同的国家，留下的不同的流通币，都装不满一本薄薄的集币册。退休之后，他开始购买别人做好的集币册，偷梁换柱，编排自己的回忆。那本被不再流通的人民币硬币滥竽充数的集币册，有一些是父亲活过的痕迹，真实的痕迹，还有一些则需要辨识。辨识虚荣、谎言，也辨识人的软弱、逞强。

调解失败之前，刘彤好心对继母说："你好像也有一点秃。我认识重症康复科治疗雄秃的医生，他们有和美国医药上市公司合作，推出了一款全球首个、唯一获批脱发适应证的风湿免疫类产品。你需要我的帮助吗？"

她于是撩开了自己正在茁长的新头发，仿佛正在蛇蜕。

秦阿姨脸上的表情十分复杂，看起来她很克制内心难以言喻的愤懑。但她到底是个强人，有力又冷淡地说了一句："你也不要太难过了。你能伤害的也只有自己。看来我们谈不拢，还是看法官怎么判吧。"随后拿出了一顶帽子，离开了事务所。

四

父亲周年那一日，刘彤发了一个分组可见的朋友圈，晒出了父亲的集币册，配文为"爸爸"，表情为"蜡烛"。这很通俗，很能赢得虚幻又温煦的同情。

刘彤重新整理了航线，让那些父亲收集（或买来偷梁换柱）的硬币显得更真一点。时隔那么久，真的假的都不重要了。刘彤很感激继母没有拿走这一本。继母嫌弃地为刘彤和父亲留下了一个团圆的空间,让他们俩看起来像是一伙的。刘彤并不讨厌她,虽然也从来不曾接纳她。但免疫疾病会教给她许多人生道理,最重要的一则,就是带着症状生活。

鹿特丹、汉堡、伦敦、哥本哈根、圣彼得堡。
波士顿、魁北克。
仁川、横滨、上海、高雄、香港。
新加坡、马尼拉。
科伦坡、孟买、加尔各答。
希腊、意大利。
海参崴(符拉迪沃斯托克)、摩尔曼斯克。

看起来真像那么回事。

刘彤没有拍那几页用人民币分币填充的小格子。这时她更愿意站在父亲这一边,和他一起说说谎,包装起残缺黯淡的人生。朋友们甚至大都忘记了刘彤父亲是死于一场大型感冒,只觉得是糖尿病并发症骇人。甚至还有朋友小窗提醒她也要注意糖尿病早期症状,如果有过度口渴或者很想吃米饭的症状,最好去医院验一下血糖。

尹悦在组内。也许是他还记得刘彤"幽默"的演讲,也许是他确实想帮助她,他给她留言:"分币真的少见了。有空约饭呀!"

见面时他又温馨地夸她:"坦白说你今年的头发比去年多多了。"

"我确实已经好了。"刘彤答,"去年太苦了。我没有爸爸了,你也知道的。那可真不是一段好日子。"

"你爸爸是船业的吗?"尹悦问。

"30岁之前我都说我爸是远洋公司大佬。"刘彤说,"我前男朋友都不知道真相。我说父亲掌舵开过中美首航的'珍河号'。我还说他负责过足球队参加甲A联赛。"

"你还是那么冷幽默。"尹悦笑道。

刘彤没有说谎,不过这都不重要了。有些话,就像是父亲集币册后的分币,坦坦荡荡滥竽充数。不深交的朋友,根本没有人会认真。反正,父亲是真的,死亡是真的,集币册也是真的,流通币都能使用,无论是自己收的,还是退休后从钱币市场换来的。每一颗硬币,都暗示着他到过那些地方。这是集币册营造的幻觉。像人生传奇,又像是阅历丰富。真相和想象力做比较,永远是苍白无聊的。人人都心知肚明这个道理,但更多的时候,说破它没有任何意义。

尹悦并没有拿出甲状腺病变的特效药,但他推荐了几位甲状腺疾病的主治医师。他们有的擅长中医,有的擅长营养疗法……刘彤一一记录了下来。但她深深地知道,没有一种药可以一劳永逸地保护她躲过免疫风暴。这些年,她越来越了解自己的身体、自己的缺陷、自己的危机。头发,只是很浅白的一种危机。没必要在乎它。更需要在乎的,是它背后的黑洞。

"对了,你确认过父亲的脱发历史了吗?"尹悦问。

"我继母说没有。她不讨厌我和恨我的时候都这么说。"刘彤答。

"那你真的就是心里有事。桥本氏甲状腺炎也是因为心里有事,睡不着。睡不着就会引发免疫问题。"

"你一点没变。说的话都差不多。"刘彤说,"人真是不会变。"

尹悦从包里拿出了几盒药品，有安神的，也有镇痛和抗病毒的。

他说："你有没有手腕痛、膝盖痛？"

她问："这也能遗传？"

他答："只有你自己真的想解决，药物才能真正起效。"

（《T》杂志2023年1月28日）

张怡微　　作家，复旦大学中文系副教授。2022年出版《情关西游（增订版）》《四合如意》。

小楼昨夜又东风

三三

我们又看了一遍乔乔的电影,就是2007年冬天拍的那一部《小楼昨夜又东风》。

故事发生在民国初年,取日本京都为背景。男女角色梳妆浮夸,台词也生硬。除了乔乔以外,演员都是一些陌生面孔。乔乔演一个留学生,受先进思想感召,赴日学习,前后共十六年。至剧终,乔乔一袭青衫,站在积着雪的鸭川岸边。薄雾升起,远山半隐。风吹过,几家歌舞伎厅的廊檐下,纸灯笼乱晃。镜头从乔乔的背影转向正面,只见他眉头紧锁。那对众人皆羡的酒窝沉在嘴侧,看起来像两粒黑痣。慢慢地,他的表情松下来,茫然失措,仿佛掌控他肌肉的线被抽掉了……那场表演相当动人,可谓技巧高超。然而,不知道为什么,当我们看到乔乔那张面孔的瞬间,几乎发自惯性地觉得有点好笑。2007年,他已经发福得完全走样,但好笑和胖没关系。

我认识乔乔的那一年,他便在饭局上谈过,日后要拍这样一部电影。当时,我在南市区一所公立学校教书,兼班主任,与学生家长多有往来。那几年氛围开放,见面喝一场酒,彼此就算朋友。学生家长中有一位叫老费,身材魁梧,足有一米八五以上,是我们这代人里极为罕见的。老费在海关工作,精通应酬,不时邀我去一些饭局作陪。那天我跟着老费，走进良良大酒店的包厢，一眼就认出了座中的乔乔。

"大明星，红光满面嘛，上次给你弄的甲鱼有功劳吧。"老费一进门，直冲乔乔而去。乔乔笑着站起来，标志性的酒窝在灯下发光。两人寒暄几句，老费才想起介绍我，"这是我女儿的班主任，李老师。"

"李老师。"乔乔朝我伸手。

我头一次凑这么近看乔乔，比起十年前的电影里，他的脸几乎肿了一倍。他留着分头，发根稀疏，但用摩丝梳得油亮、挺括。他的眼睛格外显老，并不是无神，反倒有一种陨落前紧绷的光辉。乔乔依旧时髦，在室内也戴围巾，款式是时尚杂志里的经典方格。我想起八十年代早期，我和朋友们竞相模仿乔乔的穿着打扮，学他的普通话发音，一时不觉恍惚。

"你们聊到哪里了？"老费一边问，一边向四周递烟，殷勤地用打火机逐支点燃。

"乔乔不想演喜剧角色了，要自己拍严肃电影。你们说这个人有意思吗？'阿毛系列'那么火，换我就演一辈子阿毛。"坐在乔乔身边的女人说，虽然语带娇嗔，听起来却莫名让人舒心。她把脸涂得像一位粉玉真人，两条手臂白嫩，在黑色蕾丝衫的钩花下隐现。

"你就喜欢瞎说。"乔乔揽过她，手在她腰间轻拍了两下。"那是我大伯的故事，1949 年以前的日本留学生。那时候的人多高贵，不像现在，每天吃吃喝喝轻飘飘的。老是让我演阿毛，你们怎么都看不厌的？我自己都演烦了，几年没接新戏了。"

在老费的起哄下，乔乔把电影梗概又讲了一遍。依照计划，他大伯的角色自然由他来扮演。自从七十年代初转业到上海电影制片厂以来,乔乔接的都是喜剧片。他为人活络,表情丰富多变,简直生来就在喜剧事业上占了一角。一对玲珑酒窝更是锦上添花,教人只要看他一眼,便不会忘记。而他的大伯则与喜剧角色截然相反,孤苦、沉郁,一个眼睁睁看着幻想破灭又转身湮没于历史洪流中的人——那样的角色,对乔乔来说,无疑是一种巨大的挑战。

"我不开玩笑,这部电影以后一定会拍的。名字我都想好了,叫《小楼昨夜又东风》。我大伯去世得早,他的朋友从京都寄回几张照片。有一张是大雪天拍的,他一个人站在路上,后面的景色模模糊糊。我每次看这张照片,就觉得伤心,我要把它作为电影的结尾。"乔乔讲得眉飞色舞,哪怕嘴里说到"伤心"二字,脸上依旧嬉笑。

"那么,这个电影名字就不对了。"我一时嘴快,开了玩笑。大概因为初见乔乔,我有些紧张,又想表现自己,险些弄巧成拙。我说:"日本属于东亚季风气候区,冬天刮欧亚大陆来的西北风,连诸葛亮都借不到东风。"

"李老师。"乔乔嘴角一扬,目光转到我身上,久久落定,好像此刻他才真的注意到我。乔乔说:"不愧是知识分子,真好。你是地理老师吗?"

"我教中学外语。"我讪笑,心中还在为刚才的莽撞自责。

"外语,乔乔会得那叫一个多。你们都看过《双胞胎奇缘》吧,八十年代初的电影,还给乔乔派了一句法语台词:梅西……"老费端起红酒杯,那姿态仿佛窗外就是埃菲尔铁塔,而他正在念的是一句祝酒词。

"是 Merci beaucoup！你这蹩脚发音，跑到西伯利亚去了。"乔乔纠正道。

我们喝到凌晨两点多才散。临告别前，我去了一趟卫生间，听到旁边有人轻声咳嗽。我一抬头，只见乔乔面色发白，鬓角汗津津地贴在两侧，就像刚从河里打捞上来。我们一照面，乔乔顿时焕亮了几分。我们一同洗手，他围巾的流苏落到水池里，待注意到为时已晚，湿了一大片。我试图帮他稍微擦一下，他一把扯回围巾，一手按在我肩膀上，踉跄了两步终于站稳。

"李老师，我最敬重的就是老师，今天喝得太痛快了。"乔乔说。

我们互相留了电话，约定下回再聚。饭店离我家不远，送他们上出租车后，我独自往回走。夜晚冷得很，江风吹得树声呜咽。我从老码头边荡过去，只觉一阵无来由的凄怆。那天适逢十五，月亮出奇地浑圆。我与它并行一路，瑟瑟缩缩，到家酒已醒了三分。

我洗了把脸，小心翼翼地爬上阁楼。家中静阒无声，女儿早就入睡。妻在煤气厂工作，经常排早班，此时也已睡去。一天熬到尽头，我四肢酸胀，但精神上兀自兴奋难耐，便沿床沿静坐下来。不知过了多久，我尚且无法平静。几乎是喃喃自语地，我轻声说："今天我见到乔乔了。"

"神经病啊，还不睡。"妻子梦呓一般，随意一翻身，伸手摸到了我皮夹克的金属扣子，"冰凉，外面肯定冻死了，你刚才说什么？"

"我说，我见到乔启明了。"我依旧压着声音，好像怕吵醒她一样。

"乔启明……又是什么牛鬼蛇神?"

妻子咳嗽一声,声音恢复一些清亮。我们老房子的屋顶上有一扇天窗,长期积雨与储灰令它一片雾蒙蒙。即便如此,仍有几缕光线渗进来。幽暗之中,妻子的双眼闪烁如黑曜石。她看起来那样美,我甚至短暂地忘了,我们都是何其普通的人——美的意义早被日常生活所消解。

"你还记不记得,我们结婚前去看过一部《小凤凰旅馆》,老店长的儿子双庆就是乔启明演的。里面有句台词,'生活就像梦一样美',当时红遍大江南北。"我回忆起与妻看电影的情景,那时我更拮据,两人只舍得买一罐椰奶喝,不免感叹,"以前的人真好玩,那么穷,还有闲心讨论'生活'。"

"我好像有点印象。我还说,这个双庆虽然相貌标致,但一咧嘴,牙缝都是黄的,一看就抽烟抽得很凶。"妻笑了。

"真人很气派,坐在那里就是明星的样子,可惜比以前胖了很多。不过,他一点架子都没有。讲起笑话来,和电影里一模一样。"我说。

妻子不说话,我以为她又睡着了。我躺下来,身体松弛,如一块黄油在热汤里慢慢融化。模糊之际,听见妻子若有似无地叹气。良久,她才说出口:"你少和那些人混在一起。"

大约两周以后,我犹豫再三,给乔启明打过一个电话。接线的是一个男人,声音嘶哑,带有苏北方言腔。我说了几遍找乔启明,对方始终没听明白,只说现在人都走了,下次等白天再打来。我这才反应过来,乔乔给我的只是单位的总机;但转念又想,或许乔乔是因为他们夫妻拍戏繁忙,家中常年无人,才留的单位电话。众所周知,乔乔的妻子邵美荇也是一位演员——风势

211

自然不及乔乔猛,但话说回来,当时谁又能和乔乔相比,他可是多少人的梦中情郎。在《小凤凰旅馆》里,美荇出演一位蒙古族住客,以文化差异额外带出一层幽默的涟漪。选角导演颇具慧眼,美荇虽是地道的上海姑娘,但五官立体挺拔,一笑如春山回水,倒也有几分别样的风情。我听老费说过,美荇早年在江西农场当知青,任何苦累的工作都抢在他人之前。有一两回,通宵干活,累到昏厥,组织上因此提拔她为指导员。乔乔娶她,也是看重这份踏实的态度。只不过老费经常信口开河,他的话只能信一半。

我跟随老费,大半年间,又结交了不少新朋友。作为某种情谊的回馈,我也让老费的女儿当上了大队长。刚任教时,我尤其反感这种特权牵引,认为替学生主持公道当属一件大事。然而,工作愈久,这些事情显得愈发虚无。所谓"主持公道",只是因一种清高而过于看重了自己的价值。实际上,学生都是差不多的,一位并不真的比另一位逊色多少,所差之处都在于个人际遇。

老费为女儿一事,特意摆下一桌谢宴,邀请我与其他朋友出席。我没想到,时隔许久,竟又在酒桌上见到了乔乔。乔乔迟到半小时,进门时手提两瓶金装茅台酒,身旁勾了一位娇小的美女。女孩还很年轻,甚至不知过了二十岁没有。一件玫红色丝绒连衣裙松垮地贴着她的身体,腰间系一根桃粉宽布腰带,穿出了几分和服的气韵。女孩肤白,光彩如星辉,洒向四座。乔乔则头戴一顶鸭舌帽,迷彩背心罩在白衫外。他更胖了,动作也迟钝,反而像女孩的跟班。

老费把乔乔安顿在主座,乔乔推辞一番,被众人按进座椅。

他摘下帽子，蓦地露出已开始斑白的发丛。由于捂出一些汗，他的头发黏成一绺绺。他借白毛巾擦干额角，又抬手将头发捋齐、按平，朝周围笑上一笑。我心下暗惊，仅仅一年不到的时间，一个人何至于改变至此，何况他刚四十出头。至于其他朋友，仿佛对乔乔的变化浑然不觉，兀自靠玩笑互相拉扯。在座有一位钳工，业余学过筋骨推拿，自身的驼背却怎么都治不好，我们叫他"油爆虾"。"油爆虾"把两瓶茅台转到眼前，手势敏捷，满面急切地拆了封。

"托乔乔的福，喝这种上等货色。"因为高度近视，"油爆虾"戴一对啤酒瓶底般的厚镜片，眼睛眯成一条线，"我上回喝茅台，还是在一个局长女儿的婚礼上。"

"你路子很广嘛，哪个局的局长，怎么不叫他给你介绍个女朋友？"老费揶揄道。"油爆虾"中年未婚，一说到女人就兴致勃勃，配上他那副面貌，猥琐之气更甚。明眼人都辨得出来，老费有些看不上他，但他贵在随叫随到，又愿以一技之长捧场，所以老费也经常带他。

"油爆虾"嘿嘿一笑，也不回嘴，低头往每个人的分酒器里灌酒。老费无意刁难他，就把注意力迁移到乔乔身上，问他最近拍什么新作。乔乔没听见似的，只顾替身边的女孩夹菜。女孩不怎么领情，秀眉一蹙，把其中一块油水饱腻的红烧肉丢到乔乔碗里。老费见乔乔不搭腔，就自找台阶下，说乔乔太神秘了，天机不可泄露。

其实真正关心乔乔的影迷都知道，进入九十年代，乔乔的演艺事业一路滑坡。他主演的最后一部电影《霹雳二怪》，属仙侠题材。双男主，一鼠一龟，乔乔演那只法力略胜一筹的乌龟。诙谐的动物成精，本就具有相当深的幽默潜力。乔乔只消竭力模仿乌龟的样态，再加上一些狼狈的桥段，就能令观众捧腹大笑。我至今还记得乔乔被天兵追捕时，跌倒在地，四脚朝天，龟背像半个橙子乱转不停——还有他的表情，五官瞪得硕大，连鼻孔也暗撑着猛力，只差自掐人中救命了。每次和旁人聊到乔乔的演技，我都会引述这一段，当着他的面却羞于提起。如今回看，《霹雳二怪》是乔乔银幕生涯的一个转折。自此以后，尽管乔乔还能和刘晓庆、关之琳、陈道明等一线明星搭戏，但其角色迅速边缘化。在不同电影里，他演过剃头师傅、木匠、民警、房东、摆地摊的小老板等。不得不承认，最适合他的角色，往往是个体户一类的。话虽如此，彩色电视机刚普及全国不久，明星在老百姓眼中仍有鲜亮光环，更何况乔乔曾红极一时。

我们喝了几轮酒，逐渐说起各自近来见闻。乔乔一直提不起精神，直到有人提到新兴的香港喜剧，乔乔才稍微活跃一点。那段时间，周星驰主演的《大话西游》《国产凌凌漆》颇为热门，连我都私下买了碟片来看。乔乔点了烟，一贯笑意盎然的脸上竟翻出白眼。

"都是乱搞。靠低俗博眼球，毫无生活情调，这种东西能看吗？"乔乔说。

"论境界，谁能和乔乔相比。"我们还想打趣几句港片新鲜的形式，言语未尽，却被堵了回去。老费转口说："哎，但你别说，白骨精现出真面目那一段，真是吓人。"

"周星驰嘛，我挺喜欢的。"跟乔乔来的女孩说，满不在乎。

乔乔原本靠着椅背，整个人陷在软垫里，这时突然向前抬身。"我演了大半辈子喜剧电影，每天嘻嘻哈哈，有时戏里戏外都分不清楚。到底什么样的喜剧有格调,我还是有发言权的。我们学布莱希特表演体系,角色的每一个心理、行为细节,都要费尽心思去揣摩的。哪怕简单的开门,脚先踏进,还是上半身先探进来,其中有一百样讲究。难道你们以为人人都可以演电影吗?"

"乔乔别动气,生气就没意思啦。"老费不失时机地宽慰,又捏起子弹形状的小酒杯,向四周招呼道,"这么好的酒,要敞开心情多喝几轮。"

我勉强斟满一杯,清亮的酒液在杯中泛出弧光。茅台少有机会喝到,印象里口感比较绵柔,回甘清香。可不知是我当日的状态问题,还是另有原因,我只觉得乔乔带的茅台满口酒精味,和从前喝过的完全不同。二两不到,我便感晕眩,实在是一口都不想再喝了。

或许是香港喜剧一事已坏了气氛,酒过三巡,饭桌上沉闷不已。一个人说着话,无人接应,就成了一台台断裂的独角戏。我走神好几回,抽烟也止不住哈欠。那天究竟是怎么喝到最后的,我有些弄不清了。唯独一点记忆在于,后来其他朋友陆续告辞;乔乔送女孩上了出租车,回到店门口台阶上,同我、老费一起抽烟。

"不开心啦?"老费向开走的汽车努嘴。

"别管她,哪里惯来的脾气。放在以前,我早翻脸了。现在耐心越来越好,就当修行吧。"乔乔摸出一包蓝熊猫香烟,笑眯眯地递到我们手中。

又逢下半夜,酒店即将打烊,滞留的夜客零散地从里流出。几乎无人注意到乔乔,也有两三个人,远远盯着乔乔偷觑,但终究也没把握辨认。其实认出来也了无意义,银幕中的乔乔早已过时,观众为往日荣耀所献出的敬意,无异于一种用以衬托乔乔如今境遇的哀悼。我们避开人群,步入与饭店相连的小花园。一袭清湿的气息扑来,草露味四溢,又夹杂一种熟悉的野花香。虫鸟兀自放声高鸣,丝毫没受到不速之客的打扰。幽暗之中,我们缓缓恢复视力,墨绿枝丛为眼帘刷上新色。一个截然不同的世界延展着,我们不由得站住了。

"说句真心话,我不想演喜剧了。伟大小人物也好,丑角也好,统统不要。"乔乔突然说。乔乔有类似念头,不止一两天,我从前也听说过,但并不晓得原因。

"为什么?"我问。

"说不清楚。你们不觉得我演的角色都差不多吗?到真实生活里,我也只会像角色那样做,没有一个属于自己的样子。"乔乔略一停顿,又说,"我表达不好,好像一个人习惯了在浅水区游泳,有一天失去了潜到深处的能力。"

"演得好看,观众就喜欢。什么'自己''别人',想太多伤脑筋。乔乔你是新时代顶级的喜剧演员,我看到你这张脸就开心。我是真心的。"老费说。

"我现在,只想拍一部《小楼昨夜又东风》,找一找真的自己。"乔乔低头,香烟烧到最后一口。乔乔面向我说,"李老师,我想最近抽空,把电影剧本先写出来。到时候你能否帮我看看?"

"对嘛,请李老师看。"老费神采奕奕地补充,用他一贯虚张声势的语调,"李老师年轻的时候是个大文豪,在《新民晚报》上发表过很多诗歌、散文的。"

"好啊,我尽量看。"我受宠若惊,立刻答应下来。尽管老费所言不实，更何况我已经十多年不动笔了。

"好了，我差不多该走了。"乔乔朝我拱手道谢，又挥别老费。临了，轻声嘱咐老费说，"对'油爆虾'好一点，大家都是兄弟，面子总要给的。"

那次分别以后，没来由地，我时常想起乔乔。趁寒假空闲，我去碟片店租了几十张光碟，都有乔乔参演，绝大部分是重温。乔乔第一次出镜，是在七十年代初的彩色电影《战赤壁》里。当时，剧组去厂区挑选演员，乔乔恰好刚进钢铁厂不久。轮到他展示，他桂眼一瞪，佯装手搭髯口，继而吐出一段《打渔杀家》里萧恩的唱词：昨夜晚吃醉酒和衣而卧——年轻人演绎老生，调门的宽厚不足，响堂倒是有余。外加乔乔精神矍铄，眉目间自有一种张力，让剧组看得忍俊不禁。《战赤壁》最终给他分配了一个小角色，我等了整整四十分钟才看到乔乔。听念白，是他自己配音的，口音带一点南方的狭扁意韵。从亮相到退场，时长不超过四十秒，但乔乔独有的笑容已烙在观众印象中。我前后倒带几次，看乔乔从雾凇之间走出，又重现于原地。那一年他多年轻，朝阳沥金，将他身姿烫出淡淡的光晕。迎着山水，乔乔脸上漾开一阵好风光。任何人一看便确信，接下去吴蜀联军必将以排山倒海之势击退曹操。

我关掉 CD 机，又颇不甘心地打开——焦虑盘旋在我胸口，仿佛乔乔的某种困苦也传染到我身上。只是乔乔难道不明白，致使他落到今天位置的，是他的肥胖、他那具有无尽发腮魔力的脸，并不是他所说的"自我的缺失"。这种认知上的混沌，却更教我心里替他难过。

然而，乔乔的遭际故事再明璨，也不过是我生活中的一颗流星。开春以来,家中多事,我在下旋的涡流中自顾不暇。妻子的单位发不出工资,转眼已有三个月。不久,又被告知不用去坐班,只在家中静候消息。妻整天在小房间里打转,偶尔与老同事通电话,谈论即将来临的下岗风暴。讲不了几句,因担心电话费昂贵,便挂断了。有一回,妻子翻到我租的电影光碟,一怒之下,狠狠掀落到地上。

"饭都快没得吃了,还有心思看碟片。每天半夜三更回来,自以为人家把你当朋友,其实谁看得起你。也不照照镜子,算个什么东西。"

妻子声音尖细,一提嗓更锋利。她本就陷落的眉心,猛地裂出"川"字纹路,将脸上的嫌恶衬得更深。由于近期情绪极不稳定,她的双颊稍有些垮,我这才注意到,那儿凌乱分布着深褐色雀斑,我们恋爱时是没有的。那一阵,老费新结交了一位俱乐部经理,常招呼我们去那里唱歌、跳舞、打台球。消遣一番,回家难免又过凌晨。妻子也不睡,满眼通红,坐在台阶上等我。进门迎头就是一顿吵闹,刻薄词汇飞刀一般刺来。我也激愤,我们大吵一架,完全顾不上女儿第二天还要上学。那时才切身感到,人生多么不恒定,什么都会改变,而我和妻子恰进入一种久处后相互朽蚀的状态。

勉强熬到五月,妻子厂里依旧未发薪,我托学生家长给她介绍了一份卖场售货员的兼职。卖场是新开的易初莲花,位于浦东。为了赚钱,妻子每日两次横穿上海。她负责销售塑料彩盘,做成各种鲜翠水果的样式,一路从 5.99 元跌到 2 元,销量仍然寡淡。但总算一个好的开始,强于坐以待毙。恰好女儿的生日也在五月,那一年将满十周岁。我和妻子商议摆几桌酒席,一来替女儿庆生，二来决心要在难关前展现某种魄力，颇有几分"冲喜"的意味。

由于离家近，又对菜式熟悉，最终决定在良良大酒店摆宴。我和妻子几番前往，协商菜单。无论如何都超过预算，只好去掉了每人的罗宋牛肉例汤。本也不算珍贵汤品，平摊到个人却可以省不少钱，但这削减开支的成功只让我更沮丧。散步回家路上，我突然想，假如能邀请到乔乔赴宴，想必能在亲戚朋友之间挣得一些面子。上一回席间，乔乔托我替他翻译一份英文授权协议。我熬夜查字典，校对语序，两天就完成了任务。也是因此机缘，我终于有了他的寻呼机号码。

"我不相信的，你去请呀，看看人家会理睬你吗？"妻子讥笑说。

尽管联络乔乔算不上大事，可妻子的态度多少让我忐忑，担心她一语成谶。我踌躇两日，第三天下午，气候宜人。梅雨长季里，难得涮出一枚澄明的日轮。刚过三点，树梢间，鸟鸣织成了音帆。我踩在雨后操场的塑胶跑道上，顿觉一阵放松。这才想到给乔乔发消息，出乎我的意料，他很快就回电到学校。我吞吞吐吐说出女儿生日，请他一同吃顿便饭。他一口答应，我向他告知时间、地点，他在另一头爽朗地笑起来，说好久没去良良大酒店，很想念那里的芹菜干丝。问起他近来忙什么，他称都是琐事，但焦头烂额，见面细聊。又反问我最近如何，我说了一两件学生难管束的事例，代际差异惊人，和我们过去全然不同。讲到后来，我突然发现电话另一端鸦默鹊静，就刹车制动似的缓缓停下来。五秒空白之后，乔乔的声调又衔接上来，仍像火炉里烤过似的热情洋溢。乔乔说："那先这样，我去忙了，回头再见。"

我们都没料到，女儿的生日宴竟成了一场灾难。像精心筹备的新年鞭炮，非但没放出白蝴蝶与银花，反而炸得家门口鸡飞狗跳。而真正毁掉的，是对第二年的期待。宴席比我们预想的更寒酸，硬菜寥寥无几，众人都落不下筷子。在亲戚面前，妻子拼命数落我，赚不到钱又不顾家——无非是这些。出于一种古怪的自尊，她要当着众人的面说出来，赶在他们背着她展开类似的议论之前。我被她抛入难堪之境，每一句回应，都似在把口角扯得更开。若不是亲友劝阻，我们差点大打出手。草草吃完蛋糕，妻子让她姑妈把女儿带离饭店。她十岁整了，发育得比同龄人晚，身材矮瘦。那天她穿一件粉色网纱卷边的公主裙，还是念书前的儿童节给她买的，裙子底的珠花由妻子重新缝过。女儿在门边回望我们一眼，带点困惑地沉默着。妻子的姑妈稍稍一拉她，她不再犹豫，转头走了。

自始至终，乔乔都未出现，也没捎来任何音讯。起初我还时刻盼他到来，经妻子一闹，注意力渐渐涣散，散场时几乎忘了他要来一事。

到了年底，乔乔忽然打电话给我，请我们一家参加上海电影制片厂的新年晚会。大半年间，为乔乔的缺席，我没少受妻子的奚落，但从未真的因此生气。乔乔偏是有这样的天赋，一想起他，好像眼见一位好友从林荫路尽头骑自行车过来，悠闲又亲近。我回去把这件事转述给妻子，妻子不屑地"哼"了一声。

"我不去。这种过气演员，成天在外面花天酒地，早晚命都折进去，也只有你把他当块宝。"妻子说。

"这么多朋友，独独叫了我，怎么能辜负他一片心意。"我说。

"你女儿十岁生日的时候，人家照顾过你的心意吗？"妻嘴角一挑,轻蔑的神情水蒸气般腾上来,"我反正不会去的,谁稀罕这个。"

话虽如此,临行前,妻子特意为女儿编了双麻花辫。天冷下来,我穿上毛呢大衣,替女儿戴好妻子织的绒线围巾。我们向妻子道别,她一言不发,朝我们摆摆手,转身对着镜子继续翻拔白发。

外面风刮得凛冽,双眼如挨刺,几乎睁不开,上海的冬天竟已深到这个地步。我们走到弄堂口,半晌才叫到一辆出租车。上影厂位于天钥桥路,一路开过去,天色像一块破旧的灰地毯,垫在红绿灯后方。沿街的商铺多半歇业了,像被风吹熄一截截的火,我内心反而涌起一种激动的痉挛。

那天傍晚,上影厂的铁栅栏门难得大开。我和女儿候在一边,等乔乔出来接。这里环境清幽,我年轻时荡马路经过许多次。扒门往里张望,只能看见左侧一幢小楼,白漆红瓦,楼底密密停了一排自行车。门卫见惯了我这样好奇的人,心情好时不管我,怒时则叼着烟从保卫室出来,大喊一句"做啥",我便如受惊的麻雀快速遁逃。那都是好些年前的事情了。

我正出神,忽然身后有人轻拍一下,回头望见乔乔抿嘴微笑。我不禁想起十多年前那一部《沉醉的月亮》,乔乔在里面演一个会吹黑管的青年。在昏暗的歌厅舞台上,乔乔便是带着这种笑意,吹奏着乐器。说来古怪,有时我看着乔乔,感到时间在其所处的河沟里干涸了,我伸手摸到的是一块从未形变的礁石。另一些时候,我深知前者只是一种幻觉,不免为其中的冷酷而感慨。这次再见面,乔乔仍然戴一顶帽子。他剃了光头,那张脸就像帽檐吹出的一颗硕大的泡泡,但显然整体精神了不少。

"夫人不来呀?"乔乔问。

"哎,她单位很忙的。"我含糊应道。

我们跟着乔乔走进礼堂,真可谓气派恢宏,比我们学校的八百人报告厅宽敞好几倍。高度也远超一般大厅的规制,大约有两层半高,凭空拔出一种神圣感。几十张桌子在礼堂里摆开,凉菜上齐,一瓶蜡梅镇在圆台面中间。我们自然在乔乔这一桌落座,同桌还有薛长津、罗孟良。薛长津清秀,举止间有一股书生意气;罗孟良则线条粗硬,络腮胡,褐色皮肤,好像刚骑马穿越旷野抵达这场现代文明盛宴。在一些老电影里,两人都常为乔乔做配角,现在依然算不上主流演员。另兼四五张生面孔,后来才知道,其中有一位是乔乔的胞弟乔启亮。

不时有面熟的演员经过,对我们随意一笑。见我在思索,乔乔就介绍一两句。

"那是马骥呀,旁边是仲星火,你也认识吧。"乔乔面向我轻声说,眼神却往另一桌指去。"当年他们演《今天我休息》,家喻户晓,是老搭档了。实际上我这一路喜剧,接的就是仲老师的班……可惜现在观众不行了,趣味普遍低俗化,作品好坏根本看不懂。"

"民警马天民,无人不晓啊。"我忍不住又瞥一眼。转念忆及幼年,在露天电影场看过《今天我休息》。老马一身雪白警服,大盖帽上别一枚金徽,英武之态栩栩如在眼前。虽然剧中人设是户籍警,可我总把他当作一名海军战士。

"那边是花旦桌,《庐山恋》的张瑜,还有洪学敏、朱静。'阿毛系列'有一部《今日大喜》就是和洪学敏演的。"乔乔压低声音,近乎与我耳语,"但是我以为这一代里最漂亮的是龚雪,妙目一转，像一头从湖面上跃过去的鹿。不知怎么老和戴兆安演情侣，根本不配的。她后来结婚，移民美国了。"

"我看过《今日大喜》，里面好几个女演员，我倒觉得那个小保姆好看。"我说。

"哦，你说夏菁。电影《红楼梦》出来的，嫁给佟瑞欣啦。"乔乔一顿，才一番畅笑。

我环顾四面，那些一知半解的脸庞鼓点般滥击，使我内外咚咚震动，恍如置身一场不安的大梦。热菜端过来了，随酒水拌进胃里，又以某种化学分子微调着我的外观。皮肤悄然走红，向外涨开一些，晕眩竟变得通透可见。遥远的讲台上，有人对着话筒致辞，但环绕声调得不好，传到我们这里只剩一阵嗡嗡。乔乔向我讲解致辞人的身份，都相当著名。有一位老先生，经人推轮椅上台。我没听清他的名字，只记得乔乔小声告诉我，那是他演的《双胞胎奇缘》的导演。

那些年里，知青返乡的尾潮扫过上海，电视剧《孽债》则是一时人人热议的话题。吴竞在剧中饰演一位机关干部，恰好前来敬酒。女儿认出她，惊讶地随大人站起来。有人逗她，《孽债》好看吗？女儿平日里少语，像一台总调不对频的无线电，我们常忧心她在学校不合群。但那天她异常兴奋，拧过发条似的，与陌生人对答如流。几个回合往来，女儿竟当众唱起了《孽债》的主题曲：

美丽的西双版纳，留不住我的爸爸。上海那么大，有没有我的家——

等她有一日得机会去北京、去呼伦贝尔，去风雪卷地或日晒十二小时仍昂扬挺立的城市时，她就会明白，上海并没有那么大。我看见吴竞暂坐下来,夸女儿唱得好。她们离我越来越远,话音也逐渐蜕落为窃窃私语——那时,我已喝完杯中酒,腹胀与昏沉让我步子趔趄。我一路走到门口,跨过礼堂与大厅的分界线。大厅略显清冷,吊灯的水晶片很厚,光无法一层层穿透,只好暗淡下去。嘈杂也喑哑,背景音乐轻柔如浪。久站后发现,原来是同一段旋律循环播放:甄妮的《海上花》。直通室外的门敞着半扇,可望见那座根据上影厂所制之片开头图像复刻的工农兵雕塑。红棕色,工艺精微,背部的衣服褶皱也细雕过,此刻被一个冷得近乎析出晶体的世界罩着。

乔乔跟出来了,手里夹一根烟,我们便在屋檐下漫无目的地站着。半晌,乔乔开口,谁知竟是道歉。

"对不起,李老师。那段时间我刚和美荇离婚,状态不好。怕扫你们兴,就不来了。"大概因为喝多了,乔乔双眼发红,显露一副疲态。乔乔补充说,"就是你女儿生日那次,想打电话来说一声,最后也没好意思。"

"怎么会呢……"我暗自吃惊,无论是乔乔离婚,还是他蓦地提起女儿生日一事。

"我和美荇不是一路人,她从来不理解我。后来实在闹得太僵,估计她也不想再见到我。你看今天这种日子,她都没有来。"乔乔说。

我不知该如何应话,只好与他怔怔相对。手里的烟一截截烧作尘烬。

"你听,《海上花》。这首歌我很喜欢,我有一部电影做过插曲。在一个舞厅场景里,周茗非要我陪她伴奏。电影里她对我有情,但出国无疑是更有利的选择,那怎么办呢?只好两个人坐在霓虹球灯下，一分钟、一分钟拖下去……拍这段时，我总是不小心发呆，《海上花》的曲调会让人迷失。"乔乔感叹。

"《小楼昨夜又东风》的电影剧本，写得怎么样了？"我随口一问。

"暂时不写了。"乔乔一惊，才回答我。接着，他暧昧地远眺了一眼。路灯纷纷亮了，橙红色，夜晚的城市像一间照相馆暗房。乔乔说："我要出一趟很长的差，做点大事情，一步一步来。"

"是拍新戏吗？"我问。

乔乔并未回答。他若有所思地眯起眼，烟被他嗫进肺腑，又像从香炉里冒出来似的溢过他的鼻腔。他揿了烟，突然郑重起来似的看着我。乔乔问："李老师，我记得你也是春节左右出生的吧？"

"对，大年夜晚上，生下来没两个小时就跨年了。"我说。

"那你也是水瓶座，我们一样的。"乔乔说。

"乔乔时尚。我没什么研究，水瓶座是什么样子？"尽管我不信这一套性格理论，还是追问了下去。

"大概是注重精神，总是在找，却永远不知道自己想找什么。外人看来，只觉得这个人性情奇怪，渐渐也就疏远了。"乔乔淡淡地说，他面露笑意，可我莫名有些伤感。乔乔又握住我的手，热切地说："李老师，不管怎样，我要谢谢你。"

那时我还不知道，上影厂晚宴对我的最大影响，是踏入一段与乔启亮的漫长情谊。乔家父亲早逝，兄弟二人各自生长。与哥哥相比，乔启亮的生活大相径庭。他在七浦路商城摆地摊，专进流行一时的货物。头一次去，摊位上摆满玩具；水晶串珠流行时，他又搞起了买珠子送TPU串线的活动。也卖过首饰，穿碎花裙的女孩蹲在摊前,中意的款式在精心筛选中滑进篮筐。在人缘方面,兄弟俩的优势倒相似。乔启亮伶俐,和附近摊主都交好,经常有人跑来与他闲聊。但也听乔启亮私下抱怨,同样一根黑头绳,隔壁老头儿能卖到五毛,他只能卖两毛,只因对方看起来一副可怜相。

有一回,我下午没课,顺道去探他的生意。一走到他所在的铺位,赫然看见两张乔乔放大版的半身照片。乔乔披一件深蓝色西装,双手插在胸前。他像被喂过催促生长的药,不仅留了一头茂密的黑发,连脖子也更长一截。他的招牌笑容挂在脸上,在他右侧,一棵枸杞树伸出枝条,果粒颗颗饱满。照片下面,摆了一筐亟等贩售的枸杞。

"怎么样,照片里的人认识吧?"我还在发愣,乔启亮玩笑着走过来。

"拍得真好,容光焕发,至少年轻了十岁。"我叹道。

"瞎说。"外形上看来,乔启亮比哥哥逊色太多。身高不足一米七,横肉敦实,这使他五官的浓墨重彩更显诙谐,举手投足间,添一道世俗生机。乔启亮说:"明明特别假,照片弄得人都走形了。我一拿到就问他,照片里的人还是你吗?如果大家认不出你,代言还有什么意思?"

"他怎么说?"我只好笑问。

"他还能怎么说!虽然我是弟弟,但他从小怕我。"乔启亮眉毛一扬,颇有得意色,"不过话说回来,东西还可以吃一吃。"

他从筐底翻出两包枸杞,一边解释底下的批次保质期更长,一边往我手里塞。言谈之中,我得知乔乔如今身在张掖。他在酒局上认识了一位食品厂的老总,对方一直邀他挂职副总,工资比上影厂给的翻几倍。哪怕已沦落至下风，告别演艺事业亦需勇气。等乔乔终于辞职前去，发现"副总"只是一个空荡荡的头衔。他对实体经营一窍不通，每天工作不过是应酬、参加活动，陪各式各样的人物喝酒。公司试图从他的银幕形象中剥出一些余利，为此，他不得不配合多方宣传。据乔启亮说，乔乔也为公司拍过电视广告。于是，每当电视剧里插入广告时，我便暗中有所期待，但我从没真的见过乔乔拍的那一支。

往后一年的秋天，乔启亮请我去茂名南路上的一栋洋房。房屋外墙有几处剥落，重新刷过后，留下微微凹陷的印痕。庭院叶落，行走其上发出啮噬声响，让人的踩踏兴致更甚。还没到需要开启供暖系统的时节，室内有点冷。我沿木梯转上二楼，为首一间房连通阳台，门正敞开。光流像从乍破的银瓶中淌出，我一时恍神。

"李老师，过来方便吗？"乔启亮来迎接我，一起身，背后露出一台雕花的太师椅。

"骑自行车半小时，就是今天天冷。"我说。

我搓着手，踏上最后一级台阶，全然置身于二层的空间之中。乔启亮引我进房间，顺势将落地窗拉开一些。我往外一瞥，开放式阳台上摆着盆景，狭长的红缎绑在枝梢间，上面用金粉写了"财"字。房间内部则布置成办公室的样子，写字桌、高级文具、一台屏幕落灰的电脑，应有尽有。桌子正对一排立式书柜，里面放满崭新的精装书。最高处是四大卷肖洛霍夫《静静的顿河》，书脊高耸，鎏银的字体熠熠闪光。我不觉笑了。

早几回见面时，乔启亮已向我提过，他把七浦路的铺位退租了。问他日后打算，只说要与乔乔合伙，做一门新生意。待办公处租定,他才慢慢透露,原来两人打算办一个婚庆公司。乔乔负责联络明星,从单场表演到担任司仪,各有标价;日常运营工作则交由乔启亮打理。他们各自筹了些启动资金,具体比例我不得而知,但乔启亮抱怨过乔乔小气,堪称当代版的"葛朗台"。

"什么时候正式开业?"我问。

"已经接好几单了。"乔启亮满脸放光,极为亢奋。周围环境雅致,他却浑然不受影响,说话时仍然唾沫横飞。"李老师,你看这套洋房漂亮吧。只要找我们做婚庆,免费送洋房写真一套。一方面当推广的福利,一方面也沾沾新人的喜气。前几天刚有人来拍过,相当满意,怀旧风骨一绝。李老师,这才叫做生意嘛,你说是不是?"

"毕竟你有二十年当老板的经验。"我端起他泡的茶,据说是黄山毛峰,入热水根根竖立。只是他放过了量,一泡开大半杯都是茶叶,我勉强喝了一口。

"那当然了,难道我靠得上乔乔吗?他一点商业头脑都没有,整天像做梦一样。要不是有我在后面把关,他能做成什么事!"乔启亮说。

"乔乔回来了吗?"我问。

"回来小半年了,你不知道吗?你们不会还没见过面吧?"乔启亮有些惊讶。

"嗯,他大概很忙的。"我说。

我时常回忆起乔启亮当时的神态,他的双眼向上翻着,嘴角一撇,鼻子稍微起皱。仿佛他与乔乔多有性格不合之处,但亲缘关系黏缝着两人,定期清空前嫌。那天夜晚,我们去后弄堂的小摊吃馄饨。一条长队延伸到路口,轮到我们坐进那块军绿色的防水篷布里，腿已站得发酸。热雾从馄饨汤上腾起，眼镜片里，乔启亮的影像虚化了，他的存在褪为一种浑厚的声音。嘈嘈切切，讲到家道中落前的故事，乔启亮像个说书人。清朝灭亡以后，乔家被打散在沿海一带。乔启亮的父亲流落到浙江的村庄里，当起木匠来。父亲有几分造物才华，但好吃懒做，家里总是攒不下钱，日子像在皮艇里艰难地划过去。乔乔的性格随父亲，乔启亮和母亲更接近一些。我想到乔乔曾说过要拍的电影《小楼昨夜又东风》，就问起他们那位神秘的大伯。乔启亮一拍桌子，馄饨汤震到碗外。他用近乎诉苦的语气告诉我，他们家和大伯几乎没往来，而且大伯根本没什么可称道之处。家里能败的都败光了，在京都一事无成，只是宿妓、赌博。老赌棍能有什么结局，不知道哪一年，忽然传来消息说吞鸦片自杀了。有人寄来一盒他的遗物，也没什么东西，几张照片、一封看不清的信、一面不知谁赠送的漆制女式圆镜。据乔启亮说，我不是第一个打探他们大伯的人，乔乔经常在外面乱吹牛，弄得煞有其事——其实都是他的幻想。我将信将疑，半晌回不过神来，或许因为乔乔对这件事表现得太认真了。乔启亮拍了拍我的肩，让我下次亲口再问乔乔。

后来就到了1998年。夏至盛时，黄浦江对岸立起一座金茂大厦。据新闻里说，这座大厦高四百多米，地面上共八十八层，顶楼的旋转餐厅可俯瞰浦江两岸——由于离二十世纪收尾只差两年，所以如此断言也无风险：这是二十世纪中国最高的楼。到了周末，我们一家人坐上浦江轮渡，去陆家嘴附近游玩。念中学以后，女儿剪了短发，对打扮突生一种奇异的羞耻之心。我拿起胶片机，竭力把女儿的影像安放在绿化带与钢筋城市之间，她的表情却总是过于严肃。疲倦侵身时，我们仰头坐在花坛边，看卷积云蹚过大厦塔状的细顶。

"以前老费说过，他有朋友参与金茂工程，有次半夜开锁带他去楼里参观。"妻子说。

"我不记得了。"我喝了口水，把瓶子递给妻子。我说，"他的话不能听。他还说过，他有一个朋友，天生睫毛特别长，足足有半米。明明很荒谬，当时不知道怎么回事，竟然还是有几分信的。"

"这些人现在都在干吗？"妻子问。

"不太清楚。老费女儿毕业后，联系就断了。"我说。

"我早知道是这样。"妻子说。

妻子面无表情，既不是想趁机指责我，也没为自己预知的正确性而得意。她只是坐在我身旁，把一句平淡的话从嘴里抛出来，又眼睁睁看它掉进尘土之中。一切最终都会落入意义匮乏的怪圈，这和知不知道无关。

实际上，我和乔启亮的友谊还有几年气数。千禧年跨年夜，我和妻子一同去他家里吃饭。他还住在老西门的旧房子里。过去装空调时，墙上的管道口打得太宽，每逢雨天都要用纱布紧紧堵住洞口，以免渗漏。我们与他开玩笑，做大事的人不忘本，赚那么多钱还愿意住破屋受苦。乔启亮一挥手，飒爽地向我们兜底，钱都在股市里，等翻倍了再取出来买房。我们大笑，一手夹起红肠片，一手将三得利啤酒瓶伸向一场碰撞。我们有数不尽的话题：生意、新闻、八卦、孩子学业、电脑、滑稽戏、刚去世的传奇人物赵四小姐，不再谈论乔乔。

那时候，乔乔已经从婚庆公司撤股，独自去了法国。自从上影厂一别后,我和他几乎没见过面。仅有的半次是,我们一个共同好友的儿子结婚,请乔乔的公司操办婚礼。原本想请一位电视台主持人当司仪,但对方开出的十万如同天价,便决定转由乔乔亲自主持。隔着鼎沸人声,我们遥远地对望了一眼。那天乔乔穿了一件面料会变色的衬衫,四面灯光把他钉在舞台中央,软塌的棉丝随他的动作而闪耀出一种蓝紫色。他的头发白了不少,看上去像一个来跳交谊舞的老头儿。趁着下边开席,乔乔表演了几个滑稽桥段,但他的声音淹没在嘈杂的背景里,根本没人注意。乔乔可能有些急了,越发卖力起来。台下依旧毫无反响。几轮下来,只见乔乔退到一边,拎起衣角擦着脸上的汗。我思忖着趁乔乔空闲过去打招呼,但酒喝得人懒倦,延宕之余,忽然发现他已经走了。我顿时怅然。和乔启亮说起,他却不觉得有什么稀奇,压低声音告诉我,一个人落魄了,走的时候总不喜欢道别。至于乔乔一声不响出国一事,乔启亮照搬了同一句评价。

没几年,我在学校的分房申请终于轮上了安排。住房环境如愿得到改善,但生活却不得不向郊区迁移。下班只顾往家里赶,不便再去乔启亮那里闲坐。其间,我们打过一次很长的电话,一口气聊了两个小时。乔启亮打电话来,主要是为告诉我,"油爆虾"车祸去世了。我不觉惊叹,问及"油爆虾"这些年来的经历。乔启亮说,他经人介绍和一个大龄女工结婚了,两人有个女儿。乔启亮露出艳羡的声调,说夫妻俩虽然关系不好,但"油爆虾"的女儿极为聪明。我心里稍加松弛,隐隐感到乔启亮之所以在此停顿,也正是为了让这份宽慰绵延得久一些。除此以外,我们又能做些什么呢?我试探地问乔启亮,葬礼我们是否要参加。

电话另一边沉吟许久,发出一声反问:"去干吗呢?"

等我得知乔乔真的拍了《小楼昨夜又东风》时,已经是2010年了。

彼时,一位旧友搬去宝山,我们拎着裱有"乔迁之喜"的奶油蛋糕去庆贺。他的新家在一楼,超过一百平方米的居住空间之外,还附赠一爿天井花园。我们吃得杯盘狼藉,酱油渍滴满一次性桌垫。趁朋友妻子收拾之际,我们去花园里抽烟。夏夜,花朵在黑暗中扬起腮,透着一阵芳香。外面蚊虫不少,稍微站立一会儿,腿上皮肤就开始轻轻瘙痒。那一瞬间我恍然意识到,所有逝去的时光不过是一种难耐却无足轻重的痒。朋友拿出花露水,我们互相喷洒一番,又探讨起接下来做什么。

"想看电影吗?我们买了最新款冲击波音响,老价钿了。"朋友说。

于是,我们回到客厅,在电视自储的影片库里搜索。

蓦地,《小楼昨夜又东风》闪电似的划过眼前,我险些以为看错了。海报的风格古旧,一个茕茕孑立的男性身影与花体字相对,有点像早期结合摄影视角的晚报漫画。

"这不是乔启明的电影吗?"妻子也看见了。

"乔启明,多少年没听到这个名字了!"朋友调回《小楼昨夜又东风》,我这才看清,电影是2007年上映的,导演与主演都是乔启明。朋友问:"要看这部吗?"

"他不是你朋友吗?"妻子似笑非笑地看了我一眼。

"你竟然认识乔乔,什么时候叫他给我签个名?"朋友兴奋起来。其实我们都明白,乔乔的电影事业早已日薄西山,但从二十世纪八十年代一路走来的观众,多少能被这张熟悉的面孔唤醒昔日的情怀。

"等有机会吧。我和他算是多年交情，他特别好，待人真心实意。"我说。词句从嘴里溢出时，却觉得像念了一句梦呓。我顿觉后悔，我本该说我和乔乔从不认识的。

我们把灯光调至微亮，一按开始键，电影龙标在屏幕中游动。那天夜晚我有些心不在焉，画面亮起来，嘈杂色彩在长方形边框中变幻，我浑然不觉。脑中交替复现的，是多年前与乔乔交往的一些碎片。当时每说起《小楼昨夜又东风》，乔乔便神采奕奕，似有满腹才情欲挥洒其中。人在白日梦里肾上腺素飙升的模样，好些年来，我再熟悉不过。可谁能想到，这部电影真的被拍成了——而且拍得那么落伍，简直触目惊心。

实际上，除了观众容易串戏之外，乔乔在电影里的演出是无可挑剔的，可以看出他很投入。然而，其他演员不仅来路不明，表演也都夸张而僵硬。乔乔和他们之间的落差非常刺眼，就像一台用力过猛的马达拖着一辆零件都废旧的汽车。更致命的是，电影以一种极为陈旧的方式讲述着故事，节奏拖沓，情节催人犯困。画面越修得精致，反而越叫观众看得尴尬。我不敢想象人们会如何评价这部电影，也不愿去想。在这种游离的状态下，我没看多久，就打起了瞌睡。

电影结束已是深夜，公交停止运营，我和妻子打车回去。出租车在公路上行驶，车厢以外，幽暗的世界如蹿动着的微弱火焰。妻子坐在我旁边，光线沿着她的轮廓一层层上涌，就像一场无止境的涨潮。她小声地吸涕，我转头再看她，发现她眼眶竟泪光粼粼。我有些错愕，想装作不知道，迟疑后还是开了口。

"电影那么感人啊？"我故作语气轻松。

"神经病，和电影有什么关系。"妻子说。"神经病"几乎是她的口头禅。

"那你怎么了？"我问。

"没有。"她往窗外望去，又低头看着自己的手指，久久无言。她小声重复道，"没有，我能有什么。就是真的过了太久了，都不知道怎么过来的。"

那以后仅过四年，我就到了退休的年龄。工作时总是计划着退休生活，像远奔而来撞向一根终点线，真的突破以后，霎时落入一种飘荡的虚无感里。我时常想起一些旧日朋友，但纷纷丢失了联系方式，回忆往事就像一场漫长的梦。

有一回忽然想到乔启明，那时他已彻底从演艺圈销声匿迹，但抱着一线希望，我仍然尝试在网上检索他的消息。他的名字并不罕见，网页提供的与"乔启明"匹配的人大多不是他。有一位是张家港某旅游公司的总经理；另一位是北方高校的教师，因为论文发得多而留下痕迹。最有名的一位乔启明当属出生于十九世纪末的农村社会学家，他在黑白照片里眯起眼睛，仿佛正饱受光线的困扰。为了更精确，我慢吞吞地在"乔启明"之后打上"演员"字样。光标旋转两圈，这才跳出乔乔的信息。在相关的图库里，我找到一张乔乔和前妻一起游山的照片。照片没有附日期，但能看出是近些年拍的——两人都明显地衰老了，并非想象中明星容颜摧毁式的殒没，而是很平静地老去。他们的斗志、雄心都悄无声息地消退了，如今脸上一派松散。山中花树层叠，粉樱映入他们眼眸里，化作一圈点睛的光晕。春寒或许还剩几缕，美荇缩在一件红色薄羽绒服中，一手紧紧挽住乔乔。关于他们是否复婚或者仅仅修复到恋爱的地步，网上没有确切消息，毕竟也无人关心这件事。

有一个叫"豆瓣"的网站记载了乔乔的简历,相片用的是他二十岁那年特意上照相馆拍的那张。当时他真可谓器宇轩昂,连左侧投来的光都沾带荣幸。一定有无数人夸赞他的酒窝,俊朗、有辨识度,于是他勉力挤出笑容,好让这对贵人的痕迹更深邃。网页显示有二十七个人关注他,我不太明白,就从隔壁房间叫来女儿。

"关注是什么意思?说明有二十七个人在经常搜索他吗?"我问女儿。

"不是。人家就是随手点的'关注',点完也许就忘了。"女儿淡淡地说。那时她已度过三十岁生日,在一家国有企业当行政专员。至于婚恋问题,我们几乎从无交流,稍一侧击,便见她脸上浮起嫌恶。

"哦。"我点头,尽管没完全听懂女儿的意思,但还是追问,"那我要怎么关注他?"

"你又没账号,注册起来很麻烦的。而且也没什么意思,多一个关注又能说明什么?"女儿说。

那天女儿心情不错,没有明显露出不耐烦。我请她帮我下载《小楼昨夜又东风》,又适逢宵夜的钟点,饥肠辘辘,我去厨房煮了两碗青菜肉丝面。我们端着面坐在桌前,热气扑簌簌迎上来,一种久违的联结重新变得牢固。电影时长一个半小时,放到最后,乔乔特写的脸在屏幕里逐渐缩小,演员表慢慢滚动,就像鱼群所吐的泡泡正往水面涌去。

"你觉得电影怎么样?"我问女儿。

"很烂。"女儿边说边打起了哈欠,"而且我不喜欢乔启明,自以为是得要命。"

"怎么这样讲,你们见过吗?我记不清了。"我说。

"当然啦。那时你带我去上影厂的新年晚会,回来吹了好几年牛,怎么可能不记得?"女儿一顿抢白。

我不知该如何接话,愣在原地。

"那天我本来也很高兴,到处都是电视里的熟面孔,可能看我年纪小,一直有人来逗我。你不在的时候,我还偷偷喝了黄酒,一时错觉上来,以为自己已经是个大人了,身体也轻飘起来。后来我出去找你,看见你和乔启明在聊天。我开玩笑地问乔启明,我说,乔叔叔,我长大能不能也当明星,和你一起拍电影?……你还记得他怎么说吗?"女儿继续说。

"这么多年,我实在不记得了。"我推脱道。

"乔启明低头看我一眼,很快笑起来。他说,不可能的,你长得太丑了。当时我才十岁出头,只觉得胸口受到一记闷锤,眼泪失控地落下来。我竭力克制,不哭出声,怕他更加看不起我。我对他说,不要紧,我可以演丑角。他也没再理睬我。"女儿说得轻描淡写,听来却让人心惊肉跳。见我不搭腔,女儿又说:"你不会忘记的。他说这话时,你就在我旁边,脸都发青了。"

我跟跟跄跄站起来,收拢碗筷,往厨房的清洁池走去。

我的双腿虚浮,仿佛连接身体和腿的螺丝被人拧松了,又像是踩在极为柔软的毯垫上。恍惚间,我重温了从上影厂礼堂走出来的那段路。我喝多了,酒精对我做出柔和的肢解。他们说,李老师,这酒是我们从茅台厂里直接拿的,学校里可喝不到。我说,好的,今天特别高兴。我说了好几遍,拼命感谢他们。背景音乐越来越轻,"是这般奇情的你,粉碎我的梦想"。梦想——乔乔说，不要谈梦想，说起来难为情的，但《小楼昨夜又东风》我以后一定会拍。于是满堂喝彩，器皿血脉偾张，叮当响个不停。人人嬉笑不止，老费、"油爆虾"也在其中，眉眼弯成弧形，笑到猩红牙龈都露得精光。这是极限，再也不能更真实一分了。老费说，李老师，我女儿不懂事，请你千万多担待她。乔乔说，说出来就俗气了，李老师这么好的人，该提拔的怎么会少？我说，好的，今天特别高兴。我喝多了，看每个人都身沾白光，四处是往人间裂变的贪婪白日。妻子也是白色的，一块即将破碎的冰凉白玉，或是一个失望透顶已决心融化的雪人。妻伸出五指枯骨，这些年总算都过去了，欢乐也无，苦楚也无，熬到最后竟什么都没有了。但是乔乔说，没关系的李老师，还有下次，下次我有空一定来——他走的时候尚且英挺，一件荡着仙气的中式白褂穿过摄像机组、工作人员与演员同僚，一转头却是中年发福的模样。我和女儿追过去，我喝多了，跑不动，这些沉重都是从酒里来的。女儿说，乔叔叔……乔乔却打断她，你太丑了。他根本不在意，甚至没有仔细看她，只顾殷切地露出那排被香烟熏出污垢的牙齿。李老师，乔乔说，演员到底见过世面，和普通老百姓不一样。我说，当然，乔乔说得对，今天特别高兴。他的指甲上闪着蒜香排骨的油渍，一如多年后他脱下司仪的衣服，回到婚宴的某个角落。他越来越擅于侃侃而谈，哪怕在一次性的社交场合，对孩童、年轻人释放自己已经不存在的影响力。可女儿还在原地等待他的回应，会有更诚恳的词语掉落吗，还是酒瓶早已见了底？刹那间，我已全然明白了，错不在我，也不在乔乔。人与人之间天然屹立着屏障万重，没有互相迫近的一刻，我们不过是从亦真亦幻中尽力揽收一切。女儿说，爸爸，那都是假的，我不要了。

她的声音愈发轻盈，似被风扯裂的一团絮。《海上花》的曲调趁机鱼贯而入，不知不觉，已播到最后一句——"仿佛像水面泡沫的短暂光亮，是我的一生。"

（《小说月报·原创版》，2023 年第 7 期）

三三　　1991年出生，知识产权律师，毕业于中国人民大学创造性写作专业。作品发表于《人民文学》《花城》《收获》《钟山》等刊。曾获2020年"钟山之星"年度青年佳作奖、2021年度人民文学奖新人奖、郁达夫小说奖短篇小说奖、PAGEONE 文学赏评审团赏等，入围中华小说学会排行榜、收获排行榜、宝珀文学奖等。已出版短篇小说集《离魂记》《俄罗斯套娃》《山顶上是海》等。

在雨天放一把火

周婉京

一

刚入夏的时候,刘轲租了一套带家具的房子。房子在她上班的地方后面约五百米,路边有一个书报亭和一家洗衣店。晚上,风从界河的对岸吹过来,她推开窗就能闻到西班牙餐厅里红酒烩饭的味道。天黑了之后,还能看见放风筝的人犹豫着舍不得收线。

刘轲的好朋友玉玲住在楼对面一幢更小的房子里。刘轲长了一副菱角形的身材,瘦得出奇,但是皮肤却很白。玉玲跟她相反,黑黑胖胖的,浑身上下没有一处不是圆的。刘轲的话很少,玉玲的话很多。算到今年,她们认识了快二十五年。刘轲的这份工作是玉玲替她找的,房子也是玉玲租的。这房子比玉玲自己住的要好,大到家具电器,小到菜刀、开瓶器和指甲钳,准备得周到齐全。

第一次见柏木的那天早上,天空飘着毛毛细雨。她家楼下西餐厅的灯牌,在雨中模模糊糊的看不清。等她跟着玉玲坐到餐厅里面,她往外看,才看清楚灯牌上的字——"巴塞罗那人的家乡美食"。她问玉玲她们在等谁,玉玲说在等柏木。

柏木没有打伞。他把上衣脱下来顶在头上，在雨中匆匆地走。他的木屐淌着黑水，踩在西餐厅油光锃亮的地板上，吱吱地响。他终于坐了下来，湿衣服也套回到身上。这个年轻人看上去比她要小七八岁，穿一身宽大的麻布褂子，戴一副茶青色的眼镜，头发偏分，梳得光溜溜的一丝不乱。干干净净的一张脸上，连根胡茬子也没有。柏木的眼睛扑闪着，他对着刘轲腼腆地鞠了一躬。

整个夏天，柏木都腻在刘轲的身边。他们偶尔出去散步，直到深夜才归。她时常问起他的来历，他总是给出同样的回答。"我是日本福冈人，渔民的后代，无业，喜欢看一点悬疑故事。"再问起来他喜欢看什么故事，他又总是挠挠头答不上。柏木微笑时露出白色的牙齿，好像在回应着她所有的疑问。他偶尔认真起来，会对她说，"我来海城是想看看中国的海"。

海城不大，他们每晚都绕着界河走。城中只有这一条界河，它绕过一个个小小的海岬，向前延伸着把入海口拱起。界河的这边是城市，另一边就是海。刘轲说，从这个海岬再往前走一天一夜，就是刘轲从小生活的崖头镇。那一带离海更近。

柏木失踪前一晚跟平常没什么不同，特别热，蚊子也特别多。他们一路沿着墙边走。柏木走在最前端，额头上出了很多汗。走到河沿前面，柏木纵身一跃，从岸堤上跳了下去。刘轲也想学着他的样子往下跳，可那堤坝实在太高，她做不到，只好用手撑住墙，慢慢地滑下来。一束光从她身上扫过，她遮着眼睛去看，看到一帮巡海员摇着手电筒跑过海边。过了一会儿，只听扑通一声，岸边掀起比人还要大的浪花。一个影子在水里向他们这边移动。巡逻队的手电筒跟着那影子照了过来，照到柏木脸上，照到刘轲。柏木正弓着腰往水里探。她不知道他在看什么，但他看得非常入神。光在水面来回来去地晃。眼看着那影子就要靠岸了，柏木突然做了一个奇怪的举动。就在那人上岸前一秒，柏木使劲踹了影子一脚。又是扑通一声。那个影子还没来得及叫，就被两个巡海员从水里逮住了，非常狼狈地被拖上岸。她当时吓了一跳，脱口而出就质问了柏木，问他为什么要踹那个人。柏木像是一早猜到她会这么问，很轻松地回答说："我不认识他啊。"

刘轲认识他快两个月了，这个男孩给她留下的印象没有任何改变。他有点阴郁，但不可能是坏人。他在这里没什么朋友，还没来得及跟谁结仇。那天晚上，她一直以为柏木会跟她说点什么。不是她想听，她就是觉得柏木可能会说出一些心底话。但是，当他们在家门口撞见玉玲时，柏木却只答了一句："今晚好热。"

她还记得，柏木在进门前拍了拍后背的沙子。他的后背被汗水打湿了，衣服上的沙子怎么也弄不掉。他听玉玲的话，把衣服脱了交给她。然后，在他窄窄的后背上，细小的沙粒就黏在被汗水打湿的地方。

关于柏木的一切，停在那些沙子上。

"再说说细节。"

说话的人是海城派出所的警察缪伟。他在审讯开始前就告诉刘轲，他一年要在这里接待几十个她这样的女人。有些人不配合他们工作，哭哭啼啼的，明明半小时的例行审问偏偏要拖上好久。

"你倒是说话啊。"缪伟盘着手打量着刘轲。她穿着一条白色的夏裙，裙边带着凹凸花纹。在刘轲开口回答以前，他抬起桌上的笔,继续问道:"你一共见过柏木几次?"

"好像……就这么两回。"

"你来报案,你就得负责,你可别'好像'啊。"缪伟翻着做好的笔录说,"照你刚才说的……相亲一次。界河散步一次。"

"散步那回,不止一回。"

"这样吧,你回家好好想想。想好了再来找我。"

出了审讯室,缪伟注意到刘轲在眨眼睛。她闭眼的时间很长,动作很轻,像是在换一口气。

"手机24小时开着,我们随时会找你来了解情况。"

入了夜,派出所门口的蚊子也是三两成群,嗡嗡地飞着。

二

海城冬天阴冷,最好的时光只有夏天这一季,所以城中上下也都在夏天出来走动。人多了,麻烦也就多了。缪伟经手最多的就是失踪案。不过,这些案件跟人口失踪无关。一般不过是张家的猫被李家偷了去,或者是李家的狗被王家掳劫了。所以他一听说是失踪案,接到电话,总是不紧不慢地问:"这不是你家养的小宠物吧?"

柏木失踪后第七天,缪伟接到了玉玲的电话。玉玲在电话里说,她知道刘轲上周来报案了。"我知道是谁抓了柏木。"她的语气非常笃定。电话里传来的对话,由于过于紧张而间歇性地发着忙音。缪伟没有听清嫌疑人的名字。等他再把电话拨回去的时候,玉玲只是重复念叨着说:"我这么做全是为了刘轲好。"剩下的,他们约好了见面聊。

西班牙餐厅在的区域，是全城最中心的地段。餐厅后面的双塔公寓楼，是全城唯一一处公寓楼。它们孤零零地矗立在海城的中心，米白色外壁搭着湖蓝色的屋顶，外观很漂亮。有人住的房间阳台上，总是晾着女人的衣物。缪伟听说过这栋新建的公寓，但是没见过这里头住着的女人。

"你们不是海城人吧。"缪伟说。

"也不太远，刘轲和我都是崖头镇的。"玉玲说。

"看你这么急，是不是找到柏木了？"

"找柏木不应该是你们警察的事吗？"

"是你们自己说的，他是个日本人。"缪伟说，"你知道每年有多少人从海城游过去日本吗？"

"报了案，你没理由不查下去。"

"他一个日本人，这时候可能已经到家了。"

"刘轲找你报案，是来找你救命的！"

"救什么命啊？"这时候，缪伟才叼着烟坐下来。他说："这样吧，我也不想让你觉得我们不管她死活。但也说好了，你长话短说。"

"好的好的，缪警官。"

接下来的三个钟头，缪伟一直在玉玲的对面听她说话。这个四十来岁的刑警剃着板儿寸，肌肉发达，足有一米九的身高窝在餐厅的小座椅上。他的两条腿轮番跷起来，换腿时把桌板震得嘎嘎响。就算面前的烟灰缸要满了，他也摆摆手不让服务员靠近。

"她还有前夫？"缪伟说。

"那人是个疯子。"玉玲说。

"他和日本人的失踪有关？"

"缪警官,你们派出所不是都连着网吗?杨——祖——勇,你查一下这个人,你就明白我的意思了。"

玉玲皱着眉,她的嘴不停地叨叨。

"这已经不知道是第多少次。"她说,"没想到他这么快又找到了我们。"

"你们为什么要躲他?"

"就在柏木失踪那天凌晨,我推开刘轲的家门,又闻到了那股熟悉的味道。一种牲口被打之后才有的味道。当时,刘轲正拎着一个碎酒瓶坐在地板上。瓶底裂开一半,玻璃碴撒得到处都是。刘轲的脸上有伤。她把脸上的一小块玻璃碴拔了出来,然后朝着我咯咯傻笑。两只雪白的胳膊上,一道道深浅不一的疤。抓,咬,捶打,还有用皮鞭子抽的。杨祖勇这个疯子,他又回来了!"

"这杨祖勇为什么要打她?"

"我哪里知道,疯子打人需要理由吗?"

"我现在用手机连不上所里的网。"缪伟把烟头掐灭在桌面上,然后说,"那姓杨的就是因为打女人进去的吧?"

"刘轲的前夫杨祖勇在我们镇是出了名的恶霸。他们俩结婚那天,我也去喝了一杯喜酒。那是我第一次见到杨祖勇。一个上下嘴唇呈弓形,左右脸颊不对称,下巴深凹的大块头。有的人你一看就知道不是好人……"

缪伟打断了她:"挑重点讲。"

"我一早就知道刘轲跟杨祖勇不合适!刘轲太干净了。她只要站在杨祖勇的身边,那家伙的愚蠢就无处遁形。在刘轲流产没多久的一个夜里,她被伤得很深。"一说起那晚的场景,玉玲就会像现在这样边说边流眼泪。"大概只有女人才明白,刚生完孩子的身体有多不舒服。毕竟是把一个足七月的孩子从身体里掏出来啊!刘轲当时还有撕裂,缝了十几针。那天她刚拆线,伤口还在往外渗血。医生把刘轲交给杨祖勇的时候特意叮嘱,一个月不准有性生活。但回到家之后,杨祖勇立马把刘轲按在地板上,她挣扎着说不行不行,他还是死死按住她,解开了她的绷带。那次刘轲出了好多血。送回医院之后,镇上的大夫诊断说,她不会再有孩子了。"

"狗日的。"缪伟说。

"我要是她,我会把那姓杨的大卸八块。"玉玲说。

"不太对啊。如果柏木失踪那天,杨祖勇去双塔公寓打了刘轲,那他就有不在场证明了。"

"你不懂,刘轲不会认的。一个女人被打惯了,她会变,她会慢慢接受了现实。"

缪伟叼着烟,没有回答。

"她小时候可不这样。"看玉玲的样子,她像是回想起了什么开心的事。她说,"对她来说,没有什么是不可能的。"

按照玉玲的说法,大概是在二十四年前,她八岁的时候,认识了与她同岁的刘轲。玉玲的妈妈在小巷前面那条街开了一家酒馆。她们小时候,镇上停电是常有的事。她和刘轲认识,也是在一个停电的夜晚。整条街都黑了下来,只有酒馆里还有稀稀拉拉的灯光。玉玲的妈妈好不容易把最后一拨客人送走了,没想到有个男人半路折了回来,拉进门来一个外乡女人。那女人身条很正,站得笔直,像是文工团的舞蹈演员。她脚边还站着一个孩子，这个孩子就是刘轲。

在小巷的矮墙后面，离酒馆不远有一块潮湿的洼地。每逢下雨，空气里都是湿漉漉的味道。洼地尽头有一片树林。玉玲拉着刘轲在林子里横冲直撞，脚下的落叶发出清脆的声响。最深处的树木有时仿佛一堵坚实的灰色围墙，但却在一个下雨的午后变成黑色，后面的天空变成一片触目惊心的灰白。她们轮番走在前面，不时停下来把勾住衬衣的刺藤拨开。又走了一小会儿，她们在一个树桩上坐下。她看到刘轲抬起双脚又放下，用脚在泥里碾来碾去，好像要碾碎脚下的什么东西似的。玉玲当时的想法只有一个——她不想回家了。她讨厌她妈，还讨厌那些叔叔。

刘轲从木桩上跳了起来，开始奔跑。玉玲看到刘轲围着那片树林疯狂地跑着，好像后面有什么东西在追她。等她再次经过洼地的时候，太阳在她瘦瘦的、窄窄的背上闪着光。玉玲记得她自己跑得很慢，险些就把刘轲跟丢了。她们围着森林飞奔了三圈，好像每跑一步，个子就窜高一节。她们跑着跑着就和过去不一样了，哪怕跑不到未来，哪怕跑倒在一排灌木丛旁。她们躺在地上，小小的肩胛骨一上一下地动。过了一会儿，刘轲哑着嗓子对她说，你知不知道，我会把这个地方怎么样？

回到派出所，缪伟做的第一件事不是去查杨祖勇的背景，而是调出了二十四年前的旧报纸。他在"突发事件"栏目找到一则新闻。当年，海城报社为了揭开"崖头镇雨天起火"之谜，特意请气象专家写了一篇调查报告。报告的结尾有这样一段话：

  崖头镇的这场火来得蹊跷。最先报案的是两个八岁女童,她们声称见到火从灌木里窜了出来,一下子卷住了最低的树枝,咬住不放。案发之后,一连三天小雨未断,火势却越刮越猛。我们勘察过火灾现场,那个地方前面是一块洼地,后面高处有一片树林,想要在洼地上点火根本不可能。所以我们基本可以排除人为的因素,空气中的水分太大,没有人能在雨天放一把火。

三

沿着海城的公路穿过一条短短的隧道,变成了崎岖不平的山道。虽然离界河很近,但不知为何,过了长满青苔的隧道,这一带弥散着大山的味道,丝毫不像是一个海边城市。也许是因为隧道的阻隔。入了伏,这里也是凉飕飕的。

柏木失踪后第二周,缪伟开始跟踪刘轲。缪伟一路跟着她向东北方向进发。从山道下来之后,又拐上一条土路。这条土路起起伏伏,冷不丁还有水洼。路基不结实,他有几次差点冲进沟渠里。树枝上有刚下过雨留下的雨痕,大路和小径上泛滥着由泥土和下了一夜的雨合成的黑色泥浆。

缪伟不敢跟得太紧,所以一直溜着边开。他倾身向前,手搭方向盘,不时还要挡开刺眼的落日余晖。海岸线从他们身边疾行而过,掠过单调的红色,慌慌张张地消失在斜阳里。等他开过匝道,刘轲在狭窄的小路上倒了好几次车,才终于改变了方向。他就跟在她后面,在她后视镜可以看到的地方。两辆车还保持着一样的距离。

他们把车子停在一家废弃船厂的门口。缪伟跟着刘轲走进车间。灯光闪烁不止，熄灭又亮起，他看到刘轲站在黑暗中一个人等待。灯光完全灭了之后，刘轲继续往前走。在车间的中央，耸立着一个巨型龙骨。龙骨直达天花板，看上去像是一艘远洋舰的雏形，又像是一只被人锁在这里的铁凤凰。刘轲找到开关，她按了几下，厂房上方就亮堂起来。那种亮很怪，像是要把整个城市的电吸得精光。很亮，让龙骨的形状暴露无遗。他能闻到钢板腐锈的味道，还有她头发的淡淡香气。

灯光暗下，熄灭，然后又亮起。龙骨两边的空场上一片昏暗虚无。灯光再次亮起时，缪伟很确定自己看到一个人影移动——刘轲挎着一个旅行包，往更黑的地方去了。

穿过车间，他们来到船厂的后门。门半掩着，看上去只要稍稍用力就能撞开。门内有一排鸡棚，棚内一只鸡也没有。鸡棚的背面是一条土路。土路两侧种满了高大的毛白杨，它们向道路的两边延伸开来直至与工厂正门的那些灌木相接。背后的树林寂静无声，时不时传来一声树枝的噼啪轻响。

十几分钟之后，从后门开进来一辆桑塔纳。

车上下来一个年轻男人。中等身材，个头不太高，头上戴一顶深色棒球帽。在月色中，他的脸看不清楚。只能隐约看到他高高的颧骨，几绺头发从帽子四周露出来。那个男人穿一件运动衫，衣服上印了个螺丝钉，已经褪了色。但他的胸口微微凸起，那颗螺丝钉从中间裂来，像是被人用扳手拧过了头。他看上去三十岁左右。从他和刘轲说话的方式来看，他们的关系走得很近。

在车子打火发动之前，那个男人跟她主动提起缪伟："你报案之后，警察说什么了没有？"

"让我做了一个口供。"刘珂说。

那个男人说:"我听玉玲讲,前些天他一直在打听你的情况。昨天还问她你喜欢吃什么。你说他问这个干吗?"

"我怎么知道?"

"我看他查案没进展,对你倒是挺上心。"

"别瞎说,我只见过他一次。"刘轲熟练地打开后备厢,将地上的旅行包扔了进去。

"你要是喜欢,你就上啊……"那男的从驾驶座探出头说。听他的语气,还是在怂恿刘轲。

"行了!人家是正经人。"刘轲说。

缪伟一直端着枪躲在车间里。他发现在这男人面前的刘轲是一种他没见过的状态。她不再胆怯,也不畏缩。她站得直直的。只有那张脸,仍然毫无血色。直到那个男人搂着刘轲的肩膀说"事情就交给我吧",刘轲讪讪地回答"谢谢你柏木",缪伟才把枪插回枪套。

回来的路上,下起了雨。两辆车一前一后,在弯弯曲曲的山道上行驶。雨刷擦拭着前窗的细雨,浓雾笼罩的森林在前方若隐若现。树龄超过二十年的杉树在雾中杂乱生长。山道两侧的树干被细雨打湿,就像面无表情的人们站在雨里。他们又经过来时的那个隧道,冰冷潮湿的空气一下子涌进车内。

隧道里飘散出一种阴森森的气氛。缪伟看着空空的山洞,有点迷茫。恍惚间,他踩了一脚急刹车。就在这时,他的手机响了。电话是刘轲打来的。他甚至能听到刘轲好听的声音在隧道中回响。刘轲告诉他,玉玲被三个绑匪劫走了。绑匪是杨祖勇派来的,他们还抢走了她的包,那里面有二十万。

四

听海城的老人说，一个城市多雨，不是什么好兆头。这个城市的人随手带着一把伞，下雨了，打个伞，不下雨，也打打伞。缪伟的伞是干的，就放在派出所门口。他一连几天都窝在这里，见到其他警员踩着雨进来，他才发现已经下了小半个月的雨。

缪伟查实了杨祖勇的身份，这人确实是崖头镇出了名的鬼见愁。这个人上个月月初办了保外就医，但出了崖头监狱就没了音信。崖头镇大大小小的宾馆都被缪伟查了一遍，没有人曾用"杨祖勇"这个名字登记。然后，缪伟还特意跑了一趟崖头镇，调出监狱门口的监控录像。杨祖勇——玉玲口中的这位彪形大汉——出了狱，简直瘦脱了相。

缪伟还查到，狱门口停了一辆桑塔纳。驾驶座下来一个人，主动拎过来杨祖勇手里的东西。缪伟把这段视频放大看了几次，最后他断定，这个男的就是那天在废船厂撞到的柏木。

虽然有了这些消息，缪伟倒变得更加焦虑。柏木明明没有失踪，玉玲也没有被人掳走……这种模糊的信息，一条、两条、三条，一点点积少成多。尽管他从没接手过凶杀案，整理信息这种小事他还是会的。他揣着这些信息，接连几天徘徊在刘轲楼下。最后一天，他实在没忍住，上了楼。结果到了刘轲家门口，他又犹豫了。如果不是在她家门外捡到了一张纸条，他可能根本不会敲开她的门。

那张纸条是半折着的。轻轻一抖，就能打开。上面拼贴着一行字，像是被人从报纸上裁剪下来的：

阿轲，更心疼了吧？你现在肯定很想找到我的下落，但我劝你最好不要。你老老实实地听我安排，这样玉玲和柏木就能多活两天。别报警，因为报了也没用。就算你跑到天涯海角，我一定能找到你。

缪伟顺手一推，门没关。他直接就踏进了这间公寓。从玄关到客厅，屋里一片昏暗。除他之外，什么人也没有。鞋柜、衣架、饭厅的圆桌、电风扇，布置得整整齐齐。陈列柜里面装了几瓶威士忌，酒瓶子也是一尘不染的。客厅很大，足足占了四分之三的面积。铺了亚麻地毯的地板干干净净，能反射出窗户上的光。他走到窗前看了一会儿，然后回过头四下看看。红色的尼龙沙发前有一张小茶几，上面的茶壶还冒着热气。看来刘轲刚离开没多久。

缪伟坐到沙发上，才发现沙发的一角不平。它的主人用一本书垫角，可坐上去之后，沙发还是会微微颤动。缪伟想要重新弄一下她的垫脚，便拿起了那本书。

那本书的封皮被撕掉了。缪伟翻着看了看，大概是一个不知名的作家写的悬疑故事。他看不进去。顺手往后翻翻，很快就发现了夹在书中的一张纸条，也是被人用报纸剪贴而成的。纸条上写着：

阿轲，心疼了吧？周日下午六点半，带着二十万到废船厂。不然我就杀掉你的日本小男友。

缪伟掏出了刚刚在门口捡到的那张纸条。从纸条剪贴的样式来看，应该出自同一个人之手。只是书中夹着的这张看起来更旧一点。缪伟站着看了很久。就在这时，踮着脚尖走路时轻轻的脚步声、布料摩擦的窸窣声在他背后响起。他凝视着屋子另一边的玻璃陈列柜，上面投射出站在他身后的女子的身影。她身上穿着一条白布绵裙，外头套了一件黑色针织衫，头发梳成一个圆髻。刘轲没有跟他问好，她也只是通过玻璃柜注视着缪伟。缪伟把手中的那本书放了回去。接着，沙发恢复了平稳。

"那个……我看门开着，我就进来了。"

他的目光随着她走进厨房，看到她拉开了冰箱门。苹果放在冰箱顶层，杏和梨子放在第二层，饺子和一些剩菜放在第三层左侧的保鲜区，右侧有六个小格子，依次摆着鸡蛋。

在昏暗的房间里，鲜艳的尼龙沙发与刘轲苍白的脸形成了鲜明的对比。"别看我，我不好看。"刘轲从冰箱一旁的挂钩下抽下围裙系在腰上，然后从保鲜区拿出了香菇和一小块猪肉，开始做肉臊饭。

煮饭的时候，他们聊起了各自的工作。缪伟提到一桩去年破获的失踪案，他管那叫——"小庄迷案"。

"犯罪嫌疑人一路引导我们，让我们觉得是他的仇家做的。"缪伟说，"太残忍了。小庄啊小庄，那么漂亮的发色，那么名贵的品种，最后就被人随便切切扔垃圾堆了。"

"小庄的品种？"说这话时，刘轲正挥着菜刀剁肉。她把肉斜着切了一遍，深深地一刀刀下去，浅浅地留一点肉皮。

"嗨，小庄不是人，它是只猫！人家是那种进口的波斯猫，纯种的，比咱们都金贵。别说海城了，我看全国也没几只。"

"小庄的仇家为什么要杀它？"她问这话时，手掌翻过肉，还是像刚才那样,顺着斜角切,不切断。

"哎,事情是这样的。小庄的主人去日本玩了一个月,把它丢给保姆来照看。可保姆那个月回老家了,耽搁了半月。她再来喂的时候,小庄就闹啊,使劲挠她咬她。然后她一气之下就断了小庄的水和粮食,把这猫给活活饿死了。"

"这保姆也挺可怜的。"

"不怕你笑话,这是我去年破过的最大的案子了。"缪伟说,"你不明白,在海城出不了什么大事。"

刘轲的手边,生肉已经全部切成了小肉丁。她守着越烧越热的锅子,聊起了自己的事。她说:"我跟杨祖勇离婚以后,就跑到海城来投奔玉玲。我原本是要告诉玉玲,妈妈们都老了,家里的小酒馆快撑不住了。可也不知道为什么,误打误撞地来到玉玲上班的夜总会。不是玉玲逼我在海城干这个的。虽然我不知道将来在海城会发生什么,却总是感受到有什么好事将要发生。"

"什么好事呢?"

"一开始,我以为杨祖勇不会再来了。"

"杨祖勇上个月就放出来了。"

"缪警官,你不用来跟我讲这些的……"刘轲像是自言自语,重复了一句,"你不用管我。"

"看你的样子,你是不是已经知道了?"

缪伟看不到刘轲的表情,却看到她的手停了下来。

肉末下到锅噼里啪啦地发出一阵脆响。

"我刚刚进门前,在你家门口捡到了这个。"缪伟说。

刘轲简短地答一句"是吗",手里继续翻炒着肉末。

"你沙发底下还有一张，对吧？你就是拿着它，去废船厂跟他们做的交易。而且你当时是想去救柏木，没错吧？"

"对，他们还绑走了玉玲。"

"从现在我们掌握的情况来看，杨祖勇是头号嫌疑人。他在上个月一号出了狱，就来了海城。大概在十五号那天，他看见你和柏木在一起了。然后当天凌晨，到你家来骚扰了你……"

"不是骚扰，是打。"

"好，他打了你。然后他逃走了，在一周之前策划了废船厂抢劫案。抢了钱，还绑架了你最好的朋友。从他今天写给你的这封恐吓信来看，现在他手上攥着两张肉票了……"

也许是油锅过热，也许是肉燥炒得太熟，屋里开始弥漫着一种奇怪的焦味。刘轲推开通往阳台的拉门。等她回到缪伟的身边，不声不响的火星已经开始在阳台对面闪动。

"你是不是有事瞒着我？"缪伟看着刘轲的背影问。

窗向外开着，只听见清脆的啪啪声响。一声声细细的轻响，像是无数条绷紧的皮筋突然断裂。缪伟倏地一下站了起来。对面公寓起火了，火苗从一户人家的门口冒出来，几乎快要把整层楼吞没。

刘轲说："那是玉玲家！"

楼外的消防队员踌躇着不敢爬云梯，只能在混乱中往所有火苗蔓延的地方喷水。三台水车连忙喷射过去，可那火星还是无穷无尽地在他们眼前扩散。柱子和房梁的骨架还冒着烟，墙面和地板在火中时隐时现。刘轲也来到窗前，她的鼻息贴上他的后背。他听得到她的心脏先是抽缩了一下，然后膨胀起来。两颗心贴在一起，怦怦狂跳。

五

柏木失踪后第六周，海城派出所接到了线报。一个拾荒的流浪汉，在废船厂里面发现了烧焦的尸块。仓库的几个出入口都拉了警戒线。所以刘轲一赶到现场，就被消防队给拦住了。他们不管死者是她的什么人。他们告诉她，焦尸还没有被收集完，里面随时可能起火。

车间的四壁有被火焚烧的痕迹。警察和消防员分成两组，正在查找事故的起火点。船厂车间里，龙骨被烧得黢黑，七零八落地散了架。只有龙骨的船首，通向天顶的那根最高的钢板还挺立着。一只浴火重生的铁凤凰。在它的头顶，靠近嘴巴的地方，高高衔着一个旅行包。那个包像罪人的首级一样，没着没落地悬在半空。包的下摆开始渗出红色的液体，招来了不少苍蝇。

缪伟打着手电筒，命令手下人把这个旅行包取下来。他的手电筒划了一道弧，掠过车间粗糙的铝板墙壁，掠过摇摇欲坠的锌皮天花板，随着他的视线来到刘轲身上，他发现她正在人群中望向自己。

包落到地上，缪伟他们守着它等了一会儿。直到确定海城唯一的尸检医生，家里有急事来不了，他才吩咐人动手。包拉开一半，缪伟接到了派出所所长的电话。所长给了指示，说是先把尸块收齐收好，等到医生放假回来了，统一交给上级市来处理。一条胳膊已经被缪伟取了出来。他端着它，不知道该如何是好。

仓库的门口围了很多海城人。这些人都是闻风来凑热闹的。一转眼，刚围好的警戒线又被他们踩在了脚下。他们不光自己来，还抱着猫，遛着狗。狗嗅到了尸体的气味，纷纷躁动起来。结果，搅得气氛更加惶惶不安。刘轲就是在这个时候混进来的。她进了警队，又凑过来缪伟身边，始终一声不发。

"老大，是具男尸……尸体被人分成五块。除了头以外，身体和四肢，一块不少……死者的胳膊被人用菜刀剁开。青黑色的尸块已经开始腐烂，边角处并不齐整。不用法医也能判断，这是被人砍了许多刀之后才切下来的。"一个警员凑到缪伟跟前压低嗓音说。

"还有什么别的吗？"

"老大，包的最底下还垫了一层东西，要不您亲自看看吧？"

旅行包里除了一些尸块，还有一部护照和一封信。护照是柏木的，缺了照片页。信是反过来夹在护照里的，所以只有四个角染上血迹。这封信像是一个远方朋友的来信，开头便称呼"亲爱的阿轲"，提醒她有人正等着要杀她。缪伟很困惑，握着信往下扫视了几行。信上写明了时间、地点、人物、状态，尤其是在"状态"一栏还特意标出了举办葬礼时需要播放的主题音乐。很奇怪，一场葬礼，写恐吓信的人事先安排好了一切。

一个警员问："需要我们爬到龙骨上面看看吗？"

"我来吧。"缪伟说。

向上爬到一半，缪伟掏出手机打了个电话。他看到刘轲还站在原地。刘轲就那么看着他，任由过往的人来来回回，她接通了电话。

六

镇上的晨钟已经响过，街上的路灯依旧亮着。葬礼的现场已经布置得差不多了。缪伟他们租下了刘轲家楼下的西班牙餐厅，临时把一些庆祝婚礼用的彩色花环挂了上去。铺着马赛克瓷砖的偏厅和设有演奏台的大厅里，镶着金边的每一张桌子和每一把椅子下面，都安装了窃听器。缪伟敲开刘轲家门的时候，便衣警察已经在餐厅门口守着了。

路边的西餐厅本来是红色的，可是禁不起风吹日晒，早就被漂白了。橱窗里的食物模型，也被尘土改变了颜色。透过窗户，可以看到餐厅的门廊。门廊上有一墙的酒瓶，摆放得十分整齐，里面横放着各式各样的洋酒，红葡萄酒、白葡萄酒、香槟、威士忌，红的、白的、粉红的、褐色的……餐厅外面，一家书报亭和一家干洗店正准备开门营业。不打算进场的便衣就坐在两家店的中间地带抽烟。书报亭的老板娘说她在昨晚打烊前看见一个怪人，那个人好像穿了件男人的衣服。"我以为他是你们要抓的人呢。"她对两个便衣说。一个便衣立马掖紧了裤腰带，让她不要乱讲话。

快到中午，缪伟去接刘轲的时候，刘轲的脸上也重新有了血色。她穿着他们第一次见面时的那条白裙子。楼下的警员在半睡半醒间，也瞥见了这个在阳光下通身银白的女人。在下午一点钟的沉寂中，她仿佛是这世上唯一的活物。他们问缪伟那个姑娘是谁，却被报亭的老板娘抢先一步回答了。"你说的是楼上那个崖头镇来的小姑娘吧？"缪伟装作没听见，一直尾随刘轲走进餐厅。

"谢谢杨祖勇，要不是他要求，咱俩今天不会穿成这样。"缪伟说。

他正了正自己的一身白西装。然后，他在前台抻了一把椅子，坐到刘轲跟前。

缪伟接着说:"你今天可真美。"

"尸检的结果出来了吗?"刘轲问。

"还没有。"

"那我劝你现在就离开。"刘轲说,"除非他死了,他是不会放过我的。我的一切都在他的掌控中。现在,他很有可能已经知道你了。"

"你的一切里也包括我,这不也挺好的……"

正午十二点的钟声敲响。他们的谈话没有继续下去。刘轲走进餐厅偏厅,她的步子迈得很小。缪伟不由自主地跟了上去,仔细观察她的样子。偏厅的两侧各有一排玻璃冷冻柜,里面挂着还带着肋骨的野猪肉。偏厅没有开灯,大理石地板上洒着不知道是从哪里投进来的一缕阳光。

他们走到中途,忽然听见天花板上有人在说话。走在前面的便衣贴着墙根站成一排,就站在吊挂着的猪排前面。这些人紧紧跟在缪伟后面,小心翼翼地怕被人发现。迈着小碎步,走几步就停一下。天花板的声音一出,他们立马停住了。拽着衣领小心翼翼地向上看,掖好衣领下的枪。领头的给缪伟打了个手势,意思是——"子弹已经上膛"。随后,缪伟和刘轲继续小心前行,从狭长的走廊进入正厅。这时,屋顶上再次传来声响。

"我这几天一直守在你楼下,杨祖勇不可能溜进来……"缪伟的话就说到这。

差不多有三分钟,他们一直站在这里,注视着彼此,凝神细听。尽管是白天,可是这餐馆里的小天地却一片寂静,他们听得到彼此血管里的血在汩汩流动。

片刻过后,屋顶上的声响稍稍大了些。刘轲轻声问:"你有没有听到女人说话?"

"不对,好像是有人在唱歌。"缪伟说。

正厅的尽头有一个舞台。舞台中央倒挂着一颗半米宽的迪斯科灯球。这个球正随着旋律慢慢转动。它像坏了一样,一顿一顿的。缪伟慢慢地走上台,蹑手蹑脚地压低自己的脚步声。刘轲闭着眼。从她脸上肌肉的细微颤动来看,她还在留意这周围的动静。等她睁开眼,缪伟伸出手指摸了一下她的后脑勺。然后,他将她的头发攥成一股,放在手里握着。

歌声越来越大,从空中飘了下来。缪伟也大起胆子来,摩挲着刘轲的脖子。后来,谁也说不清楚是谁先托起对方的手,又是谁先搂住对方的腰,他们就这样迷迷糊糊地跟着节奏跳了起来。

"你们海城人不跳舞吗?"

"你真怪,没人会在葬礼跳舞啊。"

进一步,进一步,退一步。

"对不起,我踩到你了。"刘轲忙说。

"没事,我也是瞎跳。"

"嗯。"

进一步,退一步。

"阿轲,玉玲跟我说,你小时候带她到过林子里。"

"崖头镇和海城交界的那片树林?"

"对,没错。不过,那地方我们海城人是不会去的。"

"为什么不去?"

"我上中学的时候,那片着过一场大火。"

刘轲不言语了。

退一步,进一步。

"玉玲跟我说，那火是你放的。"

刘轲还是没回答。

"是你放的吗？"

退一步，退一步，进一步。

"谁能在雨天放一把火呢？"

他搂着她的腰，她把手放在他的肩膀上。他们在对话中渐渐恢复了神志，发觉两个人的脚步都慢下来。最后，他们抱在了一起。

"你还怕他吗？"他轻轻地问。

"杨祖勇吗？我好像不怕了。"

"不要说'好像'。他要是来杀你，也得先问过我。"

他回答得太肯定，教她不知该做何反应。她感到他的手在裤兜里反复摩挲，最后有一个硬邦邦的东西塞到她的怀里。她低头一看，一把黑色的手枪。

"你还喜欢他吗？"

"喜欢谁，柏木吗？"

"你别拿柏木来搪塞我……"

也许是因为距离太近，也许是因为外面的动静，他们的神经又绷了起来，没听清彼此的回答。就在这时，她靠近他，踮起脚尖。

"对不起，我还没抓到他……"他咬住牙小声说。

"没关系的。"她说。

他们停在那一刻，仿佛切断了自己的过去和未来。一切都变得非常缓慢。在缪伟眨眼的瞬间，他看到天花板翘起来一个口，露出一条细缝。他总觉得刚刚有人曾对着那条缝，眯着眼窥视他们。接着，他听见了自己渴望已久的那个词。"喜欢，很喜欢。"他浑身一下子软绵绵的，几乎不能站稳。

在灰蒙蒙的斜阳里，他们摇摇晃晃地走出餐厅。趁缪伟还没有察觉时，刘轲已经离开了现场。越来越多的海城人围观，他们以为又有尸体可看了。这时，一个警员凑上前向缪伟报告，死者的身份已经出来了。

七

缪伟在甲板的拐角处等刘轲。

快到北九州了。五岛对岸的短岬向海中延伸，断断续续，劈开白浪。岬角在灯塔周围的暮色中闪着微微光亮。福江岛、中通岛、若松岛自北面迫近，奈留岛、久贺岛从东向北伸展开来，城市与旷野的交界处落在海岸线上。近岸的海面已被初秋的海藻染成红色。

缪伟看到刘轲拐入甲板，从他身边走过，像是完全没有看到他似的。缪伟从后面追了过去。"摩西，摩西。"他学着日本人的腔调嚷了两句。刘轲还是没有回头。这样一来，缪伟原本已经到了嗓子眼的话，又给憋了回去。

上船之前，缪伟收到了福冈警方的消息。对方正式通知他，在北九州全境都没有柏木这个人。再早几天，法医放假回来，抱着尸块来回化验了三次，还把样本送到市里复检了一次，四次的结果出奇一致：错不了，死者就是杨祖勇。但他没有把这个结果告诉刘轲。

奈留岛离久贺岛很近，连接两个岛的中间地带能看到缓缓向海面挪移的山脉。那里有一座活火山。刘轲听到隔壁有一对日本夫妇正指着对岸的岛屿兴奋地聊着什么。岛上有一个村子，隔上几十年就要喷一次火山。明治四十三年，火山喷发过一次。当时幸免于难的一共有四十七人。他们无一例外，全都在岛外居住。其中出外务工的女人就有三十三个。去中国的最多，有十六人。

当刘轲把这段话原封不动地翻译给缪伟听时，缪伟像个孩子，把手搭在她的肩头，一动不动。

"你的日语不会也是他教的吧？"他认真地问道。

"傻瓜。"

"我没别的意思啊，我想说他教得不错。"

她笑笑。

"说说看，你为什么非要让我陪你去日本？"

他点上一支烟，还没来得及抽就被她夺走了。

"别抽烟，我怕会着火。"

"说来也怪啊，雨天怎么可能着火呢？"

入夜之后，他们还伫立在甲板上，并没有回船舱休息的打算。刘轲的鼻子被海风吹得发红。缪伟将视线从刘轲身上移开，叼着一根抽没了的烟屁股，眺望笼罩着薄雾的玄海。从雾霭中依稀可见五岛群岛前端的长崎县西部一带。

缪伟的脸像皮革，连深纹底部也晒得和肤色一样黑，散发着皮革的光泽。他跟刘轲开玩笑说，再这么游荡下去，等到杨祖勇找到他的时候估计也认不出他了。接着他自己也陷入沉默，抿着嘴，绷着脸，与突如其来的一阵强风对抗。

这次，刘轲没有笑。她从衬衣里面掏出一把有缺齿的木头梳子，伸过手去帮缪伟梳了梳头发。她身上穿的是日本女人最平常的衣服，不施粉黛的脸依旧散发着贝壳的光彩。除了微微晒黑的胸口，这次的远行对她几乎没有什么改变。她下半身罩在一条棉麻混纺的裙裤里，一双赤足踏在木屐上。

"你看起来可不像是一个海滨小城长大的女孩。"缪伟说。

"嗯。"

"你说等我们明天上岸了，要不要再换一点日元啊？"

"不用了吧。"

"总不能一直住在柏木父母家吧。说到底咱们不过是把他的遗物给人家送过去。"

"可他妈妈说不见。"

"他们连柏木的骨灰都不要？"

"啊，嗯。"

"哎，这帮小日本真够怪的。"缪伟叹了口气说，"那我只能在下船前，找片海把他给扬了。柏木啊柏木，这也算是送你回家了。"

一个浪打了过来，甲板上的男男女女跑开了。船头垂下的一排灯泡，挂在一截钢丝绳上不停地晃动。"谢谢你……在遇到你之前，我几乎都忘了我生在海边。"绳子的影子爬上刘轲的肩膀，到缪伟跟前就断了。还是刘轲在说话。她说："有很长一段时间，我觉得我被陆地给困住了。"

风停了，太阳也升了起来。船驶过博多湾水道，缓缓驶入福冈海域。水手们用绳子把海里的鱼桶升上来，倒扣在甲板上。噼里啪啦几下，数十条腹部银白、背部青黄的小竹荚统统掉了出来。缪伟和刘轲看着鱼对望了一眼，笑了。这二人都红着脸，只是晒黑了，红晕不那么明显。

"下了船，你第一件事想做什么？"缪伟问。

"我要告诉你一个秘密。"刘轲说。

"巧了，我也有个秘密要告诉你。"缪伟说。

刘轲的身后是广袤的大海。她望着越来越多的货轮与他们交错而行，消失在水平线上。世界仿佛张开了巨大的怀抱，从彼岸向他们逼近。这未知世界的形象，如同远雷一般，从天际轰鸣而来。

"如果说没有柏木这个人呢？"她说。

"什么意思？"他问。

"就是说从头到尾都没有过柏木……玉玲来扮演柏木，诱导了杨祖勇，也差点误导了你。"

随后，沉默持续了一会儿。

"那你杀的是谁？"他笑了。

她也笑了："对啊，那我杀的是谁呢？"

在船头甲板上，被捕上来的小竹荚不停地甩着尾巴。

他们坐在船头，将视线挪向岸边。

岸上有人摇了摇手中的伞。

"是玉玲来了。"

上了岸以后，那天没有下雨。

（《小说界》2023 年第 1 期）

周婉京　1990年生于北京，青年作家。曾任美国布朗大学哲学系访问学者，博士毕业于北京大学，现任教于北京第二外国语学院。文学作品散见于《收获》《人民文学》《山花》《小说界》等文学刊物。曾获 PAGEONE 文学奖首奖、山花文学奖新人奖、香港青年文学奖、台湾罗叶文学奖。出版有短篇小说集《取出疯石》、长篇小说《新贵》等。

河桥孝子

武茳虹

一

关于老李的女人素珍在葬礼那天冒昧地活过来这事，河桥街的人都多多少少秉承着边看戏边忌讳的心态。据悉，老李的女人之前确实死了，至少有三十个街坊邻居见证过此事，并在葬礼上伤心地回忆了素珍的音容笑貌。

但谁知道，在乐手和鼓手唱歌时，棺材里发生了一阵异动。这股异动最开始被唢呐的嚎叫掩盖住了，以至于没有一个人注意到此事。参加葬礼的人们围成几桌打牌，一些妇女回忆着素珍生前的品行。虽然作为街坊邻居，她们和素珍有过不少鸡零狗碎的龃龉，但到了这时候大概就只剩下一些勤劳、能干、节俭之类的好话。葬礼的灵棚用黑色的土布装饰，要比寻常的灵棚大一些，两侧挂着挽联，中间摆放着两棵纸扎成的金色摇钱树，一台老式彩色电视机，两个穿着红色肚兜挽着小辫的童男童女，棺材后面是一个引路菩萨。素珍的孙女阿月头上戴着白布，跪在灵前。作为女性亲属，她不得不领取了哭泣的任务，与素珍的儿媳和妯娌聚在一起放声大哭。你知道阿月不是一个坏孩子，虽然她和奶奶的关系只能用淡漠来形容,但她不会像河桥街那些捣蛋的男孩一样搞破坏,一开始她还在认真地敷衍这个工作,发出几声演技拙劣的干号。但等到素珍的堂媳匆匆赶来,跪下带来一阵似哭似笑的哭声时,阿月不禁扑哧一笑。刘叔瞪了她一眼,说,笑什么呢?她朝刘叔做了个鬼脸,虽然葬礼上确实不宜发出笑声,但是刘叔的多管闲事,显然是出于他对阿月这种张扬的女孩一贯的不满。

我们说这个葬礼的氛围一开始就很奇怪,先是老李和儿子李旺因为棺材的价格和红白喜事店大吵一架。老李那个脾气谁都知道,他向来以得罪人为己业。去到哪里都喜欢跟人吵架,一开始他是嚷嚷着要定一口顶好的棺材。但是他没有想到这年头棺材的价格水涨船高,人竟是连死也死不起了。他把这种买不起棺材的窘迫迁怒于棺材铺,一直在店里骂骂咧咧,就这么个木材怎么要一万多,你们从死人身上还要挣这么多钱?红白喜事店的张老板一开始在忍耐老李的脾气,向他解释现在木材很贵,棺材涨价也是情理之中的事情,并向他介绍了几款棺材。五寸厚的黑色柏木棺材是最贵的、最能体现儿子孝心的;三寸厚的黄色棺材虽然薄了一点,但也还过得去;至于那个边上的白色棺材,样子有些奇怪,据说是近几年的环保棺材。对于这个棺材,张老板的态度颇有些暧昧。李旺似乎是看上了那个最便宜的白色棺材,但作为一个孝顺的儿子,他不好意思向张老板直说,只能推了他的父亲一把。但是老李好像没有领悟到,还在争执黑色柏木棺材的价格,言语之间,几乎在骂张老板缺德了。我们知道老李的争执是一种无谓的争执,他自己也搞不清楚自己争执的目的,但张老板却留下了一句轻飘飘的阴阳怪气的话:买不起棺材就火化嘛,骨灰盒便宜。

这时候老李愣在了店里,他没有想到张老板会说这话。谁都知道这儿穷乡僻壤只有这一家棺材铺,因为棺材数量有限,有时候还得通人情才能催红白喜事店赶制,火化这种外头时兴的丧仪在县城简直是大逆不道。但是儿子似乎对此没有什么反对,从他的神态中甚至可以感觉到一种动摇的倾向。老李面色窘迫,却还在嘴里一直嘟囔。最后还是儿子结束了这个尴尬的局面,他指着角落那个长得有点像马桶的白色棺材说,就那个环保棺材吧,这年头全国都讲究环保。张老板发出了一声暧昧的嗤笑,但没有人和钱过不去,他在柜台上掏出账本说,还是年轻人痛快,随即他记下了一排的电话,看着儿子说,定金两千块。

定金怎么就这么多?老李又开始嚷嚷,这时候儿子不耐烦地皱了下眉头,老李的气焰忽然就萎缩了,毕竟这个棺材是儿子出钱,他也没什么好说的。

走出红白喜事店的时候,老李一直用复杂的眼神打量不孝的儿子。他已经想到了自己的丧事将来或许也会被儿子这样草率、节约地举办,想到这里他就不免感到悲凉。父子二人走在路上时,都有一种对彼此心照不宣的不满,但是儿子却毫不在意,我们很难从儿子的神情中捕捉到他对母亲的态度,除了对操办丧事感到的厌烦,他的态度就是没有态度。快到家门口时,老李瞟了儿子一眼,自言自语地说,管他呢,环保棺材也挺好的,凭什么叫那些棺材铺白白挣黑心钱?但儿子只是匆匆看了他一眼,没有搭理他。

后来,那个白色的棺材被当作是这次离奇的事件的核心原因。张老板在电话里告诉李旺,如果要把这个棺材送货上门,就要收三百块人力费。当时李旺开了免提,老李听到就在一旁大喊道,就从丽水河到河桥街这么点距离,你收三百块?你是抢钱吗?这次张老板的耐心下降了许多,他说,棺材很沉,你租一辆大车的费用比我们抬过去贵得多。你看着办吧,没人逼你,不行就自己找人抬回去。

老李从儿子那里夺过手机,大声嚷嚷着,自己抬就自己抬,还愁找不到人吗?张老板就匆匆挂了电话,显然是不想再跟他有什么交涉。老李想到自己有那么多朋友,关键是还有一个壮年的儿子,抬个棺材有什么难的。但是让老李没有想到的是,儿子竟然一口回绝了这个请求,他说,你为什么要省这三百块?我抬不了,路上都是坡,会把我累死。

你年纪轻轻的怎么就抬不了了,要是在三十年前,孝子都是要给父母抬棺绕全村一圈的,那山路不都是坡吗?

我反正抬不了,你爱找谁找谁去。

最后老李问了一圈,结果别人不是推脱就是婉拒。他又怒气冲冲地对儿子说,不给你妈搬棺材,你的脸都要丢光。从丽水河到河桥街只有十里路,中间还路过县一中,但是这十里路你要是不走,唾沫星子会把你淹死,你还当人民教师,你当屁去吧。

儿子听不得父亲嚷嚷,只能勉强地答应了。在此之前他还因为葬礼的规格和父亲大吵一架并以失败告终,老李非要大操大办,灵棚要做大,灵幡要在街头多挂几个,白事宴必须定好酒好菜,花圈纸扎要多买,才能显出葬礼的隆重,人们都说老李对这场丧事重视更像是在给自己操办,他急于给儿子打个样,让儿子将来有据可依。

老李还雇了两个人一起抬棺材,一个是五金工厂年龄暧昧不清的刘胜,据说职校毕业的刘胜已经19岁了。但他的样子看起来很稚气,另一个是河桥街上60岁的老裁缝张改平,这一组离奇的抬棺组合一度让街上的人侧目。老李神气十足地指挥着队伍前行,他的模样好像是领导视察而非筹备丧事。人们看到老李一路上大汗淋漓,却仍然在斥责儿子,这棺材有什么沉的,里面都没躺人,我都抬得动,你怎么抬不动?儿子喘着气,愤愤地瞪父亲,却懒得和他辩驳。当最后棺材终于拐进狭窄的坡道时,好像撞到了什么,发出了一声闷响。老李只是回头匆匆看了一眼,就接着抬了。这时候他的体力似乎也渐渐不支了,但他仍然憋红脸,装作无事的样子。小刘虽然是个很年轻的人,但他却在后面一直偷懒,把棺材倾斜过来让老李的儿子吃力。老实的李旺没有发现这一点,在酷热的阳光下流着汗水。

好说歹说,最后四个人终于把环保棺材抬了进去,小刘一向口无遮拦,他迷惑于棺材的色彩,一路在嘀咕这个棺材为什么这么奇怪。这次抬棺雇人老李一共花了二百八十块钱。虽然只省二十块钱,并遭到了儿子的痛恨,不顾儿子抬棺材后气喘吁吁地瞪自己,他还是得意扬扬,不时地炫耀说,我就说不让红白喜事店挣这个黑心钱,他们凭什么乱收费?

小刘和老裁缝收起了现金,李旺给了他们一人一盒烟抽,小刘蹲坐在院子的门槛上,看着正午的阳光从远处的楼房那里射下来,留下了一片阴凉。他盯着这个奇特的环保棺材,问老李,棺材环保在哪里?

老李说,不清楚,估计是材质,反正是时兴的棺材。李旺说,好像是什么菌丝做成的,小刘疑惑地说,菌丝是个什么东西?这回没有人搭理他,老李指挥着灵棚摆放的位置,李旺又从

269

门口拿了几个花圈进来。闲着没事的小刘绕着棺材走了一圈,忽然跳了起来,指着棺材大喊,棺材磕到了,棺材磕掉了一个角!

院子里一群亲戚朋友在忙着白事的筹备,地上有许多散落的纸花。老李俯身一看,棺材的左侧最薄的地方被生生磕掉了一个角,连着掉了一整块,露出了一个尴尬的洞。人们涌出来警告老李,这个角对风水无益,不利于后代。儿子气急败坏地说,这下坏了!我就说了找人家棺材店的人抬过来,你非不答应,就要自己抬,这下磕坏了,我看你怎么办。

那时候老李显然是很后悔的,但他嗫嚅了下嘴唇,什么风水不风水,不就是一个角吗?谁看得见?活人都不一定看得见,死人看得见?他环视着抬棺的两个人,说,我家那口子生前就是个勤俭的人,要是她从棺材里活过来,也不会对这个棺材说什么的。

在场的人都觉得这句话纯属嘴硬,但是为了一个角换棺材确实是奢侈的,他们也能体谅倒霉而倔强的老李,但却没有想到这句话一语成谶。后来素珍神色恍惚地从棺材里坐起来时,确实迷惘地盯着那个角盯了许久,也许那个角透过来的阳间气息唤醒了她。对此儿子心中充满怨恨,据悉,他已经寝食难安地照顾了母亲很多年了,早就巴不得母亲蹬腿的这一天了。丧礼上人们都看到了儿子轻快的神色,知道他卸掉了一个大大的负担。没有想到这个负担竟然辜负了这隆重的葬礼,如此唐突地苏醒过来,这让当时唱歌的乐手不禁也怔住了。

二

你可能不太清楚,在我们河桥街,丧礼上演唱的不是人们熟知的哀乐,而是一些时髦的流行歌曲。歌曲越欢脱、越时尚,越能表现出主家对丧礼的重视和花费。尽管这是很多年前的事了,我依然非常清楚地记得当时丧礼上演奏的是《老鼠爱大米》,这是一首现在听来老掉牙的歌曲,但在当时却一度火遍大街小巷,连小孩子也能哼几句。素珍是在唱到"我爱你,爱着你,就像老鼠爱大米"时醒过来的,她那时的神情也像极了一只鬼祟的老鼠。后来,素珍的儿子埋怨了很久,他认为素珍醒来和这两个歌手的高音过于尖利吵闹是有关的,那股劲能把地底下的死人都给吵醒。也正因为歌手的音量和扩音设备的共同作用,素珍刚醒来时微弱的敲打棺材的声音几乎被完全掩盖住了。也怪她自己,那时候主持丧礼的兆盛,河桥街的老邻居,正穿着体面的西装,激情地在悼词里追忆她一生做出的贡献,声音洪亮、声情并茂歌颂她。许多街坊和亲戚感动地呜咽着——请你不要觉得好笑,我们这儿的丧俗就是这样,人固有一死,对死人夸张的赞美是无可厚非的。素珍却渐渐陷在一种难为情的满意中了。她想到兆盛这个人虽然平日里吊儿郎当,成天不是喝酒就是打牌,喜欢在人前出风头,嗓门大得让人讨厌,但像念悼词的工作还是非他莫属。这时候素珍其实没有完全意识到自己身上发生了什么,她出于一种灵魂俯瞰大地的奇妙心理,想看看自己的葬礼举办得有什么让自己满意和不满意的地方,因此只选择了微弱的抗争,只是时不时地敲一下棺材内壁,提醒一些聪明的观众她没有死透,且有活过来的迹象。但是这个时候谁还会把注意力放在她身上呢?

素珍的堂叔举着一壶酒洒在地上,高喊孝子磕头。不知道为什么这个环保棺材有种奇特的隔音效果,带着话筒喇叭的声音听来嘈杂不清。可远处的低切的私语声却如在耳边,她听见有人在感慨自己的儿子脸上的疲惫之色,便不由得心疼起来。可是转头又听见人们说,他这下可轻松了。这时候她才如梦初醒地发现自己即将给儿子和丈夫添一个大麻烦,要强的素珍年轻时就是个不喜欢麻烦别人的女人,但老了以后性情发生了某种转变,对生命产生了一种古怪的眷恋和厌弃。虽然前者显然远大于后者,但懂事的素珍还是试了试自己能不能死。她闭着眼睛躺在棺材里,差点就此睡着,也许睡着以后就能安歇了。但很不幸的是,她只蒙蒙眬眬地睡了一下——唱歌的乐手实在太吵了,下次给自己办白事绝不让这些人过来。这时候素珍感觉那个漏光的一角忽然掉下来什么黏黏的东西,原来是自己的孙女正在用地上的土堵住那个洞。昨夜才下过雨,土壤有些湿润,透过寿衣传来了特有的黏腻与清香。这股气味一时间给了她入土为安的错觉,此时她还没有十分介意孙女的胡闹。但过了一会她那倒霉孙女竟然拿着糨糊,用割下来的纸扎门细心而认真地糊在棺材磕掉的地方。这时候她才猛烈感受到了死亡的威胁。你个白眼狼养的兔崽子,还要堵住你奶奶的空气!可是她的喉咙因为虚弱发不出什么声音,她即将被活活憋死在这个棺材里,这让她大感震恐,伸出双手频繁地拍打着棺材内壁,用自己的脚蹬棺材板。但这一切都无济于事——外面实在太吵了。

素珍心酸而着急地拍打着棺材,试图闹出什么动静,但是我们大家不要忘了,这本来就是一个曾经濒死的老人,她能有什么力气呢?她怒骂着自己的丈夫和儿子,你们这些坏尿,想把老娘活埋在这里。但是没人能听见,她的倒霉丈夫老李甚至还在面色郑重地接待宾客,一边让大家吃好喝好,一边炫耀白事酒的品格,仿佛这不是素珍的葬礼而是他的婚礼。而她那油盐不进的儿子,正跪在灵前昏昏欲睡,一边喊妈,一边应付地哭嚎几声,说一些走好之类的话。但传到棺材里时,声音却像鼓了个泡似的,时响时弱。素珍想起自己好像从没有听过儿子的这种哭声,她谅解了自己的儿子,毕竟孩子太累了,但不靠谱的丈夫和捣蛋的孙女却着实可恨。可是儿子哭嚎的声音好像没什么,但喊妈时的倦怠却让她下意识地答应了几声,她忽然感到一阵毛骨悚然,忘记了自己已经是个无用的老人,只觉得儿子像个没了妈的可怜孩子,就连棺材也变得温热潮湿起来,她不禁更着急地拍打棺材盖。

这时候有一两个人注意到棺材里似乎有微弱的响动,但一来老李沉浸在喧嚷闹热的葬礼中,这种不吉利的话谁也不敢提醒他。二来是谁能相信二十一世纪的白天会有这种事呢?所以即便听到了,也没有人会想到那里去,全场只有口无遮拦的邻居家的小亮紧张而小声对母亲嘀咕了一句,我怎么听着棺材里头有动静,不会诈尸了吧。

母亲轻轻拍了下小亮的后背,瞎说什么呢!就这样,素珍在棺材里挣扎了很长时间都没有被发现。她的心情渐渐从愤怒转化为狂躁,又从狂躁变得悲伤,她一会儿希望自己死在棺材里,不想看见那可恨的父子,一会儿又哀怜自己的身世,感到自己如果不出去,就是世上最苦命的女人。好歹得出去吧,什么时候死都好说,但不能死在棺材里,她使出全身的力气奋力一推,棺材盖在众人面前忽然晃了下。

这时候终于有很多人看到了这一幕,包括老李父子。老李愣了一下,随后解释说,这是环保棺材,和普通的棺材不一样。兴许是对声音有感应震了下,就跟声控灯似的。素珍听到了丈夫的解释，气不打一处来，她拼尽老命又猛烈地拍了一下棺材盖。这下棺材盖甚至发生了一点位移，老李才有点犹豫踌躇地望着棺材。

几个交头接耳的年轻人起先是试试探探地朝棺材走的，他们神情在胆怯中透露着好奇，但是老李说，干什么呢，大白天的还能闹鬼？于是那几个年轻人走向棺材的脚步又停住了，鞋板随意地摩擦着地面，开始交谈起来。素珍简直要被这个糟老头气死了，她在棺材里咒骂着老李，用尽了最难听的词汇——也许正是这种微弱的咒骂让自信的老李忽然产生了犹疑，他感到好像有人骂他了，常年的直觉让他感到骂他的不是别人，正是自己的女人。但他还是不相信青天白日能闹鬼，尤其是不想在宾客面前丢脸，传出去一些神神叨叨的谣言。他假装若无其事地走过去调整了下棺材的位置，临走时故意俯下身拍了两下棺材，这时候他听到了嘈杂之中的一声"打开！"他被猛地吓了一跳，朝后退了两步，显得很不中用，最后竟然还是一个年轻的后生上去一把把棺材盖掀开了。

接下来就是你熟悉的场面了，素珍对自己能出来已经不抱希望了。当阳间的阳光再次洒落在她几乎散架的身体上时，她激动而吃力地坐起来了。这时候她骤离了死亡的威胁，忽而不太适应外面的阳光。她看到了一群熟悉的邻里和亲戚围在她身边，忽然又感到了恐惧，她意识到自己醒过来于别人而言是一件多么冒昧、惊异的事。不知如何收场的她痛哭着辱骂自己的黑心眼丈夫和不孝的儿子，竟然要将她这个老太婆活埋，她压根就没有死！但是这句话的可信程度遭到了怀疑，围着她的宾客又退了几步，生怕她把自己捎下去。儿子李旺露出了尴尬而迷惘的神情，回忆起了母亲卧床的细节，甚至试图向在场的人解释，素珍当时确实死了，他绝不可能活埋自己的母亲，但这会儿他是跳进黄河也洗不清了。

不乏好事者笑嘻嘻地说，我看你早就想埋你妈了，你去年不就说你实在等不及了吗？好你个李旺，等不及也不能活埋自个妈呀！李旺是个沉不住气的人，当时就气得跳脚：滚你的，我还想活埋你爹呢！那人说，我爹用得着你埋？你还是先把你妈埋好再说吧，免得下次又从墓子里爬出来找你。

场面一度陷入了七嘴八舌的混乱之中，人们围着李家的人指指点点，连同孙女阿月都难逃一劫。有人发现了她手中的糨糊和割下来的纸扎，李旺的妻子当即就打了她的后背一下。她故作夸张地跌在地上大哭着起来，求援地望向李旺。没有想到正在气头上的李旺听得心烦意乱，吼了句，哭什么呢！人都要被你哭死了。而老李，竟然像事不关己一样，在观众席故作镇定看着这一切，还在一旁抽烟，看起来倒像是一位宾客。

在门槛蹲着的隔壁邻居张乃狗的手里揉着两百块的钱，有些犹豫地问老李，丧事要是不办了的话，礼金还收吗？显然，实诚的邻居乃狗注意到了一个关键的问题，这次不合时宜的葬礼本就是入不敷出的亏本生意，要是连礼金都打了水漂，简直是要全家缩紧裤腰带生活。意识到这个问题的老李发现儿子在怒气冲冲地瞪他，显然是在埋怨他一意孤行，非要铺张地举办葬礼。他指桑骂槐地对儿子说，你瞪我做什么，人死了能不办丧事吗，你怎么能操这种心？乃狗听到这话，又将两百块赶忙塞进了老李兜里说，一点心意，甭管办不办了就先收吧。老李却嫌张乃狗做得不够体面，怎么能当众上礼呢？他当即窝火地掏出来甩到无辜的张乃狗手上,一边骂骂咧咧,你什么意思,我老婆都活过来了,我还能收街坊邻居的礼钱,这不是诈骗吗?张乃狗尴尬地拿着礼金,莫名发现自己好意成了讥讽和诅咒。而老李的大嗓门还不懂收敛,继续冲着他发泄莫名其妙的怒气,糊里糊涂地嚷嚷着什么这次绝对不能要,下次死了再说。张乃狗冷哼了一声,不识抬举,难怪你家遇到这种怪事。

眼见着议论声越来越多,围观的人也越发拥堵,而素珍还迷惘地坐在棺材里,不知如何收场。她穿着一件纸做得不太合身的对襟的正红色褂子寿衣,头上一顶绣着黄色螺纹的黑顶凤冠纸寿帽,这顶夸张的帽子草率地随着素珍身体的摆动耷拉下来,盖住了她半张脸。她艰难地举起手调整帽子,结果发现帽子做得太大了。而身上的纸寿衣虽然躺着穿的时候正合适,但是坐起来时上衣缩回去了一截,露出一段腰,显得像个短小的萝卜,看起来颇有些滑稽。在场有人已经忍不住笑出了声,还在一边喊素珍把纸帽子再调高一点,结果纸帽子一动就裂开了一个缝。没想到寿衣铺对待死人的态度竟是这样的漫不经心,总以为人死了不能动就随便偷工减料。可惜,那是个没有智能手机的时代,不然你一定能拍到这离奇的场面。素珍的面色从苍白到逐渐红润,神情却像丢了魂似的,她意识到自己的活过来给家人带来了麻烦,又不知怎么处理,一众打量的目光好奇地刺向她。她的生活里还从来没有遇到过这么手足无措的时候,儿子在旁边站了好一阵,竟然都没反应过来让人抬她出去。他在一阵指责和慌乱中,想起来应该搬出自己的母亲,结果上去时手忙脚乱,第一反应居然把棺材盖又朝里推了一下,沉甸甸的棺材板在摩擦中发出一阵摇晃的震颤。素珍大叫了一声,儿子才猛地反应过来,又往回拉了一把,结果没使上劲，显得像故意气力不支似的，棺材板又在惯性中尴尬地前进了一点，才终于停下了合上的脚步。素珍吓了一跳，发现了儿子的慌乱无措，终于隐约察觉到了他的难堪。可当儿子和旁边两个胆大的后生一块将她抬出去时，她又忍不住哀号起来，哎哟，我的骨头都要散了，你们这些兔崽子呀，是要我老太婆的命啊，我还没死怎么就要埋我。儿子窘迫地放下沉甸甸的素珍。那一刻，他甚至有点恍惚母亲的身体怎么这么重，就像抬死人似的，忽然猜疑地看着素珍。素珍竟被这猜疑的目光看得胆怯了，眼神仿佛在问，要不我再躺回去试试看？这时候她忽然开始心疼儿子了，这次不仅让儿子白忙活一场，还因为自己乱诉苦，害得人们误以为儿子要活埋自己。儿子拉着脸，不仅再次感受到了伺候她时无尽的辛劳，还被众人指责，他又一向是嘴笨的，总是解释不清楚。好在自己之前死得明明白白，临死前街坊邻居都瞧见了自己不中用的模样，她感到了一种莫名的心虚。正好心内科的刘医生匆匆赶到了现场，他问了素珍几句话，然后建议老李把素珍送去人民医院做个全面体检。估计之前是误以为没有生命迹象了，现在不是复活，只是之前没死罢了。人们听到以后有点费解，而素珍当即露出了惊恐的神情，别折腾我老太婆了，送去医院没死也要死了。你们快扶我回去，我躺一会，躺一会说不定就死了。

　　后来不知是谁叫来了街道办主任，驱散了围观的宾客。只有一两个看热闹不嫌事大的人躲在远处，饶有兴味地观察素珍那甚至还泛青的脸色。其中一个叫泉生的人因为沾点亲所以胳膊上系了一圈白布。他朝人们挥舞着展示着胳膊上那圈白布，似乎因为这种远亲关系而感到骄傲，嘴上还调笑道，素珍奶奶，你记得再下去时给我妈也捎两句话!

　　灵幡和纸花在风中鼓了起来,像一排沿街膨胀的白色泡沫。这场热闹的丧事忽然戏剧性地结尾了。人们离开现场的时候都不禁频频回望,发出一些神秘主义的窃窃私语,有人认为素珍过了一会儿还是会死的,这不过是一种回光返照的现象。也有人认为,素珍也许是在人间有什么牵挂的事所以短暂地活过来了,等办完了就又会死回去了。还有人说这是不祥的诈尸,也许选的坟地风水不对,但更多的目光则指向了洁白、光滑的环保棺材,人们统一认为这是个脆弱而奇怪的棺材,菌丝的材质更是在县城闻所未闻。这个诡异的、磕了一角的棺材是本次灵异事件的罪魁祸首,而不靠谱的老李是罪魁祸首中的罪魁祸首。

三

　　素珍活过来以后对儿子和丈夫都怀有一种歉疚的心情,特别是那些花圈纸张、挽联告示都停摆在院子里,尤其是那口白色的、缺了一个角的环保棺材,也宁静地在阳光下反射出油漆的温和色泽。儿子不时愠怒地提醒她这场葬礼的花费,而她那不中用的、把她差点活埋的丈夫,更是一个坏脾气的老头。她听见爷俩关着门旁若无人地互相数落:

　　死没死不是你第一个去看的吗?我老糊涂了,你也老糊涂了?

　　我怎么知道会有这种事,我摸上去就是没气了,这能怪我?你不也上去看了吗,你自己的老婆你不清楚?你为什么非要大操大办丧事,非要做最好的花圈纸扎,定最好的白事酒,沿整条街挂灵幡白灯笼，现在花了这么多钱，你说怎么办吧。要是再死一次，我反正不管，我孝子就当一次。

什么叫只当一次，我死了你能不管？

那就两次，这次已经算一次了。不是你非要抬那口棺材吗？我看就是磕了的那个角害的，我是不掏钱买第二个了，要掏你掏。

干脆就找木匠把这口棺材回收做家具。

找木匠回收？这么晦气谁会给你回收？

怎么晦气了，我看这口棺材吉利得很，死人进去都能爬出来，给活人做家具有什么不行。要不就放着，万一过两天又不行了怎么办？还不是要重新买棺材？先放着吧，反正最后总会死，迟早用得上。

可谁他妈把棺材成天摆在家里？不是你非要自己抬，磕了一个角，冲撞了阳气能有这事？

行了！别说了！三十号就死，我说的！你就不能等到三十号吗！你急什么，养了你一辈子还差这几天？

最后一句话让儿子闭嘴了，看在母亲养了他一辈子的份儿上，他确实也没什么好说的。他嘟囔了两句，转身推开门，看到了素珍张着嘴尴尬地望着他们。儿子还有点不自在。老李却笑嘻嘻地绕过儿子走到素珍的藤木轮椅边，像套近乎打听似的弯腰说，老婆，你感觉能挺过三十号不？

素珍犹犹豫豫地望着老李，这次全家都期盼地等着她的答案。她有些迷惘地摇摇头，低声说，不清楚，我怎么会知道呢？

老李拍了拍素珍的肩膀，起身说，这事要是你自己都不清楚，就没人能清楚了。

素珍讪讪地笑着，环视着全家人疲惫而好奇的眼神。过了一会，她忽然用长满老年褐斑的手擦拭着眼泪，不是我要诓你们，我这个身体挺得过初一挺不过十五，你们再等等看吧。我老太婆不骗人，不行了就是不行了。

众所周知，老李的女人素珍是一个勤劳、能干的好女人，这一点在河桥街没有任何争议。但是自从三年前病倒后，素珍就给家里人添了不少麻烦，每天倒屎倒尿，伺候起居就不说了，关键是这场病让她脑子也有些不清醒。她常常坐在轮椅上唉声叹气，回忆自己的母亲一辈子命苦，为家中操劳了一辈子也没享受儿女的孝顺，言语之间很像在含蓄地挖苦谁。这时候儿子就会不悦地用筷子敲碗，行了，别说了，说了一辈子了，有什么好说的。

这时候素珍就会张开嘴怔住，她虽然病糊涂了，也知道自己现在寄人篱下，要看儿子的脸色行事。她常常坐在藤椅上，对着院子哀叹自己命长，我怎么就这么命长呢？活得这么长，还给儿子添麻烦。不可否认，素珍年轻的时候是一个要强的女人，但是人老了之后被疾病和衰老磨灭了心志。关键是她那天真的孙女，不理解奶奶这话背后的含义，她困惑于奶奶想死而死不了，常常童言无忌地拿着她的玩具挖掘机，对着奶奶说，奶奶你什么时候死，我用我的挖掘机给你挖个坟。

第一次听到这话的素珍惊恐地看着孙女，认定这话是儿媳妇教孙女的，为此她向儿子哭啼了很久。作为一个老人怕死是可以体谅的，李旺懒得管这些事，但是媳妇却咽不下这口气。她说，我什么时候教女儿说这话了，她怎么能凭空赒应人呢？像这样喋喋不休的争论常常在家发生，但这都是小事，要紧的是素珍病得越来越重，越来越离不开人伺候。李旺每天都要兢兢业业地为母亲穿衣服，喂她吃饭，给她擦洗身子，扶她上厕所，时刻盯着母亲的状况。有一句话叫久病床前无孝子，这句话用在李旺身上是合适的。我们不能贸然指责李旺是一个不孝子，他只是像普通人那样缺乏耐心罢了，毕竟老年人的身体确实令人头疼。到了今年三月份的时候，素珍就几乎在苟延残喘了，医生嘱咐了好几次准备后事，不小心被素珍察觉了。她抹着眼泪嚷嚷着自己肯定活不过十五号，真是麻烦你们了，等我死了你们就省事了。实在不想受这罪，为什么现在不能就死啊……

素珍经常发出这些乏味而重复的叹息，因而一开始的时候没有人当回事。但随着她病况的加重，人们都渐渐相信，这是一个常年卧榻的老人对自己身体的准确判断。毕竟很多老人的医学感觉是比一些半吊子医生还要靠谱的。果然到了10号以后，素珍就说起了胡话——这是典型的不行了的征兆——接着就陷入了昏睡中，几乎一点饭都吃不下，过了一天就死了。这确实是被街坊邻居验证过的，人们用朴素的常识宣判了素珍的告别，街坊邻居和亲戚朋友一起帮忙筹备她的丧事，相亲相爱地聚在一起边干活边念叨着她的种种好处。结果素珍却活过来了，在这事上素珍是很不懂事的。要死就死，要活就活，不要做这种模棱两可的事，就算是阎王爷也不喜欢这种含含糊糊、不利索的人。

全家人在葬礼之后都陷入了一种复杂的心情，街坊邻居更是议论纷纷，人们都推断素珍应该活不了多久，毕竟在那之前她已经死得差不多了，就差临门一脚和阎王爷问好，却被那口泄露的阳气唤醒了。但谣言总是堵不住的，各种离谱的推断在街上蔓延，让全家处于一种尴尬的情境，连素珍是被阴鬼附体的话都传出来了。李旺的媳妇气得在家里成天诉苦，王瑞芬说什么祖荫不够，才出怪事；李改芳都不跟我一起出门逛街啦，嘴上说没什么，心里明明在嫌我们家晦气；还有那个陈香莲，没事就打听老太婆怎么样了，走路有没有影子，身体有没有尸臭，关她什么事啊，用得着她操心；何贵蓉更是脑子糊涂，当着我女儿小学老师的面跟我说让我不要顶撞死人，否则会把我捎下去。这些话刚开始还避着素珍，到后来说破嘴以后，简直就是当素珍不存在似的，讲起来也是唾沫飞溅，没完没了。素珍也不像之前那样不好意思地望着家人，现在学会了坐在藤椅里装作像聋了似的没听见。

　　虽然李旺的媳妇是个夸张的女人，但她的话也表明人们都密切关注老李家的动向。鼓起来的灵幡一直悬而未决地挂在街口，看起来有些无措。素珍的饭量一直稳定地维持在某个水平，甚至偶尔一两天吃得比生前还多。她的血压血脂血糖也在一个固定值附近飘动，丝毫没有恶化的迹象。儿子心里犯了嘀咕，素珍的身体却渐渐恢复了阳气，尽管恢复得多少有些不合时宜。有时候她出入院子，看到为她悬挂的灵幡，会不时地出神。她委婉地表示能不能先把灵幡扯下来，全家陷入了一种打量的沉默，但是儿子觉得一直挂着这些东西对邻居也是妨碍。于是第二天所有的灵幡和沿街的白灯笼都被摘了下来了，只保留了家中的纸扎和花圈，引路菩萨、金钱树和彩色电视机被摆到了院子一角，红色肚兜童男童女搁在地窖旁边。这之后素珍的心情似乎好转了许多，但唯有那口棺材还是惹得她不时感到羞赧。她常常许诺家人，不用等多长时间，她要是不行了，自己就会躺进去，免得你们麻烦。她絮絮叨叨、反反复复又谦卑的念叨让儿子感到厌烦，但是能有什么办法呢？反正老太婆也没几天了，你且忍忍吧，前年土坂村就发生过这样的事，一个几乎要被完全埋进去的老头忽然直挺挺地坐起来，还活了五六天，把家里的事全安顿好了，银行卡呀、私房钱呀，还有一两个老房子的地契通通都移交完了，才安安心心地躺回了棺材。你别发愁了，你妈的身体眼看着不行了，这是医生说的。活回来暂留人间几天，就当在咱们家再借宿几天，亲妈借宿你能不管吗？你必须得管，而且要管好，让她没有怨念。花了多少钱也别放在心里，回头那些灵幡，纸灯笼，花圈什么的，过几天再挂起来就行，要循环利用，现在全国都讲究环保。你也别愁啦，养了你一辈子了，还不能忍这么几天吗？你就这几天好好伺候她，让她舒舒服服地走。去了地底下她也念着你当儿子的好，能保佑咱们家顺风顺水，平平安安。

　　这是老李当众喝了几瓶白事酒后，兴高采烈地对儿子的安慰，众人也在一旁附和。只有李旺的脸色十分尴尬，他并不愿意父亲这么直白，虽然他的话也不无道理。但是这个老头嘴上这么安慰自己，却在背地里讨好素珍，转头又跟邻居说老婆活过来自己很高兴，只是苦了儿子罢了。实际上他伺候老婆时总是敷衍推脱，大部分活儿都想办法扔给儿子。这个狡猾的老头，总是显得他到哪里都是好人。李旺却没有继承父亲的机智，他所有的心思都明明白白地写在了脸上——虽然他很想克制——过了会儿，他还是指着一个个空酒瓶，忍不住对老李说，不要把白事酒喝完，否则再办席时酒就没有了，这些酒都用得上。老李没有听从他的劝告，因此后来白事酒被一瓶一瓶地喝光，不管藏在哪里这老头都有办法找到。按照老李喝酒的速度，这些酒能坚持的日子不多了。三十号这个特殊的日子，几乎成了全家鸡飞狗跳的节点，他们都在一种复杂的心境中等待这天的宣判。而那个搁置的白色环保棺材，不知什么时候被几个邻居家的小孩铺了一层厚土，成了河桥街孩子们玩捉迷藏的好地点。一天夜晚，李旺终于疲惫地把所有的土都清理完，又盖上了棺材板。结果第二天下班回来，他发现棺材里又有了新鲜的肥土，还被移植了盆栽，这让他感到了恼火，但谁跟孩子一般见识呢？就算见识了也没有任何用处，还是等老太太要躺进去时再一并清理这口让人不知如何处置的棺材吧。

这时，一些可靠的建议也透过街上喧嚷传进了李家院子。有一次主持葬礼的兆盛提着两袋水果前来探望老李家，一向热情的兆盛一进门就笑嘻嘻地问素珍，当时的颂词写得怎么样？素珍在藤椅里说，写得好，念得也好。兆盛说，你听见了？素珍说，听见了，你声音洪亮。兆盛忽然眉飞色舞起来，你这身体虽然不行了，但耳朵还行。素珍说，还是你念得好。兆盛说，下回还是我来念，你放心。

兆盛临走的时候，水果已经被他自己吃得七零八落了，他瞟眼看到了墙上的画像，对老李说墙上的菩萨画像必须移到素珍房间的正中央，才能用正道的光芒治一治那口棺材的邪气。果然画像移过去以后，那口棺材反射的油润色泽都收敛了一些。素珍因为画像到了家里正前方的位置，经常出神地回忆自己的年轻岁月，但身体还是好好的。他们又在家里挂了一些辟邪的符纸，又有人说，老人是生前没有吃好喝好，才赖着不走。这几天甭管做起来多费事，尽管给她吃自己爱吃的、想吃的。于是路过李家院子的人总能闻到里面飘来一股缠人的炒莜面、蒸擦擦、栲栳栳、烤熏鱼的香气。全家人给素珍变着花样做菜，累得上气不接下气。还有一次素珍想吃老家一种名叫波札札的甜嘴,李旺跑到南关街才买到,结果路上因为高温化成了一团,粘在塑料袋上,素珍一口都吃不下。

连续折腾了一周,全家人观察着素珍的状况,发现她似乎只是睡得更浅了一些,恨不得两个小时就要起来一次,甚至比之前还要让人心力交瘁。李旺每次都在半梦半醒中吃力地扶着母亲上厕所,那时候素珍还念叨着说,儿子,你再等几天,等几天我就不行了。老李在这种时候总是在床上叫唤着自己起不来,到了早上看着儿子乌青的双眼,当着素珍的面拍拍儿子的肩膀说,你也别愁啦,伺候她两天就不用伺候啦,你妈上次是半个身子躺在棺材板,等下次躺的时候就会彻底躺进去了。虽然老李这张嘴总是直白得令人讨厌,但这多多少少给了疲惫的李旺一点希望。

可过了好一段时间,素珍还是丝毫没有要彻底躺进棺材板的意思,看着全家人疲乏而倦怠的神情,素珍恍惚地想起来自己上次死的时候,似乎梦到了母亲走过来朝自己招手,第二天醒来就不太行了。而这两天母亲又出现在了她的梦中,但是还没来得及招手就醒了。于是,这些日子素珍睡觉时,全家都屏住呼吸,不敢发出一丁点声音打扰素珍。可素珍醒来时的反馈却让他们大失所望,她说这几天每次快要梦见母亲时,都被那幅画打断了,就连母亲的衣服角都没梦见。她抱怨说,这幅画挂在正中央,让她不敢安心做梦。于是李旺和媳妇犹豫地摘下了那幅画像,但摘下之后,墙上显得有些空旷,他又把外祖父和外祖母的合影挂了上去,显得竟然有些和谐。素珍睡得踏实了许多,虽然起夜还是恨不得一晚上五六次,但梦倒是干脆不做了。老李将这种现象归咎于那幅被摘下的画,他当众斥责儿子说,你们怎么能这样呢?没有这幅画能有我们的生活吗？我岳丈岳母再怎么样，也不能顶替那幅画在我们心中的位置。虽然他是这么说的，但是实际上他只是动了动嘴皮子，压根懒得管这事，后来去李家做客的人看到了那幅被摘下的画像随意地丢弃在了沙发上，上面还摞着瓜子皮、水果盒和一团卫生纸，他们摇头感慨着这家人简直无可救药，出什么怪事都不稀奇。

后来有人想起了葬礼上纸寿衣这回事，赶忙告诉了李家，趁素珍还活着，让她试一下寿衣，原来的衣服不合身，到了底下露一截老腰，纸帽子大得盖住眼睛，路都看不清，人能安安心心去世吗？赶紧给老人家重新做一身，她现在活过来就相当于半仙啦，肯定不能什么都指点你们，你们得自己表现好，人家才愿意走。否则家里赖着一个半仙，那是要全家倒霉的。对于寿衣，素珍原本是觉得人死了瞎穿什么都可以，但老李却说，怎么能行，我老婆跟了我，活着时就没穿什么好的，临走得给我老婆一身好衣服穿。于是他们又忙碌起了纸寿衣的制作。这次李家的人不再相信外面的店铺了，决心自己照着素珍的衣服裁剪。那时候河桥街的妇女还都是能自己织衣服，裁裤子的。但李旺的媳妇却为这事头疼起来，她向来不是手巧的人，更是没有做过纸寿衣，而且一想到自己连亲妈的衣服都没做过，却偏要给老太婆做，就愤愤不已，随便糊弄地做了几下，浪费了不少纸张。最后还是请寿衣铺的人重做了一身对襟红褂子，本来想让素珍试一试，可是素珍死活不愿意试穿。她说，哪有新时代的人穿这种衣服的，你们就等我死吧，我死了随便你们想给我穿什么就穿什么，我活着时就由我自己吧。到最后，李家的人也不知道这身新做的寿衣到底合不合身，白白忙活了一场。

过了两天夜晚，素珍又开始叫嚷着自己不行啦，马上就要死啦，弄得全家几次醒来看她，但最后都是要死没死成，她便讪讪地望着儿子。儿子只好回到床上又呼呼大睡起来。过了几天素珍开始食不下咽，又出现了濒死的迹象，受尽折磨的家人这次慎重地向素珍确认了自己的身体状况：老太婆，你这次是真的吗？

素珍还没来得及说话，就陷入了半死不活的昏睡中，结果到了晚上又醒转过来了。人们安慰李旺，少安毋躁，老人做什么事都费劲，死也一样。正当人们以为八九不离十时，素珍又开始渐渐出现了好转的迹象，竟然熬过了三十号。这时候老李看着全家人的指责的目光，为他轻率的预言辩解道，熬得过这月的三十号，不一定能熬得过下个月的三十号。虽然心里仍然不舒坦，李旺和几个哥们还是把灵棚拆了下来，交给了一辆货车。全家人目送着那辆车驶出了狭长的河桥街，拐进了闹热的和平巷，车尾被灵棚的黑布覆盖，在风中扬起了孤独的一角。

后来的日子，素珍有一次甚至独立地站起来从客厅走到了院子，看到了阳光下皎洁的白色环保棺材，那些日子里面的盆栽长得比前两天高了一些。起先是阿月和几个邻居家的小女孩在里面插了几朵红色郁金香。过了几天有一个四年级的小女孩收到了一封情书和一捧戴安娜玫瑰，她也慷慨地将玫瑰花和情书一并埋在了菌丝环保棺材里。人们异样地发现环保棺材似乎确实有肥土的效果，那些花朵长得格外鲜艳。这个洁白的棺材引起了河桥街的孩子们的兴趣，他们开始煞费脑筋地装扮它。外号叫鼻涕虫的小男孩和小名叫芳芳的小女孩，在街上孩子们的簇拥下举办了隆重的婚礼。一朵插在了新娘的鬓发的洋牡丹，一朵别在新郎的校服的白玫瑰，两束编织戒指的狗尾巴草和纸花做成的头纱，共同见证了新人的爱情。但遗憾的是过了三天这对新人就分道扬镳，大家亲眼看到芳芳朝鼻涕虫吐了一口唾沫，说他的鼻涕又脏又难看。过了两天，孩子们在棺材里发现了一封来自伤心的告白情书，六岁的鼻涕虫在告白书上歪歪斜斜地誊抄了那首时髦的《老鼠爱大米》，但那封情书被新来的白色洋桔梗和非洲菊的花瓣掩埋了。那天晚上又下了一阵雨，像极了失恋人的泪水。也有一些捣蛋的孩子会在棺材画画，什么太阳啦，小草啦就算了，更讨厌的还有人在底下写了一排"张文梁到此一游"。后来所有河桥街的小孩效仿这个行为，纷纷到环保棺材上一游。又过了几天，有人在上面写下了六个大字："禁止乱涂乱画"，但在那六个字下面的乱涂乱画反而变得更加多了。最醒目的一排是几个歪歪扭扭又稚嫩的大字"我爱高琼"，后面又像是高琼写的一个"滚"字。一天夜里下起了一场大雨，环保棺材上的字都被雨水冲刷了下去，第二天又变得洁白而空虚，里面的散落的粉色花瓣被一些女孩用来嵌指甲油。她们那时候还不知道不是所有的花瓣都可以给指甲上色，她们忙活一场发现指甲仍旧是洁白的，便只好去街上买了几瓶油漆的指甲油，将花瓣抹成红色，装模作样嵌在了指甲上。

日子一天天过去，院子里的引路菩萨显然已经破旧到无法给死者引路了，只好去给垃圾车引路。过了两天，人们发现童男童女被几个捣蛋孩子伤风败俗地扭在一起，童男双腿交叉处还被画上了一些不可描述的东西，赶忙让这个早熟的童男进了垃圾袋。留下孤独的童女穿着一件红色肚兜，举目无朋地在铁锹旁边，笑得看起来十分勉强。于是这家主人叹了口气，又让童女也走上了追随情人的道路。后来纸扎的彩色电视机中间被画了一个性感女郎，看起来很像一部电视剧的女主角。冥府的窗户和门都被悄悄割了下来，一棵金钱树的树枝被剪得所剩无几，另一棵金钱树则庄重地矗立在河桥街的绿化树中间滥竽充数，显得很像一回事。所有的花圈和纸钱一夜之间忽然都消失不见，有人透露是被老李家找了个时间烧掉了，也有人认为很可能是被撕下标记低价转售给了红白喜事店。但据可靠消息报道，这些花圈和纸钱最终到了安业村的一个小山坡上，烧给了素珍刚过世的堂叔。有人看到老李蹲在坟前用棍子拨拉火堆里的纸钱时，一直哼哼说，叔叔啊，这些纸钱你不能光自己花，也得给你侄女留点，就算是先存在你这里吧。

时间一天天流逝，院子里的杉树正在风中飘扬，郁金香和白牡丹在园地里逐渐绽开。眼看着这么久了，素珍的身体还是那样，既没有变好的倾向，也没有变坏的倾向，依然硬挺着身体。三十号的晚上她和家人围坐在茶几上吃饭，李旺打开了仅剩的最后一瓶白事酒。素珍愧疚地望着爷俩，在生命方面她已经失去了信誉，谁让她那两天天天嚷嚷自己活不过十五，结果又冒昧地活过来。这已经是三个月的三十号了，一家人在一种尴尬的气氛中吃晚饭。门外的环保棺材上面新长出了蘑菇，被摘下来做成了脆爽的炸蘑菇。对于素珍的不蹬腿，老李只是嘿嘿一笑，但他知道自己在这事上花了儿子多少钱，还把酒都喝完了，因此多少有些谄媚地望着儿子。素珍尴尬地赔笑着，用眼角瞟了儿子一眼，过了一会扑簌簌地掉着眼泪，干涩的泪水夹在了她的皱纹中间，黏滞地溜了下来。儿子气恼地挥挥手，看了全家一眼，忽然苦笑了下，像是宽容地说，行啦行啦，活过来就活过来吧。

多年以后的河桥街仍然是一条忙碌的街道，河桥街的尽头是拥挤而嘈杂的菜市场，地上的猪血和烂菜叶流进了下水道的缝隙之中，但街头却坐落在山下，在清晨弥漫着宁静而感伤的雾气，常有三三两两的妇女提着篮子买菜。那时候我们看到阿月已经长大了，她穿着一身天蓝色的县一中校服，人们都说阿月是女大十八变，从她现在秀气的面庞很难让人相信她小时候戏弄别人的模样，她和祖母素珍一同走在街头。尽管时过境迁，人们还是没有忘记素珍奶奶从环保棺材里迷惘地坐起来的样子，他们惊异于素珍奶奶在那以后又活了那么久，甚至身体比以前还要健朗。人们常常能看到李旺疲惫而敷衍地推着素珍奶奶走过河桥街。无论如何，李旺现在成了我们河桥街声名在外的孝子，他对素珍奶奶尽心尽力，比他爹要可靠得多。那口著名的环保棺材，已经成了河桥街的一景，被种了茂盛浓艳的花朵，远看上去像一个硕大的花盆。

人民医院的何主任后来搬来了河桥街。何主任是一个善良的主任，常常免费到素珍奶奶家里听诊，他也并不厌倦素珍奶奶那些乏味的叹息。出于客套的、安慰老人的职业习惯，他笑眯眯地对站在一旁的李旺说，我看老太太还能再活二十年。

没想到李旺，这个著名的孝子，却像受了什么惊吓似的，大声说，你可不敢瞎说，会成真的！

（《收获》2023年第4期）

武茳虹　　山西人，小说散见于《收获》《十月》《青年文学》《西湖》《雨花》。

木　鸢

曹　译

我必须再去一趟医院了。

冬天是我最讨厌的季节。每到冬天，我的疯病就频繁地发作，像黑色乌鸦伸着爪子爬满枯树梢头。到了这个程度，肉体就变成了虚浮的罩子，套在我身上。进医院后，我领了一份量表，熟练填写完毕，被护士带进了主治医生的办公室。医生是个黑瘦的中年男人，头发不多，深蓝衬衫的领子从白大褂里跳出来。他想知道我这次发病的契机。

我在椅子上坐好，向后倾斜紧靠椅背，措辞回答他："我其实一直很好。"我犹豫一下，"我在校外住着，没什么打扰我。"住处幽暗的灯光在我面前飘飘忽忽，"我能吃能睡。"

"最近有发生什么事情吗？"医生问。

我没应和他，只是说："我偶尔感到恶心，可能是胃口问题。"

医生欲言又止，他用指尖刮着我病历报告的边角，好像要从那里扣出答案。余光里，我察觉到他看我的目光：

"发病前几天，有遇到什么特别的事吗？"

"没发生什么。冬天来了，天气一冷我就会发病。"

"但是，"医生打断我。他奋力翻着报告，纸声窸窣间，压低嗓子问我，"同住的人没有影响你吗？"

"没有。"我的回应从嘴巴里跳了出来,胸腔却立刻滑落了一块石头。当然有影响,那是一个活人。但这话并不好说,说了医生会揪着你的话东问西问,问个不停。

"他出事那天我在考试周。我太累了。"我大脑伸出手来,指点我编出下一句话,"我很早就上床睡觉。"我心平稳下来,模拟了一声长长的哀叹,"再睁开眼时,他已经躺在地上了。"

医生同情地看着我,这眼神让我安心。我知道他暂时地相信了我的说法。

"那你们是怎么认识的,可以聊聊吗?"他收起了我的病历,似乎准备放我离开。但他又跷起二郎腿,要好整以暇地和我聊天。

我不得不继续陪着聊:"我不想住在学校,想在校外找个住处。看到他在兼职群里找舍友,就加了他。他说他已经毕业一年,在附近一个初中当老师,白天会出门上班。"我几乎没有喘气,"这样白天房间里就只有我一个人,价钱也合适,就定了和他住。"我停下来想喝水,环顾四周,发现医生的办公室空空荡荡,到处是惨白的墙。只有斜侧方开着一扇窗户,此刻正哐哐作响。这里没有水杯,我只能咽了咽自己的唾沫。

医生察觉到了我的异动,他站起身,好像要来安抚我。

这时一阵颤动的铃声从桌面传来。医生立刻弯腰接电话,一边接,一边用手示意我稍等。我不好做什么反应,又觉得坐不安稳,只好先站起来到处走走,排解心里的紧张。

"还需要一会儿。"他声音很低,说得也不多。"目前的情况还好。"偶尔说一两句,但我听不出其中的联系。

我走到窗边,看见那扇唯一的窗户紧闭着。窗户的外面一侧竖着四五根栅栏,大概是防人跳楼。冷硬的树干长在栅栏的后面,随风摇晃,试图刺入这透明胶质般的容器——这房间像一只白色的果冻,我想到,它只是看起来剔透。我伸手扶住窗框,看树枝的攻势愈来愈烈,随着莫名的节奏一波一波,扎乱我的视线。

但栅栏纹丝不动,冷酷得像风蚀的中古十字架。十字架摇摇晃晃,和烛火一样。

我的记忆忽然清晰起来。我那同住师兄的脸,出现在一个讲台上。他讲课几乎不抬头,像个木头,但是声音绵密,一个字赶着一个字地蹦出来。

那是一个初中教室。教室不大,但是人不少,一走到门口,气氛就会暗沉起来。声音,脸和无数人呼出的气在空气中交叉,闷得人立时站住。但我还是走了进去,我一个人站在教室最后一排的边缘,那里有张空着的座位。小孩们知道这里没人,就把平时不用的废纸堆在桌上,一眼看过去,以为是我自己的初中课桌。

他拿着板擦头敲了敲讲桌,接着,他不抬头,就吐出"同学们好"四个字。话音一落,教室里传来哗啦哗啦的纸的脆响。我看他伏着身子,趴在脆响中。他说,这道题,正确答案是⋯⋯我没听清,或者我听清了,但也没记住。我眼前只有他晃动的肩膀,耳朵则捕捉到一些朦胧的讲话声。他在念答案,我听得出来,下面的学生也听得出来。他们彼此挤作一团,互相摩擦。大多数人一直笑着,少数几个人会在某个时刻突然安静,又突然爆发,于是整个笑声高高低低,越传越远,好似水从一个点崩成了无数的点。

我不记得他是如何下课的了。我只记得人头里他晃出来的脸。四周一片混乱，学生们喘着粗气，他的脸既麻木又紧张。他红着脸问我毕业后的打算，我睨了他一眼，说你别管我。他没再追问，只是自言自语，他让我回老家，但我想再试试。

外面的风一直在吹，和窗框交叠，发出嗒嗒的回声。我感到心脏左右晃动，晃出重影。我几乎要落下泪来。

"可以从后门进来。"医生的声音渐渐高了，看来即将要停下对话。

"那就这样，一会儿见。"他把电话扣下，我也赶紧转过头去。

"我们继续？"他从桌面上抽了一张卫生纸，拿起来左右擦拭自己的手，又示意我重新坐下。我挪开椅子，受刑般面朝他。

他似乎比之前更清醒了："事发之前，你的同住人有没有什么不正常的举动？"

"我不知道。"但不敢让医生失望，又说，"可能有吧。"

"我睡觉浅，晚上有声音会被吵醒。"我犹豫着开口，"刚开始还好，快到学期末的时候，我总是听到动静不小的声音。推拉桌椅的声音，木头，或者，地砖的声音。它们在我耳朵里滑来滑去，又安静下去。也有书或者什么东西掉地上的声音。其实声音不大，但刺刺的，惹得我浑身痒。"

我注意观察医生的表情，没看出什么变化，就继续讲了下去："大概吵了几天吧，我实在受不了了。我真的想知道他在干什么，就拉开帘子从床上往下看。"

"离得远吗？"医生打断问我。

"不远，我们住得很挤。"我在心里估计了一下距离，应该小于医生的办公桌。我接着说,"但他的床比我的矮很多,床旁边打了一溜柜子,能当桌子用,他总是坐在床上捣鼓东西。"我停了一下,"我只是想知道他到底在干什么。反正也睡不着。我就透过床帘缝看他。"结果他也朝我看过来。因为抬着头,他的眼睛几乎凸出来。在黑夜里,我们互相窥探,像在案发现场。

"他坐在一大片圆形光晕的前面。我仔细一看,才发现他点着一支蜡烛。蜡烛光弱,我定了一会儿神,又看到柜子上的其他东西。很多东西。最多的是木头,各种各样的木头块,撒开的木屑掉絮的棉线和黑乎乎的烂叶子。它们的味道泛开,整个房间就都是木头的气味。我还打了个喷嚏。还有一套刀具,那种绳子一圈一圈缠好的,刀刃露在外面的雕刻工具。太惊奇了。我爬下床来,问他在干什么,他犹豫了一会儿和我说,他在写一本小说。"

医生明显好奇起来,坐直了身子问我:"写小说和木头有什么关系?"我面无表情,心里却有些鄙夷。

"因为他要写一个木匠的故事啊。没做过木匠就要买那些东西。"

我下床走到他面前。对着烛光,他翻桌上的本子给我看。我探头一看,发现上面记着一行字:"墨子为木鸢,三年而成,飞一日而败。"他的字钝又拙,但结构方正,我问他:"是不是练过字?"他回答是,给我让了个座位,探头和我一起端详那行字。"小时候写颜体,但一直觉得这字体并不好看。"

"我一直是这样,什么事做不顺利,就想着再多做一做,也就成了。"他笑着说话,声音听着十分精神,好似这才是他的白昼。

他接着说:"你看这话,多么有意思。两千多年前啊,我以前看书，一看到那时的故事，脑子里就冒出一副黄沙满地的宽阔样子。那时候人一定很少，也没有大马路，到处都是空的。"他指着蜡烛说，"可能，就像这烛光的感觉。你说它昏昏黄黄的，蛮寂寞的，但是又觉得它充满活力。我想以前就是这样，蛮荒又亮堂。这个时候，有个人突然想要造个东西飞到天上。"他说，"那肯定没人管他。"

他问我："你说，会有人阻止墨子做这些事吗？"还没等我回答，他就继续说："我不知道，我可能还要再看些材料，但我希望是没有的。就算有，他也不会听吧。"

我打断他："这些木头……"

他解释道："我得摸摸木头，对吧。写小说嘛，我得和他一样。"

"他和我展示了木头，还有那些缠着细线的雕刻刀……他还让我动手剜了一刀。"

那晚我们就趴在桌上睡过去。我做了个奇怪的梦。我梦到花花绿绿的出版物朝我涌来。一本一本的，后来忽然变大，一个接一个变大，越来越快——越来越快甩向我。封面占据了我的瞳孔，撑得我的心脏害怕不已，上下跳动。我一直重复对自己说"没关系""没关系""没关系"……醒来之后，我身上敷了一层薄薄的汗水，我瞪大眼睛，却只看到他在奋笔疾书。

"那后来呢？后来他小说写出来了吗？"

我憋了一口气："写出来了，但是……"

我们都知道那个"但是"。我必须亲口说出来，只有这样，他们才会信我。医生等着我的下文，口气不舍地说："你不要着急，慢慢说，你是不是看到什么了？"

我不知道，我也说不出口。我转头看窗外，天变青了，乌鸦到处都是，在漫无目的地乱飞。

"他一直在想办法写。有时我们一起去上课，他就给我讲他想到的桥段。有次他和我说，墨子不一定要用木头造飞鸟吧，我想他应该要找很多材料，一个个试过才行。他应该去观察飞鸟，或者，我要让他抓一只鸟来养，每天都看看鸟飞的样子。他还要去丛林里找各种各样材料，石头，或许不行，但是各种藤草编起来呢？或许也能飞些距离。不过他是木匠，还是最了解木头的用法。"

"你知道吗？木头这东西很厉害，有软的，也有硬的。拿火烧一烧，还能变成各种形状。不同的木头颜色也不一样，柳木发白，檀木发黑，沉木有点偏棕，总之各有各的模样。"

那天天气特别好，太阳单独一个挂在天上，我能看清它的边框。他一直低着头，我跟在他后面。我比他矮半个头，落后他半步，能看到他纤细的脖颈。就那一瞬间，我忽然生出了掐死他的冲动。

"嘶。"我疼出声来。医生不小心挤动了桌子，桌角划破了我的手。他赶忙问我："没事吧？"我没抬头，却觉得血气迅速上涌。

医生继续说："如果写出来的话，那书是不是还在你住的地方？不过……"我听到医生在克制声音，但他不知道，他的声音已经乱七八糟地发出来了，"写小说的是想得挺多……你看到那书了吗？"

"你看到那书了吗？"

"你看到那书了吗？"

"你看到那书了吗？"

……

"我没看!"

我打断他。

我受不了了,我的手继续在桌角处上下翻动,鲜血都涌出来。

我知道什么呢。他那个时候就在那里坐着,就好好地坐着,只是坐着写东西。

我只记得他在一直写东西写东西。我划破了我的手臂但是我没办法和他一样,永远不能和他一样。我不能写东西,无论如何这就是命运。

我要疯了。我清楚地意识到自己要疯了。大家都以为疯子根本不知道自己在干什么,但是,我知道。在最关键的时候,我永远能意识到自己正在发疯。我的头发会朝四周生长,纠缠住一切灰尘,然后打结啪嗒摔到地上。我会忽然喜欢红色的东西,然后用尽各种方法变出它,我要为了好看把血蹭在医生的白大褂上……

夜色四合。

我从病床上醒过来。

我觉察到我的冷静。我没有情绪,想必被喂了镇静药。我感到腿有些麻木,试着曲了一下,打算翻身起来。但脚底像踩在了空气上,用力一蹬,只觉得在下坠。我没力气爬起来,又不愿意闭上眼,就让手掌沿着身体两侧挤向我的头发。我一手一簇,揪着两边的头发,然后把视线聚焦在病房角落的暖气管上。

期末考前的几周,我几乎没时间陪他上课。我们只有晚上才见面。

这时我几乎睡不着了。每天晚上,我在我的桌子上写论文,他在他的柜子上写小说。和我说过后,他不再把奇怪的材料塞进柜门。于是我们的房间堆满了各种形状的木头、鸟类的羽毛和脆生的枯枝。我在混乱中苦苦地思考论文的逻辑,但又总不满意。我的屏幕上一会儿闪过一排字母,一会儿又次第消失。他似乎也写得艰难。写不了几分钟,就站起来在房间里踱步,一会儿看看木头,一会儿站在暖风机面前看里面的红芯儿。"问题就在这里。"他和我说,"那个时候没有纸,也没有丝绢,墨子的木鸢要怎么兜风呢?还是说……"他喃喃地说:"还是说根本不是这样的做法,你说,怎么办?"

我被他踱来踱去的脚步声搞得很烦,又不愿意打击他,就敷衍地说:"你再找找材料?或许有人留下了以前制造木鸢的流程。"我当然是瞎猜的。我对墨子一窍不通。他却连连点头,就地蹲下去,扭着腰探到了我的桌子底下,那里堆着他买的书。他单腿着力,另一只腿左右摇晃,滑稽得让我撇过了头。他摸了几本书出来,那些书长得都不一样,有的新些,有的破些。他抱着那些书冲回自己的桌子,不再和我说话。

夜晚就安静了几天,他也停笔了几天。有一天我下课回家,看到房间门口堆着一堆快递盒子,觉得新奇,跨进门就问他:"买了些什么?"

答案显而易见。我在混乱的房子里一眼看到了墙上花花绿绿的风筝,他的声音也破空而出:"你回来了!快来,我知道怎么写了!"他双手挥舞着,带着屋里的粉尘也到处飞扬。我走进房间,伸手接过了他递来的风筝。只听他继续说:"你看这风筝,我还是见到才知道。这东西的骨架是竹子。"

"所以呢?"我问他。他似乎不满我的木讷,当即就接:"所以木头也不是用来兜风的啊。"他说,"木头是用来做骨架的。你看这骨架,墨子只要找到最轻的,韧性最好的木头就行。其他的地方,我们就用羽毛编,编得越密越好。"他话音一落,外面叶子就哗哗划过窗户。

那天以后,他写得越来越顺了。不仅越来越顺,还越来越赶,就像后面有什么东西在撵着他一样。从此,他奋笔疾书的样子就日复一日地重叠在我的面前。他每写一天,那影子就深刻一点,直到影子和他写下的小说一样深刻。

他开始旷课了。起初只是放弃上午的课,等到下午,又弓着背地跑到教室去,戴着口罩,和学生说自己病了。他不会说谎,每每说谎都被站在下面的我识破。我盯着他睡出印子的额角,心里想这群猴精一样的学生肯定识别出了他的诡计。我忍不住要笑。

一回生二回熟。撒谎几次后他也能面不改色了。但我畏惧东窗事发,还是提醒他:"你还是去按时上课吧,不然哪天被督导抓住,会丢了工作。"他并不应我,只是说:"我正在一根线上走,线越来越细,我怕它断了。"说完,他就又把头陷到了脖子里,整个人只有肩膀在左右颤动。我没再说话,只是盯着他写小说的本子,想要一眼看到里面的内容。在没得病之前,我也曾喜欢写些东西。好多个夜晚,我一个人蜷在床帘里面,打着灯,写些零散的碎片。

多日后,他破天荒早起,衣衫整饬地等在我的床下,问我要不要一起去上课。我看着他迫切的眼神,知道他并非要我陪他上课，而是要我听他说话。我翻身从床上坐起，取笑他："怎么，你书写完了？有闲情去上课了。"

他摆了摆手，"还没还没，但是，"他把手抬起来掠过额前的头发，害羞地说，"但是，就剩一个结尾了"。

"什么结尾？"

"墨子三年制木鸢，飞一日而败。做了那么久的东西，好不容易上了天，却啪嗒掉下来，你说他是什么心情？"他的表情有些忧伤，又有些兴奋，"但我不管他是什么心情，我只要把这个结尾写出来。"我理解他，其中意味，自有读者感受。但是，他又去哪儿找读者呢？这个问题太可怕了。我不敢问他。这时，我忽然觉得我们是某种共同体，正在同一根线上，不断迫近同一个结局。

"好啊，写好了一定要给我看啊。"我故作轻松地回答。

我胡乱套了衣服，和他一起出门去。一路风声和畅，直到走到校门口，我说："你自己进去吧。"我实在害怕尴尬。他愣了一下，才说："那行，明天见。"

明天被他咬得充满希望，我却背过身子，好像预感到了什么悲凄的故事。

夜里，我从床上爬起，睡眼惺忪地看他。他的头发被抓得凌乱，发丝还挂着白色灰色的无名纤维。可他已经完全顾不得了。他一笔一画地写着小说的结尾，似乎要把本子穿透。我耐心等着，等着他写完最后的故事。墙上挂钟的声音越来越大，也越来越慢，我幻想着他从桌子上蹦起来。或者，开心地在房间里转圈。那一幕又令人感动，又让人紧张。

我一直盯着他，他手里的笔停了下来，似乎没水了，他抖了抖笔身，朝着笔头哈了一口气，又在纸上划了两下。他不满意，又伸手去笔筒里摸了另一支。他再度举起笔，笔落下来，却划伤了手指，切开下面的本子。

空气中传来一声尖叫，他手里握着的，是一根锋利的雕刻刀。我迅速爬下床，到他面前，接过他手里的刀，又朝他更进一步。

愣神的工夫，我眨了眨眼睛，又看到他扭曲的身体，连同那书一起被绑了起来。他被绑成木鸢的形状，挂在房梁上。木鸢做腾飞状，翅膀朝下，血水朝下。房间变得可怕起来，混乱不堪，到处是染血的木屑、纸和肉块。蜡烛光影幢幢，形成的光圈忽大忽小，一直跳动。我的心也跟着咚咚跳着。我赶紧窜回了自己的床，床帘一拉，然后什么都看不见。

我和衣躺在床上，紧紧地闭着眼睛。我没睡着但一直躺着，不说话，也一动不动。黑暗里我的耳朵垂直竖起来，无比活跃地窥探周围声音，直到天微微亮时，我听到敲门的声音。

我睁开了眼睛，直直看着窗外崎岖的树枝，好像那是我炸开的心。

医生推门进来，握了握我的手指。我看到门框里挤着两个穿警服的人。他们低头看躺在地上的人，接着询问我："这是怎么回事？"

但我一言不发。良久，我抬头说："医生，我想停药。"

（《北京文学》2023年第3期）

曹译　1999年生。北京师范大学文学创作与批评专业研究生在读。有小说和评论见《十月》《作家》《北京文学》《雨花》《小说月报（原创版）》《文艺报》《中国妇女报》等刊。

Distance

远方

蒲地蓝

徐小斌

这家新开的苏式面馆让他惦记好几天了。

他是骑着共享单车来的，从城西到城东，骑了大概四十多分钟。对于他这个年纪和身体来说，也算是极限了，好在迎面扑来的面香让他精神一振。当然照例要扫码。但是突然看见健康宝的绿码前面挡上了一个文字框——顿时心一凉：糟了！这是健康宝弹窗了！

一周前，他扁桃体发炎，在京东上买了一盒蒲地蓝，是专治嗓子的一种中药片。当时他就有点儿犯嘀咕，怎么买个药还要写这么多个人信息，但是忽然想起一年前，他在天猫买睡眠药的时候也得填个人信息，加上当时嗓子确实难受，心一横就把信息给填了。药到了嗓子也好了，一片儿没吃，但是两天前他突然接到一个电话："您在京东买药了？""是的。""您是自用还是给他人？是有症状还是备用？"

他已感到大事不好，犹豫了两秒钟，"备……备用。"声音略有颤抖。

他是个孤老头，没结过婚。年轻时也谈过几次恋爱，因为各种不顺，没结成婚。亲戚朋友也不怎么来往，外面的信息就闭塞些。他报了老年大学，学习手机初阶，即便如此，对于手机，对于微信，对于所有的电子产品，他依然感到非常陌生，早就觉得这个世界不要他了，每天如一个影子一般，只敢天擦黑儿之后在小区逛一圈儿，也曾试过养个狗，养个花儿什么的，可小狗三个月之后就跑丢了。他也顾不上面子了，又写告示又四处打听，终于有人描述一只流浪小西施很像他的小狗，说是经常在晚上十点左右在某立交桥附近出没，害他大冷天站在寒风里等了一个多月，得了重感冒，依然不见踪影，遂作罢。

花买的是最好养的一种草本植物，即使干了也能做干花的，也好看，可不知怎么到了他这儿就萎了。他不死心，又买了一盆水仙种子，挑的是拼多多上的一家店，那家店简直是好评如潮。几乎所有人都发照片视频，盛开的水仙真是雪白葱绿鲜艳欲滴令人心动，可到了他手里，水仙的根儿30天都不发芽，不死不活地泡在水里，每天一早换水，细心观察变化，60天了，水仙根依然顽强地一动不动，临到大年三十儿，他终于无望，遂在一个月黑风高之夜，捧着这盆水仙根倒在了小区的垃圾分类站，然后像做了贼似的，掉头就跑，十几分钟过去，心还狂跳不止。暗暗觉得自己是那种喝凉水都塞牙、放屁都砸脚后跟的倒霉蛋儿，也就不挣巴了。

倒是疫情之后，众人都陷入苦恼恐慌之中，他心情反倒好了些。细想，原来是疫情降低了他和别人的差别。他一直对那些天天饭局，灯红酒绿，纸醉金迷之辈抱有隐恨，对那些泡夜店的红男绿女嗤之以鼻，对那些和睦温馨的家庭羡慕嫉妒，这下子所有人似乎都重新回到了一个水平线上。不患寡而患不均，古往今来确实如此，不是他特别。

依然是天擦黑儿时踽踽独行。过去那些悲苦的念头却少了许多。看见小区亮起的灯光,他会想象灯光下聚集的一家人可能都是在互相猜疑、互相埋怨、互相推诿、互相恐吓,还不如他孤身一人,无牵无挂,任何机构任何人都想不起他。好久以来他成了一缕孤烟,一个泡沫,一只随时可能被踩死的虫豸,但恰恰这样的处境成全了他的现在。在人生轨迹中他没有自己的坐标,因此也不可能成为任何人的靶子。但他不是佛,他也不可能修炼成佛。那些口口声声说放下的人都是实在拿不起来,不能不承认失败、只好放下的人,他亦如此。年轻时也曾挣扎过,几番过后伤及身体,思来想去觉得还是小命儿重要,保持体面地撤离战场,反正一辈子做个会计,钱虽不多倒也够花。

那次相亲成为他疫情中的高光时刻,大概也算人生中的。

他已到了耳顺之年,对方亦已知天命。见面前他认真修饰了一下:富绅条纹上衣,合华麟的休闲裤,也算是他衣柜里最拿得出手的装束了。镜子多年不照早已蒙尘,擦拭之后壮着胆子看看自己,比想象中的还略强一点儿:头发虽然灰白稀疏,但还没谢顶,一张瘦脸虽已松懈,却干干净净,一粒斑都没有,只有眼神的灰暗难以掩饰。但他安慰自己:好在身体消瘦修长,一点没有老男人的大腹便便,颇合当下的审美趣味,所以虽然局部欠妥,整体看来还说得过去。

女人喜喝咖啡,第一次见面就在咖啡馆,第一眼印象不错,女人凸鼻深目,颇似党项人的后代。高个儿。背微微有点驼。一身装束堪称低调奢华,他一眼认出 Burberry 的围巾,LV 的桶式包,怎么看也不像是仿品。喝咖啡的姿态,吃点心的样式都有考究,起码不是装的,不让人讨厌。女人是真正的老姑娘,这也令他满意,认为是稀世之珍。双方说话不多,但似乎对很多事心心相印。耳顺、知天命之年并不需要过多言语，于是约好一周后再见。如是三番，双方似乎都在心里松了一口气。

也不是没发现她的短处，这位老姑娘似乎有选择困难症。譬如，即便是点个普通的餐，亦要纠结个把小时。对于餐饮，他习惯依靠直觉。最多看看大众点评的推荐和照片，基本就能确定个一二三，而她，却是挑了又挑选了又选，其精细缜密，令他极度不适。

他安慰自己，哪有十全十美，和谁交往都得磨合，总归老来还是需要个伴儿，怎么说都利大于弊，说难听点儿，总得有个收尸的吧？但事情的发展还是不如他所愿——就跟那谁谁说的：往往是偶然性会跳出来破局。

那天，他们约在一家日料店。不过是每人点一份定食，她亦再三斟酌。在究竟是鳕鱼套餐还是鳗鱼套餐之间纠结了近一个小时，看得出她是两者都欢喜的，但是鳗鱼定食里有味噌汤，4碟小菜：甜豆、腌萝卜条、辣白菜和沙律，而鳕鱼定食里的小菜则是卷心菜丝一大碗，外加拌菜的油醋汁和白芝麻，还有一小杯蛋羹，价钱上鳕鱼定食略高，但他家主打的是鳗鱼定食，大众点评上点赞的人很多，看着旁边桌上那蒲烧鳗鱼也是块儿大新鲜，一咬一滋油，眼馋得很，但她又舍不得那一大碗卷心菜丝儿——似乎胃里急需一些新鲜果蔬调养。

他是早已点了简单的咖喱鸡肉定食。里面有几片儿蘑菇，几块鸡肉，小菜是海藻和小蘑菇。他也不便催她，静静等候，但这一等就等了一小时之久，耐心如他，也不免暗暗在地上抠脚指头。

终于决定了鳗鱼定食。可是正式点餐的时候，他要的咖喱鸡肉定食却已经卖完了。他自然心中不快,只好要了一碗乌冬面了事。

她有了歉意,急忙把自己的鳗鱼定食分给他,他一躲,一大块油滋滋的蒲烧鳗鱼便滚在了桌上。尴尬时分,也是两人都缺乏谈恋爱的经验,一时静默,许久,只能听见细微的咀嚼声。他的汗都出来了,半晌抬头看她,她显然是为了缓和气氛,努力一笑,露出一嘴黑牙,他这才想起之前他没有看过她笑,她笑起来俨然和之前的她成了两个人!进入他视觉的只有那一口参差不齐的黑牙,每一颗牙都歪歪扭扭,有的黑了边儿有的黑了心,有的索性是残的,他几乎要把一口乌冬面条吐出来,当然为了要演绅士还是及时地抓起一张餐巾纸,抹嘴,垂下眼睑,再不愿看第二眼。

都说男人是视觉动物,他本以为自己早已超然物外,现在才发现,自己竟然也如是。尽管自己的长相儿乏善可陈,可对别人、特别是对女人的要求却一点儿不含糊。

第二天第三天他都收到她的微信,关于养生、美食和风景。可以想象她内心的尴尬难受,但他完全不为所动。想转移视线、转移记忆,门儿都没有。

第五天,他把她的微信删了。她立刻在他的世界里消失了,消失得干干净净。这时他才觉得算法的时代真是奇妙,可以把一个人变成虚拟世界的人,说没就没,竟然联系了这么久,连她的电话都没留下。

第六天,他一个人去逛公园。

有多少年没到北海公园了?还是小时过队日的时候,那时有手划船,小孩子里没多少会划的,他算一个。载一船人很有成就感,他可以看见班里最好看的女孩,在水波荡漾时有些惊慌的样子。大家愉快歌唱:"让我们荡起双桨,小船儿推开波浪……"这词写得太好了,"海面倒映着美丽的白塔,四周环绕着绿树红墙……"有多久没见到这绿树红墙了?现在他又见到了,重现儿时情境,岂止是重现,简直就是迷醉。

——因为他突然发现原来没人的公园竟然这么美,歌词的作者只说了绿树红墙,却没说出最重要的金黄色的琉璃瓦,现在满眼都是金黄色,这种中国皇家园林的金黄色,在全世界也是独一份。

他还依稀记得关于琉璃瓦的一个典故:说是春秋时代的越国名臣范蠡为越王督造王者之剑,从矿渣中发现了琉璃,因其色彩斑斓,便与剑一起献给了越王,越王赐名为"蠡",赏赐给了范蠡,后来范蠡把它制成胸针,赠予西施。西施赴吴,眼泪滴在"蠡"上,日久天长,便可见胸针中似有泪光流动,故名"流蠡",后来讹传为琉璃。——他记得住很多典故,为此颇感自豪。

琉璃瓦的背景是蓝天,湛蓝湛蓝的天。再看那座古老的白塔,虽有了旧痕,但历经沧桑屹立于斯,着实伟岸,忽然觉得似乎那就是自己的象征,软塌塌的脖子顿时也直起来了,原来,之前的倦怠、对周围一切的绝望、疲惫、怀疑,所有的不再美丽,都是与人太多有关,再美的景色也会被人海吞噬。而现在,简直就是老天给了他一个再生的机会,相亲失败算什么?他本来也没抱任何奢望。

对这个年纪来讲,相亲不过是个游戏罢了。

他拍了很多照片,按照老年大学手机初阶的提示,存在了百度网盘里。"孤勇者"!——他在网盘里给自己起了这样的名字。

于是他开始经常出行,凡步行能及处都转了一圈儿,后来胃口越来越大,他开始试用共享单车,把高德地图打开,选一条路线,再点附近、再点美食,就可以轻易地找出附近那些小馆,那些曾经人多到让他望而生畏的小馆。

他进了一家驴肉火烧店,这家的驴肉火烧早就在他心里种草了,可这小馆里永远是爆满,乌烟瘴气,进门儿就一股臭脚丫子味儿,令他畏葸不前。现在可好了,里面竟空无一人,连服务员都不在。

那些粉红色的新鲜驴肉就在玻璃罩子底下,那玻璃罩子可以像放冰激凌的柜子那样随时打开,他可以飞快地用包里的塑料袋舀出一碗肉带走,当然这念头只是瞬间。他叫了两声服务员,声音比蚊子哼哼大不了多少,似乎这微弱的声音只是为了不辜负多年受的教育。

店小二已然出现在玻璃柜前了。

"两个,别加辣。"他装作内行的老顾客。

店小二迅速拿出一块驴肉在砧板上切碎,确实新鲜,里面竟还带着几抹血丝,飞快地夹在饼里,又抹上酱,放了香菜,团了个纸包递给他。一口咬下去,觉得整个人都通畅了,得救了似的。原来美食真的可以救命啊,食色,性也,真是一点儿不错,他想。

于是他继续寻找这久违的周身通泰的感觉。终于,他迎来了他的美食高光时刻。

难道是因为饿了?刚踏进平安里的这家牛肉面馆,便有一股异香扑鼻。他虽不算是道地吃货,也能辨识好的食物之香乃浑然天成,不含杂味,那种味道似乎具有初恋那种化学元素,会紧紧地勾住全部感官，让人神魂颠倒。端上来，是一大暗绿粗瓷碗。里面无非牛肉面而已，并没什么新鲜的，只是牛肉及配料量足，色正，味香。

没敢先喝汤，太烫。第一口面，柔而韧，热香从舌根往下落到胃里，慢慢漾开，心里先暖了。再来一小口汤，着嘴，暖流愈烈，漫延周身。汤的颜色如玫瑰金，质地如厚重的丝绸，似有沙茶与番茄的香味，上面漂着几滴金黄的油珠，几片碧绿的青蒜叶和鲜红的辣椒丝，几口下去，后颈已经在细细地冒汗。这才吃肉。

看着那巨大的肉块他本有些恐惧，因为按照以往的条件反射，这必是一块难嚼的上不去下不来咽又不是吐又不好的粗纤维，试探着咬了一小口，竟是奇鲜奇嫩，Q度奇佳！

这才敢大口地吃！这真是货真价实的黄牛肉，每一块皆带筋，半筋半肉。牛筋是半透明的，口感弹牙，一口咬下去，里面似有鲜香的汁液潋滟，饱饱地满足着味蕾，配料种类并不多，原汁原味，那一种纯正浓郁的牛肉香，能把每个毛孔都渗透，一阵大吃之后，抬起头，吃几筷子爽口的小菜，又再次把头埋下去。

吃到尾声，慢慢吮汤，似是享受的时候了，所有的难受疲乏都化了，从心里往外舒坦——谈恋爱算什么，美食才真正有治愈的功能！

于是他决定吃遍京城的面。

这位孤勇者只是忘了，人应该见好儿就收，人类就栽在"贪婪"二字上。佛教中讲忌"贪嗔痴"、修"戒定慧"，真是一点儿不错。当他享用过"和府捞面""犟小面""醉面""大同刀削面"之后，喜闻新开的苏式面馆有他最爱吃的三虾面，于是不远数十里骑着共享单车就往东城赶，远远看去面馆的海报色彩缤纷：红汤面、白汤面、秃黄油面、三虾面、双蟹面、小龙虾拌面……足以调动他干瘦身体中所有的多巴胺，然而一扫码儿，才明白大限到了。

在旁人的指引下他来到居委会。住这小区十年了，他还是头一回来这儿。一个 50 岁上下的女子接待了他，女子告诉他，弹窗需要三天两测。他恼恨万分，深悔不该买那盒蒲地蓝。他拿着那一张小纸条，按她指引的地址去做核酸。

很干脆的两个字，张嘴。他张大嘴，立马感觉自己的口腔卫生没有搞好，牙齿不好就不必说了，多半还有口臭，他不易觉察地缩了一下，感觉嗓子那儿突然被烫了一下似的。

他知道完事了。手机似乎已变得滚烫，但又忍不住要看，一直忍到晚间 10:30，平时要洗洗睡的时候。悄悄拿出来，尽管早有思想准备，看了那一动不动的弹窗，依然心惊。为什么到现在还不出结果？

一夜没睡好，清晨时还在做噩梦，但周围的动静完全听得见。供暖已结束，夜间依然冷，他把家中所有被子都裹在自己身上，依然觉得横膈膜那个地方在隐隐作痛，这才觉得形只影单的自己真是好可怜，假如此时死了，连收尸的都没有，恐怕得过漫长的时日才会被外界发现，他忽然想起近期听过的一个段子，关于楼兰美女和干尸二号。谁说死亡是平等的？过了一千年，美女还是美女，无名者还是干尸。想到这儿他心如刀绞。

翌日，居委会刚刚上班，他就冲过去了，没见到昨天那位中年女人。一个小伙子劈头就问，您弹窗了？他又是一惊，以为自己弹窗的事全世界都知道了，恨不得立即穿件隐身衣躲起来。

他声明昨天已做了核酸。"三天两测！"小伙子比三角眼更加干脆，迅速写了一张小条，"您拿着这条再去昨天那个地方测一次！"

时间过得太慢了，眼巴巴看到差一刻5点，是居委会要下班的时候了，可是弹窗依然牢牢地占据着健康码，他拿出那面好不容易擦干净的镜子，里面是一张毫无表情的瘦脸——千年干尸的情境一晃而过，他狂奔出门儿。还好，那个中年女人在，她了解情况，不用多废话。他也顾不上客套了，开口声音就高了八度："那什么，您瞧瞧，我这核酸结果咋还没出来呢?!"

那个女人说："告诉您是三天两测，您不是才测过一回吗？"

他脑子一炸，血往上涌："今儿上午又让我测过一回！我头一回的结果还没出来呢！"

"谁？您指给我瞧瞧！"

也是老天助他，他四下一寻摸，竟然一下子逮住了那个小伙子："就是他！"

那小伙子走过来，表示记不清了。

他本人只是呆呆地站在那儿，傻了似的。

他这样子倒把众人吓到了。

"这老先生是怎么了？看着怪吓人的……"人群越聚越多，人声鼎沸，居委会和志愿者们见状也都好言相劝，拿椅子的拿椅子，递茶水的递茶水。

他还在抖，虚荣心却先得了满足：原来，他还是有点儿存在感的。悄悄瞥去，中年女人的口罩上似乎出现了一圈儿水渍，但眼睛依然是冷静的。她说您先回家，一个小时以后我们电话通知您。我现在就跟大数据那边儿联系，要您的两次结果，好不好？

他只好回一声儿好。

他回到家里，对着家里那个挂钟坐下了，看着那秒针儿一点点地移动，得吃点什么补充点儿热量。还有上回囤的那些兰州牛肉拉面。看看说明，不能煮只能泡。卖家说里面有肉眼可见的大块牛肉，他加了料，用放大镜也看不见一粒牛肉渣儿。严格地说，连一点儿牛肉味也没有。勉强吃了两口就放下了，思念他想象中的苏式三虾面，每想一次，美味就在他的舌尖儿上盘旋一次。他不能照镜子，害怕镜子里那张脸让他倒胃。他怎么活成了这样？怎么为了一口吃能这么豁出去老脸？怎么活活变成了自己年轻时鄙视的那种人？！他不敢深想下去。多年来不都是靠着自欺活着的吗？人好歹比动物强点儿，动物要生存，除了自欺，还得骗过其他的物种，人呢，骗过自己就行了。

盼望中的电话始终没有来，他打过去，怀着最后的希望，电话那边淡然说道："您是刚才那位老师傅吧？我们联系了，您现在瞧瞧您的健康宝。"

他不是没想过看健康宝，他是害怕看。他得获得一个指令才敢看，他是从小靠指令生活的，过得如履薄冰。这些时刚看开了一点儿，觉得人生无常，享受当下才是正理，自己不过是一个普通人，没有人会注意到自己。

健康宝恢复了绿色！他一阵狂喜——这会儿过去正好赶得上吃晚饭！也顾不上捯饬了，骑车就向苏式面馆狂奔，一路所向披靡，竟然连闯了两次红灯，估计人家见他是个干巴老头儿，除了骂骂娘之外，也并没有追究他。最惊险的是还和一辆电动车互相剐蹭了一下，急切之下也来不及想是谁的责任了，只记得骑电动的外卖小哥，头盔下的嘴巴里不知道说了句什么，就那么一闪，两人擦肩而过。

终于到了面馆门口，却见空无一人，里面灯火阑珊，迟疑地四下望望，见旁边的馆子亦如此。踌躇之间隔壁馆子里闪出一人，脸色灰暗满面愁容，试探着问一句："师傅，请问这家面馆现在晚上不营业啊？"那人一怔，抬起一双吊梢眼："堂食都停了，你不知道？"他心里一抖，又挣扎着问一句："啥时候停的呀？"

"昨天啊——"那人再次盯了他一眼，转身走了，手里拿着个小包。

忘了是怎么骑回家的，一头栽倒在床上，觉得浑身都在疼。疼得不能忍受。接着呛呛地咳起来，越咳越狠，然后，就觉得身上开始热起来，越来越烫，每个毛孔似乎都在尖叫，一直叫到嘶哑……

目光掠过床头柜上的那盒蒲地蓝，一切因它而起，此时，它应该是派上用场了。

他拆开包装，往嘴里扔了几片，倒头就睡——好像只有在梦里能逃避这一切。

梦是混乱的，他依稀看见那个长得像党项人的老姑娘对他笑，露出一嘴黑牙，一只手还端着一碗牛肉面，暗绿色的粗瓷碗，一点儿香味也没有。黑色的、残缺的牙离他越来越近，他后退、后退……最后，还是被淹没了。

——他这回是真的病了。

(《作家》2023年第6期)

徐小斌　作家，编剧。自1981年始发表文学作品。主要作品有《羽蛇》《敦煌遗梦》《双鱼星座》《徐小斌经典书系》等。曾获全国首届鲁迅文学奖，全国首届、三届女性文学奖，第二届加拿大华语文学奖小说奖首奖，英国笔会文学奖等。有部分作品译成英、意、日、西、葡、巴西、希腊等十余国文字，在海外发行。

生活链

叶 弥

二〇〇三年七月十七日午后，我托隔壁邻居老赵叫来一位姓余的工头。我的院子里要做四只花坛，围两方种蔬菜的地，还要给三棵大树砌上围栏。老赵去年在他的院子里搭了一个木头花棚，也做了几只花坛。

按惯例我称呼工头余老板。余老板今年五十岁，身材壮硕，大中午就喝得醉醺醺的，浑身上下呈现出嗜酒者特有的轻松快乐。他脸上白净的皮肤泛出酒后的粉红，让人印象深刻，一看就是很长时间没有户外工作了。我问他："今天是小暑，小暑要吃藕，难道你们这里还喝酒吗？"他说："今天一早就吃了藕。至于酒么，几位老兄弟知道我有活干了，中午请我吃饭，喝了几杯酒。"我说："那辛苦你了。"他说："东家，没关系的，有钱赚就不辛苦。前几年搞得我没活干，吃老本还不够，谢谢你给我活干。"

我吃了一惊。东家？我有生之年没有听人用过这个称呼，只有在书本里，我看到以前富贵人家的仆人这么称呼主人。

做花坛比较简单，按花坛的造型开一条宽二十多厘米的浅沟，在沟里铺上一层砖，然后朝上码砖，一层水泥一层砖，码到想要的高度封顶，再把花坛的墙体贴上面板。面板的材质是文化石、瓷砖或天然石板。当然。做这些事之前要把地面上原本的水泥和地砖撬掉。

我指点着院子说:"一棵蜡梅、一棵白松、一棵枇杷树,都要砌圆形围栏。四只花坛,东南西北各一只。南北两只花坛靠墙做成半个梅花形。南边的花坛我要种牡丹,坛高四十厘米。牡丹花怕涝,填土要高,所以花坛也要高。南北两个花坛直径一样,北边的花坛我要种竹子,高三十厘米就够了。东边和西边两只花坛种月季,做成长方形,高二十厘米,宽五十厘米。做完花坛,南边的院子里给我开出两块菜地。你们包工,我来买水泥、黏合剂、砖头、石板。"余老板说:"你一个人把话都说完了,我还有什么好说的?那就照你的意思办。五百块钱一个人工。十天给你做好。"我说:"五百块钱一个人工有点贵了。我打听过了,你们这种小工最多三百元一天。"

"一个人工"就是一位工人一天干六小时的活,"大工"五百元,"小工"三百元。做建筑一类的叫"大工"。

余老板还是笑眯眯地,语速却放得极慢,说:"你和你男的两个人住着这么大的房子,又没有孩子,也没有老人拖累,比我们的日子不知道好上多少。就这点钱你都要和我们计较?"

他愤愤不平,让我心中很不是滋味。我这个房子是我妈生前居住的,她去世后就留给了我。而我和我先生只是普通的退休教师,我教中学,他教大学。我先生最近在澳大利亚参加一个学术会议,加上探亲访友,要在澳大利亚待上半个月。他最不喜欢看到家中乱糟糟,正好我趁他在外时把院子整修一下。

余老板对我说:"东家,你刚搬到我们这个地方,可能还不懂这里的风土人情。我们这里就是这个价钱。不信的话你再去找几家对比看看。"

他说的"这里"是一座江南水乡小镇，镇上有一点历史文化遗存，不多。一座北宋末年的道观，镇子北面的山上有两座寺庙。节假日也有一些游客过来。镇上的经济不发达，中国银行、工商银行、农业银行、交通银行这几家银行都没有。像家政、建筑一类的公司也没有，想找这方面的人，只能通过别人私下介绍。一个星期内我通过别人找到了三位包工头，他们的工价奇高，所以我最终还是决定让余老板承包我院子里的活。

今天是农历六月初六，天贶节，晒书的日子。前几天一直在下雨，今天难得一大早就是晴天，天空高而蓝，白云朵朵游弋其中。我把书架上的书拿了三十几本放在石桌上晒，因为地上还是有点潮的。晒书的行为就有点唯心了，可我每年的这天都这么干的，除了下雨。我一边搬书一边和余老板通了一个电话。这个电话很有意思。

他说："你看，你还是要找我吧，你这是在耽搁时间。"我说："那你们马上过来吧。我有个事搞不明白，别人为什么比你开价高许多？"他说："好多事你不明白的。你在课堂上教书可以，到了现实生活，特别是我们这里的现实生活，你的知识就不够用了。读书多也没用。"虽然他是在电话里说话，但一副得意扬扬的腔调仿佛就在我眼前。我说："我向你请教。"他说："那我就说了啊。你要是不用我，这里任谁也不会给你去做的。所以他们给你开高价，让你知难而退。"

我再次向他请教："为什么？"

"不为啥，我们的生活就是这样的。不这样的话，那会乱了套。"

我不明白他的乱了套是什么意思，也不知道他说的"套"是谁设置的,但他的得意我是明白的。他的得意之中还隐藏着强大的气场,气场背后是颠扑不破的生存铁律——属于他与他的乡里乡亲的铁律。这和一个星期前他称我为"东家"时完全不同。

我不再请教,感到再请教下去有点危险。

余老板来了,脸上泛着酒后红。他解释今天是大暑,是个很好的节气,所以他早上一起床就喝了点。

他请的另外两位工人也到了。他们都住得不远,骑着电动车十来分钟就到我家。我现在不叫他余老板了,而是叫他老余。他也不再叫我东家,叫我邢老师。这样大家相处就舒服多了。

两位工人一位五十二岁,姓钟,他们叫他钟五毛,家中排行第五;另一位四十七岁,姓高,他们叫他竹竿,看来是外号,就是个子高的意思,他的身高目测有一米九左右。

"天气预报今天最高温度才二十九度。"我说。老余明白我的意思,反驳道:"真正的温度,要在天气预报上加三度。"五毛马上附和:"有时候加三度还不止呢,要加四度。"我说:"好吧。那我去店里买只西瓜给你们吃了消暑。"老高说:"带包香烟。我忘了带香烟。"

我买好西瓜和香烟,往回走的路上,碰到一位向我问路的中年妇女。她骑着电动车,电动车的脚踏板上搁着一只煤气瓶。这位中年妇女身体矮而壮实,肤色黑糙。一阵风吹过来,把她的短发吹掩了半边脸,显出一份妩媚。但她压根没把风赠送的妩媚放在心上,只管慌慌张张地问我:"有位城里刚搬过来的邢老师就住在附近,你晓得她家住哪里吗?"

我朝边上的小区里一指:"她就住这里面。你找她有什么事?"

她不回答我的话,骑着电动车走了。

我回到家,看见她的电动车停在我家的枇杷树荫底下。三位工人在清理施工的地方,她站在边上看。老余对她说:"邢老师回来了。你有什么话对她说吧。"

她看了看我,动了一下嘴唇,没发出声音。我也不问她什么,放下香烟,拎着西瓜进了屋。她跟着我进屋子,规规矩矩地站在我身边。她站着不动的时候我看出她年纪还不太大,四十五岁左右。问她,果然是的,四十六岁。看我切好西瓜,她就把西瓜端出去给工人吃。我听见老余在训斥她:"我现在肚子里有早茶,还有早饭。现在就把西瓜端过来,谁吃得下去?我们又不是猪。你看你倒是猪脑子。"

我走出去对她说:"你把西瓜端回来放冰箱吧。天气热,冰两个小时再吃。"

她嘴里答应了一声:"好呀。"

她这一声"好呀"让我吃了一惊,又尖又细,柔得打弯,就像风里的丝绸,显然是逼紧了喉咙发出来的。

果然五毛的脸上笑出了皱纹,说:"哟,兰花的声音就是好听。当年在宣传队里,她是唱得最好听的。"

三个男人找到了话题,浑身活络起来,围绕着当年的宣传队开始聊。她端着盘子,眼巴巴地瞅着三个男人,想搭讪,插不进话。我叫她:"兰花,把西瓜端进来。"

她老老实实地进屋,把西瓜放进冰箱,讨好地说:"你过的这日子,我就是光了脚追,一辈子也赶不上。"我问她:"你姓什么?"她说:"我姓秦,和竹竿是一个村的。"我又问她:"秦兰花,你找我干什么?"她说:"我给人换煤气,换一瓶煤气赚十块钱劳务费。我想问问你家要不要我换煤气。"

321

我刚搬来一个月,煤气是我丈夫开着车去煤气站换的,正好煤气快用完了。我打开煤气放上一壶水,刚烧了几分钟,煤气就燃尽了。秦兰花高高兴兴地替我卸下煤气瓶子,一把就提到她的助动车踏板上。踏板上两只空煤气罐挤得满满的,她两条腿张开来,悬在两边,仰着脸骑走了。

老高说:"兰花的头发长得好看,风一吹,像一只手在招。"

他们哈哈大笑。

五毛说:"我的头发四十岁那年就全白了,她四十六岁了,头发还是黑得发亮。"

他们又哈哈大笑。

他们的笑里还有别的意思,只是我无法揣摩出来。老余好像明白我的心思,说:"秦兰花今天是来找你的。"

"她没别的事,就是来问我要不要让她换煤气。"

三个人互相递个眼色,老余说:"你不要让她换煤气,她和煤气站的人有勾当,换的煤气分量不足,气又不好,烧出来的火头哔哔啪啪地跳。你用了她的煤气就知道了,我们都不让她换,她现在生意都没有,充一瓶煤气只赚五块钱都没人要,她只好一家一家上门央求……"

一个小时后,兰花就把换好的煤气罐送来了。我打开煤气开关,一烧,火头哔哔啪啪地跳,很痛苦很狂乱的样子,好多次就要跳入虚空消失无踪。

我不好意思说什么,走出去收书。那些书被阳光晒得滚烫,书里的字都要晒残废了。我看到兰花拿了一只小塑料凳子,坐在三位工人的边上。三位工人都埋头干活,不搭理她。她坐在他们旁边,一脸的热切。三位工人的冷淡加深了她的热切,她的热切此刻非常危险，稍不留神就会把她的自尊心伤到无可挽回。据我对她目前状况的判断，她的自尊心不多了。至于丧失自尊的原因，我还不知道。

但我看得出来她在期待着什么。

我和她加了微信，从微信上转了一百五十块钱给她。她就和我拉家常，说闲话。我好奇地问她："秦兰花，你没事干吗？坐在我这里问东问西。"

她说："我有事干啊。我现在就是在干事。"

"煤气不是已经换好了？"

"是啊。煤气换好了，我在做第二件事了。"

她向三位工人投去讨好的一瞥。

老余朝她挥挥手说："兰花，你到别的地方去吧。你也知道，这几年大家都不好过。我打麻将，以前是一块钱一只花，现在降到一毛钱一只花了。"

兰花站起来就走。看来她是有自尊的，而且她懂得什么时候捍卫自尊。

五毛有点舍不得她，说："兰花，你说点什么呢？不要这么不懂事。"

兰花说："我没啥好说的，人跟人之间该有的距离都是老天爷定好的。"

五毛对着她的背影说："你看，夹紧了身体走路。没有油水捞，走路都难看。一有油水捞，头动屁股摇。"

他们说的话都像打哑谜。

开工的第二天还是晴天，温度高了上去。天气预报是三十四度，按老余的说法，要加三度，就是三十七度。好在还有一阵一阵的风,时不时天上有云随风而来,云盖当头,还能阴凉一会儿。工人刚到,兰花也来了,车把上挂着一只红塑料袋,迎风乱动。她停下助动车,从塑料袋里掏出四根红色的小蜡烛,四小把黄色的小短香。

老余厉声说道:"不要拿下来,你在什么地方拿的,还到什么地方去。这里用不着。"

五毛也冷着脸说:"你的相好开的纸烛店,所以你随便拿。不值钱的东西。"

五毛说的"不值钱的东西"是什么意思?蜡烛和香不值钱?还是她不值钱?

我以为兰花会还嘴,但她没有。她恍若未闻,顾自拿了香和烛过来,还在老高的口袋里掏打火机。她在他裤兜里摸啊摸的,我以为老高会笑,但他一声不吭,让她摸来摸去,脸上什么表情都没有,一副对她的用意了然于胸又无动于衷的样子。

她什么时候捍卫自己,什么时候屈服,我完全判不准。

老余说:"不要摸了,摸也没用。打火机就在石凳子上,你没看见吗?是眼瞎了吧?"

兰花低下眼睛,慢慢地走到屋后。她的姿态表明她是受到伤害了,但她不反抗。我有点不忍,跟着她去了后院,看她把香烛放在院子的两只角落,点燃,嘴里念念有词。这种风俗可能是乡间独有的,我在吴郭城里没有见过。

她把剩下的两把香和两根红烛递给我,说:"你到前面去放在院子两个角上,点上,念几句菩萨保佑,土地公公保佑。我不敢到前面去,那三个人又要欺负我了。"我说:"我从来没干过这种事。我不大相信……"她一脸不可置信地说:"你怎会不相信?人在做天在看,好多事都是灵验的。"

我想,你的做事方式看来也不见得有多好。

她仿佛听到了我的心声,说:"你不要听那几个人胡言乱语。他们都过得一塌糊涂。老余为什么喜欢在外面喝酒?因为他一回家,他的老婆就要和他吵架。为什么老吵,我们也不知道。五毛的老婆早死了,是被他克死的……整天嫌弃,骂她,还打她。阿弥陀佛,我妄言了,我说人家坏话了。"

我打量着她,她说这些话的时候,眼睛里有光。她向我传递了两个信息:她有信仰,她比那三个取笑她的人过得好。可是她看上去并没有那三个人过得好,也许这是她挽回一丁点儿自尊的方法吧。

她的话有些刻薄,但我很高兴看见她眼睛里的光,我对她说:"你去烧吧,我允许的。"

我陪着她去前面烧完香烛。三位工人都没有说话,她很高兴,烧完香烛给三人倒了一遍茶,去井里拎了一大桶水,给每人绞了一块毛巾,递给他们,然后又给老余点烟。老余在烟雾里看了她一眼说:"没有用的呀,我们三个人自己还顾不过来。"她说:"你们都有技术,日子慢慢地就好了。不像我,什么都不会。"

老高冒出一句:"你不是会唱歌吗?"

她脸上现出害羞的神色:"哎呀呀,提到唱歌难为情的。"

老高说:"不要装了,你就唱一个吧。"

老余喝止老高:"竹竿,你干什么?"

老高对她说:"你看,余老大他不同意。"

兰花说:"那你们忙着,我走了啊。"

她骑上电动车走了。五毛说:"你看她今天走路有点扭屁股了。主要是邢老师对她好,她得逞了。"

我觉得我是个局外人,他们四个人之间唱的这一出戏,我看不懂。但我有些话还是要说的,站在女性的角度,我说:"你们对她太不尊重了。"

三个人没吭声。老余过了一阵说:"邢老师,你不懂的。"

我想一想确实是不懂他们之间的名堂,于是我又向老余请教了,但老余只是说:"邢老师你太善良了。太善良的人不需要懂得很多,五毛,我和你说,明天兰花肯定还要来的。看在邢老师分儿上,你们对她客气一点。她要唱歌就让她唱吧,谁让我看见她心软呢?"

"她得逞了。"老高说。他好像有点高兴秦兰花得逞。她到底得逞什么,我想我明天就会知道的。

今天是开工的第三天。老余他们三个人六点半就来了。到十点钟秦兰花还没来,三个人东张西望起来。五毛坐到树荫里擦着汗,眼睛朝路上看。一会儿,老高也放下手中的铲子不干了,说:"一入暑就这么热,要热死人的。吹过来的风都是热的,嘴里吹进来的水泥灰也是烫的。"五毛说:"这院子里都是回填土,一锹挖下去不是大石头就是砖头,挖一条沟把我的虎口都挖红了。"

老余拿起手机打了一个电话,他对手机那头的人说:"你来吧……装什么腔,我昨天就同意你过来了。你带瓶酒过来,我要喝两口。"

老高和五毛站起来继续干活。

兰花过了四十分钟才到。老余拉着脸训斥她:"要我们拿八抬大轿抬你过来吗?也不看你配不配。"兰花满脸是笑,说:"我得给婆婆、公公烧好午饭才过来呀。我婆婆跌坏了腿，两个月了还不能走路，看病花了一大笔钱。我公公不晓得吃了什么还是碰了什么，浑身长出一团一团的风疹块。我早上带他去医院看了，要花两百块钱的药费。我一咬牙，还是把药配回来了。"五毛大声说："兰花，你是一朵好花，可惜插在了牛粪上。"兰花说："谢谢你关心，我这朵花十五年没人插了。"她话刚说完，三个男人全都哈哈大笑。这是我听过的最响亮的笑声了。哭声高低无法代表悲伤的程度，伤心到极处，哭不出来也是有的。笑就不一样了，越是高兴笑得越是响亮，这是人的基本特性。

　　笑完，五毛热乎乎地说："兰花，我的虎口挖泥挖伤了，快来给我看看。"兰花说："虎口怎么会伤了？又不是黄花大闺女。"她话音刚落，三个人又笑起来。老高咧着嘴说："兰花一来，我们干活就有精神。"兰花说："我给你精神按摩。"老余说："好了，适可而止，不要精神按摩了。再按摩下去，他俩浑身的筋就软掉了。兰花，你带了什么酒给我？"

　　兰花带了一瓶茅台酒，没敢送到老余跟前，远远地放在石桌子上。老余这时候走过去一瞧，气呼呼地说："你索性拿一瓶酒精给我，我还敢喝一口。这东西连瓶子都是假的。你没看见瓶子上茅台的茅少掉一撇？"兰花说："我没看见……"老余说："你就是装傻。你是我们镇子上包括村里最会装傻的一个人。"兰花小声反驳："我不会装的。"老余说："你一装傻，钱就到你口袋里去了。"兰花说："钱到我口袋里没错，可我也是靠自己劳动得来的。"老余说："你那也叫劳动？给我们端端水递个毛巾，唱唱歌，说说笑话……""光是唱唱歌说说笑话也不打紧，你们嘴上挤对我的功夫可是了不得，特别是你。"兰花说完这句话就低下了眼睛。老余的声音猛地高了起来:"怎么了?你还受委屈了?我们这样对你是什么意思,你是个聪明人,你不懂这个道理吗?"兰花抬起眼睛说:"我懂。我们四个人从小一起长大的,你们爱护我。"老余说:"跟你一起长大的人多着呢,又不是我们三个人。"

我听不下去发话了:"老余你这样对她太不客气了。"老高对我说:"邢老师,你不要劝老余。老余对她客气的话,她就不高兴了。"

他们之间真真假假,我这个外人确实看不懂。

兰花到屋里拿了蚊香,点着了放在三个人边上。然后她就走了。她确实很聪明,我的蚊香放在什么地方,她进屋一次就看清楚了。

我没想到她这么快就走了,本来还想问问她到底"得逞"了什么。

我还是走着瞧吧。

今天是院子动工的第四天,天气继续晴朗。秦兰花是下午两点半到的。她好像已经取得了某种权力,可以在任何时间段过来。邻居老赵出门开了两天的会,今天下午回家了。他看见兰花说:"是你啊,你又来了啊?"我问老赵:"看来你认识她,她到底来干什么?"老赵有点为难,想了一想对我说:"你问她自己吧。"

我把兰花叫进屋里,对她说:"你以后每天都会来,一直到他们把我这里的活都干完,是吗?"她点点头。她点头的样子很可爱。我说:"你每天来讨好他们,说他们爱听的荤话,还要把手伸到别人的裤袋里摸来摸去,老余却要骂你训你。你告诉我到底是为了什么,不然我就不让你来了。"她说:"你不让我来不行,我来不来现在听老余的。"我心中不快,但也好奇,甚至好奇大于不快。我说:"你对他们是百依百顺,对我怎么这样无礼?我才是这里的主人。"她还是说:"我的事现在老余做主。"她突然显露出倔强,倒让我一时无言以对。

我走出去对老余说:"老余,秦兰花每天一来,你们四个人就开始唱戏,把我一个人蒙在鼓里。"

老余正在和水泥。风一来,把未湿的水泥粉吹得飘起来像一条长龙,长龙消散的当口,趁着一股回旋风返身过来扑了他一身一脸。老余放下铲子说:"邢老师,你看我们卖苦力的人苦啊!你要是可怜我们,我们偷懒休息的时间多了一点,你不要训我们。"

他说得可怜,我情不自禁地说:"是啊大热天的,休息休息吧。"

老余说:"邢老师让休息,我们就休息吧。"

三个人坐到走廊下面休息。兰花从冰箱里拿来冰镇西瓜给他们吃。他们先不吃,开始抽烟,抽完了香烟才吃西瓜,然后聊天,聊的都是谁家搭了违章建筑。现在是下午三点十分,等他们喝茶抽烟吃西瓜聊天结束,估计三点半都过了。五点收工,他们一般四点四十五分就开始收摊。那么今天还有一个半小时就结束工作了。

不,不仅喝茶抽烟吃西瓜聊天,他们还有听歌的节目。兰花先是唱了几句最近大火的《罗刹海市》,但三个人都摇头说不好听。兰花于是唱:"正月里来是新春,家家都在挂红灯……"

她一唱,三个人就跟着她哼,满脸享受。

我打量了一下他们干的活,干了四天了,才把南边一个花坛砌好。他们时间拖得越长,我付的人工费就越贵。我后悔没有和他们签个合同。于是我对老余说:"老余,我和你补签个合同。就是接下来的活你需要多少时间,我们在合同里规定一下。"

老余明白我的心思,说:"我们做事都是按规矩来的,多少活就多少天。快也快不了,慢也慢不得。"

我说:"那你全部做好到底还需要多少天?"

老余露出无赖的嘴脸,说:"我怎么知道还要多少天?我又不是阴阳先生。要是下雨我就做不了。你不想让我们干的话,我们现在就走。"

他真要撂摊子,我倒是很难办。我不想理他,转身进了屋。只听见老余在我身后说:"兰花,你进去谢谢邢老师。是她给了我们活干,也给你养家糊口的机会。你这次命好,碰到邢老师这样的好人。"

老余这句话我又听不懂了。如果我好的话,那也是与老余有关,和兰花有什么关系呢?

兰花进来说:"邢老师,我来告诉你是怎么一回事,省得你一个人蒙在鼓里。你是刚搬过来的,还不明白我们是怎么活的。"

听了她的解释,我终于懂了,明白了这个女人的生存之道。她每天都来,到施工结束后,老余会给她三四百元"辛苦费"。拿老余的话讲,这是施工期间她付出的"精神按摩"费。

我说:"你何苦呢?他们取笑你、训斥你,你还得说疯话,做傻事,让他们高兴。你这钱赚得值不值?"

她说:"值的。"

我说:"你这种赚钱的方式很伤自尊的。"

她说:"你是读书人,不懂的。"

她也说我不懂,我想我没必要把她这句话放在心上。我拿了手机给她转去四百块钱,对她说:"我转了四百块钱给你,以后你不要来了。"她急了,说:"你凭空给我钱干吗?我不是要饭的,我也是体面人,我靠我的劳动吃饭。"我赶快打断她的话:"我没别的意思,就是想让你在家里侍候好公婆。对了,你丈夫干什么的?"

她说:"坐牢。坐了十五年了。"

她沉默了片刻就离开了。我忍不住去问那三个人。

五毛说:"兰花的老公和我一个村子的,没人看得起他,骂不还口,打不还手。他眼睛有点斜,一条腿是瘸的。我们小时候到兰花的村子玩……"

老高接着说:"你们小时候就喜欢到我们村子里来玩。兰花那时候一见到你们就高兴得不得了。也不知道她怎么就看上了瘸子,后来就和他形影不离了,和我们的距离越来越远。"

老余嫌他们说话不在点子上,说:"兰花的老公,后来和一个人发生了矛盾,那个人要拆他家的鸡棚,说是违章建筑。兰花老公半辈子唯唯诺诺,不知道那天怎么有那么大的气性,拿起板凳把这人砸死了,现在还在牢里。她一个人把两个女儿养大嫁出去,然后再服侍公婆。听说她老公还有十年才能出来。她等他,她是活在幻想里的一个人。"

五毛说:"那个人打了兰花一记耳光。兰花的老公说,他从来不打兰花,不骂兰花,连吵架都没有。所以他要用板凳让那个人长长记性。没想到不凑巧,把人砸死了。"

我心里不禁难过起来。秦兰花,也是为爱等候了。但我又想起他们说过的纸烛店老板,问:"那么,纸烛店老板……"

老余打断我的话:"我们都是瞎讲的,你不要当真。"

这一刻我觉得老余也不坏，他和兰花的距离并没有像他表现的那么远。老余说："你白白给她钱，她不会要的。我们工程结束后会给她一笔答谢费，是她每天来陪说陪笑的报酬。这个钱她赚得不太容易，不容易赚的钱，都是干净的钱，别人不会说闲话。"

我终于有点明白了。

我觉得从施工第一天起，就自然地生成了一个套，钻进去的人，只有我。

老余给我院子里做的工程到了七月三十一日才结束。他拖拖拉拉，说好做十天结束的工程，十四天才完工，着实狠敲了我一笔。他还对我说："你不要心疼钱，有钱就得施舍。你施舍给我多一点，我给兰花也多一点。"

他用了"施舍"这个词，这么谦卑，我能说什么呢？

我和他开个玩笑："你们每天都在唱戏，我看得高兴，就当多出了一笔观赏费吧。"

完工那一天，秦兰花一整天都陪着他们，满脸笑容，看来老余给她不止三四百。我从微信上转给她的四百元，她没有收，过后自动回到我的账上。

两个月后，有一天，我因忙于家事，中午不想烧饭，就去小镇上的一家面店吃一碗面条。这家面店很是红火，人挤得挪不开脚。我好不容易点好了面，找了一个角落的位子坐下来，过了十分钟，服务员送上面条。我正要吃，听到老余的声音。抬头一看，是老余和老高、五毛三个人走进面店，他们穿着干净体面的衣服，像是一起出门办事的样子。老余和五毛找到位子坐下，老高去柜台点面。这时候，兰花从外面走了进来，让我惊讶的是，老余恭恭敬敬地站起来招呼："兰花，坐过来。"兰花走过来大大咧咧地坐下。五毛神情关切地对兰花说了一句什么，兰花神情淡淡地点了点头，五毛马上对老高喊了一句："竹竿，加一碗爆鱼焖肉面。"

这一喊把我喊醒了，原来他们平时是这么对待秦兰花的。

（《上海文学》2023年10月号）

叶弥	本名周洁，苏州人。1964年出生。1994年正式开始小说创作。中国作家协会第九届全委会委员，江苏省作家协会副主席。代表作品有长篇小说《风流图卷》《美哉少年》，中篇小说《成长如蜕》等，曾获第六届鲁迅文学奖等多种文学奖项。部分作品译至英、美、法、日、俄、德、韩等国，短篇小说《天鹅绒》被姜文改编成电影《太阳照常升起》。现居苏州太湖边。

亚丁的羊

糖 匪

一

一阵松快。水流划出饱满的弧线落在两脚前,欢脱地往地势低处淌,油亮小蛇般,飞快钻进沙地,只留下一道印。

亚丁长舒一口气,懒洋洋不着急起身。风歇了。真静。天气也是真好——上面透亮透亮淡青色的天,下面起起伏伏望不到头的赤砂地。天地中间,是亚丁,蹲在砂岩背阴处,光着屁股。屁股凉飕飕的,和地上的石头一样光明自在。

身后响起动静,细微急促,好像疾风吹过灌木丛树梢。亚丁提上裤子,迎向声音——是她的羊。一个红色卷毛团,歪歪斜斜地朝她跑来,脑袋前伸,神情专注严肃。

亚丁大笑着迎过去抱起羊。羊累坏了,黑鼻头凑近她的脸湿漉漉地一抹,就整个贴在她胸口,软绵绵热乎乎的小身体像是没有骨头似的。亚丁手顺着背脊一遍一遍摸,口里反反复复念着羊啊羊啊,声调随着怀中小身体的起伏而起伏,又许是小身体随着声调起伏,说不清楚就这么自然而然合上了,在空阔茫茫的野地里传得很远。

娘说亚丁太宠羊了，把羊搞得腻歪得不行，不能离人。

亚丁把脸埋进又卷又硬的羊毛里，热烘烘的皮脂气味直冲脑门，她顿时来了精神。就剩下你了，腻就腻吧。亚丁凑近羊的脑袋喃喃说。

整个龙骨尔，就这么一只羊。都说在太奶奶小时候，坐在毡包里都能看到牧羊人带着几百头大羊从门口奔突而过。隔老远，就觉得脚下大地震动，连带家什一起狂颤。轰隆隆滚雷压近，上千只碗大的蹄子踏来，扬起漫天红沙，好像天上的赤色大河奔涌而来。亚丁每每想象那场景，浑身的血跟着翻腾汹涌，但又难免颓靡。毕竟她不单没见过那场面，连一只真正的大羊都没见过。她之后的许多孩子，更是连听都不曾听说过。

亚丁从没想到有一天她能得着一头羊。那天她抱了羊一宿，连它拉屎撒尿都不撒手。问，给起什么名字，她说就叫羊，就它这一只了，不会错。十五年一晃，亚丁长成了大人。羊只大了一丢丢，才长到人膝盖。传说里碗大的蹄子，等人高的身躯都没有着落。

亚丁也不是没着急过，四处向没有羊的世界打听养羊的心得：牧羊的老人都走了；大大小小砂岩洞上的壁画被风毁了；各家能找到的毛线画都脏旧得看不出个样子。她回想给羊的那人当时嘱托过：喝液态净水，晒太阳，遛弯。简单得很，没别的。没有可错的。最辗转难安的时候，被羊一双黑晶晶杏仁眼给看明白了。羊趁她仰面平躺着时，前脚带着后脚，踩到她身上，神奇活现，大眼肆无忌惮地往她脸前凑。多精神的一头羊！亚丁的脑子转过弯来。她的羊好得很。打那以后，亚丁再也没为羊犯过愁。

脖颈的提示器发出蜂鸣。到打水的点了。亚丁匆忙往回走，去毡包里提桶。春天起,要打水就得跑去几龙里外。原先的井彻底枯了。

出毡包时候撞到娘,她本能转肩护住了羊。

"你慢点。"娘喊。

"不行。马上还要回来补毡包,种蓝晶。"

"不急。等你。"

"不行。我设了时间。这个晚了,下面就全乱套了。"已经走出老远其实娘已经听不见了。亚丁喘着粗气说给自己听。是她自己要学外边的人做事有条理有计划,买了提示器仔细设好时间表——哪个点该干什么,哪个点该干完。一年下来还是手忙脚乱。毡包里长大的人从生到死不看钟表不用提示器。每天该干什么就干什么,手脚不停,活儿好像流水,自然流转一件件就做成了。龙骨尔人不懂时间,不懂一块亘古就有的东西怎么能切成等分。亚丁不一样。她横下心要学会按时间表干活,将来好去外边闯荡。就是横下心容易,身体脑子还是跟不上。每天都像被赶着跑,没道理的累。

打水多跑的路,不在时间表计算内。亚丁告诉自己得加快。她小跑起来。怀里的羊一颠一颠的。幸好有四只手,两只手提桶,两只手抱它。不然真顾不上。也亏羊听话,蜷着不动弹。以前羊总要伸长脖子四处张望,随时会被什么惹到吼几嗓子。现在它懂事了,安静许多,身子也跟着沉了许多,好像安静有它的重量,结结实实压在羊身上。

二

水位又下去一些。得尽快挖新井才行。

亚丁直起身，小心地把羊放下。羊屈着后腿摇晃两下扑通坐下，斜靠井壁等她。

先往井里投一包解固剂，等井里固体水液化，放桶没入水面，打满，往上提。等桶上来的时候，里面的水又凝成固态。亚丁并排放好桶，登上旁边土丘。往西瞧，天空下一片齐齐整整灰绿色灌木方阵盖在赤砂上。果然又有人做好事了。公益林比上次见又大出许多。外边人热心帮龙骨尔治理砂地。捐一棵树的钱，植树机就种一棵灌木。灌木吃水吃得厉害，还凶。它们在，其他草就长不了，连砂地里的动物都绕着走。但外边人不知道。亚丁挠头，四下张望过，下面两只手插进兜里，又慢慢抽出来。一些蓝色粉末跟着掉出来。龙骨尔人管这个叫蓝晶，一种砂地细菌，用来做解固剂和分解清洁剂。不知道从什么时候起，孩子中间流传着蓝晶能阻挡灌木的说法，于是总有小孩背着大人偷偷在灌木边界撒蓝晶。

"你都快二十了，怎么还胡闹？"果然回到家衣兜边沾着的蓝色粉末还是被娘发现了，给她一通骂。

"我看了，上面没有监控机才撒的。"她狡辩。虽然明知要是动真格真查，卫星监控一定拍到她的小动作。

"乱来，又没用，浪费蓝晶。家里不够用你不知道？"

提示器打断阿娘。该补毡包了。亚丁连忙取出两桶固定水放进储水柜里，另外两只手开始穿针引线做准备。其实阿娘正在补呢，刚才因为骂她骂得急，手上的针线追着话，说话间就把最大的窟窿给补完了。毡包是用几百块沙琴虫的皮做的，轻薄结实透光又驱虫，但还是扛不住大风里飞石。隔三岔五得检查，发现刮擦印痕立即缝补加固，等真的有窟窿再补就晚了。亚丁从小做，四个手麻利起来不比娘差——只要她不分心摸边上的羊。亚丁对着一道刮痕落下针。

"听说外边的房子不用每天补。"

"我和你爹都不拦你。你也别指望我们给你收拾烂摊子。"娘瞥了一眼羊。羊枕在亚丁腿上,又睡了。

"羊跟我走。"

娘的四只手停住。"带着羊?别说上飞船,你连去联络站的车都上不了。外边什么样都不知道呢,还带着它?"阿娘咽下后面的话。

亚丁伤了娘的心,不敢看她,低头摸羊。羊抬起头,湿漉漉的鼻头拱她的手。"不试怎么知道。也没说不能带羊。"她嘟囔着。

娘的手又动起来。"再过两个月,你就满二十。到那时你想做什么就去做吧。"

羊钻进亚丁怀里,拿她的衣服蹭脸,又懒懒地舔她。亚丁抱住它回蹭。要没有羊,她大概也不想走。羊太可怜了。孤零零的就它一个。亚丁想让它见见其他的羊。她也想见见有许多羊的世界。这些话都说不出口。一架无人植树飞行器从毡包上飞过,留下呜呜的尾音不散。

娘招手叫羊。羊不动。亚丁把羊放地上,往娘那推。羊晃了两下稍微站稳,踉跄迈腿往那挪。娘等不了它,伸手够它抱到腿上,两只手在它身上比画用手头彩线记下羊的身量。"得做个放它的兜,你出门上路背着它也不显眼。过两天去集市你也问问车和飞船都能上羊吗?"

亚丁更没法看娘了。她捡起地上的玩具球逗羊。羊交叉步晃过来，一屁股重重坐在脚面，斜瞅了一眼球，头伏下，不动了。亚丁皱眉。"这是怎么了？以前缠着我丢球给她捡。娘——羊不会是有小羊了吧？"

一根针扎进了娘的手指。娘笑出了声。

三

奶奶留下的毛线画又被翻出来。上次是想知道羊为什么长不大。这次是为了——为了证明娘错了。

男女的事，大人们不避讳。稍微大的小孩都懂。但是羊不一样。大人们也又都没真见过。怎么能肯定。就算被娘笑话，亚丁还是觉得羊有了孕。那个倦怠样和娘怀上妹妹时一个样。娘不说话，看她翻弄，还搭手帮她翻出了编织机。

亚当翻来覆去看着手上毛线画，和龙骨尔所有毛线画一样，这是一个斜截圆锥体。毛线谜一般复杂缀连又有规律地重复着这种缀连方式，最后在三个面上经纬交织出形象生动的图案。即使时间和细砂让毛线褪掉不少颜色，还是能辨认出上面大大小小的羊。每一面的羊都不一样，没有一面能告诉亚丁它的羊到底是怎么了。

亚丁不知道自己在慌什么。蜂鸣器响了。要去洗蓝房子了。明天站长会来检查。亚丁快快拿上工具往外面走。

"你别又去折腾，挨家挨户问人家要毛线画看。"娘猜出她的心思。

亚丁不吭声，走到毡房正后方蹲下，挖开一截土盖。下面深洞里蓝晶刚好铺上一层。她铲出够用的量放进袋子，又撒了蓝晶的菌苗。盖上土，往蓝房子走。蓝房子在毡房正后面，看着不远，走走也要二十分钟。亚丁走了两步又折回去，抱起跌跌撞撞跟着的羊。

第一次见羊，就在蓝房子里。也是在那儿，造房子的人把羊给了五岁的她。那人叫李数，外边人，来龙骨尔做维护和勘测。李数长得好看，单眼睑下长眼睛刃一样亮，可惜是个残疾人，只有一双手。他倒不觉得自己可怜，嫌活儿不多，建起小蓝房子。他说他要给龙骨尔每家建蓝房子。亚当说我们有毡包不用。他笑起来，眼睛弯成钩。蓝房子是给你们做厕所的。他解释给亚丁听。原来他刚到龙骨尔时发现哪儿都没有厕所，大小解都是随便找个空地一蹲，难为情。他下了决心走之前一定要让龙骨尔每一家都用上厕所。亚丁明白了个大概。这个厕所就是个给人大小解的地方。可大小解为什么非要弄个盒子把自己关进去，如果不这样就是难为情。龙骨尔人从来不觉得。地方那么大，只要不弄到别人身上就好。有目光才会羞耻。可谁会去看？亚丁咬住唇，她知道自己说不明白。就是现在的亚丁，也一样说不明白。

李数十五年前就走了。他造的厕所现在还在，里面还和当时差不多新。龙骨尔人都不用，嫌它费水费蓝晶。每次上边派人来检查前，才咬牙挤出一点蓝晶和水去清洗蓝房子。亚丁做得驾轻就熟，湿布擦过角落，均匀撒上最少量蓝晶，然后从外面把门缝封上。亚丁靠墙坐下。羊一直在怀里，现在抬头看她，迎着光羊眼睛里泛出白色浊影。浊影上面还是她的影子。亚丁拿脸贴羊的圆脑门。真暖。

没遇到羊之前，亚丁几乎没抱过什么，不知道扎进热乎乎的气息里掂量别人重量是个什么滋味。阿娘一天到晚好多的活儿片刻都停不下，阿爹跟着天上的铁跑一年也回不了两次家。再说了，龙骨尔人不兴抱。日头毒，身体贴身体都觉得难受。就连龙骨尔的动物都是不兴抱的。砂地下成千上万的动物长刺长壳自行其是活得生猛。

"你有没有听到——那是什么声音？"

"爬虫还有兽在地里折腾。龙骨尔的动物都在地下。"除了羊。但它们已经没了。

"真安静。"

他们并肩坐在蓝房子里的投影里，目光在无遮无拦的大地上飘荡。那天也没有风。亚丁没有回话。她觉得自己明白李数的意思。因为安静，才能听到不易捕捉的绵绵细小声音。

"就像血液流动的声音。我一个人在太空执行舱外任务时，也这么安静。安静得能听到身体里血液流动的声音。"

"一样吗？"

"一样。"

"因为是一个人？"

"因为你面前的世界太大了。"

热气急促地喷到脸上。是羊对着她在喘。亚丁半睁开眼，搂住羊。不急，还要再等会。她累坏了，眼皮沉得很。也不知道是梦见，还是回想，总之又见到了李数，和五岁的她一起坐在这。房子建了一半。在亚丁脑海里，李数永远在说话。房子永远建了一半。亚丁又睡着了。

她想起李数跟她说地球上的水是流动的，面积大过陆地。天空是蓝色的，因为大气分子散射的关系。他说话时候她一边拼命想那到底是个什么样的地方，一边忍不住为这个人难过。

他离开地球一个人到太空勘测可以用的行星，直到任务完成或者燃料用完才能回去。行星怎么叫能用。亚丁没明白。"在外边的时候你就一直一个人？"亚丁问。李数不说话，手伸进鼓鼓囊囊的那个兜，掏出一团红色卷毛。卷毛轻轻动了一下，露出晶亮的眼睛还有鼻头。亚丁再也移不开眼了。

"我有它。这是能在各种重力条件生存的新品种。在太空和地面都没问题。"

"是啥？"红毛球突然站起来。亚丁手伸到一半又吓得缩回去。她盯着那毛线，毛球也盯着她，尾巴摇得那个欢。"是羊？"

"是狗。地球上有……"

"真是羊啊！和毛线画上看到的一个样！"

"在这叫羊啊。什么毛线画？"

亚丁给他看毛线画，大概是在李数最后一次来的时候。她不记得他到底来了多少次——就他们家蓝房子修得最慢。她给他看毛线画，连带编织机的等比例模型。用娘的话说，这模型虽小，用它也是可以织毛线图的。李数眼睛一亮，接过模型，又拿起上面夹着的一张打了很多洞的卡片看，小心翼翼摆弄着，突然啊地叫起来，脸上好像有一部飞行器正在发射升空。

"洞眼打得那么整齐，一定是有意的。这是打孔卡片啊。编织机根据打孔卡片的孔洞来控制经线纬线，还有第三个方向线条的上下关系。这张卡片是机器储存记忆的地方。机器靠它记忆学习处理抽象的指令完成复杂的运作。你懂吗？这是程序。所以，你们，龙骨尔文明已经有了自己的计算机。"

李数的话飓风一样刮过。亚丁不知道意思，所以记不齐整。程序、指令、计算机、龙骨尔文明。亚丁想说龙骨尔没人知道他说的这些。她开不了口。她也记不得她当时要说但没说的话到底是什么。只记得李数那张脸那双眼睛——即使在记忆里在梦里也没办法直视的耀眼白光，来自未来的强光。

　　李数想要模型。亚丁给了，空手换来沉甸甸热烘烘的身体。羊。

　　"给我？"亚丁不敢信。

　　"嗯，你给了我模型嘛。"

　　"那你呢，一个人不要紧？"

　　"不要紧。我还可以再——"李数说了什么？好像是说他会回来。有一天他会回来。他说要回来。

　　每次到这时候，亚丁的梦就会醒来。

　　她睁开眼，在他和李数梦里坐着的同一片阴影里醒来。

　　蓝菌应该已经完成了清洁工作。再用湿布擦一遍就行。亚丁起身打开蓝房子门。

四

　　亚丁早该想到的会这样。

　　上午联络站的站长来检查蓝房子。她和羊在毡包后面种蓝晶，往洞里细细铺腐土，听到娘向站长抱怨蓝房子费水费事，没人用，还拖累人，为维护它，人都不能迁走，毡包只能围着它转。哪怕附近地下水就要用完，都不能去别处。为啥要建这个蓝房子，为啥这个蓝房子不能和毡房一样能迁走。站长已经听出茧子来，打着哈哈一边仔细检查蓝房子。站长负责所有对外事务，蓝房子要是出问题，他饭碗不保。例行检查没啥问题，站长打招呼要走。蜷在脚边的羊站起来要送，四条腿勉强撑起身体，没撑住，轰然倒下。真的好大动静。在亚丁心里和砂丘塌了一样。

亚丁抱起羊，拦在站长前面。"捎我一段。"

"去哪？"

"你那。"

"哪儿？"

"联络站。我要发个信儿。"

"别闹了。发啥信，发给谁？我那个联络站早就不顶事了。"站长虚笑着，看向阿娘。阿娘不说话。"之前不是帮你发过吗？是给那个李数吧。一点回音都没。别说你的信儿，我们这儿多少正经事要和他们商量，发出的信儿都没回音。当初明明是他们给我们建联络站要求保持通讯顺畅。外边人就是这样。只知道在我们这里种树玩。造这个造那个都不当真。"

"我就问你每次检查完蓝房子给他们报不报信？"

站长不接茬。亚丁转身坐上他的铁皮车。两只手抱羊，两只手牢牢抓住座位。娘跟上来，越过车栏杆看亚丁。亚丁一张口，全是哭腔，说不出话。娘伸手摸她怀里的羊，一遍遍。羊没反应，身体起伏着，全部力气都用来喘气。

"万一，就回来。"娘说。

天黑透了，站长才把亚丁送回来。

这一次，亚丁是看着站长把自己的信儿发出去的。等了一天，没有回音。从羊眼神不好起，她就托站长帮她发信，她问李数羊怎么了，该怎么办？她说，不能没有羊。没有回音。亚丁觉得兴许是站长偷懒——直到今天看着站长就在跟前发出信息。回来的路上她四只手紧抱住羊。这一来一去，羊的身子好像忽然轻了不少。路中间颠簸，车的减震履带也不太管事。她轻声唤羊，仿佛怕喊声弄疼它。羊抬起眼皮，用鼻子找着亚丁，找到了，深深看了一眼亚丁，眼皮重重落下，好像就此将自己与这个世界隔开。亚丁好像两脚踩空，几乎什么都觉不得，只剩下一种陌生的不舒服，要蜷成一团，要抱紧羊，要收缩皮肤血管和肌肉。

娘说躺下睡吧她才醒过神。原来已经坐在家里。低头看羊，羊和她一样恍惚，软软伏在那儿。

"吃点东西？"

亚丁瞧着羊没有醒来的意思，便摇头。

"不要瞎魔怔。迟早的事。羊跟人一样会老。"娘给她盖上被子。

可是娘懂什么？她也没养过羊。十五岁的羊怎么算老？亚丁背对娘。羊还在怀里昏睡。和以前一样，她俩脸对脸睡在一个被窝。羊的鼻头真有意思，湿漉漉黑乎乎，布满细纹，和人的指纹一样。有时候亚丁想，要是以后龙骨尔砂地上羊群遍地，她也能凭着鼻头纹路认出她的羊。昏昏沉沉没睡好，半夜听见毡包外呼呼风声，毡布啪啪作响，再听会听到旷野在凄厉呜咽。不知道哪里毡布裂了口子，沙灌进来。亚丁捂住口鼻，羊突然抽搐几下，白色糊糊从嘴里涌出来。亚丁急忙扶起它，拍背，清理口鼻。等羊不抽了，她腾地站起来。

"你去哪儿？"娘在后面叫。

"找爹去。万一他有法子。"亚丁掀开帘子，抱着羊冲进夜里。没两步就一个趔趄。风从斜后方狠狠推她。亚丁把羊裹进大氅,压低身子走,沙子飞石打过来,痛得分辨不出是哪里痛。天太黑,只靠大氅上带的小电筒,那点光和人一起被风吹得东倒西歪。她没看见脚下石头,几乎是顺势,倒在了风里。风压得人爬不起来。她忽然觉得怀里一空。羊呢?亚丁慌了神,趴在地上打转瞎摸,羊啊羊地大叫。她脑子里全是羊倒在地上不动的画面,又恨又怕,黑腻腻的东西在身体里烧起来,迎着外面的大风。她的绝望像一面火旗在风中猎猎。她的羊呢?

有什么盖住了她。就像扑火时拿毯子盖住着火的那个人。亚丁明白过来一点,知道是娘在抱住她。羊呢?她问娘。

一个软软温温的小东西落在她怀里。手心一湿。是羊在舔她。"一直就跟在你后面。倒下好几次还是勉强跟着。我再不来你就把它弄丢了。"娘说。

亚丁说不出话。还是娘开口。娘说:"走,去找你爹。"

五

下了车,娘推着她进到爹的帐篷。三个人在里面都直不起身,只能面对面坐下,眼瞪眼。

娘简单说了个大概,问爹有什么法子救羊。

"我有啥法子?"

亚丁躲开爹的眼。面前这个男人眼生。爹常年在外面捡铁,她从出生起就没见过几面。

"说话。"娘戳她。

"不要你有救羊的法子。你能联系到外边的人吗?"亚丁哽住。"阿爹不是一直在捡天上掉下来的铁？这些铁不都是外边人发到天上的东西吗？他们用这些铁来勘测龙骨尔，测出的数据总得上传吧？上传数据的时候能不能再捎带个信儿？"

"数据都传到联络站，联络站汇总再传他们那儿。"阿爹纠正。

"联络站我去了。好多年都没回信。"

"我听说有特别重要的铁，那上面的数据都是直接上传。"阿娘说。

"早没了。早都掉下来被我们捡了拆了卖了。"阿爹挠头，"都好多年了。你们在家不知道。这些铁好久没有人管，也不再派人打理照顾，也更没有人实地校准。现在只有植树机还管用。我们能靠捡铁过日子，就是因为这些铁都报废了，从天上掉下来。好多人都说，外边的人不管我们了。"

"不管我们？"

"以前说龙骨尔可能会派上大用处，后来好像外边的人改主意了。就不管我们这边。也好，他们说真要是派用处，所有人都得迁走。"阿爹和阿娘絮絮说着不相干的话，离亚丁越来越远。她好像独自回到了漆黑的外面，弓身忍受大风肆意抽打。不过这次，羊还在。她的羊还好着，在她怀里，紧贴她的胸膛。她能感到它的心跳，和她的心跳着同一个节奏。

"他——他们不会回来了。"阿爹小心翼翼说。

"以前龙骨尔好多人也是一辈子只能遇见一两次，相互给个物件彼此记住。造蓝房子的人，不是收了我们家的编织机模型。他以后看到……"

"和他没关系，我就想知道怎么救我的羊。"亚丁打断娘的话。

"别。"爹拍她的背,拍得很笨。但爹没说,就一只羊有啥可难过。

亚丁揉鼻子,斜身子让开阿爹大手,让它如愿落在羊身上。"啊呀,还是那么小,刚来的时候一个样。"

羊身子一颤,但不是抽,它不知道哪来的力气,立起来,歪脸蹭阿爹的手。

一下,两下,三下。

用掉了它全部力气。羊软软地顺着亚丁胳膊滑下来。

六

回到毡包,风也停了。

天地之间忽然没了气息。安静得很。

娘站在一边,看亚丁蒙头翻出织布机和毛线画,又翻了半天什么也翻不出来。亚丁开始拆毛线画。就这么一幅老人留下的毛线画。亚丁找到线头没有半点犹豫地往下扯。娘不说话,蹲下来帮她抓住毛线画。

亚丁一边拆一边盘,线团盘成球。另一双手里抱着的羊一动不动。

她早该想到的,有一天她的羊会孤零零地死去,在它身上联结的过去和将来,外边和龙骨尔,自己和李数,还有她和羊的十五年。

这就是生命,可比生命又多出好多,纷纷乱乱,有四只手都理不清楚,牵扯得人疼。

当初在龙骨尔，她想尽办法也没找到会养羊的人。现在，她费劲功夫也问不到李数，问不到外边的人能怎么救羊。

回家路上她问娘会不会使编织机。娘说得想想。亚丁要娘教她。"我要织毛线画，把我的羊织上去。完完全全按它的样子。以后也不会忘。永远。"

"试试吧。不过可能没多余的毛线。你得把现成那幅拆了。龙骨尔的毛线都是老人传下来的，小一代拆了老一代的毛线画织自己的。你奶奶说，做毛线的本事失传很久，连她的奶奶都不会……"

亚丁不在乎。有毛线就行。她盘好毛线，架起编织机，跟着娘一步步学。不难。手脚并用。而她有两双手。她把羊放在腿上。羊的脑袋耷拉在外面。她托起那颗小小的头颅放好。它是龙骨尔最后一只羊，是亚丁第一只羊，从小到大她们都在一起，它将她和世界联结在一块，又完完全全信靠依赖她。

"懂了吗？"娘问。

亚丁点头。她学会了编织，一针一勾连，经线、纬线、纵线有序交织。现在还看不出来样子。但是没关系。快了，快了，快有样子了。她的羊就快上到毛线画上了。那是她的羊，是龙骨尔最后一只羊，也是全宇宙最好的羊，一点都不让人操心。十五年过去仍然又暖又软美得很。

娘让到一边，她知道可以放心了。亚丁已经学会了。有些事迟早都要学会。娘望着亚丁，望着亚丁的泪水滚滚落下，心疼得很。她想，那可是水啊，眼睛里流出的水。

Last

如同随风撒播的蒲公英种子，共有一百二十名人类受命前往太空，在浩瀚宇宙中寻找适合成为深空量子通信中继站的星球。他们独自一人驾驶飞船，面对不可知的挑战。李数就是其中一员。这是一项大海捞针的任务。除了寻找量子通信中继星球外，中继星勘测人员还要对沿途所有联合星球开展数据实地收集以及设备维护，综合评估将这些星球改造成中继站的可能。如果最后没能找到天然合适的中继站星球——自然条件合适以及没有智慧生命，那么就只能改造联合同盟里的行星。

在一颗名叫龙骨尔的伽马级小行星上，李数用他的陪伴犬从当地人手里换来一台他们的打卡编织机模型。那台机器除了传统编织功能外，似乎还具备初级的记忆储存系统和自动化功能。李数推测它不仅仅是一台编织机，还可能是一台电子计算机。如果是这样，那就意味着当地文明已经发展到相当高的阶段。地球方面必须予以高度关注。为了证实猜想，他利用业余时间摸索编织机的使用方法，但失败了。

同样没能成功的是，龙骨尔星的各项数据汇总计算结果都表明这个星球不适合改造为中继站。李数放弃了。他很快就忘记了这两次失败，也就忘记了龙骨尔，继续在上亿颗如太阳般恒星和它们的行星中间航行，寻找一颗百分百适合作为人类深空量子通信中继站的星球。

就在前两天，勘测人员发现中继站行星的消息辗转传到他这里。李数在静默中品尝着这个消息。巨大的幸福，巨大的迟来的幸福落在他身上。洁白的无重力的太空舱里，他想象着太空和地球上同伴们庆祝的样子。终于，他可以回家了。

如果不是在回家途中，他应该不会注意到从龙骨尔传来的讯息。当时他正在整理杂物——为了确保有充足燃料返航，减轻飞行负重。那台编织机模型突然动了。原本挂在机器上的三个维度的彩线受到某种召唤交织成一个毛线斜截圆锥体。李数看不懂上面的图形，事实上，很难称那些混杂错乱的颜色集合为图形。李数心里发毛。编织机继续输出的狂乱颜色。那种只有濒临疯狂的大脑才能想象的颜色。是不是因为一个人太久，或者因为可以回家过度兴奋……这时，编织机停了下来。与此同时，打孔卡片的卷轴转动，卡片读卡位上的孔洞位置和数量发生了变化。李数下意识拿起卡片，透过孔洞去看毛线画。他认出那个图像——亚丁的"羊"。

李数忽然意识到，被他当作计算机的龙骨尔编织机，其实是一台超出人类理解范围的通讯机器。曾经在龙骨尔星上普通运用古老的技术，随着生活方式改变以及某个物种的灭绝，被那里的人彻底遗忘了。发现龙骨尔星的人类当然也不可能理解这项技术。他们不会想到在这个未开化之地上，曾经拥有过他们梦寐以求的基本粒子远程通讯技术。在毛线的微管里运动的粒子能够与遥远天际的粒子发生纠缠，并改变它的状态。由于毛线画的三维空间体征，描述这些粒子状态的矢量可以在无穷维空间。这就意味着这种信息传输方式具备了无限可能。

人类差点与这项技术失之交臂，全力以赴在太空铺展量子通讯通道的同时，却对手中已经拥有的装备和成熟技术视而不见。这并不是李数的问题。人类只能接受他们愿意接受的事实，任何与他既有智慧链条不能连接的事实和想象，他们都看不到。好在，一只羊的图案延长了李数的智慧链条。

现在，他接收到了信息。李数毫不犹豫地修改了航向参数，向龙骨尔星飞去。

"你知道在量子力学里，测量不是一个单纯的显示过程，而是参与到系统的演化中。从这个意义上，亚丁对于一只'羊'的爱就是一次测量，参与到两个文明的演化过程，改变了深空通讯技术，人类的未来以及整个宇宙的命运。"李数对身后的克隆陪伴犬说道。

（《上海文学》2023年第8期）

糖匪　作家，评论人。上海作协会员。SFWA（美国科幻和奇幻作家协会）正式作家会员。代表作《看云宝地》《奥德赛博》。出版短篇小说集《后来的人类》《奥德赛博》《看见鲸鱼座的人》，长篇小说《无名盛宴》。数十篇小说在英、美、法、日、意等国家发表，两次入选当年美国最佳科幻年选。《熊猫饲养员》入选 Smokelong Quarterly 2019 年度最佳微小说。同年《无定西行记》获美国最受喜爱推理幻想小说翻译作品奖银奖。《孢子》获中国科幻读者选择奖（引力奖）最佳短篇小说奖。《看云宝地》获2021年上海文学中篇最佳小说奖。除文学创作外，也涉足装置、摄影等不同艺术形式。短篇小说集 Spore 于今年十月在意大利正式出版。

女妖在水边出没

祝红蕾

一

槐杨街南的弥河每年夏天都要吞掉几个人。防溺水的红白标语横幅飒飒地快被风刮烂了，喇叭里严禁下水的口号让人耳朵都要起茧了，但依然有活泼泼的生命不顾一切投奔进去，仿佛水下真有龙宫宝藏一般。

人传见一白衣女子傍晚时分在河岸出没，第二日必有人掉河里。这女子长发细腰，红唇绿手，在水边挥动水袖，甚是妖媚，受了诱惑的人会不由自主循着她的指引，走到水里。那不是白蛇吗？又有人说，弥河里有红冠白蛇，夜里会幻化出人形，且歌且舞，摄人心魄。还有人说那是专吸壮年男子精血的妖孽，掉进水中的其实已是一副吸干了的空皮囊。时间长了，人心惶惶，仿佛那团妖孽之气在槐杨街上空游荡，随时会降临到某个家庭，神不知鬼不觉把家里的顶梁柱诱向河边。甚至有人不顾酸腐气味逮着桥洞下跛脚乞丐的破烂衣衫问，你有没有见过女妖？

任槐杨街是上过电视挂过红花的文明街道，经了这样的传言，也不禁慌了手脚，何况是活蹦乱跳的鲜活生命隔三岔五地从水里浮上来，不由人不心焦。开始冯裁缝挨家串户地悄悄张罗，后来连最讲究科学的老谢都说，怎么是封建迷信呢？这是民俗。没看到沂山祈雨石碑都成了文物给保护起来了吗？是啊，发烧用药不管用的孩子，槐杨街人会给孩子叫魂；人民医院的医生用药不灵时，也会悄悄建议家属找个神道之人看看。不管哪路神仙，敬着总是没错的，不管何方鬼妖，吓唬吓唬估计也不敢猖狂了，人命关天，管用就是硬道理。槐杨街的女人们开始大张旗鼓地给河神上供，请沂山张道士画符捉水妖超度水鬼。

覆着红布条、点缀薄荷芹叶等绿叶的鸡鸭猪牛肉祭品摆满了供桌。卖章鱼丸子、鸡蛋灌饼、烧制糖人、棉花糖的餐车，还有卖水枪、气球、拼插玩具的地摊一字儿在河岸摆开，上次这么喜庆热闹还是元宵节花灯会。那当儿还有几个敷粉描红的旦角咿咿呀呀唱戏，如今只看这山上道士如何作为。放学的孩子远远望着烟雾缭绕的供桌，不敢近前，只得转到小吃摊边解馋。跛脚乞丐也到了热闹处，伸着一条腿在树荫里蒲团上闭目坐着。

张道士在黄裱纸上龙飞凤舞地画符，大太阳的金色箭镞射出烈焰火，瞬间穿透了汗淋淋的衣衫。一个个白色汗圈，仿佛老天拿白热化的指头在背上点化。随着宝剑指引，人们万分惊讶地在一盆水里看到了魔术表演中才有的景象：水里一双颤巍巍的手，伸到河岸上，攥住行人的脚踝，往水里拖。

为腹中夭折孩子超度的大玲子转述这个场景时，我大为惊骇，感觉如同穿越。

打出租车回家的前夜，我梦到了水中一双青苔绿的手，拖住了岸上行人的脚踝。在大汗淋漓中醒来，不知道手是我的，还是脚踝是我的。

出租车司机不时从后视镜中假装无意地扫我一眼，我知道他在看什么。前男友荣翔曾跟我说，你打车的时候穿多一些。他是个细致男人。

司机穿一件短袖花衬衫，粗胳膊，中指上戴一大骷髅头戒指，问，这是刚放假吗？

我用纸巾擦去口红，师傅是哪里人？

王坟。是相邻不到百里的一个地方。

师傅干了几年了？

三年了，之前在肿瘤医院开救护车，后来自己弄了旧辆救护车拉死人，钱倒是来得快，朋友都跑光了——我就开始开出租了。

看我愣了，他有几分得意，眉毛挑了一下，轻松道，其实死尸和活人并没什么两样，起码不吵得慌，拉拉就习惯了。

通常情况下人应该会惊叫起来。他瞥了我一眼，没看到意料之中的效果。

二

10岁那年我第一次看到尸体。夏日午后天气闷得要挤出水来，只有巷子口里一点微风。我和大玲子收起毽子要回家时，听到冯裁缝和那帮在树荫下闲聊的女人说，可了不得了，那肚皮涨得白鼓鼓的，比老母猪的肚子还大！昨天人们在河边看到一根长竹竿和一个踩扁的铁皮罐，有人撑船在河里打捞水草那样捞来捞去，一无所获。大玲子附耳道，咱俩也去看看吧？我俩拉着手在灼热的石板街上奔跑起来。

远远地看到了河里漂着的那个男人。头发短短的,深蓝短衫堆在胸前,巨大的白肚皮在太阳下鼓胀着,发出耀眼的白光。远远望去,像水上漂着发光的白色巨蛋,把身下墨绿的河水照得波光粼粼。他随着微风吹拂的波浪一起一伏,仿佛在仰泳,光着的脚丫子在水里跌宕浮沉,似乎在享受日光和微风。我脚心出汗,膝盖发软,大玲子黏湿的手,牢牢攥住我,好像怕我随时会从她身边逃跑一样。她这样更加剧了我的恐惧,好像那人一翻身就能爬起来追赶上我们。

不止我们,槐杨街的大人们也露出惊骇的表情。好像从来没有在河里见过死人一样。

据老人们说,早些年发大水的时候,弥河上游都会漂来箩筐、水盆、淹死的气球一样的牲畜、泡得发白的死人。有时候一个浪头打来,死去的人,在水里立起来,仿佛要再看一眼身后的家乡。岸上的人四散奔逃。上游有个老人看到牛被洪水冲走,拼命追赶,抓住缰绳不放。后来牛被奔涌浊浪抛起,仿佛灵性尚在挣扎着要去耕田,紧随其后是在浪头间颠簸的老人,露着的半个身子一站一仰,山羊胡子干草一样随波浪起伏,一只手被绳子牵拉,和活着时挥鞭赶牛并无两样。这条河里不知道吞吃了多少性命,还有被父母反对的小情侣,抱着跳到水里,女孩当场淹死了,男孩在水里大呼小叫,被人用竹竿拖上来,女孩哥哥追着他一顿暴打。他一边躲闪一边哭喊自己不如淹死,走到河边,一只脚跨下去,又拿上来,最后水淋淋爬回岸边,哭得像一摊烂泥。

我和大玲子听过几乎所有槐杨街的大人讲述弥河里的死人。他们各有各的样貌和性格脾气。每到中元节,槐杨街的每家人都会用白菜或萝卜底座插上油棉签,到弥河放河灯,超度那些不肯离去的河鬼水妖。远望一片灯火通明,辉煌灿烂。通常是做妈妈的点燃灯后,交给孩子一盏盏放下河去,看那灯渐行渐远。下到水里的河灯,晃荡一下,仿佛踩上了一只看不见的脚,恢复平衡后,又摇摇晃晃地踏波向前走了。河灯映照下的河水金光灿灿,水中明月仿佛汇集了河灯的光芒,挣扎着从水波间升起,越升越高,越来越大。夜色里暑气消散,河灯烛光形成的彩练火龙首尾相接,月光下摇曳晃荡,仿佛驮着一个个投生的水鬼寻自己的光明去了。但是每年还是有人做了新的水鬼。不知道是水鬼浮在河岸边拖他们下水,还是他们受了诱惑,看到了深水里比人间更华美的景象。

每年都看,每次都怕,大人们和我们其实并没有什么两样。我喜欢听鱼头店老刘讲古,每每讲到坟地、鬼,讲到棺材、诈尸,都吓得我浑身发冷,大叫着跳起来捂他满是胡子茬的嘴,不让他讲下去。他停下来,又央求他再讲;过一段时间,还要让他再讲一遍。唉,人到底是一个怎样的东西,连自己都不晓得。

快到槐杨街的时候,出租车司机还在聊他开救护车的历史。你说奇怪不奇怪,每次出人命,停尸房里的灯泡总会灭掉,要么炸一下灭了,要么就干脆闪坏了。

谈恋爱的人喜欢看恐怖片,而现在出租车司机喜欢讲惊悚故事了。

我知道那个出租车微信群,他们肆无忌惮地谈论女乘客的年龄容貌身材,就像聊红烧肉和清蒸鱼一样,会聊到卖相、尺寸,分量和皮肉颜色深浅。仿佛他们是消费者,眼睁睁看着食材送上门来，手拿刀叉筷子，只等开荤。

我眼睛贴在窗玻璃上往外看，天色暗下来。按照这个路线走下去，离弥河也就越来越近了。

司机很贴心地说，你是不是害怕了？害怕就坐到前面来。

三

6月21日那天，在弥河下游洗衣服的女人们看到一只蓝拖鞋在水流漩涡中打转。

那时废品收购站的孙有财拎着酒瓶子晃荡。有人问他，你儿子呢？他说，八成还在那里挺尸，现在的年轻人，一个个懒得像头猪。

树荫里纳鞋垫的鱼头店陈大嫂撇嘴笑了，这槐杨街上可没比他更勤快了，只要周家姑娘在，雷打不动地去门市报到。

顺子是槐杨街最闲的人，仿佛啥也不用干，整天手插在裤兜里，这里转转那里看看。有时候会喊我们去看蚂蚁的巢穴，蚯蚓吐出来的喇叭花圈样土沫；还带我们去房顶看罂粟花结的水葫芦样果子，刮了白色汁液，偷偷喂给鱼头店的大黄吃；有时候带我们去偷王大家的杏子，爬到老槐树上掏喜鹊蛋；当然我们最喜欢是他从周家门市给我们买各种好吃的，老冰棍、棒棒糖、橘子汽水，当然有时候他也会让我们帮他干活，比如帮他到河里洗两只脏兮兮的蓝拖鞋、看周霜在不在门市。周霜是槐杨街长得最好看的女子，两只乌油油的麻花辫，颀长脖颈玉石一样雪白发光，身上有淡淡的茉莉花味道。顺子斜靠在柜台上和她搭讪时，我和大玲子也喜欢在旁边呆呆地看她。顺子就会挥手驱赶我们，快去玩吧，去看看鸟蛋还在不在。相比抱着将近三十斤重还总是浑身扭麻花的弟弟，这些活实在是好差事。更关键的是，弟弟总会莫名其妙地哭，两只手乱舞扎，我不耐烦了就扳着他肉嘟嘟的脸吹他，吹得他喘不上气来，也就哭不出来了。

弟弟出生后，我没少挨巴掌。弟弟出生前，我每天的辫子没有重样的，各种元宝领、尖领、圆领小衬衣从马夹里翻出来，槐杨街的女人都夸我打扮得周正漂亮，大玲子不无惆怅地说，我妈要有这么一半的心思在我身上就好了。

警察喊我和大玲子去做笔录的时候，我正在家里抱着弟弟小宝大便。他嗯嗯哼哼的，憋得小脸通红，可是只憋出了几滴尿，小鸡鸡倒是毫无用处地立了起来。他大小便都会被夸奖，比如尿尿的时候会滋得很远，虽然没命中什么目标，可是爸妈也会开心得不行，仿佛是奥运会射击赛手随意一挥手就命中了靶心。他转动脖子哼唧时，妈妈会说，你看，尿布一湿他就不肯忍了，好孩子从小就灵气，或者是多聪明的宝宝——他知道自己要拉臭了，先给人发一个信号。那口吻简直就像老天爷要下雨先打个雷一样。他躺在小车里吃吃喝喝，拉个屎放个屁都能被夸上天，而我放学后要烧火做饭扫地洗碗，还要给他换尿布，却动不动挨骂。

大玲子家也是这样，但她很通达地说，别说这些丧气的话了，因为弟弟有小鸡鸡，能够站着撒尿。

她总是说出一些让我豁然开朗的真理，我喜欢和她踢毽子，踢完毽子我就能开心地干活了，不会将弟弟滋到我手上的尿偷偷抹到他嘴里。之前我这么做时，他很蠢地伸出小舌头舔着，嘴巴发出吧嗒吧嗒品尝的声音。他其实也没有那么聪明，但是这个发现伴随的是——我觉得自己更坏了——更不值得大人爱了。特别是他转动蓝眼白黑眼珠的眼睛吧嗒着嘴,期待我再给他抹一点的时候。

槐杨街的男孩子生下来就没来由的金贵,的确也倒不是因为他长得好看或者聪明啥的。

李警官说,有人看见你和大玲子在岸边踢毽子,那个点正是槐杨街人的饭点,应该也是顺子掉到河里的时间。

那个新来的年轻警官,左手抠着下巴的青春痘,右手拿笔,等着记下我们说的话。

李警官又说,6月20日,也就是前天,你们在河边踢毽子,看到顺子了吗?

大玲子看了一下我,我咬了咬嘴唇,说,看见了,他当时在街上溜达,吹着口哨。

李警官说,很好,小姑娘很诚实,那后来呢?

后来,他问我们要不要跟他去钓水蛇,我俩没去,我还要回家抱弟弟。

大玲子点点头。

李警官问,你们有没有看到其他人?

没有。我俩几乎同时摇了摇头。

痘痘警官让我俩签上名字,还摁了红手印。他舒了一口气,这标志着他的活,可以暂告一段落了。

走出派出所的时候,李警官用瘦长的手掌摸了摸我俩的头,带些安抚或者奖励的意思。

四

6月20日下午顺子拎着一支长竹竿和一只生锈的铁皮罐,路过我们时说，跟我去钓水蛇吧，现在河里有带红冠子的水蛇，夜里还会变成美女，戴着发光的红冠在窗台上跳舞。我上前看了一下铁罐子，里面黑乎乎一团蚯蚓。天色变暗，街上的人都往家里赶晚饭。我跑到家门口时忽然改变了主意，折回去，跑向岸边，顺着石阶，下到桥洞里。

夕阳余晖一半照在河里，一半河水碎金子一样晃动，另一半照在河岸上，将楼房、老槐树、院墙、废品收购站、鱼头店等弄出光怪陆离的黑影。这个点回家就两件事，烧火做饭、抱弟弟。而此刻桥洞里是另一个世界，靠岸的石桥壁上长满了黑绿黏腻的青苔，一朵红罂粟从密匝匝的爬山虎叶子间探出头，爬山虎将数不清的脚伸到了河岸边。桥洞顶是大团氤氲着黄水的霉斑点，凝结成透明水滴，往下坠沉着，滴落到坚硬潮湿的水泥地上，敲出空洞而魔幻的回响，仿佛正从无穷深远处召唤幽灵。跛脚乞丐的帐篷搭在中间一段干地面上，里面堆满了纸箱子、塑料瓶子乃至生锈铁丝、旧鞋子和粉色游泳圈。

乞丐之前是个健全的拾荒人，收养了一个遗弃在垃圾箱边的女婴，放在捡来的旧童车里，拉着四处找哺乳的女人喂奶。女婴长到七岁时，突然不见了，据说是被人贩子偷走了，也有人说是被废品收购站的孙有财转卖了，因为他新娶的老婆是大烟鬼。还有人说被坏小子引到河里冲走了。拾荒人疯了一样满大街找，逮人就问，人没找到，腿却被打瘸了，从此就乞讨为生了。

这里应该是整座小城最阴凉的地方，八九十年代有青年男女拎了录音机在此跳迪斯科和贴面舞，有个叫林苇的帅气男人被判了流氓罪，在南河滩枪毙后阴魂不散，半夜里经常到桥下扭动跳舞，舞姿被金色水光投射在桥洞壁上，奇幻诡异。那些路灯下打扑克的人都言之凿凿说那就是他。还有抱着殉情的男女也是从桥洞边跳到水里。任是这样,每到夏天夜晚还是有数不清的情侣到河边谈情说爱,更不用提那些蹲坐条凳彻夜垂钓的人,拿着手电筒照知了龟的人,还有在河边奔跑嬉笑打闹的半大孩子。或许是流连河边桥洞里有别于地面阴森森的凉气——小城似乎也没有更好的去处了。

此时顺子就在前面顶着夕阳余晖斜吊着膀子走着,整个人被逆光投射成黑色剪影,一侧身影则被河里光辉镀了一道金边。

我喊了一声顺子,他回过头来,面露喜悦。

我指了指桥洞地面,问,他们原来就是在这里跳舞吗?

顺子放下竹竿和铁罐子走过来,说,对,是这里。

桥洞子里潮湿黏腻,我要跷着脚鞋子才能不踩到泥里。"那我怎么看不到那个跳舞的影子?"

顺子抬头看了看桥洞壁,说:"还不到时候,你想看我半夜里带你来。"

我摇摇头。

我问他:"你喜欢跳舞吗?"

还行,分和谁跳。顺子嘴角咬着一根狗尾巴草心不在焉地说。

是在红叶歌舞厅吗?有次顺子自己喝了罐青岛啤酒,给我们买了橘子冰汽水后,就穿着拖鞋踢踢踏踏去跳舞了。到了门口,又像驱赶麻雀那样驱赶我俩,快回去吧,小孩子别到这地儿来。

有一半的世界,是不属于我和大玲子的。看蚂蚁摘桑葚偷鸟蛋的时候,他是和我们在一起的;他和羊脂香皂一样的周霜聊天、去红叶歌舞厅跳舞、去地下录像厅看小电影的那个世界,是不让我们进入的。他和我们在一起玩的时候，大人们不喜欢他，都说老孙家这个浪荡子迟早要把家败掉。我和大玲子学给他听，模仿着大人口吻劝他改过自新，他歪扭着嘴笑了：奶奶的，家不就是用来败的吗？我们很喜欢他那种玩世不恭毫不在乎的腔调，和槐杨街正儿八经絮絮叨叨的人很不一样。他不和我们在一起的时候，我们更是很好奇大人到底有什么事不想让我们知道。

"周霜姐姐会嫁给顺子吗？"

大玲子摇摇头，够呛。

"为什么？"

他后妈是个吃钱的，他自己也没事干。

可是和顺子一起玩多开心啊，简直就是神仙过的日子。

周霜本来就像个天仙，那么多人喜欢她，多一个少一个她也不稀罕："你喜欢顺子吗？"

我推了大玲子一把："你不喜欢他吗？"

你妈知道了肯定会骂死你。唉，可怜的顺子。

和顺子在一起玩的时候，何止是我妈，槐杨街都被我抛到了九霄云外了。蚂蚁能带我们进入无边的隧道，蚯蚓洞可以通往海底，鸟蛋关联着天上的翅膀，大红的罂粟花和欲罢不能的美梦绑在一起……我们跟着他在角落里穿梭，进入了一个和乱糟糟的槐杨街毫不相关的奇幻世界。一下子遁地，又一下子升天。他趿拉着拖鞋吊儿郎当在槐杨街晃荡，就像老天派来的神秘使者，可以呼风唤雨，行动处自带电光。我俩希望快快长大，留麻花辫，涂指甲油，和周霜那样骑着自行车，像踏上了风火轮，想去哪儿就去哪儿。

只是那个时间太短了，很快我们就会被大人的呼喊拉回到人间，回到槐杨街，回到各自家里，系上围裙，拿起笤帚，刷锅洗碗，扫地洗衣，把屎把尿，仿佛三辈子也干不完。腾云驾雾上天入地的齐天大圣一下子变成了窝囊受气的弼马温。

桥洞下也是另一半世界。胆大的青年男女都喜欢夜里到桥洞下，大玲子说，跛脚乞丐是见过最多流氓男女亲嘴的人。5岁那年我和凯子也来过桥洞，捡拾爬山虎藤上的蝉蜕，用树枝打捞青蛙下的卵衣，对着河对岸喊话，回音便一圈一圈荡漾回来，砸在桥洞壁上发出连绵不断的声响。"XX大坏蛋——蛋——蛋，骑着马子上医院——院——院，医院不开门——门——门，给你一皮锤——锤——锤。"尾声拉得好长，仿佛有一群沉在水里的人恶作剧般应和。喊累了，蹲在河边拿石子打水花，凯子低声附在我耳边说，我们交换一个秘密好不好？

我说好，你先说。

当时9岁的凯子拉开了自己短裤的松紧带，慷慨地说，你先看我的，你看看我们长得一样吗？我那时还没有弟弟，但是我看他和大玲子的弟弟并没有什么不同。

我松开松紧带，弹得他哎哟了一声，捂着肚子缓了半天，说，你这是要打死我啊，这回轮到看你的了。

他拉开我的松紧带，突然又是哎哟一声，蹲在地上——一团大泥巴不偏不倚打在他后背上。这么大就知道要流氓了！是冯裁缝男人王大的声音，他买鱼正路过岸边。当晚我妈就知道了，罚我跪在地上打了三巴掌。我辩解道，是他先让我看的。哪个男孩子从小裤裆不是开着的？还用看?！你见哪个女孩子让人家看过?！后来凯子也挨揍了，鼻血都淌出来了。从那之后我和凯子再也没有讲过话。

顺子问:"你也想跳舞吗?"

我说:"想。"突然鼻子一酸,委屈得不行,我很想靠在顺子身上哭一会。

现在跳舞不枪毙了,等你长高了,我可以带你到舞厅里去跳。

他用胳膊环住我的肩膀,我的头正好够着他的腰。他穿了件深蓝色肥大圆领老头衫,胸前洇着白色汗圈,我闻到了一股烟草和汗液混合的味道,还有种刺鼻的牲口圈腥味。有些像石楠,又有些像香椿,奇怪的是他在槐杨街上带我们转悠的时候,是没有这种莫名其妙的味道的。这是到石桥洞里的人特有的味道吗?我低头闻了闻自己,和原来并无不同。他胳膊上的褐色汗毛根根竖立,在河风吹拂下,芦苇丛一样微微晃动,我好奇用手指抚摸了一下,很软却又硬硬地扎手。一辆车从桥上轰鸣驶过,桥板震动,一阵战栗仿佛从无穷深的地方传来,顺子胳膊上肉眼可见地起了一层小米粒。

我很奇怪是桥在晃动还是顺子在晃动,低下头,看他穿在一双脏兮兮蓝拖鞋里的脚,我第一次发现他的脚板是那样地长。顺着脚踝望上去,小腿上的汗毛更为浓厚密实,像黑色丛林一样,有直立的灌木,也有蜷曲的爬藤。我顺着他树干一样冰凉的腿牵拉蜷曲的黑色汗毛,有一种奇异的触电感觉,这时我发现顺子在克制不住地发抖,森林里起风了。

我问:"怎么了?你冷吗?"

突然,顺子把我拉起来,盯着我的脸,眼神却是散的,像是看着我身后的另一个人。他突兀地说:"你想不想看我的弟弟什么样?"

我惊讶极了，他仿佛看到了我脑子里方才回想的那一幕，当年指引凯子的那种力量附体到了他身上，记忆瞬间闪回到过去，或者过去的时间返流到了现在。凯子流着眼泪和鼻血站在我面前，妈妈厌弃的斥责声，也在桥底回荡："男孩子还需要看吗？有你这么蠢的孩子吗？"

我惶恐地摇摇头。顺子一反常态，毫不犹豫地抓住了我的手，仿佛一个大火钳钳住了一只毛毛虫，另一只手解开了裤扣。拖着我的手，命令道："快，快，摸一下。"

我往回退缩着，同时吃惊地看到了他痛苦焦灼的脸，就仿佛他妈妈死去的时候，他蹲在门口槐树下缩着肩膀哭泣的样子。他脸上掠过一阵飓风，五官扭曲抽搐，仿佛被一种邪恶的力量控制住了，身不由己地震颤，又像镇压在雷峰塔下白蛇那样，欲罢不能。他紧咬着牙关，战栗发抖，那样陌生狰狞的表情，就像被火烧着了。我惊异地忘记了自己的处境。后来他大梦初醒一样，叹息一声。飓风飞走了，桥洞下恢复了宁静，只听到河水慵懒抚弄河岸的声音。他低下头，又和平时那样心不在焉地拉着我的手往河边走。

走出桥洞的时候，天色已经完全暗下来了。走到一个低矮处，水里几块圆滑白石头连接着河岸，若隐若现，仿佛恐龙把巨蛋下在了水里。那是白日里女人们冲洗衣服的地方。他蹲下来，温柔地撩水帮我清洗手上大米汤一样黏糊糊的东西，非常地难以清洗，又像青蛙下的黏滑卵衣，仿佛长在了手指上。我使劲地甩着手指，闻到了河泥鱼虾腥臭的味道。在桥洞里被顺子攥着的手心里的感觉，让我想起帮妈妈捡掉水泥地上的蚕。我伸手去拿，软软的又凉又冰，只碰了一下我就浑身发冷颤抖。不同是，它是火热的，就在我的手心里马达那样跳跃晃动着。那一刻我又听到了桥上剧烈的轰鸣震颤，拉水泥的卡车似乎有一万吨那么重，仿佛整个世界都在震动，暗绿阴冷的河水，也在晃个不停。太阳下山了，月亮还没出来，顺子淡漠的脸被幽暗的波纹晃动成了无数条波纹。我突然明白了，顺子那个丑陋的东西就是弟弟那样的小鸡鸡变的，就像黄绒球团一样的鸡雏变成了凶猛可怖的芦花公鸡。

这不是我认识的那个顺子。

就在那一瞬间我仿佛明白了世间所有的事。我缓缓抽出胳膊，站了起来。河岸上空空荡荡，杨柳树枝条舞动出一些微风，老天收起了日光。人都回家吃晚饭了，桥洞帐篷里一片黑暗，跛脚乞丐还没回来。河水意兴阑珊地撞击着石堤坝，发出又空又绵长的声音，像是河神的叹息。顺子倦怠失神地蹲在那里，仿佛抽去了筋骨，他向裤兜里掏着什么，我不记得他是否抽烟，也不去想了。

我走到他身后，推了一把，他就掉下去了。他好像还没来得及喊一声，就把河水砸出了一个坑，河里张开一张大嘴，瞬间吞噬了他。两只胳膊在水面上胡乱舞扎着，水花呼号一样澎溅，后来他以投降的姿势缓缓落入水底，河水嘴巴合上了，吐出一串串水泡，就像吃饱了的河神吞咽打嗝。水面荡起一圈圈波纹，一波又一波，河神最后抹干净了嘴巴，很快就什么也看不到了，水面复归平静。

河水腥臭的味道消失了。

我站在那里，目瞪口呆，仿佛只是一眨眼的时间，事情就成了这个样子。心在头顶狂跳，头里蜂群轰鸣，四面没人，我也不打算喊叫。我沿着河岸一路小跑,半路被一根爬山虎藤绊了一下,仿佛河里伸出一只手要拖我下水。我连滚带爬蹬掉,一只凉鞋被该死的藤蔓拽住,我跳着脚,死命拖出,哆嗦着穿上,顺着台阶,跌跌撞撞爬上岸。耳边风声呼呼作响,暮色像一口锅把槐杨街罩住了。

在影影绰绰的灯光里,我找到了自己的家。立在院子的黑暗里喘了半天,到水缸边,用干净的那只手舀水到脸盆里,冲洗了半天,一只手冰一样凉,另一只手却是火辣辣的。妈妈听到动静在屋里喊:死妮子,跑哪里去了,你看看!都几点了?!

我进屋,灯光煞白,弟弟扎煞着手让我抱,我将他抱进怀里。他兴奋地抱着我的头脸亲着啃着,口水顺着我腮帮子流淌,热乎乎的小肉墩散发出奶香气。我抹了一把眼睛,哑声说,妈,你和爸爸先吃吧,我不饿。

爸爸拿毛巾抹着脸,说,这妮子长大了。懂事了啊。

五

荣翔说,没见过你这么懂事的女孩。他是我第四任男友。在恋爱这件事上,数字越大,就代表着越不幸。

大玲子高中毕业后到了化肥厂上班,很快就被厂长儿子看上了。她没有周霜那样摄人的美貌,但是长脸丰腮,肌肤暖腻,白牙细密,笑起来菩萨一样柔善。她家院子里最早铺上了四瓣花瓷砖,卫生间装了坐式马桶,房顶装了太阳能改造成了洗浴间,门廊则全用落地双层玻璃隔起来,成了一个可以晒太阳聊天打扑克的独立空间。大玲子弟弟考上大学后,丈夫开车把他送到了天津，交学费校园卡充值等事宜一概办妥。还给大玲子妈妈买了福利保险，她再也不用半夜从床上爬起来醒面炸油条了。我回到家，有三分之二的时间我妈在说大玲子。善良、能干，处处为人着想，从小就懂事的大玲子，一人有福托满全屋的大玲子。养女当如大玲子。

婚后的大玲子胖了，脖子耳朵和手指上全是明晃晃的白金镶钻首饰，但并没有和我疏远。她羡慕我上了大学，而我羡慕她从小就是槐杨街人交口称赞的好女孩，身心合一，她接受自己的命运，就像一条船顺着河流漂荡一样，她在船上做着分内之事，并不想从船上跳下来，或者逆流而上。她气血虚亏多次小产后，婆婆全家上下求神拜佛，找偏方，只差没把她供起来了。

当年得知淹死的人是顺子后，她伤心地哭了，抱着我的肩膀说，我们那天要是阻止他去河边就好了。后来她还去顺子家给孙有财洗过几次衣服，顺子后妈常年吸水烟袋，清醒明白的时候倒不多。她过的是正大光明被槐杨街广为赞许的生活，她不懂我另一半阴影里，水面之下的痛苦是怎样的。爱很容易，理解很难，但并不妨碍她对我好，她送给我的套裙，成了我的面试主打服装。她传授给我一些房中术，但是我一直没用上。我有些嫉妒她的好运，但是也不得不承认，她是个真正意义上的好女孩，好女人。

到了荣翔出现时，我的自信心已经崩塌成碎渣了。和前三次一样，我对荣翔并无多少不满意之处，除了他比我小三岁显得有些幼稚外。而他告诉我，除了年龄和身高不能修改外，一切都可以为我做出调整。虚妄的事我已不抱幻想，但是我也隐隐感到再也找不到比他更合适的男人了。那天我们在楼下青梅酒馆喝了酒——我希望能把自己麻醉。拥抱、亲吻，后来到了关键的时刻。因为一直被拒绝，荣翔坚定地相信我是这个世界上最纯洁美好的女子。经过高中两年复读，大学一年休学，我当时实际上已经二十八岁了。心上已经长满了痛苦的老茧，那都是失眠症留下的瘢痕。对，到了关键时刻，他一边吻着我，含混表白着，一边解开了扣子。毫无悬念地，顺子又一次来到我眼前，他站在桥洞下，脚底下踩着泥，河水一波波涌荡，散发腥臭的气息，桥上汽车轰鸣震动，他闭着眼睛，焦灼地说，帮我，帮我。后来一头栽到水里去了。再看到他的时候，身体已经膨胀得近乎透明，在蓝天下发出炽热耀眼的白光。他在水里浮游飘荡，偶尔随着被风卷起的浪头站立起来，眼神绝望地望向槐杨街，还伸出一只肿胀发白的手掌。

我这次理性尚在，没有扇荣翔耳光，而是一把推开他，然后劈头盖脸打自己，好从恐惧的幻境中解脱出来。

荣翔瘫坐在草坪上，不明所以，后来他战胜了自尊心，爬起来抱住我，喃喃道，原谅我。灯光从楼房窗口往外倾泻，就像浇在酒杯里的冰块往外冒着袅袅雾气，我看到自己的手在这夜雾浸泡下，如水里青苔闪耀绿色幽光，一波一波荡漾，直至眼前闪现出一片青绿幽暗的河水。你看我的手是什么颜色？荣翔说，是白色的，你手很白，像白玉一样。我说，不对，是绿色，像不像鬼手指？张开的五指在绸缎样清凉夜风中，闪现出波光粼粼的青苔绿。顺子的手，才是白色的。荣翔疑惑不解地打量着我，眼神迷茫凄凉，最终松开了手。我分明听到他身体里那根让他心旌摇荡的弦断了，在暗夜里发出了金振玉裂之声。并没有什么不同，最多三次之后，他就会和之前恋人那样绝不回头。我也不想第四轮踏进心理医生的诊所了。我不想诉说自己生不如死的痛苦,能说得出来的,都不是真的。

六

没有走出槐杨街时,我并不是很清楚槐杨街两半的世界是怎样的。一半是岸上,一半在桥下;一半是明面,一半在暗处。一半理直气壮,一半可意会不可言传。大人和孩子,男人和女人,也是各自在各自的一半世界里,就像两个并行宇宙,当然其他地方可能也一样。

看到一半的人通常看不到另一半,两半都看到的人,要么实非善类,要么阴阳眼。

槐杨街人是城市户口却住在平房里,住楼房的人觉得他们是乡巴佬,他们觉得城里人都是一些外来的强盗,他们才是最正宗最原始的城市原住民,城市最初的地界就从他们的居住地开始延伸,已经拆掉的南关老牌坊那才是城市最正宗原始的地标。我之所以说"他们",是我已经不再这么认为了。

已经搬进新楼房的老谢的房客在街上出出进进,愣是被陈大嫂和冯裁缝的火眼金睛探测出是一对假鸳鸯真妍头。男的手插裤袋贴边走黑脸不讲话,仿佛人人欠他二百吊,女的呢,则扭着蛇精腰天天买熟食,很少开火做饭,床品和枕头倒是大红全新的。这哪里是正经过日子的人?出租房不能弄得开窑子一样坏了槐杨街的名声,女人们齐了心撺掇老谢赶走了他们。后来槐杨街的门头挂起了温馨旅馆、睡吧之类的牌子,最早的经营者便是徐二嫂。丈夫车祸成了植物人后,她不但没改嫁的心思,反而每天给丈夫擦澡翻身，每顿饭用针管把流质饭给丈夫打到胃里去，还要照应两个上学的孩子，日子过得凄惶难熬，让人揪心。有天一个高中生模样的男孩领着一个女孩，小心问可以租两个小时吗？徐二嫂看看这两个半大孩子，先是有些生气，才多大人儿啊，就做这样的事，想教训他们一顿，可是看着男孩手里的一百元钱，徐二嫂犹豫了。丈夫的药没了，如果她再不接着，再过几天买饭菜的钱也要犯难了。这件事她难过了一阵子，说给鱼头店的陈大嫂听。陈大嫂送过一只鱼头来，看徐二嫂泪眼婆婆地埋怨自己作孽，便安慰道：是他们自己找上门来的，你撑了他们，他们肯定还会寻别的地方。徐二嫂这才宽了心，陈大嫂从徐二嫂家出来，一连串的"造孽啊"，她也不知道是说自己，还是徐二嫂，还是那些糊涂孩子呢。有了第一次就有了第二次，有了第一家就有了第二家，这样的旅馆在槐杨街已经不下十余家了。

　　槐杨街上的人，从来都是两套规则，或者说规则虽有，但是灵活多变的，明暗两相贯通。鱼头店老刘和王大喝酒时骂世道黑暗，但到了凯子在家待业时，一遍遍地托人找人民医院院长求破格招聘，被拒绝后，又骂院长人模狗样的，不为乡里乡亲办实事，早晚得滚下台。后来多方活动打点，凯子作为合同制检验医师进了人民医院。但不妨碍，他俩一边喝酒一边继续骂那些狗日的贪官，连收废品的都有黑道白道的人罩着，他妈的垃圾箱都给垄断了，什么世道！当然院长人是不错的。

　　孙有财家平屋顶上种了罂粟花，鱼头店、熟肉店都来要罂粟壳子做调料，后来被城管给挖掉了，据说是槐杨街人举报的。孙有财老婆斜靠在床沿上抽兑了白粉的水烟，倒没人管——反正她抽的是自己家里的钱。

好多是非是说不清楚的。这个认识，我和其他槐杨街人并无不同，我身上已经打上了我不喜欢的槐杨街烙印。

比如酒场上的笑话段子，没本事接招，至少也要陪着笑笑，配合营造出其乐融融的亲善氛围，那才有利于签单子。要不酒就白喝了。七八线的保险公司指望有人主动投保，简直就是做梦。那个瘦瘦的4S店老板酒过三巡时这样讲的，一个女人提着一篮子鸡蛋，遇有劫匪，将她拖到玉米地里。女人紧紧抱着鸡蛋篮子惊慌道，你要干吗？劫匪拿出刀子道，劫色！女人说，哎呀妈呀，我以为你抢我鸡蛋呢，这么好的事，还用拿刀子吗？酒桌上的人哈哈大笑。我们保险公司的笑得尤其卖力，余音绕梁，估计不止三日。当然回报也丰厚，我签下的大单，帮我结清了三个月的房租。给弟弟买的耐克鞋子和运动服，也来源于此。

我努力笑的时候，想起了大玲子的话，因为他们能站着撒尿。

你看，大玲子只是顺从安排地活着，什么也不要，就可以让别人得到所有，自己也无所不有。而我要委曲求全，逆流而上，才能得到，才能给予。人的命运是多么不同啊。

司机说，你坐到前面来吧。

新闻中那个遇害的女孩做完家教往学校走，累得昏昏沉沉，半梦半醒，最后被拉到偏僻处。事后，司机非常淡定地到城市相反的方向拉了两个乘客，还打印了发票，成功地营造了时间差和空间差。他也是和4S店老板讲的那样，认为"这么好的事，还用拿刀子吗"？

我很听话地坐到前面去了。司机一手把着方向盘，一手试探地放到了我的裙子上。

婚后的大玲子曾问我,你记得我们一起到老影院看《泰坦尼克号》吗?

我说当然记得啊,我们上初二那年。

看电影的时候,有个大叔把手放我腿上了,还来回滑动。

那你怎么不喊叫?

大玲子说,我不知道他想干吗,也害怕被别人看到,太丢人了。

如果顺子这样做,你会喊吗?

大玲子愣了一下,摇摇头说,顺子不会的,他对我们那么好。

如果他要那么做,我就把他推到河里。

大玲子断然说,你不会的,你是看他不在了才这么说。大玲子不可理喻的善良简直就是铜墙铁壁,刀枪不入。

天色还没暗透,但月亮已经出来了。我伸手到车窗前端详,绿色的手发出幽光,那光色既像青苔绿,又像铜锈绿。乍开五指,是幽绿晃动的波纹,合起来又像一把生锈的青铜短剑。

这双青苔绿的手拿开司机白胖的手,说,前面有个桥洞,这个点,应该很少有人。

他听懂了,长吁了一口气,呼吸明显轻松顺畅起来。显然这个女乘客很愿意跟他做"这么好的事"。

七

我在前面走着,天气阴沉,黑云低垂。没有人知道槐杨街上的那个女孩子回家了。

爬山虎的枝叶更密集了，是雨水多的缘故吧。牵牛从一丛丛胡须一样的草丛里举起紫色喇叭，有蜻蜓张着两对透明的小翅膀在低空飞翔。河水远看是绿的，近看是黑的，大片的水藻在里面诡异地摇曳浮动，鬼魅一样旖旎。我想起前夜的梦境，水里一只晃动的青苔绿手，坚韧不拔地拖岸上的脚踝，拖啊拖啊，被拖的人往外挣，那双手往水里拖，两下博弈，眼看要拖下去了⋯⋯我在夜里两点从惊梦中醒来，氯硝西泮再次失效。初恋男友离开后，我整个人躺在床上无法动弹，后背从颈椎到尾椎没有一块不疼，半夜腹泻，从心口到脚心都是凉的。没有引起身体反应的爱情和痛苦都是算不得数的。再后面痛苦的剂量逐次递增，安眠药效用却在递减，既然活着是如此之苦痛，那么死亡未尝不是一个好选项。

地藏菩萨说："地狱不空，誓不成佛。"（《地藏经》）我如果做了水鬼水妖，就永远游荡在河里，伺机拖下那些罪孽深重的人。恶人不尽，我就永沉水底，拒绝超度。

如果在水底遇到顺子呢？他在梦里带我和大玲子玩，却在我恋爱的时候以死人的形象出现。唉，我不愿想这些了，我只能想一半的事，想另一半脑子就炸裂了。

此时司机很顺从地跟在我后面，进了桥洞。由于连续出现多起溺水事件，已经很少有人到河边和桥洞里了。

他四下张望着这个巨大的地面下空旷水泥空间，桥洞顶依然遍布黑蝴蝶一样的霉斑，地面潮湿，空气清冷，有蝙蝠从桥洞一角斜歪着肩膀掠过，裹挟着水底阴寒的气流，是要下雨了。仿佛进入了一个神秘的洞穴，他被一种奇异的力量鼓动着，上前娴熟地揽住了我的腰。

他的手臂是热的,隔着衣服,我也能感觉到那波波荡漾的热力,从一个男性的身体深处传来,就像火山在地下隐隐脉动。顺子又在这个时刻冒出来,他胳膊环着我的肩膀,鼻息像一匹马,说,你长大了,我可以带你去跳舞。我闭上眼睛,怕他再次以河里泡发了的形象和我见面。这万劫不复的地狱啊,该有个了结了。

我伸手回应着司机,就在此时,突然听到一个声音,姑娘,去给我买包烟。

我哆嗦了一下。是的,这空荡荡的暗黑桥洞里,出现了一个活人的声音和气息。

我转过头,惊奇地看到了跛脚乞丐,仿佛从天而降一样,壁虎般蹲伏在帐篷外。

司机打量了他一眼,犹豫着,掏出五十块钱,不耐烦道,给你,自己去买吧。

乞丐不抬头,不接钱,低头捻着手里从作业本子上撕下的纸,一边缓慢地往里揉烟末。

我把钱递给他,他还是仿佛没看到一样。

司机说,不识抬举的老货,别理他。然后拉着我的手,往桥洞更深处走。这时只看到河面上映照着远处大酒店的点点灯光,仿佛亿万个萤火虫在水面上嬉戏、闪烁,河水深处的景象已经全部隐入河底,什么也看不到了。

乞丐叹口气,说,如果是顺子,肯定会去给我买包烟。

如五雷轰顶。我耳朵里一下子全无声音,仿佛一下子掉进了10岁那年的秘密时光隧道。

我膝盖软下来,无法挪动脚步,浑身散架一样,蹲到他旁边，盯着那张沟沟坎坎满是尘灰的脸，想要一个明确的答案。

"那天您在？"

乞丐低头不说话。

"您看见了吗？"

他仿佛没有听见，两手卷好了烟。

我急切道，"您看见什么了？"

他沉默半晌，抬起头来，那双藏在皱褶后的小眼睛眯缝着，幽幽地看着我，低声说，我闺女活着也这么大了，去吧，好姑娘，别回来了。

我望着他，泪如雨下。

2023 年 6 月 14 日写于八里庄鲁迅文学院

6 月 22 日修改于北京师范大学

6 月 27 日修改于八里庄鲁迅文学院

（《大家》2023 年第 5 期）

祝红蕾　山东临朐人，在《大家》《青年文学》等发表作品200余万字。小说选入《小说选刊》《年度中国短篇小说》等选本，散文选入《我最喜爱的中国散文》《名家笔下灵性文字》等文集选本，已出版散文集《在一只碗里过一生》、小说集《金波的星期九》。

赛洛西宾 25

大头马

这个故事听上去或许有些不可思议,不过它恰恰就发生在你我生活的这个时代,二十一世纪,一个科学与文明的世纪,一个本不该出现任何神话传说的世纪。为了让你能够更深刻地理解这个故事,我们不妨就把它放在中国好了。实际上这场隐秘的变局早在上世纪三十年代就初见端倪,到了五十年代则衍变成为一场席卷全球的思想浪潮,从美国中部开始,向东横跨大西洋,从里斯本入境延展至中东,向南跨越墨西哥,跳开社会主义国家古巴,奇怪地在牙买加发酵,继而流传进了南美。后来有潦倒的历史学家考证,这场思想实验的侵袭路线和宗教的发展有着某种奇异的镜像关系:它传染的路线和基督教早期的发展路径恰好是倒过来的。至于它是如何在亚洲的印度几经迁徙,继而克服了国境线迈向缅甸,又进入了中国,尚未有历史资料给予明确的答案。我们只知道云南人在这方面做出了委实不小的贡献。不过,这和我们要说的这个故事都没什么关系。你甚至可以直接跳过这个开头——

这个故事是关于一个普通的年轻人的:大名傅广义。他的父亲在中国长江以北某平原城市的一所大学工作——做的是门卫,准确地说是二系教学楼的保卫工作。二系是该大学的物理系，可能正是因为这个，他父亲才给他起了这样一个名字。傅广义，广义相对论的广义。他离家多年——小时候有算命先生说他要在北边发展才能起大运，大学毕业后他就待在了北边某城市工作，但这和算命先生的话没什么关系，纯粹是因为他当时的女朋友是北方人。他们感情甚笃，谁也离不开谁，他便顺着女友的意思来了她的家乡。

在此，我们不详述傅广义之前的生活。我们将从二〇一六年七月十四日这天开始讲起。这一天世上并无大事发生，只是傅广义的生活发生了一个剧烈的变化：他失去了他的女友方立秋。

方立秋没有死，没有失踪，他们也没有分手。实际上再有两个月，他们就要结婚。他的失去既不是物理层面，也并非情感层面，他们感情依然很好，如同恋爱以来的这六年。他们并未像别的历经六年恋爱长跑的情侣那样，对彼此失去新鲜感，或由于生活消磨掉了对对方的爱。直到这一天，傅广义都觉得他这辈子不可能再像爱方立秋那样爱任何一个别的女孩，他不知道方立秋是不是也是这么想的，但他觉得是。

方立秋学的是新闻传播，毕业后先是在一家传统媒体工作，后来随着报业萧条，又辗转换了几份工作，最近的一份是在一家新媒体做编辑。工作内容虽然挺无聊，不过她不是那种心思跳脱的人，这工作稳定，报酬也还不赖，尤其是随着这几年新媒体的崛起，他们公司通过创始人积攒的名声获得了大量导流，公司光靠广告就可以获得非常不错的现金流。创始人早前是做记者出身，后来转型创业，也实属摸准了新世纪的传播渠道变迁，赶上了这股风潮。从商之后，从前做记者时的理想主义情怀，也顺理成章地成了企业文化的一部分：除了他本人之外，任何人都相信崇尚自由是这家企业的灵魂。所以，他对于公司内一位普通员工突然递交的辞职报告虽有些惊讶，但也只花了一分钟就批准了。

那份辞职报告非常简短，是这么写的：

我要辞职，我找到了我的使命，我要上天。

如果你也生活在这个年代的中国，你会意识到，这听起来颇像那短暂的几年兴起的一种后消费主义时代思潮，或者说，一种在经济高速发展中的国家疯狂崛起的中产阶级所鼓吹的新兴生活方式。这种新生活方式倡导人们从疲乏不堪、毫无意义、只为谋生的工作中出走，逃离一种世俗意义上的成功体面的生活，逃离无限膨胀的北上广（北京、上海、广州，在当时，这是中国三个最大的城市，亦属文化经济的主流之都），去过一种理想的生活，追逐某种遵从内心的、真实而有意义的生活。

公司内的其他同事对于方立秋的突然辞职也并未产生太多的想法。首先，在多数人眼里，她只是一位非常普通的同事，在公司里并无关系特别亲近的朋友，大家对她的了解也仅来自工作上的交流和偶尔的一些聚会活动；其次，他们做的新媒体内容以人文为主，总是那些和大众相关又略高于大众思想的东西，不是在关心世界大事，就是在关心边缘群体，总之，比较离地。在这里工作的人本身又都有些才能，经常就能听到某个同事辞职回家种地之类的事情。与之相比，方立秋说自己要上天，虽然是有些浪漫——浪漫的主要原因是他们谁都不太清楚"上天"具体指的是什么，这听上去更像是一句玩笑——但也没什么值得大惊小怪的。唯一的问题是，方立秋实在是太普通了。几乎可以说是，平庸。某些一直以来都自命不凡的同事不免心下揣测：她这么做会不会是为了出风头吧？继而半是嫉妒半是不屑地参加了她的欢送宴会，碰杯时照常微笑鼓励："祝你成功。"

在旁人看来这不过是一次稍显荒唐的离席，只有傅广义知道事情不是这么回事。

他非常了解方立秋。他知道方立秋绝不可能是那种看了几篇文章、听了什么演讲就头脑一热，想要从往日的生活中挣脱出来奔赴另一种新生的人。方立秋是个非常平稳的人。平稳不是说她理智，而是说她——这么说可能带有些贬义——非常平凡。方立秋的平凡从他认识她起，他就深刻体会到了。她从小到大都不是那种冒尖的人，也很少出什么岔子，按部就班，随波逐流。她学新闻传播，不是为了什么新闻理想，她学这个完全就是因为分数线刚好够，毕业了还好找工作，那会儿是媒体急速扩张的时候，做这方面的工作不算辛苦，称得上安稳，也够体面。而傅广义之所以会爱上她，是因为他也同样的平凡。

不过，傅广义的平凡不是他与生俱来的，或者说，这是他有意造成的结果。这得说回到他的父亲。傅广义他爸虽然没上过什么学，却是个非常有追求有想法的人。他是农民出身，家中贫困，读完了小学就在家帮农，中国恢复高考制度时也曾满怀憧憬地复习考试，但无奈落第。此后凭借个人努力学习各种谋生本事，从村里走到了县城，又从县城走到了城市——虽然靠的是娶到了一位城里姑娘，说是城里姑娘，其实也就是纺织厂工人的女儿，女承父业也进了纺织厂，下岗热潮来临之际被买断了工龄，这之后就在家赋闲做做修补衣服的小生意，同傅广义他爸，也勉强算得上是门当户对。傅广义他爸本来已经在城里靠做水电工有了份吃饭的生计，后来不知是怎么回事，按他爸的说法是路过那所一流学府的时候"被上帝摸了摸脑袋"，硬是扔掉了原本的饭碗，进大学做了个门卫。临时工。傅广义他爸没有宗教信仰，"被上帝摸了摸脑袋"这话他一直不相信是他爸原创的。他爸这门卫做得不安分，有闲暇时间就在各个教室乱转，数学物理化学样样都去蹭一些听。尤其痴迷上了物理，买了各式各样同物理学有关的科普书和教科书，不管做什么都会捧一本在手上。"这是一门科学。"他爸会在他妈埋怨他不干正事时严肃地教育她。当然了，这样的勤奋并没有什么成果。一个小学文化的中年人，若是能凭借在大学旁听就能一下子变成科学家，当年也就不会高考落第了。诸君放心，我们的这个故事里没有什么传奇。

　　这份热情唯一的结果就是他爸将自己这个未能实现的愿景落在了傅广义身上，他希望自己的儿子以后做一个不平凡的人，最好是一个科学家。这也实属人之常情，不难理解。他爸对这份望子成龙付诸最大的努力，是砸锅卖铁缴了借读费，让傅广义进了这所大学的附属小学。在附属小学上学的，多是大学教职工子女，傅广义他爸虽然名义上也算是职工，但毕竟是编外，这确实让傅广义从小就觉得自己和其他人不一样。一九九五年傅广义读小学三年级，这一年他的人生中发生了两件大事。第一件是他在全校师生面前朗诵的时候尿了裤子，暗恋的女生后来再也没和他说过话；第二件是当时中国的一位科学界泰斗到访他爸工作的这所大学，不过他不是来自己做访问的，是陪同另一个人来的，李西贝。

读这个故事的读者有些或许还太年轻，不知道李西贝是什么人。这没关系。在我们这个时代，他已经被当作上世纪的一个猖狂的骗子牢牢地钉在了历史的耻辱柱上。把时间往前拉一点点，他曾凭借精湛的演技和狡猾的头脑，让当时从上至下的全国百姓都相信他是一个拥有特异功能的人，就连一些科学界人士都对此深信不疑。这位泰斗陪同李西贝来这所学校访问，不是为了学术交流，也不是为了科学演讲，他只是陪同。真正的主角是李西贝，而李西贝此行的目的是为了进行一场特异功能表演。

傅广义他爸虽然没在学校学到什么知识，但他学到了一个非常深刻的信念：什么是科学？1980年代至1990年代初期，中国掀起了一股对于气功、特异功能、武术等文化的热潮，全社会各阶层都被这股热潮裹挟其间。傅广义他爸非常愤慨："时无英雄，遂使竖子成名！"这当然不是他爸的原话，而是出自三国时期曹魏思想家阮籍之口，他爸只是恰好在《读者文摘》上看到。他爸是极少数没有受到这股"气功热"影响的人之一，这其实颇为了不起，即便在他工作的大学，也常能看见教授带着学生不上课练功的情形，有时上着上着课，就能看到有老师双目精光爆射，高声叫道："我终于找到炁啦！"

至于李西贝的这次演出，傅广义他爸自然是愤怒异常。那是一个晴空万里的日子，在校礼堂的讲台上，身着虎褐色灯芯绒外衣的李西贝，用修长的手指捏着信封，表情淡然地表演"嗅鼻认字"的时候，傅广义他爸做了他这辈子最为惊天动地的一件事：他冲上去打了李西贝一耳光，但很快就被人扭送下台。与此同时，校长业已反应了过来，激动地大嚷："门卫！门卫在哪儿？"

一点儿没有想到这个造反的人就是学校的门卫。傅广义他爸如英勇就义的地下党员,在下台前一路不停地高喊:"这人是骗子!"当他与那位学界泰斗擦肩而过时,人家看了他一眼,问:"你是谁?"

"我是谁?"这个问题问得太好了,简直问到了傅广义他爸的心缝里。双手被紧缚在背后的傅广义他爸回看了一眼,神色漠然道:"我是一个科学工作者。"

这件事成了他们大学历史上一段很快就被人忘记的小插曲,但却成了傅广义记忆中一场不可磨灭的灾难。待查明傅广义他爸的真实身份不过是一个小小的门卫后,学校倒是没有辞退这个有些疯癫的门卫,只是,"一个科学工作者"这个说法冒了出来,成了那段时间校园里人人引用的笑话。自嘲的时候可以用,比如化学系的教授和数学系的教授在饭堂照例抱怨工资待遇时,"咱也就是一科学工作者,提啥要求啊";批评的时候可以用,比如课堂上训斥那些自以为是躁动不安的学生,"你还真把自己当科学工作者了"。久而久之,它的使用语境被不断挖掘,含义愈发博大精深,甚至连学生打架时,都可以作为一句粗口来嚷,"我让你科学工作者"。

这件事傅广义没有机会看到经过,却从同学和同学家长那里陆续听到了许多版本。逐渐地,他也或多或少感觉到了"科学工作者"的流行。偶尔地,空气中飘来的"科学工作者",会像一颗无害的橡果刺痛他的心。他爸出名了,连带着让他也出了把名,让他下定决心此生绝不按照父亲的心愿生活。

他成长得战战兢兢,谨小慎微。四平八稳对他人来说是一个既定的结果,对他却是刻意努力的方向。他尽力让自己普通,任何出轨的想法都被他视为洪水猛兽。在这样一份普通中,他感到幸福。作为半个教职工家属,他的初中、高中,都在这所大学的附中念完,名次始终在十名左右。初高中分别有一次早恋的机会,他均克制住了念头。高考时他稳定地考上了一所中上水平的大学,去了外地。他没学物理,没学化学,没学数学,而是学了金融。在大学,他与方立秋相遇——一见钟情,这是他截至目前平凡的一生中唯一不寻常的事情。幸运的是,方立秋无论在哪个方面,都极为符合他的要求,他们是一类人。于是两人顺理成章在一起。毕业后,当然,傅广义也没成为什么金融业的奇才,而是老老实实在一家保险公司做一份销售工作。收入不上不下,同事关系马马虎虎,领导点名时常叫不上他的名字。同学中有人去了投行,有人去了咨询公司,有人创业,比他过得好的有不少,他不算最差,反正还凑合。他谈不上喜欢自己的工作,也不讨厌,对自己目前为止的生活挺满意。虽然错过了房市的几波机会,也在年初贷款买了套二居室,按照他和方立秋的收入水平,还款不是太大的压力。他们本打算两个月后领结婚证,然后就这么平淡、普通、幸福地过一辈子,直到二〇一六年七月十四日这一天——

傅广义没有直接看到那份辞职报告,他是下班后吃饭时听方立秋告诉他的。他听后不像方立秋的那些同事那般淡定,而是仿佛被一枚经过一整个冬天后解冻的橡果砸中脑门,手里的筷子掉到了桌上,脱口而出:"你要干吗?"

"我要上天。"

"上天是什么意思?"

"就是字面意思,去太空。"

傅广义还是没有理解，方立秋只好再次解释道："我要做宇航员。"

"你？宇航员？"傅广义更费解了。

方立秋没有直接回应傅广义脸上诸般复杂的神色，而是用实际行动表明了自己的决心。在她开始准备材料报考航空航天大学，同时每天去专业的健身房严苛地训练自己身体的时候，傅广义才通过电脑的浏览历史相信了方立秋不是在开玩笑：历史记录清一色全是和如何成为一名宇航员有关的网页。另有一些细节：每天下班回来，傅广义会在家里的书架上发现几本新书，和航空航天有关的专业书，也有《夜航西飞》这样的文学书——那本来是个空荡荡的架子，只放了一些各自工作相关的专业书，一些畅销书，流行小说之类的，还有一本厚厚的《美国儿科学会育儿百科》——仍未拆封，其余就被用作放置一些他们为数不多的几次旅游带回来的廉价手工艺纪念品——出产于义乌。现在，这个书架在不动声色地、循序渐进地发生着翻天覆地的变化。这些变化如此细微，只有每天路过它的人才会注意到——就连傅广义，也是在一次打扫时发现的：一本书——就像砸中了牛顿的苹果那样——从书架上掉下来，砸中了傅广义的脚趾。傅广义嘟囔着捡起来本要插回书架，书名却吸引了他的注意。这本书叫《我是如何上天的》。2009 年，法国人托马·佩斯凯从 8413 位候选人中脱颖而出，成为欧洲空间局最年轻的准宇航员，法国第 10 个执行太空任务的宇航员。这本书讲的就是他的经历。

傅广义震惊了，恐慌了。不能再这样坐视下去了。

之后的这两个月，他们两人经历了一系列的情绪对抗，对话先是从"你为什么要这么做"变成了"你知不知道你这么做成功的可能性有多小"再延展到了"你去做宇航员了我们怎么办"。对前两个问题,方立秋都是闭口不答。最后这个问题,方立秋没有表露出任何这个突如其来的人生决定会对他俩的关系和生活有任何影响的意思,在她看来这不过就像是她换了一份工作一样简单。他们还是会结婚,还是会一起生活,她还是爱他的。至于孩子,那还早——她的人生才刚刚开始呢。

然而在傅广义看来,他的人生完全改变了。先不提假设方立秋真的成了一名宇航员之后,他俩将会聚少离多,这工作对他俩原本生活计划的方方面面会产生什么影响的问题——他其实压根就不认为方立秋真的能成为一名宇航员。这可是宇航员啊。不是什么普通人闭眼睛拍脑门说干就能干的工作。她就是说自己改行要去做战地记者看起来都比这要让人信服。当然,这些都不是最重要的。真正让他感到恐惧的是,他不认识方立秋了。她好像突然成了一个陌生人,一个——他阻止自己这么去想——走火入魔的疯子。

实际上他想到了他爸。

他知道自己失去方立秋了。随着她那份越来越坚定的决心,和每日专注于自我训练的行动力,他对这份认识也越来越确定:他的失去不是表面的。她是没有离开自己,但他们已经不是一类人了。他知道有什么东西超越了方立秋对他的爱,甚至是她对她自己的认知而出现在了她的心里。

认识到这一点之后,一个坚定的念头从他脑海里冒了出来,这背后一定有什么力量突然改造了方立秋,使她变得不是自己了。

而他必须查出来,那到底是什么力量。

日子一天天过去，傅广义的调查尚未见任何成果，他甚至连方立秋究竟是在什么时候突然扭转心性变成一个陌生人都没搞清楚，在他看来这仿佛是从天而降的，像是——用他爸曾经的话说——"被上帝摸了摸脑袋"。她是突然受到了什么蛊惑，听了什么人劝、读了什么书，或是这其实是深藏于她内心多年的一个隐蔽的想法，不断酝酿发酵，量变产生质变的结果，他没找出一点影子。在他找机会和她深谈、从她的父母和亲友那里获取信息、他们甚至一块儿去看了心理医生之后，他都没能得出半个说服自己的结论。无论他怎么问，方立秋的答案始终非常简单，"我就是突然找到了自己的使命"。

"为什么不是别的？为什么是宇航员？"

"没有为什么。凡·高为什么要去画画而不是做个数学家？华罗庚为什么是数学家而没有去画画？"

对话总是这般，翻过来倒过去，如同一块魔方，最终总会遵循同一个公式复原，没有更深刻更复杂更奇妙的心理动因。有一次方立秋甚至反过来盯着他，徐徐说道："我觉得你也应该去找找自己的使命。"

"什么使命？"

"我怎么知道？这你得问自己。你这辈子难道真的就只想做个销售员？卖保险的？"

这话傅广义听了觉得耳熟，他下意识道："我不做销售员难道要去做物理学家？"

方立秋认真地看着他，说："没准儿你真正的使命就是做个物理学家。"

傅广义气愤难耐。方立秋和他说话的语气和以往无异，可是他能强烈地感受到那些话语和她的神色里的那种平淡——正是那种平淡——深深地刺痛了他。她什么都没说，可他感到了其中某种既微妙又强烈的——浑不在意的轻蔑。

他知道在方立秋身上是问不出什么了，她提凡·高反倒是给了他一丝灵感，不是也有个著名的画家，在他四十岁之际突然逃离原本的生活，放下一切，去一个孤岛开始画画么？那画家叫什么来着？必须再次说明，傅广义只是一个普通人，没有太多超出常识之外的知识，但是由于他对方立秋的爱，或者说在他发现这份爱即将走向死亡的时候所产生的绝望，他开始不惜一切试图搞清楚这其中的关键。

两个月后他们没有如约去领结婚证。不是方立秋的决定，是傅广义做出的选择，他不想不负责任地对一个他突然感到陌生的人许下毕生的承诺，也可以说，他害怕。

"你先准备宇航员考试吧，结婚的事以后再说。"

"随你。"

这之后傅广义放下了手头的一切工作，他开始更加疯狂地寻求答案。他想找回自己丢失的未婚妻。

就在傅广义试着从一切可能的途径调查未婚妻离席事件的同时，世界上其他地方也在发生着类似的事情。它们看起来没有任何联系，但究其根本又十分相似。在此，我们不得不提到另一个人。为了让你把这件事看得更加清楚，不妨就把这个人也放在中国。不过，由于这个人太过知名和重要，而且又是存在于你我生活的当下，我们必须隐去他的真名——就叫他谢迟好了。

在傅广义他爸生活的那个年代，对于平民百姓来说，高考恢复是一次重要的改变命运的机会。谢迟就是抓住了这个机会的人之一，也许是最成功的人之一。

我们无意在此赘述谢迟是怎样获得如今的财富、权力和地位的，关于此，著述颇丰，大多会在书店的励志类书籍柜台被你看见。可以说，谢迟是最能代表这个时代的标签之一。所谓Zeitgeist，时代精神。和大多数顶级的成功者一样，谢迟身上有着超越一般人的勤奋、智慧以及恒心。从小时候起，他就知道自己要做一个不普通的人，准确地说，一位领导者。而且他知道自己能做到。他只是犹豫该从哪条路径入手，从政还是从商？最终他选择了后者。这么做让他的人生规避了许多风险。

谢迟对商业的敏感主要得益于他对数字的敏感。就像六岁起就会通过转手卖百事可乐赚五美分的巴菲特，对如何攫取财富，谢迟也有天生的洞察力。他对此十分自信。自信是他禀赋的一部分。这份自信让他在年轻时就积累了一票追随者，心甘情愿地将自己的钱交由他管理——理财书上说的么，对普通人来说，把钱交给会理财的人，就是最好的理财之道。他自然没让他们失望：他的崛起如此惊人，如若不是回头去看，你不会觉察到在中国快速发展的这三十年，会出现这样一位人物。现在说什么都显得事后诸葛，无数年轻人手捧他的传记就像中关村大街上穿格子衬衫的人手捧《乔布斯传》，试图从中发现些什么，好成为下一个乔布斯。但他们终将一无所获。

谢迟对于这时代的人不仅是一个浩瀚商业帝国的领袖，也是一位精神偶像。对那些在他庞大的帝国里头工作的人，更是一位无法替代的领导者，或者说，一位精神上的父亲。固然不是每一颗螺丝钉都能有同他一起工作的机会——多数人甚至根本就没什么机会见到他，他们主要通过媒体得以了解这位商业巨擘，但在他们心中，他就在那儿。

这就是为什么谢迟突然决定放弃他的商业帝国——满门儿女时，集团上下是何等的恐慌。对他们来说，这无异于一国之主突然宣布退位。

这次事件的发生并非无声无息，谢迟毕竟不是一个普通人，不能也那么提交一封辞呈，就此抛下一切不管。大人物的麻烦之处就在于，一举一动都不属于他自己，一定有言外之意。董事会最核心的几位成员是最先得到这个消息的，谢迟秘密召开了一次会议。这之后，自然是各自上阵，轮番劝阻，各种戏码演过，臣子们才确认，这场退位不开玩笑，相当严肃，相关人员才开始自上而下着手准备谢迟离去后的种种安排。到了消息公布的那天，最广大的员工们和新闻媒体是差不多同时知道发生了什么的。

无须赘述此番离任对于商界、政界乃至全国普通百姓造成的影响，谢迟开创的商业帝国深入普通人的生活，就算你对此没有觉察，也肯定在无意间使用过他的产品、享用过他的服务。一个健康运转的公司不应由于最高领导者的离席而受到什么过于巨大的影响，但由于是谢迟，情况变得不一样了。股票骤跌、公司估值大幅缩水等事实上发生的影响不说，他的离开引起的海啸，最核心是精神上的，一个没有谢迟的企业帝国还有什么追随的价值？可想而知，自他走后，帝国将被分为两个时代。

为什么？

所有的人都在问，这是为什么？

紧接着的问题是，他要去干吗？

谢迟公开发表的最后一次演讲并不简短，在社交媒体上的视频显示长达1小时零5分。地点在公司总部的演示大厅，可容纳3万人。以往这里是公司发布新产品或开重要发布会的地方，这是唯一一次谢迟用来做私人演讲。他虽然是公众人物，时常接受采访——就在不久前他还同韩国总统进行了会面，总部下属的集团是对方此次来访考察的其中一环，但他几乎从不在采访或演讲中谈及自己。对于这一次公开演讲，所有人都满腹疑云又满怀好奇，期待能从这次演讲中获得什么——他们中的不少都做好了聆听一次震撼心灵的、发自肺腑的、铭记历史的自我剖析的准备，也许这位举足轻重的人物在他将近六十岁的时候突然获得了什么神启准备献身崇高，或是功成名就人生知足准备退位隐居，要么就是他累了，仅仅是累了而已。

他们做好了这种准备：无论他给出的说辞是什么，他们都将深信不疑。

然而这次演讲的主要内容依然是围绕公司主体的，与其说谢迟表达的是自己的人生理念，不如说这是他一直以来所力图建立的企业品牌的精神核心。在熟悉他那些话语的人看来，甚至有车轱辘话的嫌疑。无须说，效果很好。当然也穿针引线引用了他自己成长道路上的一些耳熟能详的事例，最后的总结是："找到自己的使命，然后全力出发。"四两拨千斤。

镜头显示不少人热泪盈眶，而且不是提前演练的结果。四两得看是谁的四两。

谢迟在视频最后十分钟还说道："我希望这个公司是独立的，它和我没有什么关系，即便我离开了，它也能有自己的独立精神，继续往前滚动，当然，这需要你们在座每个人的努力。不过只有当你认为你的使命是一致的,我才希望你选择留下来。"

这段话在之后被解释为谢迟离开的原因,也可以和古代很多贤明的君主礼让退位的事例做比较,无论是公司的员工还是外界的看客,都为谢迟此番颇有大将之风的举动所感动,乃至惭愧。于是,这第一个有关"为什么"的问题看似得到了解答。

第二个关于"他要去干吗"的问题则再也没有人知道答案了。

因为这次演讲之后谢迟就消失了。完全的消失,甚至可以被定义为,失踪。

谢迟的失踪只有极少数人知道。在多数人看来,他不过是从公共视野中消失。即便是谢迟最亲近的那几个人,也都怀疑他是不是,仅仅是在开个玩笑:跑去荒山野岭隐居,或是到国外什么地方休憩,也可能就是懒得回复消息,大隐隐于市,总之不过是寻求一段时间的清净。于是,他的失踪没有被当作一般的民事案件来对待——这也超出了常规系统的调查权限。最主要还是,谢迟把一切都安排得如此妥帖的缘故。

真正为此事感到害怕的是他的妻子,任晓清。

可以说任晓清并不了解她的丈夫。同床共枕几十年,她可以确定谢迟是个非常称职的丈夫,不碰烟酒、不好女色、照顾家庭、性格温和,如果说他们的婚姻有什么遗憾,那就是他们没有孩子。问题出在任晓清,但谢迟并无任何不满。除此之外,他俩的生活一切都很如意。可她仍然觉得自己不了解这个人。可能是因为她从来没有见过其他任何一个人,像谢迟一样对于自己所要做的事有着这么强大的信念,或者说痴迷。她也没见过其他人像他这样几乎没有任何别的爱好。古人不是说么,人无癖不可交。

这说明人无癖本身就是个问题。所以她一度怀疑自己之于谢迟的意义：他真的需要她？不过，每当想到这一点，她都会很快地打住自己的想法，这是自己要求的太多了，属于非分之想。她唯一知道谢迟之于自己的意义：如果没有他，她没有任何生活下去的意义。

谢迟失踪一月后，任晓清掉了十斤体重。无论别人再怎么劝慰，她知道谢迟一定是出事了。"这肯定是他有意的，你看他安排好了一切，不就是为了……"旁人说到这就顿住了，总不能说"就是为了失踪"。他们说的有道理，无论谢迟去了哪里，这肯定是他有意促成的，绝非什么意外。

但任晓清觉得十分恐惧，虽然谢迟平时不常和她交心——夫妻多年，哪还有什么衷肠可诉？可谢迟人间蒸发总不能一个招呼都不打吧？她觉得一定是出事了。

谢迟失踪三月后，公司已经开始重回正轨，此次事件也陆续被人淡忘，谢迟的密友大多觉得他迟早有一天会重新出现，再带着从哪儿挖掘来的第一桶金，掀起另一场行业革命。

而任晓清决定开始动用一切手段寻找谢迟。

这两起事件看上去没有任何关联。傅广义的女友方立秋和任晓清的丈夫谢迟，这两人没有任何相似之处，人生轨迹也从未发生什么交叉。他们虽然都是突然扭转了人生，但一个要做宇航员，一个直接失踪了，看上去也着实不搭界。实际上，如果你用大头钉，在一张无限放大的世界地图上，把这些世界上同时发生的类似事件的主人翁钉住，你会发现大头钉们的分布，虽然在地理上呈现不同的密度，但彼此之间的的确确都是独立的。这就是为什么很少会有局外人把这些事情联系到一起，继而推测出在他们生活的这个世界之外，其实还存在着另一个世界。不过，我们的这个故事要讲的不是这个隐秘的世界，而是被步入这个新世界的成员所抛下的那些人，他们还留存在着的旧世界。

傅广义和任晓清在一年以后相遇了。在讲述他们的相遇之前，我们得提到第三个人。这个人说不上有名，但也并不普通。在"气功热"流行的那个年代，此人作为"打假先锋"时常出现在民间的口头传闻中，尤其以揭露李西贝的伪科学表演而闻名。他不像傅广义的父亲那样"无知无畏"，而是实实在在毕业于高等学府，从事科研工作，只是说不上有什么太高的成就罢了。如果他再晚生那么二十年，就会成为如今社交媒体上的意见领袖。然而那个年代既没有网络，通信又不像现在这般发达，他打假这一事业的辉煌时期也就是李西贝刚被定性为骗子，全国的气功热陡然消逝的那一会儿。他成了揭露伪科学分子的民间知识精英，在各大报刊上出了好一阵风头。不过随着李西贝等人的迅速湮灭，他也就随着时代的洪流被人们迅速遗忘了。

此人名叫王全忠，出身于一个潦倒的知识分子家庭，祖上三代举人，到他爸这一代，本好好的在学校做老师，结果"文革"时被打为右派，所幸这并没有影响到下一代，王全忠还是按部就班念书上学，毕业后分配到当地科研机构。王全忠对于科研这件事天生没什么热情，但也不是干不下去，那会儿有这么个铁饭碗，已经是人人羡慕，他还有什么可抱怨的呢？那时的人，对命运不敢轻易有所不满。不过，王全忠清楚知道，不管是对科研还是别的什么，他都不是特别有热情，他也不知道自己真正想干的是什么，于是就这么干了下去。直到全国"气功热"来临。王全忠打假一开始只是出于一名普通知识工作者的反感——他平时在街头碰见摆摊算命的，会故意上前先佯装路人入套，再择机揭露对方的把戏，让对方下不了台，每当这时他都会感到一股说不出的舒爽。说不上使命和快感孰先孰后。总之，在这方面，他就这么一点一滴地积累了实战经验。全国人民苦练气功之际，王全忠的单位也没落下。一天，有"大师"揣着一身绝学上门宣介，王全忠自是由着习惯支配，三下五除二揭穿了对方的小把戏，再一番感化教育。那"大师"也真是悟性极高，被如此点化，不恼羞成怒，反而当场放下一麻袋宝典，自废一身武功。此事给了王全忠一个很大的激励，他突然心有所感，终于明白自己苦学多年的意义究竟在何处。魔高一尺，道高一丈。他就是那个道啊。于是，在王全忠二十六岁之时，他突如其来地感受到了生活的热情、人生的使命。

然而，以当时人们的癫狂，他一个人的力量不过是螳臂当车。他只是科研单位一个小小的研究员，如何能够阻挡这股龙卷风般的浪潮呢？大师们又不会每天排着队主动上门，引颈就戮。他一个人也不是一个队伍，公车上书起码也有几十人签名呢。街头演说？无的放矢不说，还略显跌份。王全忠心怀伟大的理想，但体现在行动的可能性上，他最多打击到的，还是那些街头的算命先生。东一榔头西一棒槌的游击战之后，王全忠见收效甚微，不得不从长计议，深思熟虑一番后，改变了他的作战方针。擒贼先擒王，他决定看准一个大目标，进行狠敲猛打。在细细研究了各个风口浪尖的风云人物的生平和发迹路线后，他锁定了李西贝。

他之所以选择李西贝，原因可能仅仅是此人和他年岁相仿，也或者是因为——在这里我们不得不交代一个情况，王全忠没什么朋友，更不是一个讨女性喜爱的人，到这个岁数还没有和女性发展过什么真正亲密的两性关系。和相貌有一些关系。关系不大。也可以说很大。从长相来说他不算差，普通人，在人群里谁不会多看，也不会少看。主要问题出在他有一点斜视，不严重，但是么，凡是有缺陷的人，旁人不以为是多大的问题，自己往往视为天大的事情。为免被人觉察，他平时常戴着一副墨镜，走在科研所像个高知分子——一旦到了街头，反倒比那些搞封建迷信的盲流更像个算命先生。有好几次他甚至真的被街头摆摊坑蒙拐骗的认作是同行，他们没觉得这是一个科学打假工作者，还以为是同行上门踢馆来了。这也让王全忠更加气恼。李西贝呢，单看五官也谈不上帅气，普通相貌，中等身材，无论在表演还是采访中，话都不太多。话不太多主要是他说不好普通话，那就尽量免开尊口。同样是掩饰缺陷，可换成是李西贝就不一样了。话不多反而显得他低调神秘，成就了他的人格魅力。一个求真，一个求假，命运的馈赠截然相反。自然，求真的那位性格愈加褊狭，求假的那位更加膨胀。乱花渐欲迷人眼。一次巡演，两人终于相遇了。当王全忠头一次在现实世界遇到李西贝，他的第一反应不可阻挡，"他不会是真的吧"继而理智才缓缓回到身上，"绝无可能"。最后，五味杂陈的感受汇聚在了同一个轨道上，扭结成了一股个人英雄主义的情绪，"只有我，必须是我，只能是我"。

相遇是个主观的事情。在李西贝的世界里，这次相遇压根就不存在。他自然也想不到，此次相遇如何改变了另一个人的命运。这之后，王全忠生活的重心如离弦之箭一般，瞬移到了打假事业上。方法依旧古典。他像个克格勃一样紧紧盯着这位"大师"的一举一动,探听他的一切动态和路径。李西贝走到哪儿,他就跟到哪儿。当李西贝有公开宣传表演的时候,就想尽办法混进去,揭露破坏他的那些把戏。当然,成功的时候很少。大部分时候,他根本无法靠近李西贝,更别提摧毁他的法力,顶多只能在外围游说蜂拥而来的普通看客。那些看客们一开始还会认真听他说两句,很快就把他当成一个疯子来处理。凭借此举,王全忠确实逐渐有了一些名气,倒不是他的打假工作多么有成效,仅仅就是他这些举动本身的效果:"那个疯子又来了。"

李西贝去傅广义他爸的学校表演时王全忠也在现场,他亲眼看见了傅广义他爸冲上去给了李西贝一个巴掌的全过程。这次事件虽然没有对李西贝造成什么直接的危害,但给了王全忠一个不小的刺激。"这人是谁啊?"他听见周围的人议论纷纷,以一种自己从未遭遇过的语气,三分好奇,三分惶惑,竟然还有三分敬服。这事儿让王全忠认识到,苦口婆心大费周章地讲道理,可能还不如一个巴掌来得奏效。

当傅广义他爸被扭送下台,穿过人潮,路过他身边时,他不知怎么冲他说了句,"老兄,漂亮。"傅广义他爸看了他一眼,没说话,又接着被扭送向前了。

王全忠自然很快就把这个人忘了,把他脱口而出对傅广义他爸说的那句话也忘了,那会儿"气功热"已经逐渐偃旗息鼓,放在历史的长河里看,属于接近尾声的时期了,反对者的声音开始涌现:他之后再去一些活动都能撞见几个像他一样的,有知识学历的、有行动纲领的、有理有据的打假工作者。傅广义他爸这种的,王全忠当时固然惊愕里带着几分服气,却不可能视为自己的同路：这不是闹着玩儿嘛，简直成何体统。傅广义他爸却把王全忠为他喝彩的这个时刻牢牢记在了心里——那也是自然的。那一瞬间可能是他这辈子唯一一次觉得自己像个英雄的时刻。他打李西贝的时候没觉得，回答"我是一个科学工作者"的时候没觉得，唯独这个时刻，他受到了激励。

我们这个故事发展到后面，王全忠和傅广义他爸有过几次差点儿就要打交道的时刻，有一次甚至面对面相遇了，当时傅广义只是潦草地介绍了一番王全忠的情况，"这是我在互助协会认识的朋友"。两人谁都没想起来他们在几十年前就曾见过，也没机会深谈发现人生这个奇妙的巧合。这都是后话了。

再说王全忠。一九九五年其实已经是李西贝"大师"生涯最后的辉煌，人们逐渐从这股狂热中走了出来，各个大师也一个一个遭到扒皮、揭穿、重新定性，很难说谁在其中起到了关键作用。一切就像历史上无数次的集体无意识事件一样，兴起、狂热、湮灭，一次又一次的轮回。这短短十余年啼笑皆非的历史，也很快就退潮般汇入了时间之海，被新的时代洪流覆盖，逐渐被人遗忘。再也没有人记得李西贝是谁了。

至于王全忠忽然成为那一年的打假劳模，昙花一现般出了阵名，也不过是时代在那时需要树立一个典型，来宣布这场闹剧的终结。王全忠正统科班出身，又对此事着实付出不少心血，甚至丢了工作——打假近十年，没有任何收入，还得靠自己省吃俭用的钱走访全国，拿他作为典范实属再应当不过。这事儿消停以后，原先的科研单位重又向王全忠伸出了橄榄枝，王全忠拒绝了。倒不是因为这时候争先恐后找他的单位、机构和个人很多，他看不上原先这家地方小研究院，而是他觉得自己如果因为这个接受了什么好处，就显得他打假的动机并不单纯。事情发展至此，这件事对他来说已经不是口头意义上的使命，而是他前已无通路后不见归途的命运。

就是这样，他抛下了人生其他的可能性，决定把这条路继续走下去。

可李西贝已经倒台了，他还能做什么呢？

旁人是这样想的，可在王全忠看来事情还远没有结束。他的看法是对的，这场闹剧的问题并不出在这几个伪大师身上。按照社会心理学的解释，这属于从众行为，从纳粹屠杀犹太人，到金融市场的狂热投机，各时代各领域总能发现类似的事件。法国社会心理学家古斯塔夫·勒庞定义这些事件的主体参与者为乌合之众。这类运动可能永远不会真正消失，永远都在伺机而起。——王全忠倒也没有想得这么深。他觉得这个运动没有真正烟消云散，主要是因为李西贝还没有死。

李西贝倒台淡出公众视线之后，全中国可能只有一个人还在关注他的动向，这个人就是王全忠。这个时候想要搞清楚李西贝的情况，反而远比他活在大众视野时要容易许多。自然，也因为王全忠的地位得到了官方扶正，当他打电话给李西贝原先的身边人询问李西贝的下落时，很快便知道了李西贝这之后去了哪儿。他当然并不是立刻变得落魄不堪，而是先继续在小范围地推广他的神力，安定一小撮亲信和追随者的人心，继而秘密地住进了某研究人体特异功能的研究院，被隐秘地保护和供养了起来。为了让你能够顺利看到这个故事，我们无法在此透露更多。

虽然李西贝已经不像之前那么难以接近，要和他直接接触还是相当困难。王全忠通过官方渠道三番五次提出这个请求都遭到了拒绝。"大师累了,想清静地度过往后的日子。""你都已经获得你想要的了,还要怎样呢?""不行,绝无可能。"得到的无外乎这几类答复。

如此过去了三年,三年之后又三年。这期间王全忠什么也没做,一开始那些邀请他的工作,上电视台演讲、出书写作打假经历等,也都慢慢消失了。王全忠的生活早已恢复到一个普通人的状态,他既不重新找工作,也没有继续在打假这条路上开辟什么别的门路,自然,也没有结婚成家。他靠一份最低保障金和父母偶尔的接济过活。李西贝待着的研究院开始还常能收到这个人的电话和来信,言辞激烈,后来来函就渐渐少了,语气也变得平和,"我只是想和他聊聊。"

王全忠的状态看似可怜,不过究其本质可能和生活在这世界上的其他人没有太多区别:只是活着。

如此又过去很多年。

终于有一天,那天王全忠正在家里吃饭,伙食很简单,青菜豆腐、蚕豆炒蛋和前一晚剩下的水饺。家里的电话响了,这时已经是二〇〇七年,智能手机都快登场了,然而王全忠连一个傻瓜手机都没有。"喂?是王全忠吗?""是我。""西贝大师愿意见你一面。""什么?哪个西贝大师?"王全忠愣在原地,话一出口,那几个音节组合的魔力才骤然让他觉醒。那头顿了顿,接着说,"他快不行了。你不是一直想和他聊聊吗?"

没有资料证明王全忠是李西贝临死前见的唯一一个外人,我们只是推测有很大的可能。王全忠等这一面等了几十年,其实早已忘了当时要见他的初衷,时间磨平了他的心性。挂上电话,他坐在椅子上呆坐了半天,我要和他聊什么啊?他拼命地回忆过去，拼命想要回到一切的最开始，越过生命的漫长河流，来到风暴最凶猛时的波涛上，他在那只偏执的小舟上刻下的宝藏的秘址。现在，风平浪静已经多年，秘址却从天而降，可那究竟是什么宝藏呢？他糊涂了。会不会根本就没有什么宝藏呢？他不敢再想下去了，起身把冷菜重新放在蒸架上。

随后的几天，王全忠回了一趟父母家，找父亲借来了一套西装——他爸年轻时穿的，衣服散发着压箱底的旧味儿，穿在他身上，像是村干部进城，或蹲在路边等活儿的水电工。接着，又上了趟理发店，小区里开了很多年的那种，剪发一律二十。临到赴约那天，早早起来，刮干净了胡子，坐了一夜火车，卧铺。这一切他做得如此自然，只是觉得应该给予对方最大的尊重。那也就是在尊重他自己。

有关此次会面的内容我们不得而知。我们只知道王全忠从李西贝那里得到了一个关键词，赛洛西宾25。他对这个奇怪的名字压根就没往心里去，对李西贝对他说的那些仿佛天方夜谭般的故事也丝毫没有入耳。房间里只有他们两个，李西贝躺在医疗病床上，病床背部特意调高，让他可以半坐起来。王全忠坐在他床头的椅子上——由于李西贝声音虚弱，他不得不把椅子从病床的对面搬到了床头，才能听清他在说什么。在短短两个小时的会面中，他几乎一个字也没有说，大多数时候都在聆听。这跨越了世纪的一面，和他想象的完全不一样，毫无疑问，他老了，他也老了。李西贝的普通话仍然带着浓重的口音，有时他要反复琢磨才能弄懂。他说话时很慢，舒缓而安详，仿佛对自己的这一生没有多少遗憾，自然也谈不上有何悔改——这本是王全忠以为他喊自己来的主要目的，"我错了，你是对的"。给他一些他想要的——

也是他应该赢得的尊重，起码让他感觉到，他曾经也视他为一个对手。任何一点，只要有任何一些这方面的意思，他都会感到此行不虚。可是李西贝没有。

此后不久李西贝与世长辞。他死的时候王全忠既不感到开心，也不觉得难过，而是没来由地一阵恐惧——那种只有孩童时期才会有的本能的恐惧。这种感受太过遥远，以至于他说不上来这股被阴云笼罩般的感觉叫什么。他模模糊糊有个根本就不敢想的念头，他死了，他也死了。他不知道他死了倒还好，他可以继续以惯性活着。可现在他知道了。他还能——活着——吗？

就在这电光石火的一刹那，一个念上去有些拗口的名词——赛洛西宾25，蹦进了他的脑子。云雾仿佛散开了一些。他有一种强烈的直觉，这是一棵救命稻草。

这个故事讲到这里，终于可以进入正题了。

简单来讲，赛洛西宾25是一种从天然植物中发掘经过人工提纯后的化学物质。作用在不同的人身上虽然效果各有差别，但大多反应是此种物质会让人出现感官放大、思维敏捷乃至产生如宗教体验般的症状。一次使用剂量一般在 50—300 μg，效果持续时长约3到8小时。包含此种物质的植物由来已久，可能是地球上出现有机生命体以来最早的植物物种之一。在此我们对它不做更详细的介绍，这可能会让你感到厌烦。你只需要知道在人们尚未获知这种物质的作用之前，就已经在无意识地使用它就行了。它在古代中国也流传甚广，只是除非你有意识且大量使用它，它不会对你造成什么影响，很多误食这种植物的人，不过以为自己是经历了一场梦。有人开始发现它的真正价值，并有针对性地使用它的时候，它才被第一次赋予一个名字，着相剂。

它会被如此命名，是因为使用它的人，会在感到身处异境之时，看清世界的本质，收获有关自己的真实认识，它让人领悟到什么是意义所在，从而让人在效用结束后记住自己的领悟，走向新的世界。这么说对于没有使用过它的人来说还是有些过于空洞了，你可能很难真的理解和信服。这就是为什么当傅广义、任晓清和王全忠知道了事情的真相后，也依然很难相信这就是那个真相，很久很久之后才逐渐接受这个事实。

第一批因为着相剂而改变人生的人起先是惊喜，发乎人性的分享本能，想要说服更多的人尝试它——"朝闻道，夕死可矣。"其中一位颇有智慧的人如此向天下人推广，然而他们立刻感觉到了阻力：首先，不是所有人都有尝试一种未知物质的勇气，多数人觉得这只是一种巫术，对此更多的反应是不信和恐惧。真正懂得如何使用着相剂的人往往是最有知识的那些人，他们的亲友不相信他们会突然变得如此丧失理性，只会觉得这是一个玩笑。不过，即便是一个玩笑，也不会全然地散失在风中，历史总会留下一些迷踪。如果你细心研读典籍，你大可以发现有关着相剂的点滴记录，哪怕这只是记录者的无意之举，他根本不知道自己的记录意味着什么。

其次，并非所有使用了着相剂的人都可以因此而获得领悟，他们也许也获得了一些领悟，但这并没能改变他什么。这不难理解，不是在每个人面前放一本《九阴真经》，他都能成为一代宗师。虽然到目前为止我们并不知道究竟是哪一类人才能因为着相剂而获得这种跃迁式的顿悟，但他们往往具有一些共同的特点：对生命的热爱，对世界的好奇，和依稀保留有的一些纯真。这种特征总结与否也无关宏旨，你能看出来，它们都是那种一旦被说出就立刻流于庸俗的修辞。还有一点需要说明，我们并非试图为这类人贴上正面的标签，也绝不是鼓励任何人效仿他们去使用着相剂，仅仅是做一些客观的描述。实际上，没有因为着相剂获得任何改变的人远比这些命运的受益者多。

再有一点，这些发现了生命的真谛，力图让自己的人生为某种使命而努力的人——既然他们大多都极具智慧——不免开始进行更深一层的反思：1，每个人的顿悟各不相同，但是，既然有人顿悟之后愿意行善，那么必然就有人会发现自己的使命是作恶；2，一个人如果本来只是浑浑噩噩地度日，忽然有天愿意为某种事业而献身，这当然好了，但假使有人原本做的事情就很有价值，着相剂却让他去做一个无用之人，那是好事还是坏事；3，他们中的一些人认为应当让——至少是——他们的同类，越早使用着相剂越好，因为这是一条让人领悟生命意义的捷径，你不用浪费大半辈子做那些无用的努力，立刻就能走上正确的——也就是最适合自己的人生道路。另一些人则认为这么做实属作弊，他们不愿意看着那些没有机会走上这条捷径的人，在错误的道路上迷茫而不自知地耗尽一生。因此公平的做法就是谁也不用这个作弊法门。

这只是其中的一些问题。单看这些问题，你也能意识到，会产生这些反思，把这些可能存在的问题当回事儿的人，是什么样的人了。——极少数人。当他们想到这些问题后，事实很快便一一给出了验证：某位受益者，本是一位安分守己的读书人，却突然起了权谋之心，里通外敌，起兵造反，从此众叛亲离；某位一朝之君，在家国危难百姓困顿之际，却无心打理朝政，专门做些雕花勾栏的木匠活计，任由国破家亡；至于第三个问题，它牵扯的层面更本质，更形而上，由此又引发出了更多的旁枝末节的论战，最终导致了原本彼此认同的这类人，由于不同的理念而四分五裂，各个自立门户，从此再无来往。本就是极少数人了，四分再五裂，哪还能兴风作浪。

这里说的只是同时同地的这么一小批人。若要拷问着相剂在不同时代不同城邦的发展，你会发现这个过程惊人地相似。一代又一代的人都经历着同样的周期，发现、使用、反思、分裂。至于个体使用者的具体案例，更是极其复杂，出现的种种结果远超最早这批人的设想。如此循环反复，终于，那些最聪明也最富道义的使用者们意识到，虽然无法将着相剂对人的影响简单定性为正面还是负面，但它毫无疑问是个危险的东西，并不能毫无控制地推而广之。这就是为什么包括你在内的大部分人，从来就没有听到过这个名字，也压根不知道有这么一些人从古至今、周而复始地存在于这个世界上。而那些使用者，不管是因为被叮嘱，还是出于自身的觉察，不管是发自善意的动机，还是不想让人获取这条秘闻，他们都意识到这个秘密越少人知道越好。——可能是一种进化上的习性，后来者意识到这点所花费的时间越来越少了。这也与我们的社会发展有关，人们越来越聪明了，他们被规训出了更加精细的对事物利他还是利我的判断的本能。

关于着相剂，所有使用者唯一的共识是，它的的确确是一条捷径。不管你在人生的何时使用了它，你都能因此走上一条距离终点最近的道路。对于世界上包括你我在内的绝大多数人来说，人生最本源的痛苦是无法在这个世界上找到一个恰如其分的位置，哪怕你对此毫无觉察，随着生命的流逝，也终将为莫名的虚无开始慌张，开始体验到一种刻骨的孤独和空洞。而着相剂，就如同一面明镜，能够照见你的样子，也如一张地图，能够彰显你的位置。它帮助你指明了密林的出口，仅此而已，但举足轻重。

随着科学世纪的来临，有关着相剂的研究也越来越多，越来越理性，现在，人们可以客观而公正地给予它一个评判。不过，这并非我们这个故事所要说的主旨。这些有关着相剂的研究基本围绕使用者进行，很少关注那些和使用者有关的人受到的影响。我们在此列举出三位使用者的身边人，正是为了扩大赛洛西宾 25 的研究视域，使你看到更多的一些东西。我们不带有任何倾向性，只是客观陈述他们的生活变动。其中，我们主要想说的还是故事开头的这个人，傅广义。

傅广义明白是什么真正改变了女友方立秋已经是一年之后的事了。这期间他几乎就要放弃这个人，这段关系，试着让自己开启一段新的生活，但又找不出任何理由开口。方立秋以惊人的意志力顺利考取了航空航天大学，和一帮小自己十岁的同学一起，重新坐在了大学讲堂里，这本身已经让她身边的所有人刮目相看。傅广义他爸除了对宇航员这个选择有些咋舌之外，也对这个未过门的儿媳感到吃惊——继而是满意。他一直对儿子未能按照自己的愿望做一个不普通的人心怀不满，没想到在儿媳这里得到了找补。他甚至开始担心他有没有资格有这么一位儿媳——他担心方立秋会转而嫌弃自己的儿子配不上她。他的担心是多余的。方立秋没有任何这方面的意思，她一如既往地对他们二老很好，也就可以想见对傅广义也维持着之前的态度。

只有傅广义觉得不是这么回事，他觉得他和方立秋已然形同陌路，却又实在找不出什么证据。就是在这时，他知道了赛洛西宾 25 这个东西。

赛洛西宾 25 的使用者虽然不会因为这个身份而结盟——其一，他们往往都是因缘际会得到了这个东西，上线又总是来自不同的理论流派，赛洛西宾 25 在现代的传递更是随着互联网等新兴媒体的出现而变得极其复杂，因此他们的轨迹往往并不会有所交叉，不会知道彼此的身份；其二，他们除了都通过赛洛西宾 25 获得了关于人生使命的领悟之外，并没有什么共同之处，而他们获得的领悟又各不相同。不过，这些知道是什么改变了自己身边人的人，却自发形成了一个个的互助团体——因为他们是一类人，都受困于身边人的巨大改变，也因此有一个共同的目标，搞清楚身边人到底发生了什么。一方面，互助协会会帮助那些不知道发生了什么事而陷入困境的人了解真相，"传道解惑"，另一方面，这些人也会就自己遇到的问题进行倾诉和相互慰藉。傅广义就是在人生最低谷的时候遇到了王全忠主持的互助协会，在听了他的描述后，王全忠几乎是立刻明白了方立秋身上发生了什么，傅广义便被他拉入了这个互助协会。

不用多说你也知道了，李西贝死后，王全忠致力于研究赛洛西宾 25 和有关它的一切。在那次以李西贝主导的谈话中，他只提出了一个问题：你为什么要做这些？李西贝的回答就是这个名字，赛洛西宾 25。王全忠当时自然完全不明白这个佶屈聱牙的文字组合的意思，随着此后多年的调查，和对那些使用者及使用者身边人的走访，他逐渐搞清楚了事情的来龙去脉。他虽然对这个东西是否真能促成一个人对自己的一生达成某种坚定的信念或是信念的突然转变感到半信半疑，但他唯一所能做的就是站在真相的附近。

傅广义一开始也觉得这个神话传说般的事情完全就是无稽之谈，在加入了互助协会，发现居然有这么多的人有类似的经历之后，也被慢慢说服了。协会里的人形形色色什么都有，有像他这样的普通百姓，也有谢迟的妻子任晓清这样颇不寻常的人物。当然，团体与团体之间也有大体的阶层或背景差异，那些更举足轻重的人物的身边人，会自发组成或流入他们那个阶层的组织，这很大程度上倒不是因为什么阶层鄙视，而是可想而知的保密需要，设想一下，某些政要或巨贾身上发生了这些事，这本身就是核武器级别的秘密，那种互助团体，更接近于彼此钳制的共同利益集团。任晓清会和傅广义、王全忠同属一个协会，只是因为任晓清自己出身普通，并无任何事业可言，也一直边缘于谢迟的商业帝国，她的性格又平易近人，难能可贵地保持着某种单纯的秉性，从不会觉得自己因为丈夫就和别人怎么不一样了而已。当然，这其中还有一点至关重要，那就是自己离开之后会发生什么事——任晓清将可能发生什么，也在谢迟的考量之中，他没有留下任何会形成利害关系的疏漏，从而为妻子惹上不必要的麻烦。从这点亦能看出在所有因赛洛西宾 25 而发生变化的人当中，谢迟也是最不寻常的那极少数。

王全忠组织的协会定期在市南角的一栋破败的商业大厦负一层举办聚会，这处场地原先开过舞厅、酒吧、茶餐厅，经营权几经更迭，全都以倒闭惨淡收场，最后以极低的转让费被王全忠租了下来，改成了一个讲演厅和几间会谈室，看上去挺像那么回事。门口没有任何牌子或指示说明，只挂着门面号，路人也不会好奇进来。聚会时会提供茶水和小吃之类的东西，成员们来这里交流彼此最近的变化，或是欢迎新成员的加入，或是分享有关赛洛西宾 25 的最新研究。协会主要依靠成员们自发的赞助维持必需的开支，主要由王全忠负责管理。

不过，就算是在同一个协会，每个人所持的态度也不一样。有些人加入协会只是想弄明白发生了什么，倒不觉得身边人的巨大转变对他们的生活造成了什么影响，他们可能还对亲人的变化感到十分欣喜，在知道发生什么之后就更报以理解和支持的态度。这些人来了又走。有些人，比如说像傅广义和任晓清，则因为亲人的变化感到非常痛苦。知道真相并不能给他们带来什么慰藉，反而更令他们绝望：这说明他们无论如何是无法扭转身边人的态度了。还有些人，知道事实后进而也蠢蠢欲动，不管信或不信，都想体验一下赛洛西宾 25，当然了，他们的动机也各不相同，具体是什么就只有他们自己知道了。

就算是因此感到痛苦的人，其痛苦的形状也不尽相同。任晓清至今无法找到谢迟，与其他知道自己的亲人发生了什么事的人相比，她的痛苦更加虚无，因无所指引而无法排解，她连谢迟使用赛洛西宾 25 之后做了什么都不得而知，只能沉浸在无穷无尽的想象中，每多一重想象，痛苦也就加深一层维度。另一种痛苦则非常具体：协会里的另一个人，他的儿子原本是个游手好闲、作奸犯科的混混，他从来都是为这个混账儿子头疼不已，常恨自己没在儿子小时候掐死他，在使用赛洛西宾 25 之后，他的儿子大彻大悟，静悄悄地结束了自己的生命——这是他从来也没想过的结局，他为这个幻想成真的结果悲痛欲绝。这样具体的痛苦还有很多，一个同傅广义差不多年纪的姑娘，新婚未满三月，丈夫因为服用赛洛西宾 25 而决意遁入空门，留下一纸离婚申请；一对中产阶级夫妻，有一个活泼健康的独生爱女，这样幸福美满的家庭和圣徒本毫不相干，女儿却在使用赛洛西宾 25 后决意捐献身上的器官；一位亲情淡漠却将公司副手视若养子的私营企业老板，一天发现被自己当作接班人培养的副手，向纪检委提交了公司的财务账本，等待着自己的是无穷无尽的牢狱之灾。

比起他们来，傅广义感到自己的痛苦实在没什么可说的。他的未婚妻既没有死，没有失踪，也好端端地在他身边，而且她也没有去做什么不好的事，反而成了一个不管在什么层面都可以称得上了不起的人。他还有什么不满足的呢？

别人既不理解傅广义的痛苦，就连傅广义自己，也很难说清楚他是因为什么而觉得"失去"了未婚妻的。只是在获知事情真相后，他更加彻底明白，他和方立秋已经是两类人了。

互助协会成立后，这些获知真相的人对于赛洛西宾 25 的态度逐渐分化成了两大派别。一派对于赛洛西宾 25 持坚定的反对态度，他们认为这种药物对于人生的改变是好是坏先不说，首先这种改变是不可逆的，这就足以遏止他们的好奇心。无须说，这一派的多数人都遭受了亲人改变的负面影响。另一派认为赛洛西宾 25 并非不可接受——由于那些遭遇了痛苦的人的存在，他们当然不会将自己的态度表现得过于明显，不过赛洛西宾 25 确实在他们心中埋下了一粒种子，不管是渴望也能借由赛洛西宾 25 改变自己的人生，或者仅仅就是满足一下好奇心，这些人都希望能够有机会亲自体验一下它。

为了方便你理解后一种人群，在此，我们不妨列举两个具体的人物——再次提醒，我们无意暴露这些人的隐私，因此这里使用的均是化名。其一是一位名叫赵奇的年轻人，他是一名大学生，学的是中文。他来到这个互助协会是因为高中时代的好友，他的好友本和他一样热爱文学，是个文科生，将来想上中文系，却在高考前三月决定改考数学系，无论老师如何劝阻，都不能改变他的心意。"我突然发现了数学的美。你不觉得数学是这个世界上最美的东西吗？"对方问他。他自然无法回答，因为就在一个月前，对方还告诉他"中文是世界上最美的东西"。然而他的好友以吃惊的成绩考上了原本要报的那所学校的数学系，两年后又以优异的成绩去了国外交流，美国，哥伦比亚大学。好友这一系列人生境遇的变化自然让赵奇惊讶不已。他们俩本来都是资质普通的学生，也未见得有多努力。在使用赛洛西宾25之后，好友虽然并没有智力上的提升——这一点赵奇非常确认，却仿佛得到天启一般，对自己要做什么事有了清晰的认定和由此产生的强大自律，从此不再浪费任何时间在不相干的事情上，彻彻底底地变了个人。目睹这种转变，赵奇非常动心。互助协会的这些人里，他差不多是最年轻的那个，也或许正是因为这种年轻，他是头一个意识到赛洛西宾25可能是一条人生捷径的人。他原本模模糊糊的梦想是做一名作家，但又觉得这条路十分艰难，时常感到犹豫——这正是所有想成为作家的年轻人的通病，他们大多好逸恶劳、举棋不定，并且不明白自己正是因为好逸恶劳才想做一个作家，而不是相反。赵奇虽然如愿以偿考上了中文系，可是，当他看到好友的变化后，他开始动摇了，"会不会数学的确才是世界上最美的东西？"当他弄明白好友的变化是因为什么之后，他的野心开始勃发。他渴望赛洛西宾25能够给他指出一条明路，好让他在进入社会之前确定自己的人生方向。

另外一个人名叫徐兮。一个有意思的巧合是，他正是谢迟公司的员工。徐兮在 IT 部门做高管，年纪三十五岁。任晓清加入协会的时候他已经在了，谢迟离任时，他其实已经隐约感觉这事儿没准和赛洛西宾 25 有关，当任晓清真的出现在协会，他仍是大吃一惊。甚至有些激动，为他被坐实的猜想。当然了，他认识任晓清，任晓清却不认识他。他也就什么都没说——他加入这个协会的目的从一开始就不单纯，自然不想暴露太多的个人信息。徐兮找到这个互助协会不是因为身边人使用了赛洛西宾 25，而是受到了一位大学同学兼密友的撺掇，对方在知道世界上有赛洛西宾 25 这么一种东西后就一直跃跃欲试，经常搜罗各种资料和徐兮分享讨论，只是苦于没有门路无从体验。那同学是搞音乐的——艺术家，说艺术家也还不准确，准确地说是艺术家身上的优点一个没有，艺术家身上的缺点一个不落：不思进取，耽于幻想，对新鲜神秘的事情比谁都有兴趣，对需要忍耐的付出头一个放弃。徐兮则是正儿八经的白领，朝九晚五，战战兢兢，关心股票，嫉恨领导。两人做朋友倒也互补，彼此都看不上，彼此都是对方的一面警钟。对于密友口中不时冒出的新词，徐兮向来是当作故事，听听就好。赛洛西宾 25 这个名字他很早就从密友的口中听过，却从来没当回事儿过。直到他来到三十五岁，人生第一道鬼门关。事业高不成低不就，往前一步没有能力，松懈一分万丈深渊。每一天都要在灯火辉煌的写字楼挨到深夜，才不情不愿地搭上末班地铁，开往有妻有子的般若地狱：家。每一年体检表上多出的被圈出的数值，都提醒着他头上那把名为死亡的达摩克利斯之剑。我们不知道具体是在哪个时刻，因为什么样的细节，触发了那个开关，总之，某个吉光片羽，让徐兮意识到，他必须做点什么来改变自己濒死的生活了。和密友不同，他是被社会规训过的人，也就是说，有一套行之有效的方法论。很快，他就成为了互助协会的一员。当然，密友对此一无所知。

赵奇和徐兮的情况属于想要尝试赛洛西宾 25 的人中最常见的，在那类视赛洛西宾 25 为洪水猛兽的人眼中他们的隐蔽心思不易被觉察，他们彼此却一望便知，尽管他们每次参加聚会都小心翼翼，生怕露出一点马脚，那渴望却写在脸上，只有同类才能嗅出，草原上有一头刚刚打过滚的母狮。

这些想要尝试的人，心中其实还有一个隐隐的想法：谁能说赛洛西宾 25 就一定会改变你的人生志愿呢？也有可能当你使用它，看清了生命的真相，领悟了人生的意义之后，发现原本从事的事情就是自己真正想做的，自己正过着终其一生想要过的生活，已经成了想要成为的人。那岂不更是美事一桩？毕竟，改变比维持现状要困难得多，即便认清了目的地在哪儿，也可能努力一生也走不到那里。

从逻辑推断来看，这可能正是绝大多数赛洛西宾 25 使用者的结果——他们的生活并没有因为得到一个答案而发生改变。这种案例较少出现在有关赛洛西宾 25 的相关研究中，是因为它们的发生本就无声无息，不为人所知。世上之人大多皆属凡俗，赛洛西宾 25 并非万灵神药，能让一个普通人拥有超能力。对一个普通人来说，做这份工作或那份工作，有这种爱好或那种爱好，结婚还是孤独，自私还是成全，人生的诸般选择，并无太大区别。——不仅对他们自己没有区别，对任何别的人，整个世界，都没有区别。历史并不因大多数人而发生变化。一将功成万骨枯，可没准儿万骨枯得也心甘情愿啊。他们的改变无非是活得更加踏实，或者说，在外人的眼里，更加通透了。多数人明白了自己的命运本就如此之后,第一反应是着实松了一口气。那种因前途未卜又不满现状而摇摆不定的心思,终于找到了一个神龛安顿:赛洛西宾 25 可不就是神明吗?既然上帝都已经发了话,还有什么好说的呢,老实做一个普通人吧。有人或许会问,这些认命的普通人就这么把赛洛西宾 25 当回事儿?人最可贵的地方不正是在于怀疑的精神吗?文明的推动不正是建立在对普遍真理的推翻的基础上吗?倘若赛洛西宾 25 告诉布鲁诺太阳的确围绕地球而转,他还会被烧死吗?

亲爱的读者朋友们,这正是这件事如此奇妙却又如此合理的地方:的确,世界上很可能存在一种独立于赛洛西宾 25 之外的人。这类人本就拥有强大的生命力,压根也不需要任何神灵来为自己指出明路。这些极少数的幸运儿,恐怕连想要尝试赛洛西宾 25 的念头也不会产生,哪怕强行使用在他们身上,也不过是让他们更加认清了生命的每时每秒都清楚明白的信念。那与生俱来的顿悟和专注,将永远独立于赛洛西宾 25 而存在,使得他们一出世便遁入永生。那又是另一种独特且稀少的命运了。

还有人会问,这种人难道就一定得是伟大的、了不起的人吗?普通人当中就没有拥有这种坚定意志的人吗?当然有了,我们故事的主人公傅广义正是一个这样的典例。正如一开头说的那样,他打定主意要做一个普通人,且从未因为这样看似不思进取的愿望感到不安,在加入互助协会后,也没有动过半分想要尝试赛洛西宾 25 的念头。哪怕在那些赛洛西宾 25 的反对派里,他的态度也是罕见的:越是了解赛洛西宾 25 是什么样的东西,他就越是没有兴趣。

不过,在协会这么多形形色色的人里头,谁也没想到第一个真正尝试赛洛西宾 25 的人竟是王全忠。而且，这个消息是伴随着他的死讯一并被大家得知的。

在互助协会，没有人觉察到，其实王全忠才是他们中最痛苦的那个。

让我们再次把时间拉回至王全忠和李西贝见面的那天。那一天，当王全忠聆听许久，听得越久，他就越是迷惑，终于开口问出了第一个问题："你为什么要做这些？"他万万没想到答案是这样的："我也不知道我这辈子应该做点什么好，直到着相剂给了我答案。那个时候，霞光万道，瑞彩千条。我知道了，我是一个领袖。不论我做什么，我都将成为一个领袖。"

王全忠当时只以为李西贝已经疯了，抑或是他并不想——直到生命的最后一刻也不想告诉他真相。走出那个研究所时，王全忠浑身发抖，他想，自己怀揣如此庄严的敬意来到这里，最后得到的待遇竟仍是如此，不由五内俱焚。直到王全忠对赛洛西宾 25 进行深入研究后，才发现李西贝所言非虚，他的表述乍听十分混乱，却直观地展现了赛洛西宾 25 对他的影响：不管这个人如何理解自己的使命，他确乎产生了难以名状的强大信念，不论通过何种方式，他一定要成为一位领袖式的人物。

重新理解了李西贝的人生轨迹后，王全忠崩溃了。

一个人耗费了人生大部分的时间，抱着一股英雄主义的信念同另一个人做斗争，到最后却发现对方既非存心作恶，也不是生性如此，仅仅是被一个小小的药剂所左右。李西贝的一生自然非常充实，尽管他是个世人眼里的骗子，对他来说，却实现了自我成就，出色地完成了神明交代的任务。而他王全忠呢？他到底是为什么而活？王全忠意识到他和李西贝从始至终就没有站在同一条战壕的里外，李西贝根本就不是他想象中的对手。王全忠信仰的人生价值陡然间崩塌了。

越是相信赛洛西宾 25 的作用，王全忠就越是痛苦不堪。他难以面对过去如此漫长的毫无价值的人生，往后的人生也不知该如何走下去。他会操持这个互助协会，实际是为了给自己一个支撑，好让他不至于彻底崩溃。

他不是没想过也服用一剂赛洛西宾 25，他甚至早就得到了一颗。那些使用者并不都拒绝透露药物来源，他们中的某些也一直试着寻觅可信之人传播。王全忠作为协会负责人，和这些人当然走得更近。其中有一个来自西南边境某地的朋友，就是赛洛西宾 25 的传播者之一。王全忠不知道他真名叫什么，只知道大家都喊他老黑。他和王全忠年岁相仿，是赛洛西宾 25 在中国的早期研究者之一。他组织着这么一小群志同道合的朋友，负责甄选合适的使用者，并提供药剂。

差不多五年前，王全忠就获得了一颗赛洛西宾 25。但他一直非常犹豫要不要使用，一方面他对自己的人生感到极度后悔，希望能从赛洛西宾 25 那里得到一些解答，另一方面，他又怕赛洛西宾 25 给他的答案果真是一条完全不同的路，他的人生已经没有多少年可以重走了，此时的捷径反而变成了一道枷锁，只会加重他对此前生活的悔意。

这之后，随着协会的人越来越多，他目睹了各种各样的人生，心态也渐趋平和。人人都有自己的困境，这让他不再那么难受。于是，他终于决定试一试赛洛西宾 25。

前面说了，没有临床证据表明赛洛西宾 25 对人体有任何危害性，除非是在剂量大到某个极端数值之后，才可能造成人的死亡，这就好比人牛饮可乐也能喝死，没有实际意义。至于历史上发生的一些赛洛西宾 25 致死案例，都并非赛洛西宾 25 本身致死，而是各种各样使用时的意外导致。它毕竟会让人处在一个非正常的感知觉状态，会有视听幻觉产生，就像有人因醉驾车祸死亡一样，赛洛西宾 25 使用时可能也会发生类似的意外。所以一般使用者在接受药剂时，都会同时得到一份使用说明，上面列举了种种使用时需要采取的安全措施，其中一条就是强烈不建议在室外使用。就算没有使用说明，给予药剂的人通常也会口头给些建议，或者直接充当使用者使用时的监护人。

而据那名撞上王全忠的卡车司机说，王全忠手舞足蹈像个疯子一样突然从路边冲上了马路，口中高喊："他骗了我！他骗了我！他根本就不是使用者！他从头到尾都是一个骗子！"眼神中闪烁着不知是狂喜还是暴怒的异样神采，就这么一头撞上了他的车头。当场死亡。王全忠自负全责。尸检显示王全忠死亡前正在使用赛洛西宾 25。

谁也不知道王全忠口中的那个"骗子"指的究竟是谁，也不知道他在使用赛洛西宾 25 后看到的捷径是哪一条。协会的人在短暂经历了一阵伤痛唏嘘后，又选出了新的代表接任了王全忠的位置。这个新上任的代表是坚定的赛洛西宾 25 反对者，由于王全忠的意外事件，更是加强了协会对于赛洛西宾 25 的保守倾向。这样一来，那些原本对此持另一派意见的人难免觉得协会的气氛过于严肃，双方的对立情绪暗中加强，便开始有人陆续退出协会。

赵奇和徐兮是首先退出的人，他们加入协会本就是为了获得赛洛西宾 25，待了一段时间后，他们都感到单是在这里待着，并不足以达成目的，加上王全忠的死亡和协会新代表上任，风气为之一变，便果断选择了退出。

这之后，他们又游说了几个人退出，组成了一个新的小团体。这个小团体的目的就是为了寻找并体验赛洛西宾 25。大家不再藏着掖着，反正彼此早已洞穿内心，又何必小心提防，干脆扯掉面具，一起合作，线索共享，争取实现共同富裕，每个人都能获得赛洛西宾 25。至于团体以后是继续维持还是解散，谁也没有明说，毕竟那之后的事儿实在不好说。

这个小团体在成立后首先去找了傅广义，因为他是王全忠生前最亲近的朋友。傅广义无法倾诉自己的痛苦，又不擅长纾解别人的心结，最后反而和王全忠最聊得来。他和方立秋暂时就这么过着，没有领结婚证，也不吵架，心照不宣般继续着各自的生活。傅广义最开始不太喜欢这个互助协会，待着待着，却发现离不开它了。他没什么朋友，这事儿发生后又实在找不到人说，毕竟要解释这个"真相"，实在太费工夫。在协会里和这帮人待着，无论对方持什么态度，至少和他一样，是个了解真相的人，知道这世界上还有另一个世界，这多少能让人觉得并不孤独。

赵奇和徐兮来找他说明他们的愿望时，他想起来自己确实听王全忠说过老黑这么一个人。要找到他料想也并不费事，买张机票飞到那个地方，各自发动关系去打听，总能找得到。让傅广义迟疑的是，他对体验赛洛西宾 25 毫无兴趣，当然，他也并不反对其他人使用。他知道自己这辈子的人生信念就是做个普通人，如果不是因为他对方立秋割舍不下的感情，他根本不会和赛洛西宾 25 产生任何关联。

傅广义尚在犹豫之时,另一个人倒是忽然宣布加入寻找赛洛西宾 25 的队伍:任晓清。在协会待了将近一年后,任晓清终于确认,在这里待着只能获得一些安慰,没法帮她找到丈夫。协会只是她的一个中转站,她早晚都要再次启程,继续寻找谢迟。听说从协会退出的那些人组建了一个新的团体,并且赤裸裸地袒露了他们的目的后,她突然也产生了一个灵感:和丈夫试了同样的药剂,会不会就能发现新的线索呢?

任晓清的加入说服了傅广义,王全忠死了,他在协会也没有别的更亲近的朋友,他虽然不想尝试赛洛西宾 25,但陪这些人一同去找找也没什么。

于是,这个小团体很快动身出发了。

和傅广义想的差不多,要找到老黑并非难事。他们在这个四季如春的边境县城打听了十余日之后,与其说是他们找到了老黑,不如说是老黑找上了他们。此地古称哀劳,山岭盆地众多,终年暖热,冬无严寒,夏无酷暑,人口不到三十万,属于典型的熟人社会,谁都认识谁。

老黑是土生土长的本地人,自小在山间长大,和植物做伴,与鸟兽为友。幼年时,他有过一次际遇。北部有山名为无量,一次贪玩,他在无量山上追逐一只猿猴,在山中迷路,意外发现了蕴含着赛洛西宾 25 的那种神奇的植物,他目睹那猿猴熟稔地摘下叶片放在嘴里咀嚼,然后沉静下来,入定般陷入某种空灵的状态,再看见他时,也不再躲闪,竟还向他招手,如同被神佛附体。他那时太小,也不懂得害怕,大着胆子上前,也效仿那猿猴摘下几枚叶片,含入口中。也正因为他那时太小,再加上植物并没有经过化学提纯，只含有微量的赛洛西宾25，不足以对他的世界观造成什么撼动。他只有些感知的变化，想来和猿猴的体验大差不差。自那之后，他和那猿猴成了熟人，也和这植物成了朋友。随年纪增长，他才懂得这植物究竟是什么，也明白了那猿猴——准确地说是猿而非猴——是一只南白颊长臂猿。

那猿死于老黑二十五岁的时候，那之后又十三年，南白颊长臂猿被宣布野外灭绝。猿死之后，老黑开始尝试培育这种植物。和此地山民一样，他身上有天生的种植的热情和手艺。迷上这种植物后，他更少涉足文明，终日在山野漫游。这也就无怪乎他没怎么接受过教育。对人世间的道理，他懵懵懂懂，一派天然。因此，他对赛洛西宾25的态度，也完全发乎一种淳朴的"原教旨主义"观念，体验、分享、交流。如此隐居数十年，越来越多的人知道了老黑的名字，慕名而来，但求一颗赛洛西宾25。老黑既不会鼓励他们使用赛洛西宾25，也不会对来客直接谢绝。对于使用者的甄别，他有自己的一套标准。谁也不知道这标准是什么。总之，有些人得到了，有些人被拒之门外。那些得到的大部分走了，也有极少部分留了下来。留下来的人，就和老黑一起，生活在无量山脚，本来只是一个人的草屋，逐渐扩建成了一片夹叙夹议的屋舍。

这个故事讲到这里，其实已经接近了尾声。出于保护原则，我们不便透露更多有关老黑和他生活的这片地区的具体信息——请放心，无量山十分宽广，有心去寻也只是遁入迷踪。如你所见，我们同老黑以及所有使用赛洛西宾25的相关人士一样，明白这个东西所具有的危险性。这种危险主要是对于人性所产生的巨大影响，相信你已经多少清楚明白。出于这种原则，接下来的故事听上去可能会更加匪夷所思，让生活在现代文明中的人感到难以理解。如果你也产生了这种感受，请相信那是再自然不过的情况。

傅广义等人结识老黑之后，便被他领到了这个原始社会一般的小型村落，以简单饭食好好招待了一阵。众人每日所饮之酒、所食之物，皆由他们自己酿造生产。这些久居城市之人，一开始不免感到新鲜，好比踏入了桃花源，每天日出而起，日落而息，一日三餐之外，就是弹琴喝酒，唱歌闲聊。留在这里生活的人，也大多是纯真之人，他们性格温和，对于世界上正在发生的事既不关心，也不焦虑。生活可以说是简单平静。聊天也基本都是日常琐事、八卦逸闻，有时会出于共同兴趣涉及些文化艺术、天文地理之类的知识。傅广义等起初以为这些人不过是乡野之辈，认识深入之后才吃惊地发现，他们并非无知之徒，不少人在来这里生活之前都在各行业有正经的工作，也接受过良好的教育，有一些甚至具有深厚的俗世背景。当然，也有自出生起就浪荡于江湖的边缘人。总之五花八门，什么样的都有。

刚刚结识老黑时，这帮人谁也没好意思直接开口说出他们的目的，只是由傅广义介绍说他们是王全忠的朋友，然后简单说明了一下王全忠的死，"听说你是他的朋友，所以想来和你报个丧。"这么一大帮人跑来传递一个死讯，自然一听便非真实。老黑也没有多问，只是依照以往的惯例，同他们一一认识，"既然来了就留下来玩几天吧"。

如此生活半月，这些人中最性急的那几个终于熬不住了，他们原以为生活在此处的人交谈中难免会提到赛洛西宾 25，到时便可以自然而然地提出这个请求。谁知他们每日只是平淡生活，话语间半点儿没提和赛洛西宾25有关的任何事。虽然这种归园田居般的缓慢生活同大部分人的生活不太一样，但落实到茶米油盐的细处，也没什么两样。——刚刚接触这群返古人士时，互助协会这些听惯了赛洛西宾25传说的人，对赛洛西宾25的使用者不免抱有一番幻想（虽然他们周遭人的经历也说不上有什么传奇），误以为会在这里见识到什么天堂般极富神谕的场景，结果日子一天天过去，他们失望地发现，这帮人的生活也不过如此，虽然无忧无虑，但这么活着好像也未见得有什么妙处可言。——这种日子谁没过过呢？还用得着赛洛西宾25来开悟吗？无非一个字，穷嘛。再多俩字，穷开心。来者中的多数人，也有工作、有家庭、有社会上的一个位置，参加互助协会只占了生活中的一小部分。现在，他们不远万里来到一个陌生的地方，过这种闲云野鹤般的生活已经半月有余，年假快用光了，再不回去对家人朋友也交代不过去。平时用手机与正常世界保持联系已经竭尽所能，继续这样下去，生意、项目、学业总会泡汤。更让一部分人坐立不安的是，他们中的一些人，竟然表现出了被这种生活蛊惑的样貌，不仅并不心急，还劝他们少安毋躁，"赛洛西宾25什么时候不能用啊？你就这么着急想要为什么事情献身吗？"听到此话，他们更加惶恐不安，感到比起赛洛西宾25来，老黑和他的朋友们的这种生活状态，对心灵的腐化才是更加危险。

不能再等了。

年轻气盛的赵奇头一个站了出来，学期末要到了，他得赶紧回去应付考试和论文。上学期挂了两门课，这学期再挂一门，他的毕业学分就保不住了。赵奇直接找到了老黑，说明了此行的真正来意,"实不相瞒,我们其实是想来试试赛洛西宾 25 的。听说您这里有不少,也乐意分享给大家"。他尽量把话说得让老黑没有回绝的余地。

老黑表情淡然,似乎早已习惯这一刻的到来,"确实也差不多了,明天吧,明天你们都来我这儿"。

赵奇没想到事情会进行得如此顺利,再三道谢后便赶回去汇报这个消息。大家表现各异,不过总体还算是雀跃。傅广义是这些人中表现最平淡的,实际上,他就是那几个被此处的生活所"腐蚀"的人之一。

在这里生活大半月,他感到前所未有的平静,这两年来一直困扰他的生活瓶颈似乎消失了,这样的生活完完全全符合他自小对自己的要求:做一个普通人。远离城市之后,他之前的那股对未婚妻的丧失感也淡了不少,他还爱着方立秋,只是觉得她没他没问题,他没她似乎也能过下去了。他唯一的遗憾就是方立秋没能和他一起像现在这样生活。当赵奇无比兴奋地告诉他,明天就能知道赛洛西宾 25 究竟能给人带来什么样的体验之后,他的心思反而比来这里之前更加寡淡了,甚至还隐隐产生了某种抗拒:如果能一直这样生活,有没有赛洛西宾 25 又有什么关系呢?他觉得自己已经找到——或者从未丢失过的——有关生活的某种信念。

这当中唯有一个人愁眉不展,任晓清。通过老黑,她知道了一些其他所有人都不知道的事情。那是几天前的一个黄昏,老黑看见她独个儿一人,像往常一样拧眉不展,几番犹豫,还是上前对她说道,"你是来找谢迟的吧?"任晓清十分惊讶,来这里后,有关此事,她没透露过一个字。

老黑和她走到了一个方便说话的地方，这才把事情原委道出。原来老黑和谢迟早就认识，甚至可以说是一起长大。任晓清是二十岁在大学认识的谢迟，只知道他的确也来自这个西南省份，但具体在哪儿出生就搞不清了。那年代人像天女散花，命运不由自己，成长如同游击，说不清来路，道不明归途。谢迟本就是个寡言少语的人，不怎么提及童年，十岁就随着父母搬迁到了其他地方，此后又因求学辗转多地，幼年况景确实也没什么好追忆的，只是总说自己是大山里走出来的孩子。此时任晓清才惊觉，那山就是无量山。难怪她来到此地后总依稀有种熟悉的感觉，仿佛在哪儿听过这个名字。老黑说，谢迟是他发现了那种神奇植物后分享的第一个同伴。"只是当时我们都是小孩，什么也不懂。老谢比我胆大很多，我只敢用一点儿，他呢，跟吃菜似的吞下了一堆。"此后随着谢迟举家外迁，两人也就断了联系。直到多年以后谢迟成为那样一个显赫人物，老黑才偶然发现小时候的玩伴如此了得。"他和我不一样，我们从小就是不一样的人。"

这件事给了任晓清新的认识。首先，根据老黑的描述来看，谢迟不是因为使用了赛洛西宾 25 而突然消失。他应该是在很小的时候就因为赛洛西宾 25 而明确了此生的目的。对谢迟来说，他的确是赛洛西宾 25 作为人生捷径的最佳诠释者。幸运的是他不仅有信念，也通过努力真的达到了目标。——当然，这也依赖于他的早慧。那么，第二个问题紧接着就来了，他又是因为什么而突然消失的呢？

有这么几种可能：其一，谢迟使用赛洛西宾 25 获得了第一次的人生顿悟，在他已经完成了人生目标之后，又进行了第二次尝试。谁说一个人一辈子只能有一次领悟呢？如前所述，赛洛西宾 25 既然在不同人身上的效果不一样，本质上也正是因为不同个体的智识程度不同，那么，对同一个人来说，他此刻积累的人生经验和智慧，与任何下一秒也不同——人不能两次踏入同一条河流嘛。那么，在同一个人身上，他通过赛洛西宾所获得的领悟也就有所不同。着相剂不能凭空造出一个相来，那个相必须也只能建立在人所有的过去的基础上。也许在第二次使用赛洛西宾 25 后，谢迟又得到了另一种解答，由此展开了生命的第二段旅程。

第二种可能是，谢迟压根就没有再次使用赛洛西宾 25，他会这么做，完全是因为他意识到已经完成了自己的使命。所有有关赛洛西宾 25 的研究里，都几乎没有提到那些依照使命一步步走下去的人，在有生之年完成使命之后他们去做了什么，又是怎么想的。可能人们普遍认为一个人的使命就是他毕生需要去做的事，并不存在"完成"这个状态。

不管是哪种可能，知道这个事实并没有给任晓清带来任何帮助。她依然不知道丈夫去了哪里，正在做什么。

听完老黑的叙述，任晓清只问了一个问题，"那么你呢？为什么赛洛西宾 25 在你身上没有任何影响？"

老黑笑了，"说出来怕你不相信，我压根就没有使用过赛洛西宾 25，我是说除了发现它的那一次"。

任晓清愣了愣，不过很快就相信老黑说的是真的，"为什么？"

老黑没有回答，而是带着任晓清去了一个地方。这个地方随后他又带着赵奇他们去了一次。那是一个远离村落的地方，需要翻山越岭，先开二十分钟皮卡，在一片丘陵地带停车，再步行二十分钟，弯弯绕绕，穿越一片密林，最后呈现在眼前的是一片林间坡地。这是老黑测试挑选后,认为最适合培育那种神奇植物的地方。——倒不是出于培育环境的考虑,仅仅是此处人迹稀少,除非老黑带领,否则绝不会有人找到,路人也不会误打误撞闯入。为了严格的控制光照、温度和湿度等条件,老黑在这里搭建了一片大棚。大棚四周密布着此地盛产的羯布罗香树和望天树,这些树挺拔笔直,如剑般直刺天空,乔叶簌簌,将这片神秘的园圃包裹起来,除非天神路过,才能俯见秘境一角。

任晓清颠簸一路,从皮卡上下来,烦闷欲呕,又跟在老黑后面走了许久,才抵达此处。原本既忐忑又焦躁,刚走进大棚却立刻被眼前五光十色的植物吸引了。植物们反射着种植光管交织成片的妖冶光谱,散发着勃勃生机,每一棵都仿佛有着无穷无尽的生命力,谱写着一出盛大的交响乐。任晓清闻到一股淡淡的异香,烦闷感立刻消退不少,心里不由自主还生出一些轻松愉悦的感受,那是她很久很久都未曾体验过的感受了。

两人在那里停留了约莫一个小时,这期间谁也没说话。任晓清沉默着走过一株又一株植物,时不时弯下腰仔细观察,小心翼翼地伸出手轻抚植物的叶片和花蕊,仿佛在和每一棵植物交谈。老黑没有打扰她,每个来到这里的人都会产生一些自己的想法,这场景他司空见惯。他干了一会儿往常会干的活计,检查、修剪、晾晒、收纳,然后就在外面抽烟,等任晓清出来。

"现在你还有为什么吗?"任晓清出来后,他问。

"没有了。"任晓清的表情礼貌、节制,但并不是客气,而是蕴含着某种宽阔的东西。

任晓清明白了,不同于通过使用赛洛西宾 25 找到了人生使命的谢迟或其他人,老黑用另一种方式找到了自己的使命。当他

427

接触到这种植物,并不断地目睹它作用在人身上的那种神奇的效果之后,他意识到必须有人,一个并不好奇也并不依赖这种植物的人,和它们生长在一起。共同守望,彼此照护。

"不是每个人都需要使用赛洛西宾 25。"老黑说。

"你说得对。那么,我还有一个多余的问题。"任晓清说。

"什么?"

"那是谁的墓?"任晓清指着大棚背后一处黑黝黝的山包,此时天色已晚,在林中就更是漆黑一片,但借着大棚内的光管,仍能辨认出那是一处墓穴,上面竖着一块木条。

"哦——"老黑说,"那是我的一个好朋友。"任晓清不由紧张起来,老黑赶紧补充,"不,不是谢迟。是另一个好朋友。那是一只猿。"

"一只猿?"任晓清奇怪道。

"是的。一只南白颊长臂猿。可能现在它——连同它的所有同伴,都已经在这世上消失了。"老黑说,不过没有显示任何悲伤的意思,"你看,不管是谁,不管他有没有用过赛洛西宾 25,最后都是一样的结局。"

任晓清不再多问,她没有问题了。之后两人原路返回,驾着老黑的皮卡又回到了村落。

因此,当赵奇他们一行人在老黑的带领下来到这片种植大棚时,只有老黑不奇怪为什么任晓清不见了,"她应该已经提前走了"。

"为什么?"有人问,"她不是想通过这个找到她的丈夫吗?"

"我猜她是害怕自己使用了赛洛西宾 25,就没了寻找丈夫的念头吧。"他们当中最聪明的那个替老黑回答了这个问题。

和任晓清一样,赵奇他们也被这片神奇的植物所吸引,兜兜转转了一个多小时,才从大棚中钻出。其实那本是普通的一种蔷薇,外观上并无特异之处,如果不知道它背后的那些神话,只是生长在野外,谁也不会多加留意。至于为什么一定要带来客先参观这些未经提炼的赛洛西宾 25 本源,我们只能理解为是老黑挑选使用者的其中一道工序,他用以观察人类的方式之一。这之后,他们又驱车回到了村落。老黑说,晚饭后,他会给他们每人一颗赛洛西宾 25。

所有人的期待和好奇都在此刻被吊到了顶峰,不过多数人还是如往日一般有条不紊地吃完了晚饭。饭毕,在村落中心的环形广场上,老黑如约出现。

"在给你们这个东西之前,我想告诉你们一个事实。你们不一定会相信,我只是说明一下情况。"

众人静默如岚。

"生活在这里的这些人,他们谁也没有使用过赛洛西宾 25。"

这话一出,自然有不少人发出了吃惊的声音,然后是一阵小声的议论,很快复归平静。之后,老黑逐一走到每个人面前,给了他们一颗赛洛西宾 25。

这是他们第一次亲眼见到赛洛西宾 25。表面看来,它非常普通。在之前的想象里,他们大多认为它应当是一颗药丸,也有人根据资料记载推测,认为它可能是一张很小的贴片,或者就是植物经过采摘风干处理过的类似烟叶的东西。谁也没想到老黑放在他们手心的是一颗糖。方糖。并不纯粹的白色,像是浸润了某种液体,在夜色中呈现出一种淡黄色的色调。

那颜色非常温柔。

好了,不管你是否愿意,我们的这个故事都必须在此收场了。远征者已经踏上了那片他们寻觅已久的新大陆,掘金者也已经离沙漠中埋藏宝藏的废墟不远,梦想者即将拉开他们新冒险故事的幕布。我们还有什么理由拖着你埋首于这个无限拉长的结尾不放呢?

我们只能保证这故事绝非虚构,在我们的叙述中出现的每一个人都有真实世界所置身的位置,每一个细节也都有迹可循。或者为了故事讲述的方便,或者为了使这个故事不至遭遇因世上的某些法则的限制而被有意埋没的命运,我们夸大或省略了一些瞬间。又因为赛洛西宾 25 使用者的特殊性——他们可能是你熟知的伟人,也可能就是你身边的某个普通人,不过,他们不会跟你透露半个字,我们希望你在阅读这个故事时,就把它当作一个故事来理解好了。我们并不希望有人因为这个故事而走上同那些赛洛西宾 25 寻求者一样的道路,事实上,为了避免这种事情发生,我们不妨再多说两句这些寻求者获得赛洛西宾 25 之后的命运:

赵奇是拿到了赛洛西宾 25 后第一个使用的人,当晚他就在老黑的监护下在自己的房间进行了长达一晚的体验。第二天,他匆匆赶上了回学校的火车。他没有对自己的领悟多透露些什么,只是表示得先完成这学期的考试再说。

徐兮在拿到赛洛西宾 25 的当晚莫名其妙地大哭了一场。在旁人的安慰下他才说出了一个之前并未在互助协会告知大家的情况,其实他在婚姻之外还有一个情人,他的苦恼还来自不知如何处置自己的婚姻和这段婚外情的关系。他觉得赛洛西宾25也许会给他帮助。我们没有在上文中提及此点，也正是因为许多人其实压根就分不清职责、情感与心灵的区别，他们经常会把所有事缠绕在一起。一位智者曾经说过，人们一生的问题往往不在于那件事是什么，而在于那个人是谁。因此，我们如实地呈现了这种错误的自我归因。徐兮也很快就离开了，我们不知道赛洛西宾25有没有帮助他解决这起名为中年危机的情感困扰——实际上，我们并不知道赛洛西宾25有没有这方面的效用。

这之后，这十来个人陆续先后带着赛洛西宾25离开了老黑的桃花源。

傅广义呢？

不用说你也知道了。他压根就没有接受老黑给他的赛洛西宾25，只是拿起来借着月光仔仔细细地端详了它一番，没人知道他是怎么想的，也许他是在想未婚妻当初又是在一个什么样的地方，从谁那里获得了这个东西。然后他就把那块方糖原封不动地还给了老黑。

这些人回到原来的生活中，彼此之间再也没有联系。

自然，有关赛洛西宾25的故事还在不为人知地向前发展。世界上不断地有人突然从原本的生活中退场，又以新的方式出现，他们或许和赛洛西宾25有关，或许无关。有关赛洛西宾25使用者相关人士的互助协会也以一定的规律出现、发展，然后因为各种原因解散。越来越多的人知道赛洛西宾25，也有人听到这个颇具阴谋论色彩的传说选择一笑了之。

在那之后的若干年，一个晴朗的秋日，中国最新一代载人航天飞船"捷径号"升入太空。一位名叫傅广义的中年男子在西南边境的一个小镇上,通过电视观看了这次升空直播。全国有约三千万人与他在不同的经纬度一同观看了这场直播,主要以手机网络流媒体的方式。在周围嘈杂的麻将声、嗑瓜子声和吵闹声中,只有一个不到十岁的小女孩注意到了这个骑车从乡下赶来的独自在看电视的中年男人。——这年头,谁还看电视啊。

"叔叔,你在看什么啊?"小女孩问。

"哦,你看见那个女宇航员没?"那个男人指着电视屏幕问。

"方立秋阿姨吗?她可有名了。"女孩说。

"是吗?"虽是疑问句,男人的声音中却丝毫没有惊讶的意思。

"叔叔,你认识她?"女孩又问。

"不,我怎么会认识呢。"他十分平静地说道。

2017年4月10日北京

(收录于短篇小说集《国王的游戏》,北京日报出版社,2023年7月)

大头马　1989年生。出版有中短篇小说集《谋杀电视机》《不畅销小说写作指南》《九故事》《国王的游戏》,长篇小说《潜能者们》,旅行文学《东游西荡》。《谋杀电视机》被改编为同名话剧2016年于人艺上演。曾获第二届豆瓣征文大赛虚构组首奖、第四届全球泛华青年剧本大赛首奖、第十二届澳门文学奖首奖、第一届《钟山》之星年度最佳作品奖、第七届紫金山文学奖新人奖、第二届王蒙特选计划年度作家、第八届紫金山文学奖中篇小说奖。作品散见《收获》《小说选刊》《花城》《十月》《小说界》《上海文学》等。

追　随

程舒颖

我的外公李德厚从麻纺厂水塔的梯子上下来之后，终于决定告诉自己的姐姐，我的外婆纪文秀已经去世了。他花了很长时间做出这一决定，天还没亮的时候，他顺着梯子爬上去，坐在差不多水塔中间的高度，直到黄昏浸染一切。等我们找到他的时候，他瑟缩在棉大衣里，在地面上和水塔一起投下影子，万物静止，好像他的时间也结束了。

是小姨最先在水塔上发现李德厚的身影，她流着一头汗，急匆匆地走在最前面，我和妈妈跟在她身后。水塔外是一整片倒闭的工厂，脚下还有一条堆放着垃圾、散发着臭气的蜿蜒小河。小河本来是大河，在工厂倒闭后的几年里，大河带走了一些人，流动的去处被封上，留下一个细小的口子，河水一下子少了一半，变成了小河。

李德厚父母在他幼年时死于饥荒，李德厚的姐姐，我的姑婆，是抚养他长大的人。之前给外婆上坟时，我看到李德厚在墓碑上刻下的红名字，因为不知道自己生日，旁边写的鬼节三月三。李德厚从水塔上下来后，宣布自己要回老家，妈妈和小姨都沉默了，但由于害怕李德厚再次爬上水塔，不知道是她们中的谁先点了头。小姨说要陪他一起回去，李德厚摆着手拒绝，毫无商

433

量的余地，从衣柜抽了一个包，低头收拾行李。妈妈在门口堵着，不让他走，他甚至出不了卧室。妥协之后，她们选定我陪他，实际上是看守，李德厚勉强同意了。路上我帮李德厚提着包，问了他几句话，他只是应答，坐到车上时，我们就像两个陌生人。

终于，车到中途时，李德厚打破了一直以来的沉默，和我说起话，我甚至有些紧张，怕他要随时自己下车。然而他告诉我的是，他年轻时去过很多地方。比如像我这么大的时候，他跟着学校队伍，到北京一两个月，住在东四十条，还参观过我们大学，搞大串联。他记得那时广场上的人们排着又长又宽的队，能看到城楼上的毛主席向他们挥手，他在其中欣喜地昂着头，大踏着步子，感到周围是一阵人群形成的暖流。之后他又去过广东，站在深圳画的圈旁，清澈又潮湿的空气中，看着那里许多刚刚兴建的低层楼宇，比起镇上的也高不了多少，感到自己的命运即将发生改变，心情也是相同。

李德厚家乡位于丰乐河、杭埠河、小南河交汇，连接三个县城，其中一个就是他后来栖居多年的县城，那里更为发达，新修建了很多工厂，从北京回来后，他没有回家，选择成为当地麻纺织厂光荣的一员。进了写着镇名的大门楼，就能看到一条宽阔泛绿的河，如主干道贯穿着所见之处，各种各样的船只像车辆一样在上面行驶。陆上建筑，白墙青瓦，檐角飞起。我们踏着的狭窄道路，铺长条青砖，缝隙里长满了苔藓，道路交汇的巷口，最细处只能走过一人。

这条街上每户人家门口挂白色纸糊灯笼，一面写姓氏，一面写家族门属。有的写郡，有的写堂，李德厚停下步子仰着头，一家家看去，我以为他在街上寻找姐姐，但发现他的眼神几乎在每一家门头漫游。李德厚说，这里堂小郡大，他所在的陇西郡是大家族，还有仁爱堂，是小家族。他们家以前在街上卖爆竹，店面后来被收，走到原址时，看到里面短头发女人戴眼镜，四十多岁样子，穿着印红粉牡丹的围裙，向人吆喝叫卖茶干。李德厚没有像我想的那样去和女人搭话，甚至还加快了些脚步，目不斜视，在路上笔直地经过，我只看到一个写着"陇西郡"的白灯笼，灰扑扑地荡在门头。

李德厚的姐姐家原来在一条巷后，没有河流的大片宽阔地带，已经是现代小区的模样，铁栏杆围着几排高楼。保安在小屋子里低头打瞌睡，我和李德厚等在小铁门的入口，直到里面有人出来。在敲姐姐的家门前，李德厚就对我说，不要多话，她有神经病。等门打开时我屏住呼吸，看到一个矮小的老人，整张脸缩成一颗枣，短发全部竖起来，如同一团灰白色的火焰。她的嘴抿着瘪下去，蠕动着，见到李德厚和我，开口却没有打招呼，只是热情地问着吃没吃、多久来的，护工从厨房匆匆赶来了，扶着她颤颤巍巍躺回床上。

李德厚解释了很久，他是她的弟弟，而她一直说她知道，她早就知道了。她又问李德厚，那你哪里来的？李德厚说，麻纺厂要拆迁了，他从口袋里取出钱包，关节粗硬的手指捏出一张粉红色的票，颜色恰似我小时候喜欢的糕饼的油纸。他姐姐就说，新房子不要给小孩，自己换大房子住，以后她会搬过去和他一起住，就像小时候那样。她一躺下，不再与李德厚对话，又开始絮絮叨叨说她的孩子，那些故事我已经听过。女儿去了北京，出人头地了，现在她住的楼房是女儿买的，但儿子很早就去世了，剩一个孙子,她想把街上的祖宅给他,女儿不肯,说护工的钱也是她出的。其实她的孙子很早就去外地了,她还以为他在街上住着,随时会回来。

李德厚静静地看着她,点头,帮她整理下靠在背后的枕头,我不确定他是在听她说话,还是只是盯着她的脸,我想起他本来就是一个沉默寡言的人。外面的院子落下来什么,楼上晾的米黄色的棉毛衫,沉甸甸地发出响声,像一只落地的动物。李德厚的姐姐要出去看,端来茶的护工拦住她,茶水洒了一地,溅到我的脚上,又慢慢流淌进床底。护工捏着她的胳膊,想要骂她,但最终只是皱着眉头去捡杯子。姑婆不说话了,安静地躺在床上,闭上眼睛,还能看见眼球在眼皮下滚动,嘴里念念有词,像是一段经文。

护工告诉李德厚,他姐姐以前疯狂地拜神,给当地寺庙捐了许多香火钱,可是儿子死后,她就再也不信这些,最近又开始信,是因为她的腿坏了。她去年被诊断为抑郁症,从二楼走廊往院子里跳,装了一个人造关节。她不愿意坐轮椅,在家里摆了神仙,听广播里念经。那神仙像是一位穿着红粉褙子墨绿褶裙,飘着缎带的女性,慈眉善目,白色陶瓷皮肤,笑盈盈地,不同于其他许多神仙,她的手垂下,手里空无一物。

李德厚的姐姐闭上眼睛,呼吸逐渐越来越平缓。他在床边站了一会儿,眼神涣散,不知道在想什么。最终李德厚准备带我走,就像年轻时一样,再一次逃开他自己的决定。而当我们就要走出房门,李德厚的姐姐突然醒来,从床上坐起,声音洪亮地喊我们留下吃饭,李德厚摆手,推着我出去。他姐姐又问,明天还来吗?李德厚说,下午就走。她突然叫了一声,德厚,问他,你和文秀怎么样了?李德厚不打算坐回去,垂着手站在门口,低声告诉她，文秀已经去世了。

我看见李德厚姐姐的嘴唇在微微发抖。她说，我真作孽。她瞬间换了个人，清晰地吐出每句话。她弯腰，几乎是折叠着身子，把自己往靠垫上移了移，想要下床，说，我得拜拜。护工按住她，不让她乱动，说你再折腾就要死了。她们纠缠了一会儿，护工死死捆住她的手，等她不再挣扎，又轻轻抚摸她的手背，盖好她的被子。李德厚始终没有走过去，我用余光瞥去，他的双眼发红。等他姐姐终于安静下来，所有人都沉默了，直到她说，英子搬回古南街了。李德厚怔了一下，她又重复了一遍，脸上所有的线条都呈现着向下的趋势，她说，英子搬到古南街了。李德厚点点头，说，好。他姐姐又说，要拜拜。李德厚最后点了一下头，终于带着我离开，他的步子很慢，出门时擤着鼻子，本来被他聚拢在头顶的头发被风吹散，我看见他几乎没有头发的一块头皮。

当我跟着李德厚进了仙姑庙，看到这里的黄腻子墙时，仿佛回到了那面相同高矮、几乎熏成全黑的墙壁前。火焰燃烧，黄裱纸的碎屑飘走，黑色的焰芯指向另一个世界。纪文秀下葬的那一天，李德厚整理着剩下的纸，让我对她再说说话，我什么也说不出来，只希望她不再有任何感觉，也就不会再有任何疼痛。我讨厌燃烧的气味，也从来不相信彼岸真的存在。而当我现在走进庙里时，看到墙壁前的红花酢浆草和小青菜种在一起，狸花猫在墙头蜷卧，墨色的香炉前，人们拥挤在院子里，吵闹着祈福新年。香火味中的空气也是如此浑浊，我恍惚感到这或许就是黑墙对面的另一个世界。这里的石牌写，光绪二十五年，江西一位女道长到老字号中和祥糕饼店显灵，后院金光闪烁，设仙姑牌位。牌位前小铜炉里插满了香，烧完的灰掉在桌上，摔成几截。我四处寻找着仙姑的塑像或画像，只看到一个木架子床前的踏板上，一双玫红三寸绣鞋。

英子的全名叫洪兰英，是一个全家人遮遮掩掩的名字，李德厚告诉女儿们的说法是，她是他的中学同学，她家于他有恩。而妈妈和小姨都知道，在英子父亲古南街的宅子里，李德厚在和她订婚的仪式上，没有进门，半路神秘地逃走了。有人说看到他跳进了丰乐河里，能憋很长时间的气，一直看到水面有气泡冒出。有人说他躲在粉蒸肉菜馆的厨房里，那里肥胖的厨师围着油腻的皮围裙，将他轻易地隐没其中。更多的人默认，李德厚在洪兰英父亲的帮助下外出求学，其实就再也没有回来过，说他逃走只是为了败坏他的名声，逼他回头。而唯一知道真相的洪兰英父亲，在流言蜚语和女儿一直未嫁的遗憾中，患病过世了。

李德厚的姐姐在这里独自承受了一切，而她受到的所有指责，未来都以尖酸刻薄的攻击，还在我的外婆纪文秀身上。纪文秀是家里派出参加上山下乡的青年，和李德厚在隔壁县的麻纺织厂自由恋爱，她剪着短短的头发，强健的身体可以搬重物、挑粪桶。李德厚的姐姐说她是男人婆，不流月经的人，"比英子差到哪里去"，纪文秀看都没看李德厚一眼，只是冲过去，和她扭打起来，拽她的头发。最终是李德厚的姐姐逃了出去，纪文秀警告她，"一辈子别想再见二次。"

也许就是从那之后，李德厚彻底变成了一个沉默寡言的人，过去的生活在这个新世界里也追上了他，让他再也无法和两个最亲密的人达成真正意义上的和解。在我的记忆里，他从来没有回过老家，在自己的家里也是近乎隐形的人。那时工厂还没有倒闭，李德厚还没有退休，即使他下班回来，和家人也很少说话，否则就是与纪文秀的争吵，然后让旷日持久的冷战占据生活里的大部分日子。白天太阳好的时候，老房子暖黄色的空气里，对我来说，只有外婆和小姨的声音。

我的妈妈很早就去外省的大城市当小学老师，只会在每个假期，给我带回她没收的一大桶班上学生的玩具。外婆因为年轻时在路上狠狠摔过一跤，腿脚不好，总是让小姨带着我出去玩，小姨就骑着一辆外婆以前的女式自行车，驮着我到处跑。我有时候坐在车篮里，有时候在后座抱着她的腰，人们都以为我是她的女儿。

在小姨出嫁前，我不记得她谈过多少次恋爱。每几个月，就会有不同的男人跟在她身后，他们有的头发长长的，穿喇叭裤，个子比小姨还矮；有的戴墨镜，梳着刺猬头，叼着烟见了外婆，被赶了出去。他们都喜欢在县城最高的百货大楼给小姨买衣服，多半是红色和淡粉色，有时是鲜艳的明黄，袋子里还有一些皮筋、花铅笔、有香味的橡皮，都是给我的。早些年外婆劝她赶紧安定下来时，她嗤之以鼻，几年后她居然单身了大半年。最后她和一个高中同学结婚，上学时他就对她表白过。

大概只过了两三年的样子，他们的婚姻就失败了。不过不同于妈妈，小姨之后一直都不是一个人，经常会从住处回来看我和外婆。外婆经常问她住在哪里，小姨支支吾吾，为了转移话题，她就问我，过得还开心吗？我就说在楼下玩的时候，工厂里的男孩总是欺负我，说我是没有爸爸的孩子，把沙子往我身上抹，这时外婆拍拍我，让我别再说了。后来，外婆不再让我去楼下工地，自己一瘸一拐地拉我去别的地方玩。我们冬天去工厂活动室外、石头做的乒乓球台上堆雪人，夏天去还清澈的河边摘荷叶，我把荷叶举过头顶，假装自己是躲在下面的一只青蛙。

在人矮小的时候，能清楚地看见地面上、水里的许多种生物。在浮萍边缘，有许多种浮在水面、四肢纤长的虫子，而岸边的虫子则形态各异，总是带着盔甲，我经常因为好奇去踩，或是踏入河边的淤泥里，用脚拨开水面。外婆蹲下来阻止我，为了提示我河边的危险，她指着这条河，告诉我她年轻的时候，曾去河里捞设备，腿上沾了许多蚂蟥。她一开始不懂，用手去拔，剩余半截蚂蟥，在腿里出不来。她给我比画过蚂蟥的形状，形容它黏答答的质感，教我如果进了皮肤，一定去拍，不要拔，我听了也觉得害怕，用力拍打大腿，问她做得对不对。只是后来我再也没见过蚂蟥，直到现在也没用上。

我曾问过外婆，为什么外公总是不回家。她说他就是这样的人，不能在一个地方久待，总有别的心思，年轻时差点就离开了她们。在小姨还没出生，妈妈上托儿所的时候，改革开放政策变动，李德厚深知工厂即将倒闭，准备去广东捞金，被骗进了传销组织，一年都没有音讯。开始零星有几个电话，说用别人电话卡，不敢多说，一个月之后，彻底没了踪影。外婆一下班，或者不上班的周日，就从工厂的托儿所接回妈妈，在县城最大的广场上，拉着妈妈，绕着中间的圆形大花圃，一圈圈地转。一路上，她们和熟人打招呼，问外地的消息，看到形貌粗陋、满脸胡子的乞丐，都要跑过去看两眼。

李德厚走时，纪文秀有身孕的肚子已经显形，后来肚子越来越大，依然挺着腰，拉着妈妈东奔西走。借寻找李德厚的理由，她们去了好多好多地方，还去广东旅游了一圈。那时的妈妈甚至觉得有些开心，曾在纪文秀的病床边反复提起，她感到纪文秀肚子里的弟弟或妹妹,都因为那些微小的旅程而愉悦、静谧,不再踢妈妈的肚子。

但妈妈还记得,那时她的手里老抓着一枚夹子,是李德厚走的那天,从家里窗帘杆子上取下给她玩的,她没有还回去。李德厚走后的半年之内,她很开心,每天可以围着纪文秀肆无忌惮地大声说话,听她肚子里的声音。但时间久了,她就经常将这枚夹子攥在手里,生怕丢了。

几个月后的一天,纪文秀取下了妈妈夹在手上的夹子,看到她食指上红印,将她送到了隔壁邻居家里。之后纪文秀上桥跃过工厂边的那条河流,从车棚里取出单车,沿着下完雨后泥泞的小路,只身往李德厚老家的方向骑去。或许是仙姑在阻止她,在她刚刚经过镇子的界碑时,天上降下瓢泼大雨,顿时湿了她一身。然而纪文秀毅然蹬着自行车的踏板,脚下几次打滑,就下来推车步行。当她侧身下车那一刻,车轮卡在石砖缝里,纪文秀的身子侧倾,护住自己的腹部,用侧背着地跌落。猛烈击打青石砖的雨,又毫不留情地砸在她的身上,她捂着肚子蜷缩着,雨水一遍遍地冲淡着流在地面的血迹。

李德厚带着我离开仙姑庙时,天上也下起了雨。本来是一丝丝的细线,后来骤然变成硕大的雨点。我们赶紧上了附近的一座桥,桥的正中并排有四个亭子,积蓄的雨水流向它们的四边亭角上,在空中洒下窄小的帘幕,落入河流时消失不见。在桥上他告诉我,女道长其实是黄鼠狼精,中和祥为了防止别家偷米偷面,把黄鼠狼编成了仙姑。亭子里还坐着几个游人,吃东西留下的垃圾扔的桥面上到处都是,他们听见了他说的话,半信半疑地看着他。还有一个扮成孙悟空的人四处揽客,眼皮描金,披着红斗篷,装成电视剧里的声音,要拉着孩子们照相,孩子们往他的身上弹水,都躲开他。

李德厚停在水边,看着水里经过的游船。船夫已经不用划桨,用一只手操纵着电动引擎,大声吆喝,支起船篷,让船上的人穿好橙色的充气救生衣。我也往李德厚看的地方望去,藏在旅游纪念品店和特产店之间,渐渐显露出一些院落,白墙青瓦,棕褐色木门上都悬挂着铜狮拉手,木门被雨点一层层染成深色。在雨落不进去的阴影里,一切都静悄悄的,好像青灰色石砖的尽头是一片潮湿的、彻底的虚无。

也是从这里开始,进入巷子的几个老迈妇人加快了脚步,她们或扎着发髻,或一头灰色短发,提着篮子,用手盖住了篮子上的染布,身侧拥着她们的青灰色砖墙,在雨水的阴影中发着逼近崭新的幽光。花布匹、晒干的水产、塑料盆、装着茶叶的铝桶,安静地藏在店面里,在雨水中镀上了一层雾蒙蒙的颜色,似乎并不存在于现在的时间。来自远方的吆喝叫卖声里,小毛竹巷上,我好像依稀见到年轻时的外婆,扎着两条粗短的黑麻花辫子,垂在耳朵两侧,穿着灰蓝色布棉袄,一个人从仙姑庙的烟雾中走来。

纪文秀失了胎儿的半年之后,李德厚还没有回来,那时的纪文秀日益衰老,长出了脸上的皱纹和头顶的白发。纪文秀从此再也不骑自行车,就如同妈妈害怕夹子,如同死去的孩子害怕雨水。当她乘车再次来到三河镇时,李德厚已经从南方的警察局出来,踏上了回家的路,汽车在他们面前都扬起了巨大的灰尘。他们的影子越靠越近,就要填满他们所失掉的孩子留下的巨大缝隙。当李德厚站上了拥挤的火车,纪文秀背着一个布袋,在仙姑庙的牌位前跪拜。纪文秀从庙里走后，顺着如今李德厚和我相反的行迹，来到了李德厚姐姐街上的旧宅。

那是李德厚的姐姐将要丧子的前两年，她的儿子因为病重时时住院。纪文秀和后来的李德厚一样，站在他姐姐的门前犹疑不定。重病的儿子与失踪的弟弟，这个女人所面临的接连不幸让纪文秀心生苦涩，轻轻敲响了门，而李德厚的姐姐看到她时则不知所措。开门时纪文秀看到的除了面前发誓不再见的人，还有一个她原本以为自己会记恨一生的人，坐在沙发上，抱着孩子喂奶的洪兰英。

洪兰英的头发蓬乱，看到纪文秀进门，将衣服扯上，盖着胸脯。李德厚的姐姐领着纪文秀坐下，面前几个铁皮桶和茶叶罐，里面放着饼干和米棒。屋子里的所有人都看起来心事重重，谁也没有先说话，直到有微小的哭泣声传播开来。一开始是一只蚊子叫了，嗡嗡地飞着，萦绕在她们耳边，然后是呼啸吹过的热风，从半掩盖的窗户里钻进来，惊扰了笼子里扑腾着翅膀的鸟。最后哭出声的是谁，她们谁也不知道。

父亲死后，洪兰英在三河镇再嫁不出去，只好一个人嫁到很远的村庄，她的丈夫是一个此前完全不认识的男人，有一屋水泥砌的猪圈，住的房子上盖着茅草。那时的洪兰英已经生了两个孩子，都是女儿，大的五岁，小的三岁，她如今怀里的孩子，出生已经半个月。洪兰英独自生下了这第三个女儿后，几乎一直躲在屋里，不敢叫村里太多的人知道。她的丈夫在外打工，已经快一年没有回来。她知道他不会再养第三个女孩，路过打水的井、浮萍太满的池塘，从不敢往里望。洪兰英走投无路，想尽了一切办法，最终只能千里迢迢回乡，找到李德厚的姐姐，想让她收养自己的小女儿。

离开李德厚姐姐家后,纪文秀在丰乐河边站了很久。然后她蹲在地上,看河里自己的影子,水面又出现了被血一丝丝染红的幻影。她把那个想象中的孩子放入了丰乐河,曾经李德厚在订婚时藏身的地方,让她感觉到他仍然活着。孩子哭完就笑,似乎是闻到了父亲的气息和母亲的血,安然入眠,他终于从她内心深处逃脱,随着水流和微风而逝,自由地去往仙姑那里,或是其他去处。水面波光粼粼,刺痛眼睛。纪文秀回头找到了洪兰英,抱养了她手里的孩子。

那就是我的小姨。

因为久吹不散的风,更多的树叶,还是绿色的时候,就从树上掉下来,有一片砸中了我,那脆弱的绿色让人不忍心再向前。在我小时候的这个季节,工厂墙面上的爬山虎也匍匐着这样一层淡淡的灰绿色。那时,外婆那寒冷的职工宿舍对我来说还很大。白天,飞絮在透过玻璃的阳光里轻盈地飞舞,晚上,木框窗户外,深空里有无数邈远的星星。外婆经常抱着我,坐在窗边给我讲故事。

故事里美丽的仙女,下凡洗澡的时候被偷了衣服,后来与牛郎成婚,重被抓回天上、被惩罚,最后变成了天上的星星。记忆里织女的脸,在我的心里,一直是小姨的形象,后面再听到嫦娥、七仙女、田螺姑娘,那些长得漂亮但身世悲惨的女人,都是如此。小姨总是在夏天穿着长长的裙子,给我梳好繁复的麻花辫,不同于一直短发的妈妈和外婆,她总是有办法把自己变得更像电视里的人,儿童节目电视台里的主持人,或是电视剧里刚谈恋爱的少女。我知道自己长得不算好看,但是每当和小姨站在一起，我就感觉我也变成了一种鲜活靓丽的颜色，那些投向她的目光，也同样会善意地投向我，我享受这种感觉，好像我永远不会长大，她就永远都不会老去。

小姨之后也一直没有结婚生孩子。早在我出生后，她就从外婆手里接过我，给我换尿布，大一点她送我去幼儿园再接回来，我更大的时候，她辅导我趴在外婆家小小的木桌上写数学作业。而远方的妈妈，则是对我来说一个遥远的名词。妈妈总是穿深色的职业装，用低沉严肃的声音和我说话，在她回家的短暂时间里，告诉我不可以做这个，也不可以做那个。每当妈妈回来的时候，外婆就会对我格外好，几乎像求着我，让我多和妈妈说话。可我总是想躲着妈妈，甚至在入学的表格上写不出她那复杂的名字。

在那个夏天，妈妈在假期前提前回家，她决定把我接到她的身边。那是一个盛大的下午。外婆和小姨一大早就起来，铺展新洗的床单，蓬松枕头，去买新的牙刷、毛巾，还有一只淡粉色的浴帽。然后她们再把我最大、最结实的书包找了出来，给我提上了一只小小的箱子，为我要带哪一些衣服而争论不休。外婆说带点暖和的衣服，天冷了来不及买，而小姨说要带好看的，她不相信我妈妈的眼光，她买的才好看。我坐在小板凳上看着她们将衣服叠进箱子，还没意识到明天我就要出发，去往另一个我不熟悉的世界，不知道它会更好还是更坏。

到了晚上，她们带我一同进行了最后一项，几乎类似一种仪式，收起家里所有的夹子。先是给我扎辫子的发夹，五颜六色的，全都从洗漱台上拢到盒子里，放进箱子。然后是外婆晾晒衣服的铁夹子与木夹子，还有小姨封存干果袋子的长嘴夹，它们都被放在一个小口袋里，碰撞在一起，发出清脆的声响，藏到柜子的顶端，没有人会注意的地方。当她们把口袋封起，我偷偷留下了一只用来晒被子的长尾夹。它通体淡蓝，长得像一条鱼，嘴巴尖尖的。我举着它，在灯光下面晃动，墙上就会投射出鱼的影子，游在被我画下涂鸦的白墙上。直到小姨发现了我手里的夹子，伸手要拿，我匆忙地把它藏在身后，那时，夹子中间控制开合的铁丝弹了出来，像是这条鱼长了尖锐的牙齿，咬到人就不放，铁丝在我的背后戳进了手里。

当我还没意识到发生了什么时候，小姨背起了我跑出家门，外婆抓起钱包，紧紧跟在后面。我举着那只手，不知道该怎么办，只能任凭血淌到小姨的领子里，染红她浅色的衣服。小姨边跑边哭，她的泪水又顺着脸颊滴在了我受伤的手上，和血融在一起。外婆急着步子，先走到马路边，伸手要拦过路的三轮车。小姨的哭声太大了，路过的三轮车停下了，车夫看着这样的情状，不敢载我们，弯腰道了歉就走。于是小姨只能继续往诊所的方向奔跑，外婆急切地跟着她，用她的手帕按住我的伤口，我们三个结成了一个完整的影子，在跑动中等待着另一辆三轮车到来。

雨水终于静止在高高的空中，透明地凝视我，那就是我离开外婆和小姨前的最后一晚。我手上留下的伤疤，表面还蕴藏着一些感觉，是一种由内在传出的温热。李德厚带我走向那扇门，在整条古南街的尽头，和前面的所有门相比，似乎没有什么特别大的不同，可是当我们真正站到它面前的时候，一切又发生了隐秘的变化。虽然我们看到的，只有门口几杆稀疏的竹子，因为站在屋檐下，淋不到水，叶片半白半绿，轻轻摇曳，几乎遮蔽了窄门。大门的木漆剥落，露出里面浅色发黄的芯。只有门上挂的灯笼是较新的陈设，黑字边缘清楚，颜色明亮，上面一面写着"洪"，另一面写的是"仁爱堂"。

李德厚静静地站在对面香樟树的影子下面，直到太阳重新从云层里挣脱，普照大地，直到院子里伸出的树枝被檐角滴落的雨水砸响，像人的手臂一样晃动。

从三河镇回来后，我把李德厚送回了家。他脱了鞋袜和外套，穿着棉毛衫安稳地躺在了床上，让我看会儿电视。我还没走的时候，就听见他轻微的呼噜声。去找妈妈和小姨之前，我停留在了工厂的水塔旁。在麻纺厂还没倒闭的时候，每当纪文秀和李德厚生气时，她就会夺门而出，女儿们会在水塔上找到她，听她哭诉，直到她们抱在一起。

当我踏上第一步台阶的时候，生锈的铁楼梯还很滑，踩到的雨水湿了鞋子。楼梯旁的螺丝钉已经松动，暗红色生锈的楼梯之间透出的空隙，切出了一个个细长的深渊。在过去，这座水塔和河流扮演着相似的角色，有人顺流而下，还有人在高处降落。在他们去世后的第二天，他们的一生，就会在工厂里认识他们的人口中一一浮现，就好像重新又活了一遍。在外婆去世后，我没有告诉任何人的是，我也曾学着她，一次次地登上这座水塔，直到最后一次，小姨和妈妈在这里找到了我，告诉了我有关家族的一切。

我会永远记得那一天。窗外飘着灰色的雨，李德厚把我从睡梦中喊醒，我的被窝像沼泽。来不及穿完全部的衣服，我的一只手没有穿过毛衣的袖子，那只空荡的袖子就在风中飞起来。他拉住我的另一只手，他的手心既硬又冷，颠簸之中，我摸到那只手外侧的皲裂，感觉就像一层壳。周围的所有事物迅速掠过，我们上了一辆黑色的车。在车内轰鸣的暖气里我穿好衣服。司机神色严峻，全身漆黑，只有车窗前方的挂饰，一路清脆地响着，一尊金色的菩萨。

医院环绕的消毒水气味中，突如其来的冷白色的灯光里，干净的浅色走廊像镜子一样反射着我。护士们一手握着圆珠笔一手拿着记录板，最外面披着线衣，在暖气片旁走来走去，帽子像高高低低飞舞的鸽子。在走廊尽头青色的门前，李德厚把我拉住，我看见妈妈跪在地上泣不成声。青色的门打开，小姨跑出来，蓬乱着头发，蹲下抱住妈妈，她们的鞋子碰撞在一起，鞋跟都没有提上去。小姨比妈妈先站起来，抹着眼泪向我和外公走来。

外婆在去世前，除了喊我妈妈、小姨的名字，最后喊的，是自己的母亲。那一刻我忘记了难过或害怕，只想起小时候，外婆就告诉过我，母亲曾因为她是最小的女儿，在她五岁的时候，将她埋进粪桶，可最终又痛哭着把她救了出来。

我终于坐上我们全家人都再熟悉不过的那级台阶，舒缓的风吹拂在脸上，就像来自远方的一个轻柔的吻。那些长相相似、排列整齐的楼房都连在一起，全是一片水泥的灰色，快被重新出现的阳光晒到干裂。被雨打湿的衣服和床单，又被晾在窗外，在灿烂的阳光下，五颜六色的，随着风自由地飘动，像许多只翅膀长度各异的蝴蝶。在一大片低矮的楼房之中，落寞地矗立着许多不再出气的烟囱，就要触碰到天空中垂下的巨大的云。

那云里好像存在着另一个世界。

(《当代》2023年第3期)

程舒颖　1999年生。毕业于武汉大学文学院，现为北京师范大学文学创作与批评方向研究生。曾在《当代》《长江文艺》《雨花》《文艺报》等刊发表作品。曾获第二届"京师-牛津青年文学之星"银奖，南京市"青春文学人才计划"签约作家。